中國語言文字研究輯刊

十 三 編

許 錟 輝 主編

第 **1** 冊

《十三編》總目
編 輯 部 編

近出西周青銅器集釋
——以作冊般銅黿、㠱公盨、逨盤、獄器爲研究對象(上)

廖 佳 瑜 著

花木蘭文化出版社

國家圖書館出版品預行編目資料

近出西周青銅器集釋——以作冊般銅黿、齤公盨、逨盤、獄
器為研究對象（上）／廖佳瑜 著 -- 初版 -- 新北市：花木蘭
文化事業有限公司，2017〔民 106〕
目 2+246 面；21×29.7 公分
（中國語言文字研究輯刊 十三編；第 1 冊）
ISBN 978-986-485-226-0（精裝）
1. 青銅器 2. 西周
802.08   106014694

中國語言文字研究輯刊
十三編   第一冊   ISBN：978-986-485-226-0

近出西周青銅器集釋
——以作冊般銅黿、齤公盨、逨盤、獄器為研究對象（上）

作　　者　廖佳瑜
主　　編　許錟輝
總 編 輯　杜潔祥
副總編輯　楊嘉樂
編　　輯　許郁翎、王　筑　美術編輯　陳逸婷
出　　版　花木蘭文化事業有限公司
社　　長　高小娟
聯絡地址　235 新北市中和區中安街七二號十三樓
　　　　　電話：02-2923-1455／傳真：02-2923-1452
網　　址　http://www.huamulan.tw 信箱 hml810518@gmail.com
印　　刷　普羅文化出版廣告事業
初　　版　2017 年 9 月
全書字數　353972 字
定　　價　十三編 11 冊（精裝）　台幣 28,000 元　　版權所有・請勿翻印

《十三編》總目

編輯部編

《中國語言文字研究輯刊》十三編 書目

《中國語言文字研究輯刊》十三編
各書作者簡介·提要·目次

第一、二冊　近出西周青銅器集釋——以作冊般銅黿、𪾊公盨、逑盤、獄器爲研究對象

作者簡介

　　廖佳瑜，台灣雲林人，現居台中市。彰化師範大學文學碩士，中興大學歷史學系研究所碩士，研究課題以古文字、中古史爲中心，發表文章有〈《上博館藏戰國楚竹書（六）·愼子曰恭儉》簡 1 釋讀〉、〈釋讀青銅銘文——以利簋銅器爲例〉等。現職國中教師，從事國文、歷史教學研究。

提　要

　　本論文《近出西周青銅器集釋——以作冊般銅黿、𪾊公盨、逑盤、獄器爲研究對象》共以六大章節爲主要架構，所謂的「近出」是指從近代二十世紀以來迄今所發掘出土的青銅器，第一章爲緒論分述研究動機與方法，第二章爲作冊般銅黿銘文集釋，爲我們提供了解晚商時期射禮等重要的參考價值資料；第三章爲𪾊公盨銘文集釋，爲目前發現最早記錄大禹治水的文物例證以及提供了解西周切重的德治思想；第四章爲逑盤銘文集釋，對研究單氏家族與中國家譜史、西周的世族制度提供了重要的資料，同時印證《史記·周本紀》所記載的周朝在位歷王之可信度以及「單爲成王幼子臻所封」是不正確的，補足傳世文獻所記載的不足與疏漏；第五章爲獄器銘文集釋，提供周人尙臭與西周祭儀重要的實物例證，同時揭示周人愼終追遠的莊敬精神，並提供詳細的冊命禮節儀式流程，以上四大章節爲本論文主要的核心內容以及主體基礎，第六章結論則

爲研究成果的呈現。

　　本文對作冊般銅黿、圝公盨、逨盤、獄器等青銅器銘文作了全面的集釋材料徵集，搜羅各項重要的論述觀點，期望透過歸納這些重要的觀點，進行深入的分析，並且重新詮釋各項銅器銘文所隱含的深意，藉由初步的認識與探索研究，希望能夠有助於釐清當前尚無定論之疑難字形，以及可望爲古文字學的研究提供新的資料範本。

目　次

第三冊　《說文解字注》「亦聲」疏證

作者簡介

　　何家興，男，安徽無爲人，1981 年 9 月出生，博士，副教授，碩士研究生導師；研究方向爲出土文獻和古典文學。現爲濟南大學出土文獻與文學研究中心專職研究員，陝西師範大學文學院博士後科研人員；先後在《江漢考古》、《考古與文物》、《中華文史論叢》、《中國國家博物館館刊》、《中國文字學報》、《中國文字研究》、《簡帛》、《古籍研究》等刊物發表論文二十多篇，主持多項省部級課題。

提　要

　　《說文解字》是一部全面運用六書理論說解文字的著作。在說解過程中，許慎又引入了「亦聲」。其後，「亦聲」引起了人們的廣泛注意，並且得到不斷的豐富和發展。《說文解字注》被公認爲闡發、研究《說文》的權威著作。段《注》對《說文》的闡發是多方面的，對「亦聲」的修改和補充頗多。本書窮盡搜集了段《注》增改的近 600 例「亦聲」，闡述段《注》「亦聲」的表述方式，全面總結了段《注》的「亦聲」理論；確立判斷「亦聲」的標準和範圍，闡明了亦聲字的類型及其產生途徑，明確「亦聲」與「形聲」、「轉注」的異同，闡述「亦聲」與「右文」說、同源字之間的關係，客觀評價了段《注》「亦聲」的得與失；結合文字學的研究成果，追溯亦聲字的歷時演進，並且考察共時的諧聲同源情況，對段《注》「亦聲」進行辨正。

目　次

第四冊 《說文》重文相關問題研究

作者簡介

　　方怡哲，祖籍福建省漳州東山縣，1964 年生於臺灣省臺東縣。學歷：台東中學、東海大學中國文學系學士、碩士、博士。就讀研究所時師事龍宇純教授，撰寫碩士論文《說文重文相關問題研究》、博士論文《六書與相關問題研究》（花木蘭文化出版社，2014 年出版）。曾任崑山科技大學講師、東海大學兼任講師等職。現任崑山科技大學通識教育中心副教授，教授國文及語言文字相關通識課程。

提 要

　　異體字繁多是漢字的特色之一，說文解字收篆文九千三百五十三字，又收有「重文」一千一百六十三字，是許慎整理漢朝以前漢字異體字的總成果。藉由整理說文重文，可以使我們掌握異體字形式結構的變化，並歸納某些內在規律，有助於考釋先秦古文字；而文字結構分析所呈現各書體形式差異現象的比較，也能強化對各書體的認識。本文乃嘗試就說文保存的重文作異體字結構的分析，文中主要以正文與重文形式結構的比較為主，間因顧及文字發展關係，也偶有重文與重文間的比較。

　　第一章「重文各體概說」，首先對重文各書體的名稱、時代、來源、性質、

特徵等略作說明。說文重文出處的細目有二十餘種，但依其性質可約略歸納爲
四種書體：古文、籀文、或體、篆文。第二章至第七章即將此四種書體，依其
正、重文形式結構的差異，分爲「繁構」、「省構」、「異構」、「訛變致異」四類；
而某些本非一字重文，乃許愼所誤合者列爲「誤廁」一類；其當闕疑俟考者，
則列入「存疑」一類。每類之下又各分數小節，期能綱舉目張，將正、重文盡
依其結構形式差異繫於其當處條目之下，使吾人對正、重文形式結構差異的現
象能一目瞭然，進而有助於探尋其規律。

目 次

第五冊　東漢佛經複合詞研究

作者簡介

郭懿儀，台灣台南人，民國 68 年生，國立成功大學中國文學研究所博士。曾任國立成功大學通識教育中心講師、實踐大學高雄校區講師、國立高雄大學助理教授，現任四川大學副教授。曾教授：大學國文、閩南語概論、漢字與文化、聲韻學等課程。著有碩士學位論文《《大廣益會玉篇》直言字研究》、博士學位論文《東漢佛經複合詞研究》，另有十數篇期刊及會議論文，內容含括漢語風格學、聲韻學、詞彙學及訓詁學等。

提　要

　　《東漢佛經複合詞研究》一文主要將焦點在東漢末期的佛經複合詞變化，並嘗試描寫複合詞的生命史，同時採以佛經爲主要核心語料，基於佛經歷來視爲是該時代最好的口語材料這項優點，藉由揀選東漢佛經中具有高度口語化特色的複合詞進行研究。符合條件的複合詞有 48 例複合詞，將這些複合詞與六朝至隋唐佛經及傳世文獻加以對照比較，進而描述出這 48 例複合詞的歷時變化，包含詞義演變、使用方法、詞性變化等等方面逐一討論。

　　論文的另一部分針對這 48 例複合詞的構詞情形加以探討，並區分出五種類型：並列式複合詞、偏正式複合詞、述賓式複合詞、述補式複合詞及主謂式複合詞，其中以並列式複合詞的發展最爲成熟，數量也最多。其次是述賓式複合詞，數量僅次於並列式，發展則快於偏正式複合詞，這與以東漢時期中土文獻爲材料，所提出的詞彙研究結果：闡明偏正式的發展快於述賓式，此一結論與本論文分析後的結論不同，揭示了佛經語言材料的可貴之處。數量名列第三的是偏正式複合詞，數量僅少於動賓式複合詞 2 例，類型亦多樣化。可見，偏正式複合詞在東漢佛經的發展和述賓式已不相上下，其中以名詞性偏正式複合詞最多。發展最慢的則是述補式及主謂式複合詞，不僅數量少，類型也單純。

　　從東漢佛經複合詞可以觀察出複合詞早期的發展過程，且比對東漢至六朝佛經及中土文獻的複合詞變化過程，可以釐清複合詞的生命歷程。另外，東漢佛經複合詞具備高度口語化的特質，對於鑑定佛經翻譯的確切時代提供可信的佐證。

目　次

第六冊　明代介音的演變與發展

作者簡介

陳語唐，生於臺北市。畢業於東吳大學中文系、臺北市立大學中語系碩士班。該書付梓前為國立中央大學博士候選人，亦於臺灣警察專科學校擔任兼任國文講師。以漢語音韻學、近代音為研究目標，期許從中得出一點成果，對音韻學界盡一份棉薄之力。

提　要

「介音的演化」是近代語音發展中，牽動漢語聲母、韻母或影響整個音節結構發展的主要動力。因此，若能釐清漢語介音的發展脈絡，便能有助於了解近代漢語語音的基本面貌。關於各類介音演化的確切時間、細節以及介音與聲母、主要元音之互動關係，需要更深入的探索，而明代音韻是承宋代之後，開清代之先，具歷史轉折上的意義。因此，本文即以六本表現明代北方官話系統的韻書、韻圖為範圍，著眼於「明代北方地區官話介音」的演化發展，及其對聲母、主要元音之影響，冀能以此釐清近代語音發展之脈絡，對共同語音發展史之建構盡一份心力。

目　次

第七、八冊 裴韻音系比較研究

作者簡介

歐陽榮苑，女，1971 年 8 月生。新疆財經大學中國語言學院副教授。2010年畢業於首都師範大學文學院，師從馮蒸先生，學習音韻學，獲文學博士學位，主要研究方向漢語史、漢語音韻學。研究工作亦涉及古籍整理、對外漢語教學、雙語教學，亦指導學生的古典詩詞吟唱、經典研習。

近年來發表音韻學相關論文有：《裴務齊正字本〈刊謬補缺切韻〉的性質》，河南社會科學，2010 年 11 月；《裴務齊正字本〈刊謬補缺切韻〉的反切上字》，語言研究，2010 年 7 月；《〈裴韻〉〈王三〉重紐反切之比較》，漢字文化，2014年 8 月；《裴務齊正字本〈刊謬補缺切韻〉反切下字反映的時音》，語言研究，2016 年 7 月；《裴務齊正字本〈刊謬補缺切韻〉的特殊反切下字》，語言與翻譯，2016 年 8 月。主持完成課題：教育部青年基金項目《裴務齊正字本〈刊謬補缺

切韻〉》與《切韻》諸本韻書音系比較研究（11XJJC740002）。

提 要

《裴務齊正字本〈刊謬補缺切韻〉》的體例、韻目名稱與其他《切韻》殘卷都頗爲不同。本文著力全面描寫《裴韻》的音系，揭示其音韻特點。對《裴韻》音切做窮盡式研究，列出單字音表，展示音類區別和音系結構，構擬音值。與《王三》、《唐韻》等切韻系韻書作比較，揭示音類特點。証明《裴韻》音系的同質性，即《裴韻》音系是一個內部結構完整的音系。

我們整理得到裴韻聲類 51 個，聲母 36 個，韻類 355 個，歸納成韻母 137 個。

《裴韻》反切上字的用字特點有：

反切上字嚴密有序，自成系統；反切上字用字固定，還有一批獨特的反切上字用字；尤其是重紐反切的上字跟被切字形成嚴密的「類相關」關係；《裴韻》的「類隔」切等少數反切上字，反映了時音變化，其類別跟《王三》和《唐韻》不同。

韻母方面，一些字歸韻有自己特點。《裴韻》與《切韻》系諸本韻書反切下字不同、韻類不同的切語，涉及 31 個韻部，37 個反切下字，特殊的語音情況有：反切下字不同韻混用；繫聯韻類有別；反切下字韻部不同；開、合口不同。

這些反切下字大部分是《裴韻》獨有的，《王一》、《王三》、《唐韻》中截然分立的韻，在《裴韻》中卻出現相混的現象。《裴韻》重紐反切下字分類與重紐A、B類之間關係情形與《王三》和《廣韻》的情形一致。據此我們推知，《裴韻》反切下字存在兩個音系層次，一個是與《王三》一樣承襲了《切韻》的音系；一個是當時當地的時音方音。

目 次

上 冊

第九、十、十一冊　李思明語言學論集

作者簡介

　　李思明先生 1934 年出生，湖南醴陵人，1952 年就讀於湖南長沙銀行學校，1953 年畢業，奉命任職於哈爾濱中國人民銀行，1955 年考入北京大學俄語系，其後受到中蘇（俄）交惡的影響，1956 年轉入北京大學中文系，1961 年畢業，至安慶師範專科學校從事教學，1964 年該校停辦，遂轉入安徽省望江中學任教。1979 年奉調至安慶師範學院（現在是安慶師範大學）從事語言學研究與教學。教學之餘，李思明主要從事古白話（近代漢語）的語法研究以及安慶方言研究，2009 年因病去世。

提　要

　　論集收錄李思明先生近代漢語語法、現代漢語詞彙和安慶方言研究的論文。關於近代漢語語法研究。本集所討論集中在《祖堂集》《敦煌變文集》《五燈會元》《朱子語類》《水滸傳》《金瓶梅》等作品的虛詞和語法，這些作品屬於古白話，現在學術界稱之為近代漢語，與傳統的文言文有別。相關的論文可分為兩類，一類是個案通論研究，一類是個案專書研究，前者是研究若干作品中的虛詞或句法，後者則是研究某一作品中的虛詞或句法，無論是前者，抑或是後者，論文均建立在用例的數量統計之上，輔之以細密的分析，言之成理，釐清了語法史上的諸多細節，有關結論可補充已有論述，推進漢語語法研究。

　　關於現代漢語詞彙研究。論集收錄李思明先生與其大學同學合撰之趙樹理作品語言風格的論文，是第一篇從語言角度研究趙樹理作品的論文，也是李思明先生啼聲初試之作。雖然李思明先生以後不再研究作家的語言風格，但是其綿密的文風於此已見。

　　周祖謨先生發現漢語同義並列詞語大多按照平仄順序排列，李思明先生的論文考察了影響這種排序的多種因素，對於周祖謨的論文是很好的補充，有益於瞭解漢語同義並列詞語。

　　安慶方言是江淮方言的重要分支，長期以來只有零星研究，李思明先生是系統研究安慶方言詞彙和語言第一人，填補了漢語方言研究的空白。

目　次

上　冊

下　冊

近出西周青銅器集釋
——以作冊般銅鼋、圉公盨、逨盤、獄器爲研究對象（上）

廖佳瑜　著

作者簡介

廖佳瑜，台灣雲林人，現居台中市。彰化師範大學文學碩士，中興大學歷史學系研究所碩士，研究課題以古文字、中古史為中心，發表文章有〈《上博館藏戰國楚竹書（六）·愼子曰恭儉》簡1釋讀〉、〈釋讀青銅銘文——以利簋銅器為例〉等。現職國中教師，從事國文、歷史教學研究。

提　要

　　本論文《近出西周青銅器集釋——以作冊般銅黿、豳公盨、逑盤、獄器為研究對象》共以六大章節為主要架構，所謂的「近出」是指從近代二十世紀以來迄今所發掘出土的青銅器，第一章為緒論分述研究動機與方法，第二章為作冊般銅黿銘文集釋，為我們提供了解晚商時期射禮等重要的參考價值資料；第三章為豳公盨銘文集釋，為目前發現最早記錄大禹治水的文物例證以及提供了解西周切重的德治思想；第四章為逑盤銘文集釋，對研究單氏家族與中國家譜史、西周的世族制度提供了重要的資料，同時印證《史記·周本紀》所記載的周朝在位歷王之可信度以及「單為成王幼子臻所封」是不正確的，補足傳世文獻所記載的不足與疏漏；第五章為獄器銘文集釋，提供周人尚臭與西周祭儀重要的實物例證，同時揭示周人愼終追遠的莊敬精神，並提供詳細的冊命禮節儀式流程，以上四大章節為本論文主要的核心內容以及主體基礎，第六章結論則為研究成果的呈現。

　　本文對作冊般銅黿、豳公盨、逑盤、獄器等青銅器銘文作了全面的集釋材料徵集，搜羅各項重要的論述觀點，期望透過歸納這些重要的觀點，進行深入的分析，並且重新詮釋各項銅器銘文所隱含的深意，藉由初步的認識與探索研究，希望能夠有助於釐清當前尚無定論之疑難字形，以及可望為古文字學的研究提供新的資料範本。

目次

凡　例

一、本論文擬以近出所見西周青銅器銘文爲專門研究對象，分別由前言、
　　銅器拓片、釋文與集釋等四大部分爲主核心架構。

二、「前言」首要說明的是此青銅器的有關概況，發現經過、館藏地點及銅
　　器器形大要、銘文內容所反映出來的價值內涵與當前研究現狀等。

三、釋文採取暫時隸定，尚無定論字的部分則列出原拓片圖版與釋文對照
　　參看。

四、集釋主要匯集諸家之說，每項說法首列作者姓名，篇名出處與發表日
　　期以註腳示出。

五、集釋中的銘文採取段落爲依據，分段的標準則視銘文內容而定，此外
　　以當前所見諸家學者所發表的相關期刊資料爲輔，逐一整理歸納集中
　　討論。

第一章 緒 論

第一節 研究動機

金文是指商周時代刻鑄於青銅器上的文字，或被稱爲鐘鼎文字或彝器款識，同時有助於提供我們了解商周禮制與其背後所反映的政治制度和社會背景與歷史方面等重要資料。從文獻與考古資料中可以得知，在商周社會成員中存在有嚴格的等級制度，在貴族與庶民間等級制度已發展爲階級差別，在貴族階級內部，不同等級的貴族則依其等級高低具有不等的政治權力與經濟地位。等級制度的目的是爲了保證貴族階級對庶民的統治，對貴族來說也是爲了使經濟、政治利益在其內部得以有秩序的分配。〔註1〕

整體而言青銅器的用途可以是各種禮器、樂器與兵器來使用，在治鑄的技術與花紋雕鏤上皆已發展達到一定的程度，通常多用於賞賜祭祀等重要活動，對於青銅器的研究最早成爲一門專業的學問可追溯至宋代，北宋金石學受到政治因素、經濟發展、思想文化、文人需求等歷史背景環境因素影響，由這樣的因素而使得金石學得以迅速的發展開來，在青銅器的研究上也取得了初步的奠基，朱鳳瀚先生分析認爲有以下歷史原因：

（一）北宋王朝建立後，爲整治五代時軍閥割據造成的混亂，一方

〔註1〕朱鳳瀚：《中國青銅器綜論》（上海：上海古籍出版，2009 年），頁 24。

面從軍事上、政治上強化中央集權制的政治統治，另一方面亦提倡
經學，以恢復禮制，鞏固政治秩序。自宋眞宗（998～1022）始，尤
重儒學，推崇儒家經典，金石之學在當時正適應了北宋統治者此種
政治需要，這點在北宋刊行的金石著作中有比較明顯的表述。這些
著作對於金石學的功用有兩種說法：一是認爲古器本身是古之聖人
用以載道之物，強調其作爲禮之象徵的功用。另一種說法，是認爲
研究金石學可以復原古禮，証經補史。（二）宋代中央集權政治強化，
作官者益多，官僚機構龐大，金石學也正適應了地主文人對精神文
化的需求。（三）宋代造紙、印刷業、拓墨技術都得到顯著發展，也
爲金石文字的流傳提供了方便。〔註2〕

這段期間隨著銅器文物不斷的被發掘出土，發展到了清代，樸學興盛不少文人
學士相繼投入考據學上，發展至今也累積了相當厚度的研究成果。近代以來也
已有了不少顯著的進展，有如羅振玉先生所主編的《三代吉金文存》此書廣泛
的收錄商周銅器銘文約四千餘器，搜羅豐富是二十世紀三十年代集大成之作，
此外郭沫若先生的《兩周金文辭大系圖錄考釋》則系統的收錄兩周重要的有銘
青銅器，並且加以考釋研究，進一步的將青銅器的發展分爲濫觴期、勃古期、
開放期與新式期等四大時期，從而使得青銅器的研究發展往前推進了更新的階
段，陳夢家先生的《西周銅器斷代》除了對於各時期銅器進行詳細考釋外，更
對歷史、地理、周禮等部份作了有關討論，而容庚先生的《商周彝器通考》則
從器物的形制、銘文及花紋作了綜合性的研究，是爲一部系統詳實考證嚴謹之
作。

在一九八四年由中國社會科學院考古研究所出版的《殷周金文集成》更是
一部集大成之作，此書廣泛收集流散海外的銅器文物以及各處所出土的殷商青
銅器銘文，其學術價值之重是不言可喻的，此外二〇〇六年由中央研究院歷史
語言研究所編輯的《新收殷周青銅器銘文暨器影匯編》此書的內容是收錄《殷
周金文集成》出版之後新出土的有銘青銅器爲主，亦收錄《殷周金文集成》所
漏收的部份，共二千餘件，詳列器號、器名、字數、年代、國屬、著錄、銅器
尺寸、出土時間與出土地、現藏地、流傳與備註等資料，由此可以看出從近代

〔註2〕 朱鳳瀚：《中國青銅器綜論》（上海：上海古籍出版，2009 年），頁 29～30。

以來至今對於青銅器的研究已經逐漸建立一套完善的體系，也具有系統科學化
的研究並且廣泛的徵集所有出土重器，研究方法也不斷的改善與提升，有助於
我們即時掌握相關的青銅器資訊。

前人研究的果實足可爲我們仿效與學習，而其嚴謹的治學態度更能隨時提
醒我們引以爲鑒，然而，隨著新見銅器文物的不斷持續發現出土，許多相關重
要的研究篇章散見於各處期刊，顯然在資料蒐索方面確屬不易，仍然尚待有系
統的整理研究，有鑒於此故本論文擬以近出西周青銅器銘文爲主要研究範疇，
以集釋爲研究主題的設定，針對某些銘文字句重新釋義，匯聚統整各種觀點，
藉由初步的分析之後試圖釐清相關課題，以期趨於完備進而探知銅器銘文的時
代意義。

第二節　研究方法

本論文採集釋的方式，所蒐羅的青銅器分別以作冊般銅黿、𪊽公盨、逨盤、
獄器等相關資料爲主，年限設定以二〇〇二年開始至二〇一一年這段期間所見散
於各處期刊的文章爲主要徵集的方向，陳寅恪先生曾說：「一時代之學術，必有
其新材料與新問題，取用此材料以研求問題，則爲此時學術之新潮流。自學之
士，得預於此潮流者，謂之『預流』，其未得預者，謂之未入流。此古今學術史
之通義。」（敦煌劫餘錄序）。

受到先生這番序言的啓發，對於選材的考量上，首先思考銅器銘文本身所
具有的價值內涵，茲就目前所見的商周青銅器銘文，或可見篇幅簡短或者爲長
篇銘文，然而這些珍貴的銅器銘文都能提供我們更貼近過去所發生的史實，了
解當時的現狀，從歷史發展的規則而言，銘文的內函其本身的學術性不正也是
一種生命歷程的體現，故此爲首要選材要點之一，再者每件銅器銘文本身皆具
有特定意義存在，據陳夢家先生的分析，西周金文的內容是多種多樣的，大別
之可分爲：（1）作器以祭祀或紀念其祖先的，（2）記錄戰役和重大的事件的，（3）
記錄王的任命、訓誡和賞賜的，（4）記錄田地的糾紛與疆界的。（4）很少，（2）
雖有而不如（1）（3）之多。其中自然以記錄王的任命、訓誡和賞賜的，最爲重
要，它們具體的說明了當時的制度，並且實錄了當時的王命。這些王命，最先
是書寫在簡書上的，當庭宣讀了，然後刻鑄于銅器之上。原來的簡書已經不存，

賴此保存了周王室的官文書，它們實具有古代檔案的性質。西周檔案的流傳于後世的，主要的只有兩種：一是今文尚書中的周書部份，一是西周銅器銘文。〔註3〕那麼藉由探討西周銅器銘文背後所衍生的問題，誠如尚無定論之疑難字形如何尋求新的詮釋，以及銘文內容如何啓發我們新的理解，如何適切的釐清深刻處，這些問題顯然值得深入的關注。基於以上的考量，故本論文選擇以作冊般銅黿、虘公盨、逨盤、獄器爲研究對象，可望整理完善並能提出評析。

王國維先生曾經提出：「研究中國古史最爲糾紛之問題上古之事傳說與史實混而不分，史實之中，固不免有所緣飾與傳說無異，而傳說之中亦往往有史實爲之素地，二者不易區別，此世界各國之所同也。吾輩生於今日，於紙上之材料外更得地下之新材料，由此種材料我輩固得據。以補正紙上之材料，亦得證明古書之某部份，全爲實錄，即百家不雅馴之言，亦不無表示一面之事實，此二重證據法。」〔註4〕王國維先生「二重證據法」的提出對於研究方法而言深具卓識且是我們得以參考奉爲圭臬的。

在研究方法上，採取分析歸納、字形考釋、銘文釋讀的方式爲主，在研究步驟上，蒐集整理關於銅器的資料，儘可能求其完備，在章節的規劃上，採單篇銅器爲獨立章節，章節的鋪陳分別由前言、釋文拓片、集釋等組成要素，根據銘文內容加以分類，每條內容底下分別列出各家之說，在諸家的說法之後，嘗試歸納諸說並側重回歸銘文內容的探討，以期客觀且深入的理解背後深意。

〔註 3〕陳夢家：《西周銅器斷代（上冊）》（北京：中華書局，2004 年），頁 400。
〔註 4〕王國維：《古史新證》（北京：清華大學出版，1994 年），頁 1～2。

第二章　作冊般銅黿銘文集釋

第一節　前　言

　　2003 年中國國家博物館所收一件外形特殊的商代有銘青銅器，造型相當罕見，栩栩如生並且十分別致，根據銅黿外形黿的頸側與蓋上分別插有四箭，都只是外露箭羽，箭杆尾羽前大部分皆已射入黿體，朱鳳瀚先生認為四支箭尾部設羽與設比的方式，為了解商晚期箭的形制提供了很有價值的資料。其背甲中部鑄有銘文 4 行 32 字，詳實記錄了當時器主作此器的緣由，袁俊傑先生認為性質很明確就是紀念物，〔註1〕字體風格與商末銘文近似，研判年代當屬商末，本文首先列出器銘拓片及釋文，其次針對相關考釋材料按照發表年代彙整集釋，藉此釐清銘文內容與意義。

〔註 1〕 袁俊傑：〈作冊般銅黿所記史事的性質〉，《華夏考古》2006 年第 4 期，頁 40。

第二節 釋文、拓片

（一）銅黿拓片

（二）釋文：丙申，王迖于洹，隻（獲）。王射，奴射三衛，亡法（廢）
矢。王令（命）帚（寢）馗兄（貺）于乍（作）冊般，曰：「奏
于庸。」乍（作）母寶。〔註2〕

第三節 集 釋

（一）丙申，王迖于洹，隻（獲）。王射，奴射三衛，亡法（廢）矢。

◎李學勤〔註3〕：

　　第一行第四字從「辵」，「戈」聲，但「戈」少了一筆。此字甲骨文習見
【沈建華、曹錦炎：《新編甲骨文字形總表》，香港中文大學出版社，2001 年，
第 116 頁。】，也常有少這筆構形。字的釋讀，學者有種種意見。考慮到其涵
義有時與狩獵無關，例如《殷周金文集成》2771 鼎云：「王迖于作冊般新宗」，
最好從楊樹達、陳煒湛等先生說，讀爲「過」，意思是至【陳煒湛：《甲骨文

〔註2〕釋文依照李學勤：〈作冊般銅黿考釋〉，《中國歷史文物》2005 年第 1 期。
〔註3〕李學勤：〈作冊般銅黿考釋〉，《中國歷史文物》2005 年第 1 期，頁 4。

田獵刻辭研究》，廣西教育出版社，1995 年，第 25〜26 頁。】。按甲骨文田獵地名甚眾，然而未見有洹。銘文「王過于洹」，即商王到洹水上；「獲」即獲得此器所像的黿。

　　第二行第三字「奴」，讀爲「贊」【參看李學勤：《新出青銅器研究》，文物出版社，1990 年，第 111 頁。】，意思是佐、助。銘文先說「王射」，「贊射」即佐助王射。

　　下面「三衛」的「衛」，通「率」字，《詩‧假樂》箋：「循也。」「贊射」者三次接續「王射」故稱「三率」即三循。

　　「亡廢矢」，同于周初柞（胙）伯簋的「無廢矢」【李學勤：《重寫學術史》，河北教育出版社，2002 年，第 181 頁。】。「廢」，《左傳》定公三年注：「墮也。」「亡廢矢」是說沒有一箭不射中目標，就是洹水的黿。「王射」一箭，「贊射」三箭，與銅黿上箭數吻合。

◎朱鳳瀚〔註4〕：

　　釋文：丙申，王泌㓷（于）洹，隻（獲）。王一射，紐（羾）射三，率亡
　　　　　（無）灋（廢）矢。

　　「王泌于洹」之「泌」，在本銘文中作㣤，從必從彳【但在年代較早的無名組卜辭中，「泌」被寫作彶或釋作「迏」，楊樹達按音讀讀爲過（《釋迏》，收入《積微居甲文說》）。但對爲什麼在同樣的句式中應該讀成一個字的這個字，在黃組卜辭中又會寫成泌，則並未作解釋。無名組卜辭中常見的彶，所以應是在戈形器的柲部加指事符號，可以認爲是強調柲部，仍可讀作必。至于黃組卜辭中㣤（泌）偶亦寫作𢓊（迏），不排除是訛變所致。裘錫圭《釋「柲」》一文（收入《古文字論集》，中華書局，1992 年）已指出，甲骨文中的丮字有是匕字異體的可能，並指出從「戈」是筆誤。】。此字（卜辭中或寫作㣤㣤）與此種句式習見于年代相同的商晚期晚葉的黃組卜辭。泌字後世已無，確切字誼不詳。但從卜辭辭例看，顯然應是出行之意。必、比上古音近，比有及、至之意【《孟子‧梁惠王下》：「孟子謂齊宣王曰：『王之臣，有托其妻子于其友而之楚游者，比其反也，則凍餒其妻子，則如之何？』」《音義》云：「比，……

〔註4〕朱鳳瀚：〈作冊般黿探析〉，《中國歷史文物》2005 年第 1 期，頁 6〜10。

及也。」又《論語‧先進》「比及三年」，皇侃義疏：「比，至也」。又《廣雅‧釋詁三》：「比，近也」，也與及、至之義近。】值得注意的是，在黃組卜辭中，凡卜「王泌于」某地，皆要貞問是否「往來亡（無）災」，表明「泌」實際上含有往于某地還要歸于出發地的意思。

洹即洹水。從商晚期晚葉的黃組卜辭看，「王泌于」某地的地方，多較洹水爲遠，洹水流域是王此種出行活動目標最近的區域。從卜辭中可知，商晚期時洹水水量還是很大的，故商王不止一次地要占卜洹水氾濫會不會威脅附近的城邑。因此，商王在洹水流域能射獲此較大的黿，與洹水當時是一條較大的河流有關。

「王泌于洹」後言「隻（獲）」，是指獲此黿。

「王一射，妞（狃）射三」，此句中文字考釋之難點是妞字。從上下兩句話看，妞字應是承接「王一射」句并引發下句「射三」的。此黿共中四箭，從文義看，四箭射者皆應是王，由于均中的，非常準確，故而才值得銘于器而頌揚。「妞」字尚未見於先秦文字，《集韻》有此字，言「女九切」，音紐。殈妞，欲死貌。」其字意在此不適，但字音紐，即從歹，丑聲，在本銘中可讀作狃字。《說文解字》：「狃，犬性驕也，從犬丑聲。」《爾雅‧釋言》：「狃，復也。」郭璞注：「狃，忕，復爲。」邢昺疏引孫炎注：「狃，忕，前事復爲也。」《詩經‧鄭風‧大叔于田》：「叔于田，……襢裼暴虎，獻于公所。將叔無狃，戒其傷女。」毛傳曰：「狃，習也。」鄭箋云：「狃，復也。請叔無復者，愛也。」孔穎達疏云：「叔于是襢去裼衣，空手搏虎，執之而獻于公之處所。公見其如是，恐其更然，謂之曰：『諸叔無習此事，戒慎之，若復爲之，其必傷汝矣。』」可知狃有復義，即再也，又也。那麼「王一射，妞（狃）三射」，便可解釋爲：先王對此黿射了一箭，接著又連射三箭。

「率亡瀌（廢）矢」，率，《漢書‧宣帝紀》：「率常在下杜」，顏師古注：「率者，總計之言也。」朱駿聲《說文通訓定聲》：「按，猶均也。」瀌讀作「廢」，亦見于西周金文，如康王時大盂鼎記康王對盂曰：「勿瀌（廢）朕命」。《爾雅‧釋詁》：「廢，舍也。」「勿廢朕命」即不要使我的誥命被廢棄。本器「率亡廢矢」直譯即總言之無有未命中的矢。類似語句亦見于1993年在平頂山應國墓地發掘的M242中出土的柞伯簋，其銘文中有句曰：「柞伯十稱弓，無瀌（廢）矢」【王

龍正等：《新發現的柞伯簋及其銘文考釋》，《文物》1998 年第 9 期。】。「無廢矢」語意與本銘同。

◎王冠英〔註5〕：

　　釋文：丙申，王迗于洹，隻（獲）。王射，般射，三，率亡灋（廢）矢。

　　　王迗于洹，隻（獲）

　　迗字晚期甲骨文不少見，多是敘述「王」往來某地的行動，學者隸爲迗或迭，釋「過」、「後」、「遊」、「弋」等【參見裘錫圭先生《釋秘》，《古文字論集》，中華書局，1992 年，第 20 頁。】。依文例，此字應爲「巡視」「巡察」等義。卜辭有與「王迗于洹，隻（獲）」內容相近的辭條：

　　　戊戌卜，貞，王迗于召，往來（無灾）。在九月。兹 ![字] ，隻（獲）麋一。（《甲骨文合集》37460）

　　所不同的是所引辭條說明捕獲了一只麋鹿，而本銘只說「隻（獲）」。洹，即卜辭「洹其作兹邑禍」之「洹」，商殷都附近的洹水。此字位於背甲右後部插矢處，部分筆畫不甚清楚，但系「洹」字無疑。

　　　王射，般射，三，率亡灋（廢）矢：

　　![字] ，當隸爲「般」。《免盤》「般」字，與此形似。此「般」即作器者作冊般之「般」。此字與下文「王令帝馗兄（既）于作冊般」之「般」形體稍異，不過筆者仔細揣摩原器，覺得仍以釋「般」爲是，字迹雖有銹蝕，但筆意尚存。

　　「般射，三」，是說般射了三箭。「射三」也可能是「三射」合文。

　　「率亡灋（廢）矢」：完全沒有浪費一箭。灋，讀「廢」。金文「勿灋朕命」「敬夙夕勿朕灋命」的句子習見，「灋」都讀「廢」。「率亡」，是「完全沒有……」的意思。這可能是金文的一個固定句式，應連讀或前後呼應來讀。《毛公鼎》：「率懷不廷方，亡不閈于文武耿光」。

　　這句話敘述獲黿的射獵過程。大意說：王射了一箭，我（般）射了三箭，完全（命中），沒有浪費一箭。銅黿肩和背甲上的四支矢標示的就是這四支箭。

〔註 5〕王冠英：〈作冊般銅黿三考〉，《中國歷史文物》，2005 年第 1 期，頁 11～13。

◎裘錫圭〔註6〕：

丙申王泌于洹獲。

各家釋文皆于「洹」字後加逗。竊以爲「獲」應連上讀。「丙申王泌于洹獲」，意即「丙申王泌于洹之獲」。「獲」用爲名詞，當「所獲」講。在古漢語中，被有些語法學家稱爲「結構助詞」的「之」，出現得不是很早。雖然西周早期銅器銘文中，這種「之」字已經出現，如中方鼎的「唯王令南宮伐反虎（或釋『荊』）方之年」（《殷周金文集成》5・2751）。但是同時期的大多數銘文仍然不用這種「之」字，例如：

唯明保殷成周年（作冊䰱卣，同上，10・5400）

唯公太保來伐反夷年（旅鼎，同上，5・2728）

唯王來格于成周年（厚趠方鼎，同上，5・2730）

《尚書・大誥》說「用寧（文）王遺我大寶龜，紹天明」（句讀從楊筠如《尚書覈詁》、曾運乾《尚書正讀》），「文王遺我大寶龜」意即「文王所遺我之大寶龜」，也不用「之」字。結構助詞「所」比「之」出現得還要晚，所以《大誥》也不用。商代晚期的銅黿銘把「丙申王泌于洹之所獲」說成「丙申王泌于洹獲」，是一點也不奇怪的。銘文以此語開端，是爲了說明銅黿所象之物，是商王在丙申日泌于洹時所捕獲的。如在「洹」字後加逗，「獲」只能視爲動詞，其後似不應不出現由「鱉」、「黿」一類字充當的賓語。

王一射，□射三，率無廢矢。

此句的釋讀，基本上從朱文。但是兩個「射」字之間的那個字很難確釋，李、朱、王三文所釋似皆難從，所以改用空框表示。李文釋此字爲「奴」，讀爲「贊」（4 頁）。從字形上看，根據似嫌不足。不過從上下文看，這個字的意義是有可能屬於「贊助」、「佐助」這一類的。也有可能這個字是商王泌于洹時所帶隨從中的一種人的名稱。「王一射，□射三」，就是王發了一矢，「□」這種人（當不止一人）發了三矢的意思。「一」、「三」二字都特別小，大概是制銘文之模時後添的字。

〔註6〕裘錫圭：〈商銅黿銘補釋〉，《中國歷史文物》2005 年第 6 期，頁 4～5。

◎袁俊傑〔註7〕：

釋文：丙申，王迏于洹，隹（惟）王射，叡射四，率亡（無）灋（廢）矢。

第一行最末一字，下部無「又」，應釋為「隹」，同「惟」。助詞，用於詞首，表示發端。例同《柯尊》：「隹武王既克大邑商」【唐蘭：〈柯尊銘文解釋〉，《文物》1976年第1期，頁60。】《宗周鐘》：「隹皇上帝百神，保余小子。」【郭沫若：《兩周金文辭大系圖錄考釋·第二冊、第六冊》，北京：科學出版社，1958年，頁25、51。唐蘭：《西周青銅器銘文分代史征》，北京：中華書局，1986年，頁503。】此處若釋「隻」，不僅與實際不符，也與田獵卜辭的用法確實不合。

第二行第三字「叡」，讀為「殘」，是殘穿的意思。《說文·叡部》：「叡，殘穿也。從又，從歺。讀若殘。」徐鍇《繫傳》：「又所以穿也。」段玉裁注：「殘穿也，去其穢穢，故從又、歺，會意。」按古代有「角弓」「殺矢」【〈詩·魯頌·泮水〉《十三經注疏·毛詩正義·卷二十之一（上冊）》，北京：中華書局，1980年，頁612。〈周禮·夏官·司弓矢〉《十三經注疏·周禮注疏·卷三十三（上冊）》，北京：中華書局，1980年，頁856。】「主皮之射」【〈儀禮·鄉射第五〉《十三經注疏·儀禮注疏·卷十三（上冊）》，北京：中華書局，1980年，頁1011。】「貫革之射」【〈禮記·樂記第十九〉《十三經注疏·禮記正義·卷三十九（下冊）》，北京：中華書局，1980年，頁1011。】「穿札之射」【《漢·韓嬰·韓詩外傳（卷八）》，湖南文藝書局刊，1894年。】又有「射則貫兮，四矢反兮」【〈詩·齊風·猗嗟〉《十三經注疏·毛詩正義·卷五之二（上冊）》，北京：中華書局，1980年，頁355。】「不貫不釋」之說，【〈儀禮·大射第七〉《十三經注疏·儀禮注疏（上冊）》，北京：中華書局，1980年，頁1002。】皆崇尚弓矢勁疾中深，反復貫穿侯的。故此處的「叡」，可引申為「貫」，作穿透講，叡射，即貫射、穿射。

第二行第五字「四」，確為四條橫道，上邊的三橫道比較清楚，最末一橫道，與「率」字的起筆一畫平齊，雖有銹蝕，但字槽尚存，依稀可辨，此字系「四」字無疑。「叡射四」，即穿射了四箭，與銅黿上的箭數及情形相吻合。四箭均為王所射。按柞伯簋等器銘，臣僚在射禮中表現突出，王都要給予豐厚的物質獎

〔註7〕袁俊傑：〈作冊般銅黿所記史事的性質〉，《華夏考古》2006年第4期，頁42～43。

賞，而黿銘，則是王在射禮中獲得了優異成績，從事理上講，正因爲王本人不可能獎賞自己，所以才命人做了這件庸器。

◎宋鎮豪〔註8〕：

　　釋文：丙申，王迚于洹，獲。王一射，㓺射三，率，亡（無）瀢（廢）矢。

　　迚，讀爲陳，指陳列之義【何樹環：《說「迚」》，《訓詁論叢》第四輯《第二屆國際暨第四屆全國訓詁學學術研討會論文集》，台北，文史哲出版社，1999年，第323～342頁。】。㓺字從歺從丑，有贊佐、佐助之義【參見李學勤：〈作冊銅黿考釋〉，《中國歷史文物》2005年第1期。】。「無廢矢」，爲般評竟射優勝的贊語，形容射技精湛，箭無空射皆中目標，是個射禮場合的常見用語。

　　「作冊般」，亦見于《作冊般甗》，爲帝乙時人名。殷青銅器有彘觚，銘作「（圖）」（《三代》14‧15‧1，《集成》6654），有彘爵，銘作「（圖）」（《集成》7530），繪一矢射透或射中豕身，造字意匠與銅黿被射四箭類同。此銘記商王帝乙陳列于洹水舉行竟射，王一射，佐助三射，皆中的，無廢矢，射獲大黿，頒功，命寢馗貺賜乍冊般，譜咏其事于鏞鐘演奏。商王射于安陽殷墟的洹水，王一射，佐助三射，奏于庸，與甲骨文射于水澤處，三弓用射，射禮的行儀構成要素等有一些共同點，可互爲補苴。辭云「奏于庸」，當是射後舉行享禮的行儀之一，這也有助于加深領會上揭甲骨文射後數日舉行的祭祖食儀。

◎晁福林〔註9〕：

　　釋文：丙申，王迖邡（于）洹，隻（獲）。王一射，般射三，率無瀢（廢）
　　　　　矢。

　　銘文首行王后一字從弋從辵，專家多釋讀爲「過」，謂甲骨文戈字或缺筆作弋。此說雖然不無道理，但甲骨文亦多有不缺筆者。在此銘中，似乎以不添筆謂從戈，而直接說它從弋，寫作「迖」更爲合適。弋字《說文》訓爲「橛也，像折木衺銳者形」，指可釘於牆上或地上的小木樁。弋在甲骨中少見，以往所見的不多幾例，皆作地名、人名。然而，在先秦文獻中，弋則多用爲射

〔註8〕　宋鎮豪：〈從新出甲骨金文考述晚商射禮〉，《中國歷史文物》2006年第1期，頁14～15。

〔註9〕　晁福林：〈作冊般黿與商代厭勝〉，《中國歷史文物》2007年第6期，頁48～53。

獵之稱，如田弋、弋射、弋獵等。此意久假不歸，故而後來又造出杙字表示本意，弋則常用弋射之義了。如《易·小過·六五》爻辭「密云不雨，自我西郊，公弋取彼在穴」，弋取即射取。《詩·女曰雞鳴》「將翱將翔，弋鳧與雁。……弋言加之，與子宜之」，鄭箋云：「弋，繳射也。言無事則往弋射鳧雁，以待賓客爲燕具。」《詩·桑柔》「如彼飛蟲，時亦弋獲」，鄭箋云：「猶鳥飛行自恣東西南北時，亦爲弋射者所得。」作冊般黿這個戠字可以讀若「弋」，指弋射而言。此黿體上所插四箭，實當爲「弋」之形。弋，本指繫繳之箭，或稱爲「矰」。《周禮·夏官·司弓矢》「矰矢、茀矢用諸弋射」，蓋以所繫絲縷之粗細分矰爲矢、茀矢兩種。《周禮·東官·矢人》「兵矢、田矢五分，二在前，三在後。」鄭注：「田矢，謂矰矢。」蓋矰矢常用于田獵，故而又稱「田矢」。它的特點是前部箭鏃較輕，利於帶繳遠射。這件銅黿所插四支箭，長僅 5.4 釐米，這四支箭，專家或判斷是箭杆的羽尾部分，表示箭鏃與箭杆經強力奮射已沒入黿體。這樣理解當然是可行的，但是謂箭杆已插入黿體，終覺有些不妥。現在細看其形，愚以爲它就是由箭鏃和很短的箭杆所組成的「弋」，其末端類似現在螺絲釘帽上的挫槽，就是文獻記載的扣弓弦的「比」，這個形象我們可以從黿左肩部所插的一矢，清楚地看到。「弋」與普通的矢箭不同之處在於它要系生絲縷爲繳，爲了射得更有力，且保證其準確性能，必然不會拖著較長的箭杆，但是，無論如何也不會像這四支箭那樣如許之短。對於這種情況，應當作出的一種推測是，制作者爲了鑄造方便而將箭杆縮短，取其會意而已。此箭鏃進入黿體的部份作圓杆形，而沒有銳利的鏃鋒，是因爲這樣便于插入黿體之放而不致輕易滑落。總之，銘文「戠」字所從的弋爲羨劃，這個字應當釋讀爲弋。意指田獵弋射。銘文所載「丙申，王戠（弋）于洹」，意即丙申這天商王田弋于洹水【「田弋」之事先秦時期習見于文獻記載，例如《左傳》哀公七年載「曹伯陽即位，好田弋。曹鄙人公孫強好弋，獲白雁，獻之。且言田弋之說」，《周禮·夏官·司馬矢》「田弋充籠簴矢」，《管子問》「牽子弟不田弋獵者」，凡此皆可證先秦時期，「田弋」爲比較流行的用辭。】。商王是特意到洹水田弋者，並非路過此地偶然獲黿。

　　愚以爲這是記田弋之事，並非射禮所爲。射禮須射侯，或可將龜黿之物置于射侯中間爲「的」，但這件銅黿所示四箭，最前一箭，系從黿的左肩部射中，

不應當是射禮上面所射而成的情況。我們這裡所說的射禮是以文獻所載射禮情況爲據而言的，如果擴大射禮範圍把田弋亦歸之于射禮，說此事反映了殷射禮，當然亦無不可。但無論如何，它與文獻所載射禮的情況是有所區別的。

作冊般黿所載弋射獲黿之事，使我們可以想見弋射不僅上可射飛鳥，而且下可射魚黿。《呂氏春秋·知度》篇謂「非其人而欲有功，譬之若夏至之日而欲夜之長也，設魚指天而欲發之當也」，這裡指射魚一定要射向水中，若指向天空則背道而馳矣。《論衡·紀妖》篇載「始皇夢與海神戰，憲怒入海，候神射大魚」【《太平御覽》卷九三六，中華書局，1960 年，第 4158 頁。】秦始皇射魚之事流傳甚廣，《太平御覽》引《三齊記》謂其「入海三十里射魚」。唐代詩人皮日休有「下窺見魚樂，悅若翔在空」【《全唐詩》卷六一《奉和魯望漁具十五咏·射魚》。】之句，描寫射魚的情況。可以說，射魚黿之事，與射獵弋鳥一樣，也是自古就有的射獵活動，作冊般黿銘文爲了解古代弋射增加了一個新的例證。

◎李凱〔註10〕：

釋文：丙申，王祕于洹，獲。王射，🐂射三，率亡法（廢）矢。

　　丙申，王祕于洹，獲。

商王田獵常有定期，李學勤先生曾經指出：「大體說來，在文丁以前，商王田獵日以乙戊辛壬爲常，丁日爲變。帝辛帝乙時略予放寬，以乙丁戊日爲常，庚日爲變。」【李學勤：《殷代地理論》，第 4 頁，科學出版社，1959 年。】此次商王丙申日「于洹」不在此例，有可能是射禮，不是一般的田獵。這與作冊般黿是紀念商王賞賜的紀念品的說法不同。「于洹」，李學勤先生解釋，應爲「過于洹」，謂商王到達洹水邊上，獲得大黿。

　　王射，🐂射三，率亡法（廢）矢。

此行第三字作「🐂」，此字字形古怪，銘文有麻點，釋讀難度很大。專家或釋爲「狃」，意爲再一次；或釋爲「般」。倘若可隸定爲「狃」，謂再一次，則銘文索性說「王四射，率無法矢」更爲直接。而釋爲「般」，則第四行第一字「般」明顯從舟從攴，左右分明與此有所不同。在此，從李學勤先生說，隸定爲「奴」，讀爲贊更好，意爲佐助。謂王先射後，商王隨從贊助王射又發了三箭，皆無虛

〔註10〕李凱：〈試論作冊般黿與晚商射禮〉，《中原文物》2007 年第 3 期，頁 46～47。

發。

◎楊坤〔註11〕：

銘文曰：「王祉于洹，獲。王射□，射三，率無廢矢」。其中「□」字不識，然據上下文義，應指此黿。「三」，當讀爲終止之「訖」【于省吾《甲骨文字釋林・上卷・釋气》，中華書局 1979 年版第 80～83 頁。】，即《儀禮・鄉射禮》、《儀禮・大射》之「卒射」。「率無廢矢」，則謂商王射黿，四射皆中。按《鄉射禮》、《大射》中的「乘矢」，就是四矢。《漢書・匈奴傳》顏師古注引韋昭亦云：「射哩，三而止，每射四矢。」另外，銅黿身著四矢的情形，與《詩・大雅・行葦》的「四鍭如樹」十分相象。因此，商王射黿，肯定與射禮有關，而絕不是其田獵獲黿過程的具體描述。然其一而止，則與射禮亦不盡同。

關於田獵之後行射的文獻記載，《尚書傳》有之。如「戰鬭不可不習，故於蒐狩以閑之也。閑之者貫之也，貫之者習之也。凡祭，取余獲陳于澤，然後卿大夫相與射也。中者雖不中也取，不中者雖中也不取。何以然？所以貴揖讓之取也，而賤勇力之取也。向之取也於圍中，勇力之取也；今之取也於澤宮，揖讓之取也。」《春秋・昭公八年》穀梁傳同之。

《鄉射禮》鄭玄注曾引用《書傳》之文，並稱：「澤，習禮之處，非所於待禮，其射又主中，此主皮之射與？」《周禮・地官・鄉大夫》鄭玄注：「庶民無射禮，因田獵分禽則有主皮，主皮者，張皮射之，無侯也。」又《鄉射禮》鄭玄注：「主皮者，無侯，張獸皮而射之，主於獲也。」《禮記・射義》孔穎達疏則綜合其說，謂：「凡主皮之射，有二：一是卿大夫從君田獵，般餘獲而射；二是庶人亦主皮之射。」可見，關於主皮之射，漢、唐經師的說法是一致的。從作冊般銅黿身著四鍭的形狀與銘文獲而射之的記載來看，它應與主皮之射的般餘獲而射有關。其一射四矢而止，極有可能與澤射習禮有關。

北京故宮博物院藏有一戰國圖像銅壺，上有池沼魚鱉、水鳥、獵人駕舟持弓、弋射等圖象【《故宮青銅器》第 283 頁，紫禁城出版社，1999 年。】。據李學勤先生研究，畫面與《禮記・射義》「天子將祭，必先習射於澤」，有相似之處【李學勤《新出青銅器研究》第 164 頁，文物出版社，1990 年。】。觀察作

〔註11〕楊坤：〈作冊般銅黿補說〉，「復旦大學出土文獻與古文字研究中心」網站，2008/01/31，http://www.gwz.fudan.edu.cn/SrcShow.asp?Src_ID=330。

冊般銅黿所著四矢，其形制金鏃翦羽而無槁【按矢末有槽，可以安槁。】，可能就是弋射的矰。如果上推斷沒有大誤的話，那麼作冊般銅黿就是目前所發現的有關天子澤射習禮的最早的實物證據。

周因商禮，其損益可知也。按《射義》孔穎達疏：「射之所起，起自黃帝。《虞書》云：『侯以明之』，是射侯見於堯、舜。夏、殷無文，周則具矣。」隨著作冊般銅黿的發現和對殷虛卜辭的深入研究【宋鎮豪《從新出甲骨金文考述晚商射禮》，《中國歷史文物》2006 年第 1 期。】，「夏、殷無文」的缺憾，應該會有一些改變。

銘文中的「淴」字，常見於第五期卜辭，雖不能確釋。《尙書傳》云：「戰鬥不可不習，故於蒐狩以閑之也」，其說亦見於《公羊傳・桓公四年》何休注、《月令章句》【《後漢書・禮儀志》劉昭注引。】。《周禮・夏官・大司馬》詳其四時之舉，如「中春教振旅，司馬以旗致民，平列陳，如戰之陳。……遂以蒐田……獻禽以祭社」。按殷虛卜辭有「振旅」二字，如「丁丑王卜貞，其振旅，延淴於盂，往來無災」【裘錫圭《古文字論集》第 25 頁引，中華書局，1992 年。】。其中「振旅」與「淴」，並見於一辭。綜合起來考慮，「淴」字應當同田獵習戰及獻禽以祭等有關。看來，《周禮》四時田獵習戰、獻禽以祭的制度，也是有所因襲的。

◎趙紅紅 〔註12〕：

銘文中「叞射四」一語，袁俊傑先生認爲「『叞』讀爲『殘』，是殘穿的意思。《說文・叞部》：『叞，殘穿也。從又，從歺。讀若殘。』……按古代有『角弓』『殺矢』、『主皮之射』、『貫革之射』、『穿札之射』，又有『射則貫兮，四矢反兮』，『不貫不釋』之說，皆崇尙弓矢勁疾中深，反覆貫穿侯的。故此處的『叞』，可引申爲『貫』，作穿透講，叞射，即貫穿、穿射。……『叞射四』，即穿透了四箭，與銅黿上箭數及情形相吻合。四箭均爲王所射。」這種「叞射四」的禮制，頗似周代射禮中的「乘矢」。《儀禮・鄉射禮》云：「兼挾乘矢。」《大射禮》又云：「挾乘矢于弓外。」

商代後期的習射之禮，其地點通常爲類似《禮記》所謂「習射于水澤」等

〔註12〕趙紅紅：〈試論先秦射禮的產生和形成〉，《江南大學學報》2010 年 4 月第 9 卷第 2 期，頁 61。

水澤原野處，其儀制已有類似周代射禮中納射器、乘矢、射侯、初射、再射、三射的「子入弓」、「叕射四」、羊犾鹿等動物爲的，「丙弓」、「遲弓」、「疾弓」之等，其用辭也是將射中目標稱之爲「獲」。

◎袁俊傑〔註13〕：

　　釋文：丙申，王送于洹，隹（惟）王射，叕射四，率亡（無）瀶（廢）矢。

　　第一行第四字，李文釋爲「『送』，從『辵』，『戈』聲，但『戈』少了一筆。此字甲骨文習見，也常有少這筆的構形……考慮到其涵義有時與狩獵無關……最好從楊樹達、陳煒湛等先生說，讀爲『過』，意思是至。」王文同其釋，並指出：「送字晚期甲骨文不少見，多是敘述『王』往來某地行動，學者隸爲送或过，釋『過』、『後』、『迭』、『弋』等。依文例，此字應爲『巡視』『巡察』等義」；朱文釋「逖」。「從必從辵。此字與此種句式習見于年代相同的商晚期的黃組卜辭。逖字後世已無，確切字義不詳。但從卜辭辭例看，顯然應是出行之意。必、比上古音近，比有及、至之意……表明『逖』實際上含有往于某地還要回歸于出發地的意思。」「至于黃組卜辭中𡿩（逖）偶亦寫作𢌉（送），不排除是訛變所致。裘錫圭先生《釋「柲」》一文已指出，甲骨文中的𢦏字有是𢦠字異體的可能，並指出從『戈』是筆誤。」裘文從其釋；宋文釋「进」。「讀爲陳，指陳列之義」；拙文基于送、逖均有甲骨文辭例爲據，且送又是由逖訛變而來，故從李文釋。現今看來亦不妥，應釋爲「弍」，讀爲「弋」【參見裘錫圭：《釋「柲」》，《古文字論集》，20頁，中華書局，1992年。】，意即弋射。《說文・厂部》：「弋，橜也。」段玉裁注曰：「俗用杙爲弋，顧用弋爲𪐗射字，其誤久矣。杙者，劉劉杙也，不爲橜弋字。弋，象形，故不從木也。」又《玉篇・弋部》：「弋，繳射也。」即用帶繩子的箭射獵禽鳥。若按裘文全句之句讀，該字亦可釋意爲取。《古今韻會舉要・職韻》：「弋，取也。」《書・多士》：「非我小國，敢弋殷命。」孔傳：「弋，取也。」孔穎達疏：「弋，射也，射而後取之，故弋爲取也。」【〔清〕阮元：《十三經注疏・尙書正義》，219頁，中華書局，1980年影印本。】此與《淮南子・時則訓》所載的「登龜取黿」【何寧：《淮南子集釋》上冊，407頁，中華書局，1998年。】亦正相吻合。

〔註13〕袁俊傑：〈作冊般銅黿銘文新釋〉，《中原文物》2011年第1期，頁43～47。

但綜合起來分析，還是釋弋射爲妥。

第一行第六字，各家均釋爲「洹」。但李文指出：「按甲骨文田獵地名甚眾，然而未見有洹。」拙文亦說：「文獻與甲骨文等材料說明商代確實非常重視田獵，商王行獵地名甚眾，但無一處提到洹水。而且這些田獵地都不在商都所在地。從田獵皆要貞問其是否『往來無災』的卜辭看，商代的田獵地距都城也應有一定距離。」實際上也必須有一定的距離，商王乃至歷代王朝是不可能在都城所在地舉行田獵的，相反，如果是舉行禮儀活動則是完全可以的。此疑竇已說明該銘不是田獵紀錄。「王弋于洹」，與文獻記載的「弋鳧與雁」【《詩·鄭風·女曰鳩鳴》，〔清〕阮元校刻：《十三經注疏·毛詩正義》，340 頁，中華書局，1980年影印本。】和金文記載的「射于大池」、「在辟雍……王射大龏」【麥方尊，郭沫若：《兩周金文辭大系圖錄考釋》，40 頁，科學出版社，1957 年；中國社會科學院考古研究所編：《殷周金文集成》11.6015，196 頁，中華書局，1992 年。】以及戰國青銅器人物畫像紋的弋射圖【故宮博物院藏采桑宴樂射獵攻戰紋銅壺，楊宗榮：《戰國繪畫資料》圖 20，中國古典藝術出版社，1957 年。】所反映的水澤環境也完全一致。

第一行最末一字，諸家均釋「獲」。李文認爲「『獲』，即獲得此器所像的黿」。朱文亦約：「『王迭于洹』後言『隻（獲）』，是指獲此黿。」但王文已發現它與狩獵卜辭相比，「所不同的是所引辭條說明捕獲了一只麋鹿，而本銘只說『隻（獲）』」。裘文更從語法上指出這一問題，他說：「各家釋文皆于『洹』字後加逗。竊以爲『獲』應連上讀。『丙申王迭于洹獲』，意即『丙申王迭于洹之獲』『獲』用爲名詞，當『所獲』講……銘文以此語開端，是爲了說明銅黿所像之物，是商王在丙申日迭于洹時所捕獲的。如在『洹』字後加逗，『獲』只能視爲動詞，其後似不應不出現由『鱉』、『黿』一類字充當的賓語。」拙文亦認識到：田獵卜辭「一般都要說明王田于某地、是否往返無災，並必言獵獲的動物與數量……而作冊般銅黿則是『王迭于洹』，不見『田』字，『獲』字後面亦無田獵卜辭所慣用的獵獲名稱和數量，與甲骨文的田獵卜辭文體頗爲不合。此處若釋『隻』，不僅與實際不符，也與田獵卜辭的用法確實不合。」同時與射禮先射後唱獲之次序也正相顛倒。再加上該字下部有誘蝕，字迹漫漶不清。于是依金文辭和甲骨卜辭有把隻與隹誤混例，如《殷墟文字甲編》3914：「戊午卜，獲貞：隹兕，于大乙隹示？大吉。」屈萬里云：「隹兕之隹，當是獲字之省假。」又

3918：「貞：五隻**𠁣**？」陳煒湛說：「**𠁣**當是隹字而假爲獲，『五隻隹』，意謂『隻獲五』也」。【陳煒湛：《甲骨文田獵刻辭研究》，頁 175、177、213 廣西教育出版社，1995 年。】認爲該字當連下讀，「應釋爲『隹』，同『惟』。助詞，用于語首，表示發端」。「惟王射」，即王射。而今若第四字釋「弋」，則該字亦可釋爲「隻」，即獲之本字。仍單字爲句。與柞伯簋銘「隻則取」的隻字的用法與意思應完全相同。在射禮中用箭射中侯稱獲。作爲射禮專門術語的獲，雖然淵源于田獵所得的「擒獲」、「獲得」之獲，但意思已經不同。它既不需要連上讀，其後也不需要賓語，獨自成句，與射禮「唱獲」、「釋獲」、「不獲不釋」、《鄉射禮》鄭玄注「射者中則大言獲」【〔清〕阮元校刻：《十三經注疏·儀禮注疏》，1000 頁，中華書局，1980 年影印本。】之獲同，意即射得。

　　第二行首句，李文句讀爲「王射」，王文同之；朱文隸爲「王一射」，裘文、宋文皆從支。這就是 33 字說的來歷。並且裘文還發現：「『一』、『三』二字都特別小，大概是制銘文之模時後添的字。」拙文則從李文釋，其原因是：若隸爲「王一射」，則與下句「夨射三」的語言習慣不同，要麼數字都在前一射、三射；要麼都在後爲射一、射三。在同一篇銘文中，尤其是緊連的兩個句子中不可能出現前後不一致的表述習慣。……所謂「王一射」之「一」字，當可能是由此斜橫誤讀而來。而「王射」之句式，又見于麥方尊【中國社會科學院考古研究所編：《殷周金文集成》11.6015，196 頁，中華書局，1992 年。】、令鼎【中國社會科學院考古研究所編：《殷周金文集成》5.2803，198 頁，中華書局，1992 年。】等金文射禮文辭。與靜簋「小子眔服、眔小臣、眔尸仆學射」【中國社會科學院考古研究所編：《殷周金文集成》8.4273，210 頁，中華書局，1992 年。】，長由盉「穆王饗醴，即邢伯、大祝射」【中國社會科學院考古研究所編：《殷周金文集成》15.9455，133 頁，中華書局，1992 年。】，義盉蓋「王在魯，鄉即邦君、諸侯、正、有司大射」【中國社會科學院考古研究所灃西發掘隊：《1984 年灃西大原村西周墓地發掘簡報》，《考古》1986 年第 11 期。】，鄂侯方鼎「王休厦，乃射，馭方鄉王射」【中國社會科學院考古研究所編：《殷周金文集成》5.2810，205 頁，中華書局，1992 年。】等金文射禮文辭也有近同之處。可見這種與甲骨文田獵刻辭相比缺少介賓或賓語的句式，在西周金文射禮文辭中則習見，說明「王射」與「獲」、「慣射四」、「無

廢矢」一樣，在當時都是記錄射禮的專門術語或句式，也是射禮文辭不同于田獵文辭的主要方面，從而成爲區別射禮文辭與田獵文辭的顯著標誌。

第二行第三字……不過從上下文看，這個字的意義是有可能屬於「贊助」、「佐助」這一類的。也有可能這個字是商王迌于洹時所帶隨從中的一種人的名稱。我們根據《淮南子·時則訓》的記載及何寧的集釋【詳見何寧：《淮南子集釋》上冊，407頁，中華書局，1998年。】，知黿的性情並不凶猛，人們比較容易捕獲。再參照古今中外捕捉黿龜類動物，並不採取射捕方法的事實，認爲「贊射」、「佐助」之說實際上是不成立的。史官參與武射似不符合其身份與職責。黿體共中四箭，而史官射了三箭，也與該模型是用「來顯示商王射箭百發百中的神威」【王冠英：〈作冊般銅黿三考〉，《中國歷史文物》2005年第1期。】相矛盾。從事理上講，如果是王射一箭，贊射者或般射三箭，王很高興，依柞伯簋等器銘例，當有豐厚的物質獎賞，而本銘則沒有。顯然，「贊」與「般」之說都是不妥當的。以上各家都說商王只射了一箭，後三箭是隨員佐助商王射的。唯有朱先生獨具慧眼，認爲這四箭都是商王射的。這一看法無疑是正確的。……故此處的「叙」，可引申爲「貫」作穿透講，叙射，即貫射、穿射。考慮到貫穿後的既是古代射禮所追求的理想的完美射藝效果，也與銅黿所展示的情形相吻合，故此解比較合適。……本銘的王射是否也有教習示範之性質呢，或通「嗣」，作副詞。表示事情跟著發生。猶「接著」、「隨後」，即王弋射後，接著又射黿。所有這些也都應該提出來，作近一步的思考。

第二行第五字，各家皆釋爲「三」，唯王文于「射」字後加逗，單字爲句。並指出：「射三」也可能是「三射」合文；我們通過變換底色和複印的深淺度，仔細比對銘文拓本、照片和X光片等圖片資料，最終確認其爲四條橫道的「四」字。從而也使「王一射，叙射三」之缺陷迎刃而解。拙文認爲「『叙射四』，即穿射了四箭，與銅黿上箭數及情形相吻合。此與《儀禮》所記周代射禮『三番射』中每番都是發射四支箭的定數也完全相同，這絕不可能是偶然巧合，而應該有某種淵源聯繫和特定的寓意。」爲什麼要射四矢呢？這與當時人們的天地四方觀念有關，我們知道周人對數字四可謂情有獨鍾，曾賦予它極爲美好的涵義。「乘車，必駕四馬，因即謂四馬爲乘。大射，鄉射，皆以四矢爲乘矢。」「必用四矢者，象其能御四方之亂」【《詩·齊風·猗嗟》孔穎達疏，〔清〕阮元校刻：《十三經注疏·毛詩正義》，頁355，中華書局，1980年。】「象有事于四方」

【《儀禮・大射》鄭玄注，〔清〕阮元校刻：《十三經注疏・儀禮》，頁 1035，
中華書局，1980 年。】。「也許『三番射』中的某些具體儀節和射四矢所喻之涵
義，可能在商代晚期就已經存在了。所有這些都說明銅黿所反映的已不是濫觴
期的射禮，而應是形成期的射禮。」

　　第二行第六字，朱文、王文、裘文、宋文均釋爲「率」，但句讀稍有不同。
朱文、王文、裘文皆連下讀爲「率亡（無）瀍（廢）矢」。朱先生認爲：亡通「無」，
瀍讀作「廢」。依據《漢書・宣帝紀》「率常在下杜」顏師古注：「率者，總計之
言也」，朱駿聲《說文通訓定聲》：「按，猶均也」，《爾雅・釋詁》：「廢，舍也。」
「本器『率亡廢矢』直譯即總言之無有未命中的矢」。意譯即「皆命中而無有廢
矢」。類似語句亦見于 1993 年在平頂山應國墓地發掘的M242 中出的柞伯簋，
其銘文中有句曰：「柞伯十稱弓，無瀍（廢）矢。」「無廢矢」語意與本銘同。
王先生認爲：「『率亡』是『完全沒有……』的意思。這可能是金文的一個固定
句式，應連讀或前後呼應來讀。」……現在看來，「無廢矢」的確是射禮文辭區
別于田獵文辭的一個最顯著的語言標識。作爲商周金文射禮文辭中稱贊竟射優
勝的專門術語，過去在缺乏實物資料的情況下，多就字面解，其確切含義似乎
並沒有眞正弄明白。現隨著作冊銅黿的發現與研究，其含義應該說是比較清楚
了。……因此，「率亡廢矢」應釋意爲皆貫穿靶的，沒有作廢不釋的箭。

◎佳瑜按：

　　銘文「　　」字，李學勤、王冠英、李凱等先生釋讀爲「迖」，在字形分析
上李先生認爲此字从辵戈聲，但「戈」少一筆，甲骨文習見此字，也常有少這
筆的構形，再者考慮其涵義有時與田獵無關，所以他認爲最好依楊樹達、陳煒
湛等先生之說，讀爲「過」，意思是「至」。王冠英先生從之，但認爲此字有巡
視或巡察之意。

　　此外朱鳳瀚、裘錫圭、楊坤等先生釋此字爲「泌」，朱先生認爲此字在銘
文中寫作　　，从必从辵。在其他卜辭中，此字亦作　　、　　，同時也認爲泌與
此種句式習見於年代相同的商晚期的黃組卜辭，不過泌字在後世已無，確切的
字義已經不詳了，但從卜辭辭例來看，顯然是出行之意。裘先生指出在第 5
期甲骨卜辭裏常見一個寫作　　、　　、　　、　　、　　等形的字，而在這個偏旁的
各種寫法裏，　和　顯然是「柲」的象形初文，其中　、　、　則是　字加指示

符號的繁體，又說在象秘形的筆畫上加點或圈是用以指明「秘」的字義，這種現象跟「肱」的初文在象手臂的筆畫上和圈以指明「肱」的字義是同類現象，所以這個字應釋作「泌」，也應該讀爲「毖」，表示對某一對象加以敕戒鎮撫，往往需要到那一對象的所在地去。〔註14〕宋鎮豪先生則認爲應爲「迍」，讀爲陳，指陳列之義。而晁福林先生釋爲「迖」，袁俊傑先生在其〈作冊般銅黿所記史事的性質〉〔註15〕一文中釋「迖」，無說，後又於〈作冊般銅黿銘文新釋〉〔註16〕文中改釋爲「迖」，讀爲「弋」，意即弋射。

以上諸家說法，關於此字右旁部件從「屯」之說法有疑，按照《甲骨文編》（卷一‧九）所收「屯」字有作 ♦、♦、♦ 等形，從字型看，顯著特徵比較近似突顯人體的部位「腹部」，可知釋作「屯」可疑，故不從宋先生所釋。在〈安陽殷墟大墓出土骨片文字考釋〉一文中有字作「♣」，其文句爲「壬午，王♣于……」與銘文「丙申，王▨于……」語法相類，劉釗先生指出「♣」：「此字從字形輪廓及文例看，此字是『泌』字絕無問題。甲骨文中有許多『王泌某』的句子，『某』一般都爲地名。『王泌某』的『泌』其性質與古代的『巡狩』之禮很接近。」〔註17〕據此研判今從裘先生之說，此字釋爲「泌」，其義應近同「至、來到」之義，下言「▨（隻）」意爲「獲」，說明獲得此黿，附帶一提古人經常借用狩獵來進行軍事訓練和演習。其中最顯著的一點，就是射禮把射中目標稱爲「獲」，觀察和報告射中情況的報告員就叫「獲者」，「獲」原是指狩獵中對鳥獸的擒獲（不論是生擒或死擒），甲骨文中述及「隻」（獲）得某種野獸的記錄很多，在古文獻上也多稱狩獵所得爲「獲」。狩獵的目的在「獲」，而射禮的射中目標也叫「獲」。〔註18〕銘文「丙申，王泌于洹，隻（獲）。」說明在丙申的這一天，王來到洹地，獲黿。

「▨」字，於字形隸定上學者或隸爲「奴」、「妞」、「般」等，然而，細審

〔註14〕裘錫圭：《古文字論集‧釋秘》（北京：中華書局，1992 年），頁 20～25。

〔註15〕此文收於《華夏考古》2006 年第 4 期。

〔註16〕此文收於《中原文物》2011 年第 1 期。

〔註17〕劉釗：〈安陽殷墟大墓出土骨片文字考釋〉，復旦大學「出土文獻與古文字研究中心」網站，2009 年 1 月 26，http://www.gwz.fudan.edu.cn/SrcShow.asp?Src_ID=679。

〔註18〕楊寬：《古史新探》（北京：中華書局，1965 年），頁 310。

字形上述諸說似難從之，至於文意當如何釋讀，楊坤先生根據上下文意認為此字「應指黿」，茲就金文從「黽」之字或有作（黽，師同鼎。）、（鼅，邵鐘。）、（黿，邾公華鐘）、（鼁，鼁簋）等形，可知從黽之字顯著特徵在於字體下象昆蟲類之形，回顧銘文字作「」，缺乏足夠例證證明此字應指黿，顯然楊坤先生之說可疑，故不從其說。而王冠英先生將此字隸為「般」認為「般射三」是說般射了三箭，袁俊傑先生將此字隸為「奴」讀為「殘」並引申為「貫」作穿透講，趙紅紅先生從其說。隸為「般」或「奴」仍然存在問題待考，關於「般」之說法，銘文已有內證「般」字作「」，故二說難以信服，再者按照袁氏之意作「穿透」講，顯然無法釐清銘文意涵。

此外朱鳳瀚先生認為此字應含有「再也；又也」之意，也就是說「先王對此黿射了一箭，接著又連射三箭。」裘錫圭先生同意朱先生對此句的釋讀，並認為這個字的意義是有可能屬於「贊助」、「佐助」一類，也有可能是商王祕于洹時所帶隨從中的一種人的名稱。按照裘先生的看法是認為「王一射，□射三」就是王發了一矢，「□」這種人（當不止一人）發了三矢的意思。根據二位先生的看法基本上認為銘文中的「王射，射」射字下分別接數詞「一」與「三」，觀察原拓片「王射（一），射（三）」之說可疑，此外從「殷人至上神帝與自然神的關係、與商人祖先神靈的關係是一種統屬關係，它表現了神靈世界的秩序和等級結構。這種關係、秩序和結構無疑是人間世界中人與人的社會關係、社會秩序和等級結構的反映。」〔註19〕沿著此一觀點思考可知殷商時期「尊卑概念」無疑是維持社會等級制度的主要核心，依此可證從「王」這一角度出發，所謂的「這種人發了三矢」便違背了常理，故而根據上下文研判李學勤先生釋為「贊射」之說較為適切，即佐助王射之說可從。

又「」即「率」，諸家皆通讀為率，然其於釋義卻有不同看法，李學勤先生舉《詩·假樂》箋：「循也。」認為「率」可作「循」解，朱鳳瀚先生則有不同見解，認為作「總計之言」，王冠英先生則認為「率亡，是指完全沒有。這可能是金文的一個固定句式，應連讀或前後呼應來讀。」按照謝明文先生的分析指出「率亡法（廢）矢」是「率法（廢）矢」的整體否定式，「率」指向的是

〔註19〕徐明波：〈從卜辭看殷商時期上帝的性質〉，《重慶師範大學學報》2007 年第 3 期，頁72。

幾次射箭過程。〔註 20〕據此聯繫下文「亡（無）灋（廢）矢」句判斷，「![字]」字義應從謝明文先生訓解，「率」應即說明射箭的幾次過程。

「亡（無）![字]矢」之「![字]」，按照字形從「水」從「鳶」部件應隸爲「灋」，通讀爲「廢」，又李學勤先生已指出銘文「無廢矢」同于周初柞（胙）伯簋的「無廢矢」，茲就柞伯簋銘所記云「唯八月，辰在庚申……柞伯十再弓，無廢矢。」與銅黿銘文可相參照印證，故李先生之說可從。由此可見，晚商甲骨文和金文揭示的晚商射禮，其行儀程序有許多方面可與西周金文乃至古文獻中記述的射禮相比照。〔註 21〕「無廢矢」是說沒有一箭不射中目標。所以銘文「率無廢矢」說明在幾次射箭的過程中沒有一箭不射中洹水的黿，也就是說每箭必射中黿身。

（二）王令（命）寢（寢）馗兄（覣）于乍（作）冊般，曰：「奏于庸。」乍（作）母寶。

◎李學勤〔註 22〕：

第三行第五字「兄」作人跽坐狀，而特顯其手，應讀爲「覣」【參看李學勤《新出青銅器研究》，文物出版社，1990 年，第 182 頁。】。受王命覣的人「寢馗」，「寢」系職官，我曾指出近于《周禮》宮伯，是管理宮寢的近臣【李學勤：《考古發現與古代姓氏制度》，《考古》1987 年第 3 期。】。黿銘這一部分當對照《殷契佚存》518、426 宰丰雕骨：「壬午，王田于麥錄（麓），隻（獲）商（章）兕兄，王易（錫）宰丰，寢小䖵兄（覣）……」商王在麥麓田獵獲兕，即野牛，命寢小䖵覣賜給宰丰，和黿銘王在洹水獲黿，命寢馗覣賜于作冊般，情況彼此相似。

「馗」字見《說文》，在古文字裡以往沒有出現過。

第四行「曰：『奏于庸』」，是商王命寢馗把黿覣賜給作冊般時傳達的指示。《逸周書》的《世俘篇》記武王伐紂時事，云：「王入，奏庸，大享，一終，王拜手稽首。王定，奏庸，大享，三終。」孔晁注：「奏庸，擊鐘。」是「庸」即

〔註 20〕謝明文：《《大雅》《頌》之毛傳鄭箋與金文》（北京：首都師範大學碩士學位論文，2008 年），頁 24。

〔註 21〕宋鎮豪：〈從新出甲骨金文考述晚商射禮〉，《中國歷史文物》2006 年第 1 期，頁 15。

〔註 22〕李學勤：〈作冊般銅黿考釋〉，《中國歷史文物》2005 年第 1 期，頁 4～5。

「鏞」，即大鐘【黃懷信等：《逸周書匯校集注》，上海古籍出版社，1995 年，第 453 頁。】。甲骨文屢見「奏庸」【裘錫圭：《古文字論集》，中華書局，1992 年，第 197 頁。】，但和文獻一樣，沒有「奏于庸」。

王命寢馗將黿賜給作冊般，同時指示說：「奏于庸」，這是一件事，不是兩件事。文例可參看周初的中觶：「……王易（錫）鐘馬自𨳊（屬）侯四騋，南宮兄（貺），王曰：『用先。』」周昭王把從屬侯來的四匹馬，命南宮貺賜給中，並傳達指示說用這些馬作王的先行，這也是一件事。

我曾想過「奏于庸」的「于」能否讀為意思是大笙的「竽」，不過竽、鏞連稱不很合適，命作冊即史官奏樂也遠于情理。按古代史官與樂人有一定聯繫，如《周禮》的小史和瞽矇，鄭玄注云：「小史主次序先王之世，昭穆之系，述其德行，瞽矇主誦詩，並誦世系，以戒勸人君也。」由此推想，商王可能是命作冊般詠詩，記述獲黿的事迹，將之譜入以鏞為主的音樂演奏。

第四行末的「作母寶」，「母」字稍向右偏，但左側並沒有「乙」、「丁」之類天干，值得注意，在商代銘文裡罕見。要知道，銅黿不屬於禮器，在祭祀中無所用之，所以這裡作冊般之母當時可能是生存的，也可能是已故的。

銅黿只是對商王貺賜的紀念物，這就和西周的貉子卣因王賞鹿而鑄飾鹿紋【陳夢家：《西周銅器斷代》（五）《考古學報》1956 年第 3 期，第 115 頁。】，盠駒尊因賞駒而模仿駒形一樣【李學勤：《郿縣李家村銅器考》、《文物參考資料》1957 年第 7 期。】。前面引及的宰丰雕骨也是紀念物，由於商王賜予大牛，於是保存其肋骨，雕刻紋飾銘文。黿沒有適用的部分可以留藏，於是造銅黿以為紀念，是很自然的。與貉子卣等不同的是，所造的銅黿不具有實用性，作冊般只是一件珍貴的紀念物奉獻給母親而已。

作冊般的青銅器，過去只有三件見於著錄。一件是上引到的鼎（《殷周金文集成》2771），其銘為：

　　癸亥，王遘（過）于作冊般新宗，王賞作冊豐（醴）、貝，太子錫東
　　大貝，用作父己寶𣪕。

其次是甗（《集成》944）：

　　王宜人方，亡敄（侮），咸，王賞作冊般貝，用作父己隣。來冊。

還有一件是觥（《集成》9299）：

王令般兄（貺）米于……用賓父己。來。

黿銘當與征人方有關，爭人方一事已證明在帝辛（紂）時，所以作冊般是紂的史官，銅黿的時期也可由此確定。

還需要談到的一點，是現已發現的十餘萬片甲骨卜辭中，沒有商王過洹或至洹一類文字，這是因爲那時商都就在洹上，所以卜辭屢有洹水爲茲邑禍咎，以及禱于洹源等內容，銅黿記「王過于洹」即至于洹，是否意味紂已不常居該地，頗爲發人深思。文獻多稱紂都朝歌，武王伐紂牧野之戰的地理也符合其說【李學勤：《擁篲集》，三秦出版社，2000 年，第 317～319 頁。】。古本《紀年》載自盤庚徙殷，至紂之滅，更不徙都，然而也說「紂時稍大其邑，南距朝歌，北距邯鄲及沙丘，皆爲離宮別館」【方詩銘等：《古本竹書紀年輯證》，上海古籍出版社，1981 年，第 30～31 頁。】。是否射獲洹水之黿的時候，紂王以離宮爲常居？這是我們應該考慮的問題。

◎朱鳳瀚〔註23〕：

「王令（命）帚（寢）䧹（馗）兄（貺）䟆（于）乍（作）冊般」，「寢」是王之寢宮，此處之「寢」是在寢宮內服侍王的王之近臣的官職名。寢宮亦見于寢敇簋與 1984 年殷墟西區 M1713 出土之寢魚爵銘文：

辛亥，王才（在）帚（寢），寶（賞），帚（寢）敇□貝二朋，用乍（作）祖癸寶隣。（《殷周金文集成》3141，下簡稱《集成》）辛卯，王易（賜）帚（寢）魚貝，用乍父丁彝。

「寢敇」、「寢魚」皆是寢官名。本銘中寢官之名曰「䧹」，此字應是從百，九聲。《說文解字》：「百，頭也，象形」，「首，百，古文百也。」故百亦即首，百與首音亦同，所以䧹即馗字。「兄」在此讀如「貺」，賞賜之意。作冊般是受賜者，「般」字在本銘中寫作 ，此種寫法習見于殷墟卜辭。作冊般也是本器之制作者。

「曰：『䟆（于）庸，乍（作）女（汝）寶。』」「曰」下應皆是王對作冊般所說的話（或是通過寢馗傳達給作冊般）。王在賞賜給作冊般其射獲的黿後，令作冊般「奏于庸」。「庸」字在殷墟卜辭中較多見。卜辭常言「奏庸」，學者認爲

〔註23〕朱鳳瀚：〈作冊般黿探析〉，《中國歷史文物》2005 年第 1 期，頁 6～10。

此種情況下庸可讀如鏞。作爲樂器的鏞很可能即是指商晚期的青銅樂器鐃。庸讀爲鏞，作爲樂器，言「奏庸」自然是合適的。但如像本銘這樣言「奏于庸」，還將「庸」讀爲鏞，從語法上似乎就不大講得通。在殷墟卜辭中也確實沒有見過「奏于庸」的句式。卜辭中言「奏于」某的辭例，如：

　　弜乎帚（婦）奏于𫟲宅。(《甲骨文合集》13517，下簡稱《合集》)

　　于盂宭（庭）奏。

　　于新室奏……庸奏又正，吉。

　　萬隹（惟）美奏又正（《合集》31022）

以上辭例中，「奏于某」或「于某奏」之「某」皆是地點。而《合集》31022 中「庸奏」前殘佚的字不會是「于」，因爲《合集》31014 可能與 31022 是異版同辭，其中有句曰：「叀庸奏又正」，「叀庸奏」，還是言「奏庸」，這裡庸釋爲鏞是講得通的。卜辭中言「奏于某」還有一種情況，「某」是受祭的先祖神，如：「乙未卜，于匕（妣）壬奏」(《合集》22050) 這裡的「奏」既可能是于祭妣壬時奏樂，也可能當如《說文解字》所云訓爲「進」，是進獻之意，在卜辭中即進獻祭品于受祭的先人。

　　所以在商代的文字中，言「奏某」，比如「奏庸」，「庸」是奏的賓語，是奏的連帶成分，而「于某奏」與「奏于某」之「于」屬於介詞，其後面所接「某」作爲名詞，表示動詞「奏」所施行的地點或對象（或云目的）。因此，本銘中「奏于庸」之「于」亦當屬介詞，其後面的名詞「庸」雖與「奏」相聯繫，很易被認爲是鏞，但不宜讀爲鏞，應考慮做別的解釋。比較合適的訓解是《周禮·春官》中「典庸器」之「庸器」。典庸器之職責爲「掌藏樂器、庸器，及祭祀，帥其屬而設其筍虡，陳庸器」。鄭注賈公彥疏曰：「庸，功也。言功器者，伐國所獲之器也。」此以音訓釋「庸」，並以「伐國所獲之器」對庸器所做之解釋只是一種說法。林尹《周禮今注今譯》（台北商務印書館，1983 年）以爲庸器「謂有大功而可作紀念之器物」，比較有道理。《周禮》書成較晚，但庸器之稱必當淵源有自，在商晚期，也可能這種記功之「庸器」可徑稱爲「庸」，有如東周典籍或稱爲「彝器」者（如《左傳》襄公十九年「且夫大伐小，取其所得以作彝器」），在商、西周時代則可以單稱作「彝」，如商周金文中習見之「寶隥彝」的

彝用法。如果「庸」在這裡可以做這種解釋,則銘文中「奏于庸」之「奏」即當讀如《廣雅‧釋詁四》所言「奏,書也」。王命作冊般「奏于庸」,即命其將王四射皆中的精湛射術銘記于庸器上。作冊般作爲作冊即史官,自然有此職責。而其也自然會想到,作一般形式的青銅禮器,不能具體生動地展現王之武功,故以寫實手法做了此件非常形象的青銅黿,與其中所中的四箭。

銘文最末一句「作女寶」,從文義看,還是以與上一句「奏于庸」相聯繫,合作一句爲好。「女」字作**彳**,雙臂中間沒有兩點,不當隸定作「母」。女字在殷墟卜辭中雖也可讀作「母」,但在這裡還是讀爲「作母寶」,便很費解。所以「女」在這裡還是讀爲「汝」較爲妥貼。「作汝寶」乃承上句「奏于庸」而言,是王命作冊般作此銘功之庸器後囑其永寶之。

按照上述考釋,本銘可以意釋如下:

丙申日,王及于洹水,獲得此黿。王先射一矢,繼而又連射三矢,皆命中而無有廢矢。王命寢馗賜于作冊般,王說:「(將此事)銘記于庸器,作爲你的寶物。」

本器主人作冊般之名,亦見于另兩件商晚期晚葉金文:

　王宜人方無敔,咸,王商(賞)乍(作)冊般貝,用乍(作)父己障**（圖）**

　(奉)冊(甗,《集成》944,圖二)

　癸亥,王迻**（圖）**(于)乍(作)冊般新宗。王商(賞)乍(作)冊豐貝,大子易(賜)東大貝,用乍(作)父己寶**（圖）**。(鼎,《集成》2711,

　圖三)

前一器作冊般應即是本器作器者,作冊般隨王征伐人方有功績而得到王賞貝,故而作此祭器。第二器中,王所至之「作冊般新宗」是爲已故的作冊般所作新宗,還是作冊般本人所建之新宗,尚難確知,但前一種可能性較大。受到王與大子賞賜貝的作冊丰,與上一器作冊般甗銘文中作冊般所爲作器者相同,均是爲父己作器,且豐亦任作冊職,則他與般爲兄弟的可能較大。由此二器銘文中亦可知,作冊般是受到商王重用並有相當地位的貴族。

在獵物上記錄商晚期商王行獵成績的文字資料,有如下幾條,即:

　辛酉,王田丂(于)鷄录(麓),隻(獲)大嘼虎。在十月,隹(惟)

　王三祀眢日。(雕紋虎骨,《懷》1915,現藏加拿大多倫多皇家安大

略博物館。《合集》37848 近同，少一「于」字）

壬午，王田𣥜（于）麥录（麓），隻（獲）商戠兕，易（賜）宰丰，
帝（寢）小𩪝兄（𤉯）。才（在）五月，隹（惟）王六祀彡日。（雕
紋兕肋骨《殷契佚存》518，現藏中國國家博物館）

己，王𠞩武丁㝬，……录（麓）隻（獲）白兕，丁酉……（兕肋骨，
《殷契佚存》427，字中嵌松石）

己亥，王田𣥜（于）𤿎……才（在）九月，隹王……（鹿頭，《合集》
37743）

戊戌，王尊田……文武丁祄，王來正（征）……（鹿頭，《合集》36534）

……𣥜（于）𦥑录（麓）隻（獲）白兕……才（在）□月，隹（惟）
王十（？）祀彡日，王來正（征）盄（盂）方白（伯）……（兕頭
骨《合集》37398）

以上六條獸骨刻辭均屬商晚期晚葉，在書寫格式上多是先記日（干支），繼言王
于何地田獵（第三條刻辭在記王于何地田獵前言及殺牲祭武丁，或是即以所獲
白兕作牲），獲何獸，這種格式與作冊般黿銘文開頭一句話的格式相近同。上舉
第二片獸骨刻辭，記王將所獵獲的戠兕賞予宰丰，也是由寢官直接服侍于王左
右，負責執行或傳達王日常旨意。上述獸骨刻辭是受賜者用王賞賜的所獵獲之
虎、兕、鹿的骨頭雕刻而成，專用以記錄王之武功與受王賞賜之榮耀的。本器
作冊般受賜的是黿，而黿體易腐壞，故只能仿其真形制成青銅器以為紀念。本
文開首曾言這件器物是「不同尋常的」，正是因為在迄今已見到的眾多商代青銅
器中，雖不乏鳥獸形器，即所謂鳥獸尊與兕觥，但其形象由于多經藝術加工，
比較莊重、神奇，像本器這樣整體仿生、寫實性極強，甚至連射入黿體的箭均
如實表現出來的現實主義風格的工藝品似乎還未發現過，這應該是本器彌足珍
貴處。

◎王冠英〔註24〕：

王令帝𣥐兄（𤉯）于作冊般：

〔註24〕王冠英：〈作冊般銅黿三考〉，《中國歷史文物》，2005 年第 1 期，頁 11～13。

兄（貺）；賜、贈。《作冊折方彝》：「唯五月，王在斥，戊子，令作冊折兄望土于相侯。」這句話說：商王命帝馗把射獲的黿賞賜給作冊般。

曰：奏于庸：

第二字當釋「奏」。奏，《說文》正篆作圖，與此相近。甲骨文「奏庸」「重庸奏」的「奏」字也與此相同。甲骨文「奏庸」的「庸」讀「鏞」，《爾雅‧釋樂》：「大鐘謂之鏞。」「奏鏞」，是按照節拍敲鐘奏樂的意思。不過，本銘「奏于庸」與「奏庸」卻不完全相同。從語法結構上看，「奏庸」是動賓結構，而「奏于庸」是動詞加賓語結構，二者有一定距離。愚意此處的「奏于庸」是「奏之于鏞」的意思，其義是說商王要作冊般把射獲大黿的事創作成音樂用鐘樂演奏出來，以顯示自己的神武和權威。古之祭祀、燕飲、射禮及迎送賓客均有奏樂。奏樂有程式，也有規定的樂章。鍾鼓之樂《儀禮》稱「金奏」，《周禮‧春官‧鐘師》：「凡樂事，以鐘鼓奏《九夏》。」從《詩‧商頌》和卜辭的記載看，商人非常重視鐘鼓音樂的使用，卜辭經常貞問有關設置鍾鼓及「奏鏞」的事，甚至還有專門演奏「父庚庸（鏞）」的記載。「父更庸（鏞）」和「祖丁庸（鏞）」有可能是「爲康丁的父輩祖庚和祖父武丁所作的鏞」【《甲骨文中的幾種樂器名稱——釋「庸」「豐」「韶」》，《古文字論集》，中華書局，1992 年，第 196 頁。】，也有可能是爲祖庚和武丁創作的鍾鼓樂。從此我們也可以看出，把一些值得紀念的人和事創造成音樂保存下來，乃是當時的一個制度。商王要作冊般把射獲大黿的事創作成鍾樂演奏出來，一方面是爲了宣傳自己的神武，另一方面可能也跟射禮有關。《詩‧小雅‧賓之初筵》記載周人舉行射禮的時候，「鍾鼓既沒，舉酬逸逸」，商王百發百中射獲大黿的音樂故事，無疑會給當時的射禮增加新的舞樂。

不少前輩學者指出，商代懸鍾還沒有出現，當時的鍾應該是大鐃一類的樂器。這一點，有些專著論之甚詳【《甲骨文中的幾種樂器名稱——釋「庸」「豐」「韶」》，《古文字論集》，中華書局，1992 年，第 196 頁。】，茲不多論。

作母寶：

爲紀念此事，作冊般作了這個寶器獻給母親。

◎裘錫圭〔註25〕：

　　王令寢馗𠂤 于作冊般曰：「奏于庸作，𠂤寶。」

　　「寢馗」下一字屢見於商晚期及西周前期銅器，也見於商晚期的宰丰骨【分見《金文編》第 616 頁，《甲骨文合集補》第 11299 反、11300 反。】，一般都釋爲「兄」，讀爲「貺」。姚孝遂先生對此字有很重要的意見，他在《甲骨文字詁林》0306 號「祝」字案語中說：

　　　卜辭祝或省示。孫海波《甲骨文編》誤入兄字，以爲「兄用爲祝」。
　　　實則凡卜辭祝字之省示者作𠂤或𠂤，象人跪形（引者按：「兄」作𠂤
　　　者，象人立形），亦有象人立形作𠂤者，突出手掌形以區別于「兄」
　　　字，金文則以爲𠂤爲兄，已混。【《詁林》1・349 頁，中華書局，1996
　　　年。】

從見於殷墟甲骨文的從「禾」從「𠂤」之字，【見《甲骨文編》第 311 頁「祝」字條，又見《小屯南地甲骨》2739。】西周早期銅器柞伯簋寫作從「禾」從「𠂤」來看，姚先生認爲𠂤本與𠂤爲一字的意見是有道理的。【《文物》1998 年第 9 期，第 56 頁圖三。】

　　殷墟卜辭中的𠂤和𠂤，除了用爲以鬼神爲對象的「祝」字，還有以活人爲對象的、意義近於「告」的用例，如：

　　　癸亥卜王貞旬。八日庚午有𠂤曰方在……（《甲骨文合集》20966）

　　　乙巳王貞：啓呼𠂤曰：「盂方𠂤人，其出伐屯（？）自高」，其令東𠂤
　　　于高，弗悔，不𠃊戈，王占曰：「吉」。（同上 36518）

以上二辭可與下引卜辭對照：

　　　癸未卜貞：旬王囚。三日乙酉有來自東，妻呼申告旁戈……（同上
　　　6665 正）

　　在關於司田獵的職官報告獸情的黃組卜辭裡，可以看到「告觀鹿」（同上37439），「告觀兕」（同上 37467）等語，後者的「𠂤醫（？）麓觀豕」之語（同上 37467），後者的「𠂤」字之義也顯然近於「告」。

　　我認爲黿銘的 𠂤 字，其義也應近于「告」。「奏于庸作，𠂤寶」就是商王命

─────────────

〔註25〕裘錫圭：〈商銅黿銘補釋〉，《中國歷史文物》2005 年第 6 期，頁 4～5。

令寢馗告訴作冊般的話。我對於這 6 個字的標點與各家不同，解釋也完全不一樣。

我認爲此銘之「庸」，與見于西周金文的「仆庸」隻「庸」基本同義，指「在勞動生產方面受統治階級沉重剝削的一種被奴役者」【參看拙文《說「仆庸」》，已收入拙著《古代文史新探》，江蘇古籍出版社，1992 年。所引語見第 370 頁。】。不應釋爲「母」或讀爲「汝」，而應爲「毋」。殷墟卜辭中此字當讀爲「毋」之例屢見，如「貞：往」（《合集》28589），「戍其遲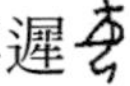歸于之，若，𢦏羌方」（同上 27972）等等。

「奏」可訓「進」，是大家都知道的。需要指出的是，在先秦漢語中，受「奏」者地位并一定高。《尚書・益稷》中禹所說的話裡，有「暨益奏庶鮮食」和「暨稷播，奏庶艱食鮮食」兩句，《僞孔傳》注前一句說「奏謂進一民」，可證。「庸作」猶言「庸之所作」，指庸徒們工作的地方。《左傳・昭公四年》說：「冀之北土，馬之所生。」「馬之所生」的意思就是馬生長的地方，可相比較。「奏于庸作」的意思就是送進庸徒工作之所，可能指將捕獲的身中四矢的黿送進鑄銅作坊，以仿鑄銅黿；或送進骨角器作坊，用其甲殼制器。從商王讓作冊般辦這件事來看，似乎前一種可能性比較大。因爲銅黿有銘文，需要史官撰寫。不過上述兩種並非截然對立。銅黿鑄成後，原黿的甲殼仍可送進骨角器作坊當原料。「毋寶」的意思就是不用當作寶物，應指不用把黿的甲殼保存下來當作寶物。

按照我們的理解，黿銘記載了商王射獲并處理此黿的情況，可能爲作冊般承王意而撰；并不是作冊般因爲被商王賜以死黿，感到榮幸而作的。所以我們沒有采用「作冊般銅黿」這一器名。

銅黿銘非常簡略，不易理解。作如上解釋，並無十分把握，聊備一說而已。

◎宋鎮豪〔註 26〕：

「作冊般」，亦見于《作冊般甗》，爲帝乙時人名。殷青銅器有𡩡觚，銘作「」（《三代》14・15・1，《集成》6654），有𡩡爵，銘作「」（《集成》

〔註 26〕宋鎮豪：〈從新出甲骨金文考述晚商射禮〉，《中國歷史文物》2006 年第 1 期，頁 14～15。

7530），繪一矢射透或射中豕身，造字意匠與銅黿被射四箭類同。此銘記商王帝乙陳列于洹水舉行竟射，王一射，佐助三射，皆中的，無廢矢，射獲大黿，頒功，命寢馗貺賜乍冊般，譜咏其事于鏞鐘演奏。商王射于安陽殷墟的洹水，王一射，佐助三射，奏于庸，與甲骨文射于水澤處，三弓用射，射禮的行儀構成要素等有一些共同點，可互爲補苴。辭云「奏于庸」，當是射後舉行享禮的行儀之一，這也有助于加深領會上揭甲骨文射後數日舉行的祭祖食儀。

◎晁福林〔註27〕：

奏于庸，乍

這是寢馗傳達的商王給予作冊般的命令。相關的解釋，今所見者有三。一是庸讀爲鏞，即大鐘。「奏于庸」意即將此事譜入以鏞爲主的音樂演奏。或謂把此事創作成音樂用鐘樂演奏出來。二是釋庸爲功，意謂將四者皆中之事銘記于庸器上。三是將乍字與前面的奏于庸連讀，指將所捕獲的身中四矢的黿送進庸徒勞作的鑄銅作坊。此三說雖皆可通，但尚有齟齬之處。庸（鏞）鐘是西周中期開始才行用的樂器，商代後期的銅鐃是否可以稱爲庸，尚未可知。商周時代，以鏞鐘爲主的音樂演奏，似乎並非事實。商周時代，鐘在樂隊中只是起著合樂節拍的作用，故有「鐘不過以動聲」【《國語・周語》下。】之說。再從以庸鐘記事銘功來看，那是西周中期以後流行之事，商後期的銅鐃雖有銘文，但不過一兩字表示其歸屬而已，尚無一例銘功者。或者可以說，此銅黿銘文就是記事銘功之作，這當然是可以的，但黿非庸，所以這種理解無法跟「奏于庸」相吻合。再看另一種意見，「庸」作爲庸徒固然可從，但是「乍」指作坊，于甲骨卜辭雖難求證，就是將「庸乍（作）」連讀，謂指制作庸鐘的作坊，也是很難說通的。「作」爲作坊意，晚至漢魏時期才出現，先秦時期並無這種用例。總之，愚以爲此句的解釋尚可從另一個角度來考慮。

我們的討論可以先甲骨文「奏」字入手。銘文「奏」字，與甲骨文桒字頗相似，只是附加雙手之形。桒爲祭名，指祈求之祭。其字爲根深之樹形，初誼或當是祈社之祭，後來行用如祈之意。「奏」字于卜辭中亦爲祭祀用辭。本意蓋謂以雙手將祭品掛置于神樹或支架上進獻于神，《說文》謂「奏，進也」，尚有

〔註27〕晁福林：〈作冊般黿與商代厭勝〉，《中國歷史文物》2007年第6期，頁48～53。

其進獻之義。奏在卜辭中用例較多，其用法，大致有二，一是作爲祭名，其後系連先祖或神名，如「奏岳」、「奏河」、「奏祖乙」、「于妣壬奏」【依次見《甲骨文合集》第 14475、14606、10198 反面、22020 等片。】如果是在山野之處舉行此祭，則謂「奏山」、「奏四土」等【依次見《合集》10975、21091 片】，其奉獻神靈的祭品蓋掛之于樹上獻祭，如果在宗廟室中，則將祭品懸掛于木架上獻祭。卜辭也有單用「奏」作爲祭名者，多用來選擇舉行奏祭的時間、對象或地點，如「翌己酉奏三牛」、「奏祖丁……十牛」【《合集》16038、27299 片。】等。二是，奏在卜辭中用作用牲方法名稱。如：

> 壬子卜即貞，祭其酚、奏，其才（在）父丁，七月。【《合集》22256
> 片。】

這條卜辭貞問祭父丁的典禮上是否采用獻酒（酚）和掛肉（奏）兩種祭典方式。其它如「奏于泥，宅」、「歲（劌）其奏」等【《合集》13517、22748 片。按，辭中的字原作彳、從相背的雙人形，或釋爲兆，疑非。于省吾先生曾將指出甲骨文「甲骨文無尼字，而有從尼的泥、秜二字」（《甲骨文字釋林》，中華書局，1979 年，第 303 頁），今將此字暫釋爲泥。它在卜辭中用作地名。】，其「奏」也應當理解爲掛牲肉以祭。……銘文「奏于庸」，其直接意思應當是獻牲于庸，具體來說，就是用牲血衅鐘鏞。

母（毋）寶

李學勤先生指出銘文的「母」字雖然向右稍偏，「但左側並沒有『乙』、『丁』之類天干，值得注意，在商代銘文裡罕見」，並且指出「銅黿不屬於禮器，在祭祀中無所用之」。這就啓發我們考慮兩個問題：其一，它非如一般彝銘那樣以「乍（作）母乙寶」、「乍（作）母寶」之類作結；其二，黿形之器非禮器，不可視爲寶器。愚以爲由于這兩個理由，如果將銘文讀爲「乍（作）母寶」，理解爲用銅黿以爲母親之寶器，是難以說通的。那麼既然「乍」字上屬，則「母寶」當自爲一句讀，讀若「毋寶」【裘錫圭先生已經指出：『『母寶』的意思就是不用當作寶物，應指不用把黿的甲殼保存下來當作寶物」（〈商銅黿銘補釋〉，《中國歷史文物》2005 年第 6 期）。】此語亦當是商王命令之辭的一部分。……作冊般黿銘文最後所云「母（毋）寶」，意思是商王告訴作冊般，此黿用于衅鐘之後即可隨意棄置，不作寶物對待。然而，從另一個角度看，

細繹銘文「母寶」還可以體悟出這樣一種意蘊，那就是商代實際上已有將龜黿視爲寶物之俗。

　　源於商周之際的《易經》有「十朋之龜」的說法，龜之價值已屬不菲。著名的殷墟第 13 次的發掘所發現的 YH127 坑，據說就是有意的窖藏【參見陳夢家《殷墟卜辭綜述》，科學出版社，1956 年，第 8 頁。】。可以推測當時有些大龜，特別是有重要占卜內容的大龜，是被視爲「寶」而加以收藏的。此事至周代綿延不絕。《尚書・大誥》載周公語謂「寧（文）王遺我大寶龜」，《禮記・禮器》篇有「諸侯以龜爲寶」之語，可見對于龜是很重視的。春秋時期，魯昭公十八年鄭國火災的時候，子產即「使公孫登徙大龜」【《左傳》昭公十八年。】，春秋時期仍有「寶龜」之稱，如《左傳》昭公二十五年載「初，臧昭伯如晉，臧會竊其寶龜僂句，以卜爲信與僭」，這裡所載寶龜還有專用名稱「僂句」。總之，商周時期，龜黿之物，或視爲寶，或不視爲寶而只是用後即棄置，兩種情況兼而有之。作冊般黿銘文強調「母（毋）寶」，乃是取了的後一種態度的結果。

　　黿形之物非禮器，龜黿之物只是供占卜的用物，而非必爲寶。這是銘文「母（毋）寶」此黿的直接原因。此外，這期間還可能存在著深層次的思想因素，那就是商代的厭勝觀念。

◎李凱〔註28〕：

　　王令寢馗兄（貺）于作冊般，曰：「奏于庸」，作母寶。

　　寢爲管理宮寢的官員，馗爲私名；兄通貺讀爲賜；于表示動詞的對象；貴族般在晚商擔任作冊之職，此皆從諸專家說。作冊般很可能也參加了此次射獵，因表現出色而被賞賜。

　　諸家的分歧集中體現在第四行「奏于庸」的釋讀上。三先生均隸定爲「奏于庸」，李學勤、王冠英先生認爲「庸」通「鏞」，依據是卜辭中「奏庸」的說法不少見；但「于」的存在讓人很費解。朱鳳瀚先生認爲「奏于庸」爲作冊般書寫記功之庸器。裘錫圭先生斷句爲「奏于庸作」。筆者也認爲應該解釋爲「奏于庸」，但理解與各家有很大區別。

　　首先，「于」在這裡的作用很重要，我們固然可以把「奏庸」或「庸奏」解

〔註28〕李凱：〈試論作冊般黿與晚商射禮〉，《中原文物》2007 年第 3 期，頁 47～48。

釋成「奏鏞」，可以講得通，因爲卜辭中有大量賓語無條件前置的例子；但把這裡的「奏于庸」解釋爲「奏于鏞」應再斟酌。語法專家曾指出，介詞「于」在卜辭中大量用于引導時間、地點與祭祀動詞對象；而介詞「于」擴展到引導其他及物動詞對象，則在西周金文中大量出現【郭錫良：《介詞「于」的起源和發展》，《古漢語語法論集》，語文出版社，1998 年。】。故此，「奏于庸」的「于」未必是介詞。

其次，「奏」在殷商時代不僅僅是現在理解的奏樂，而是一種特定的祭名。奏祭，當然要演奏樂器，聚眾跳舞；但和單純說演奏樂器或聚眾跳舞並不一樣，與說祭祀時奏或奏而祭祀也有區別。【于省吾：《甲骨文字詁林》，第 1478 頁，中華書局，1996 年；趙誠：《甲骨文簡明詞典——卜辭分類讀本》，第 251 頁，中華書局，1988 年。】在卜辭中「奏」的外延極其廣泛，常見的有「奏玉」（《合集》6016、6653）、「奏岳」（《合集》14475、20398）、「奏奭」（《合集》20398，《英》1153）「奏河」（《合集》14605、14606，《屯南》3898），此外也用于祭祀先公先王。作冊般黿的「奏于庸」之「奏」也應該是指這種奏祭。再次，卜辭中，「奏庸」亦作「庸奏」。如「叀祖丁庸奏。」（《合集》27301）「叀父庚庸奏王永。」（《合集》27310）「叀小乙……庸奏用有正。」（《合集》31013）「叀庸奏有正。」（《合集》31014）「其奏庸閟美有正。」（《合集》31023）從以上所舉的幾例卜辭中，說明可能「奏庸」是由「奏」和「庸」組成的並列短語，「奏」和「庸」是對等的，庸也可能用作祭名。因而，筆者認爲「奏于庸」是進行奏祭與庸祭。此句說商王因爲作冊般的出色表現而令寢馗給予賞賜，商王命令進行奏祭與庸祭，用吉金作紀念作冊般母親的彝器。

◎沈培〔註29〕：

古文字裏常見一個寫作 **𢀓** 形的字。學者們早已指出，這種寫法的字在殷墟甲骨文裏就出現過，在西周金文裏尤其常見。近來，大家又看到，此字在新出戰國竹簡文字中也出現了數次。此字在各類古文字資料中到底如何釋讀，目前還存在一些不明之處，本文準備談談我們在這個問題上的一些看法。

首先我們來看殷墟甲骨文裏此字出現的情況。要談殷墟甲骨文裏的 **𢀓** 字，

〔註29〕沈培：〈說古文字裏的「祝」及相關之字〉收錄於武漢大學簡帛研究中心編：《簡帛（第二輯）》（上海：古籍出版社，2007 年），頁 1～29。

有必要先從甲骨文裏的「祝」字談起；不少學者認爲這個字在字形上跟「祝」字存在糾葛。在殷墟甲骨文裏，得到大家公認的「祝」字有以下幾種寫法：

A 〔字形〕、B 〔字形〕、C 〔字形〕、D 〔字形〕

以上四種字形，可以按照人形中是否有覆手形分爲兩組，即 A、B 爲一組，C、D 爲一組。不管是否有覆手形，字形中所從的人形都是跽跪形的，這是「祝」字的一個重要特徵。姚孝遂先生很早就注意到這個特徵，並認爲甲骨文裏「祝」與「兄」二字就是根據所從人形是跽跪形還是立人形而區別開的。1983 年，他在一篇論文中指出：

> 論者多以爲卜辭「兄」、「祝」同字，這完全是一種誤解。〔字形〕下部從〔字形〕，〔字形〕下部從〔字形〕，形體是有別的，其用法也截然不同⋯⋯卜辭所見「〔字形〕」與「〔字形〕」數以百計，都是以「〔字形〕」爲「祝」，以「〔字形〕」爲「兄」，區分極爲嚴格，並不相混。

姚先生認爲，甲骨文中偶有以「〔字形〕」爲「兄弟」之「兄」者，當屬誤刻。他還說：

> 〔字形〕或作〔字形〕，祖庚、庚甲時期以後，又增〔字形〕作〔字形〕或〔字形〕，而從〔字形〕與從〔字形〕的基本區別是始終不變的。

由於甲骨文中的實際用例確實很少不合姚先生所說的規律，他的說法得到了大多數學者的贊同。到了 1996 年，姚先生又對自己從前的說法進行了補充：

> 卜辭祝或省示。孫海波《甲骨文編》誤混入兄字，以爲「兄用爲祝」。實則凡卜辭祝字之省示者作〔字形〕或〔字形〕，象人跪形，亦有象人立形作〔字形〕者，突出手掌形以區別于「兄」字，金文則以〔字形〕爲兄，已混。

按照姚說，雖然甲骨文裏「〔字形〕」與「〔字形〕」有別，但是覆手形的「〔字形〕」則可作「〔字形〕」，此時從跽跪形和從立人形則沒有區別，它們都是「祝」字。姚先生的說法迄今無人表示異議，似乎已得到了大家的同意。裘錫圭先生在去年發表的《商銅黿補釋》一文中引用了姚說，並認爲：

> 從見於殷墟甲骨文的從「禾」從「〔字形〕」之字，西周早期銅器柞伯簋寫作從「禾」從「〔字形〕」來看，姚先生認爲〔字形〕本與〔字形〕爲一字的意見是

有道理的。

事實是否如此呢？姚孝遂先生所說「🔣」可作「🔣」，根據的是《甲骨文編》。查《甲骨文編》「祝」字下面所收字形，有下面一形，《文編》摹錄其形並加注語：

🔣佚一六六卜辭用兄爲祝重見兄下

姚先生所說的「🔣」就是《甲骨文編》的「🔣」。甲骨文裏作立人覆手形的字，還有另外兩例，即《佚》426（即《補編》11300 反）和《佚》518 背（即《補編》11299 反）（此二版就是著名的「宰豐骨」）的🔣字，《甲骨文編》都收在「兄」字下，並沒有收入「祝」字下，顯然並沒有認爲這兩例的🔣也讀成「祝」，。由此看來，姚先生據《甲骨文編》說「🔣」可作「🔣」，其實祇有《佚》166 這麼一個例子。因此，此例可靠與否，對於論證「🔣」能否作「🔣」比較重要，有必要加以檢討。

查閱現有幾種相關論著，我們發現，對此字的摹錄及此字所在卜辭的讀法其實存在幾種不同的看法。爲了方便省覽，列表示意如下：

出　　處	摹　錄	所　在　卜　辭　釋　文
《甲骨文編》	🔣	
《綜類》	🔣	祝叀今日丁酒正。
《總集》	🔣	兄惟今其三牢旦酌正王受祐大吉。
白於藍	🔣	兄惟今日丁酌正吉用。
漢達文庫	🔣	祝叀今日酌，正。吉用。

關於上表，需要略加說明。《佚》166 已綴入《合集》27453。《總集》將此字摹爲「🔣」，釋爲「兄」。古文字學者往往把「🔣」、「🔣」都隸定爲「兄」，那麼《總集》是把「🔣」看作與「🔣（兄）」相當的字呢，還是看作與「🔣（祝）」相當的字？查《類纂》「祝」字下並未收錄此字，而在第 1743 頁兄弟的「兄」字下收錄了此字，可見《總集》是把此字讀爲「兄弟」的「兄」的。至於白於藍先生讀爲何詞，由於其書沒有說明，無法斷定。

　　由上可見，目前所看到的有關論著，對於《佚》166 的字形摹錄各不相同，釋文也有區別。回頭看《殷契佚存》第 166 片商承祚先生的釋文，是這樣的：

　　（1）祝**叀**今其三牢、日丁酒征王受祐、

在《殷契佚存》一書考釋中，商先生把 、 和  都釋爲「祝」。 見於《佚》257（即《合集》27456 部分）、《佚》854（即《合集》30628）等片， 見於《佚》440（即《合集》31085）、《佚》911（即《合集》19820 部分）等片，商先生都釋爲「祝」。宰豐骨上的  字，商先生在正文所作的釋文直接作「祝」，但在「序言」所作釋文則隸定爲「兄」，下注讀爲「祝」，並在說明中認爲其義是「祝官」。因此，僅據釋文，我們難以知道在商先生的心目中《佚》166 這個字究竟是從立人形還是從跽跪形。

　　爲什麼各家摹錄此字的字形都不相同呢？我們現在看到的三種著錄書中，《珠》和《合集》所收的拓片都不太清楚，相對來說，還是《佚》上的拓片比較清楚。仔細查看原片，此字實作下形：

我們認爲，此字下面的豎形筆劃應當是泐痕。除去此泐痕，此字的寫法跟一般的跽跪形的「祝」字並無區別。這可以跟下面「祝」字的寫法進行比較：

　　《屯南》152　　　　《屯南》1060

試把以上二形作水平翻轉，成爲下面的樣子：

這就跟《佚》166 上的「祝」字寫法幾乎是一樣的。由此可見，以上各家所摹錄的字形，以「漢達文庫」最爲接近（僅方向不對），其他摹錄都是不正確的。

　　至於此字所在的卜辭，我們認爲應當讀爲：

（2）祝，叀今日丁酒，正，王受又（祐）。

比較下辭：

（3）祝，叀癸酉酒。《合集》27239

（4）癸酉其酒，）祝，叀乙亥。《合集》34504

這都是「祝」與「酒」相搭配。《綜類》、白於藍、漢達文庫三家沒有把「其三牢」讀入該辭是正確的，同版下部有辭：

（5）癸亥卜，父甲夕歲二牢。吉。

「其三牢」與此條卜辭構成選貞。這樣讀以後，此版三條卜辭左邊的三條用辭（「吉」、「大吉」、「吉。用」）就分別有了著落，說明這種讀法是合理的。

通過以上查證，可知《甲骨文編》所列的出自《佚》166以「𠁁」爲「祝」的例子是不正確的。姚先生所據《甲骨文編》說「𠁁」可作「𠁁」，就失去了可靠性。

至於裘先生的看法，他認爲甲骨文的「𥜡」跟《柞伯簋》的「𥙰」是一字，可以證明「𠁁」又可作「𠁁」。這一點目前還難以下結論。前者用作地名，後者出現的語境是：

（6）作伯十稱弓，無廢矢。王則畀柞伯赤金十鈑，迺賜𥙰見。《柞伯簋》

「𥙰見」似是被賜的物品，「𥙰」無論是從字形看還是從意義看都很難說跟甲骨文的「𥜡」一定是同一個字。

那麼，甲骨文裏還有沒有其他以「𠁁」爲「祝」的例子呢？

前面我們提到，商承祚先生在《殷契佚存》的「序言」裏，把宰豐骨的「𠁁」隸釋爲「兄」，但讀爲「祝」，並認爲其義爲「祝官」。此說基本沒有產生什麼影響。上述裘先生《商銅黿補釋》一文的某些觀點則引起了有些學者的注意。裘先生在表示姚先生的說法「有道理」之後，還說了下面一段話：

殷墟卜辭中的「𠁁」和「𠁁」，除了用爲以鬼神爲對象的「祝」字，還有以活人爲對象的、意義近於「告」的用例，如：

癸亥卜王貞旬。八日庚午有𠁁曰方在……（《甲骨文合集》20966）

乙巳王貞：啓呼𠁁曰：「盂方㠯人，其出伐屯（？）自高」，其令東逤

　　于高，弗悔，不曽戋，王占曰：「吉」。（同上 36518）

　　以上二辭可與下引卜辭對照：

　　癸未卜貞：旬王囚。三日乙酉有來自東，妻呼申告旁戎……（同上
　　6665 正）

　　在關於司田獵的職官報告獸情的黃組卜辭裡，可以看到「告觀鹿」（同上
37439），「告觀兕」（同上 37467）等語，後者的「𤊽醫（？）麓觀豕」之語（同
上 37467），後者的「𤊽」字之義也顯然近於「告」。

　　裘先生對於商末銅黿上的「❌」字，雖然沒有明言當釋讀爲「祝」，但他認
爲「其義也應近於『告』。」「❌」所在的銘文，裘先生讀爲：

　　（7）王令寢榿❌于作冊般曰：「奏於庸作，❌（母）寶。」

裘文發表後，孫亞冰先生受裘先生說法的啓發，對宰豐骨刻辭的釋讀和此骨的
命名進行了討論。她在同意姚先生的說法的前提下認爲宰豐骨的「❌」字也當
釋爲「祝」，並接受裘先生的意見進而認爲此處的「祝」字的意義是「告訴、告
知」。她把宰豐骨全辭讀爲：

　　（8）壬午，王田於麥麓，獲商戠兕，王錫宰豐，寢小䈊祝。在五月，
　　惟王六祀彡日。

孫先生還把此銘譯成了現代漢語：

　　文武丁六祀五月，正當彡季，王田於麥麓，獲得倉黃（或帶紋飾的
　　黃色）野牛，王把野牛一部分賞賜給宰豐，寢小䈊把這件事情告訴
　　了史官，史官把這件事刻在牛的肋骨上。

　　由此，孫先生認爲此骨當爲「王」所有，不屬於宰豐，故不應名之爲「宰
豐骨」。根據此文介紹，孫先生的意見已經得到了她的好幾位同事的贊成。這種
看法是否正確呢？

　　我們認爲，姚先生所說的「❌」可作「❌」的看法是有問題的。宰豐骨刻
辭從時代、內容和刻辭的表達形式來看，都跟同期或稍晚的金文相似，骨上的
「❌」字跟卜辭中公認的「祝」字的用法也顯然有別。因此，宰豐骨的「❌」
必須聯繫金文中的「❌」字來加以討論。

　　觀察宰豐骨「❌」所在的辭例，類似的說法在西周金文中其實不止一見。

試與下面兩篇銘文比較：

（9）唯八月初吉，王姜賜旟田於待■，師楷酷𠬝。用對王休。子
子孫孫其永寶。《旟鼎》（《集成》05.2704）

（10）王大省公族，於庚辰旅。王賜中馬自■侯四■，南宮𠬝。

王曰：「用先。」中𠬝𠬝王休，用作父乙寶尊彞。《中觶》（《集成》12.6514）

例（9）說「王姜賜……，某某𠬝」，例（10）說「王賜……，某某𠬝」，顯然跟
宰豐骨的「王錫宰豐，寢小𦦎𠬝」表達方式是一致的。過去一般人都把金文中
的「𠬝」讀爲「覜」。用此義解釋這些句子，都是可以講通的。如果都要改釋爲
「祝」，解釋成「告」，反而意義不清。因此，下列銘文釋文徑以「覜」代「𠬝」。

（11）唯王于伐楚伯，在炎。唯九月既死霸丁丑，作冊矢令尊宜於
王姜。姜賞令貝十朋、臣十家、鬲百人，公尹白丁父覜于戉。（下略）
《作冊矢令簋》（《集成》08.4300）

此例是先說「姜賞……」，然後說「公尹白丁父覜于戉」，「于戉」可以看作是實
施「覜」的地點。因此，此例跟上舉兩例的格式基本上也是一樣的。裘先生稱
之爲「商銅黿」的銘文，「覜」出現在「王令寢𦩵覜于乍冊般」一句話當中，也
可與下面的銘文對比：

（12）唯五月，王在𤳉。戊子，令作冊旂覜望（？）土于相侯，賜金
賜臣。（下略）《作冊折尊》（《集成》11.6002）

對比商銅黿銘，可知此例把「覜」的賓語（即望（？）土）說了出來，而商銅黿
不過沒有說出「覜」的賓語而已。再如：

（13）丙辰王令卹其覜鬱于𠦪田，■寶貝五朋。（下略）《二祀卹其
卣》（《集成》10.5412）

此例「于𠦪田」可能是「覜」實施的地點，「鬱」可能是被賜入的名字，比照例
（11）的「覜」，這裡的「覜」祇是多帶了一個間接賓語。順便說一下，此例中
的「賓」是贈的意思，過去已有人說過。近來，上博簡《孔子詩論》有「賓贈
是也」的說法，「賓」、「贈」同義連用。可見這種說法是正確的。

又如：

（14）唯十又三月庚寅，王在寒次。王令大史覜𥣫土。王曰：「中，

茲福人入史錫於武王作臣。今既畀汝福土，作乃采。」中對王休令。

（下略）《中方鼎》（《集成》05.2785）

此例「福土」是「既」的直接賓語，所「既」的間接賓語應該就是「中」，「王令大史既福土」可以理解爲「王令大史既福土於中」。

西周金文中出現「既」字的器銘還有《保卣》（《集成》10.5415）和《憲鼎》（《集成》5.2705）。把此二器銘上的「兄」解釋成「既」，都能很好地講通銘文。前者說「延既六品」，「既」帶了直接賓語「六品」。後者說「兄（既）𤩐師眉鷹（?）」這可能也是一個雙賓語結構，「𤩐師眉」是直接賓語。此器先說「既」後說「賜」，跟《作冊折尊》等器相同。

因此，除了少數不清楚的例子外，宰豐骨、商銅黿中的「兄」字所出現的辭例與過去所見的金文「兄」出現的辭例並無不同。大家一般都把「兄」釋爲「兄」，讀爲「既」。這種說法長期以來得到大家的贊同，是有道理的。上述例子表明，金文中「賜」和「既」往往同時出現再同一篇銘文中，或有人據此懷疑「既」的讀法有問題。其實，彭裕商先生在討論《保卣》銘文時對「賜」和「兄」用法的區別作了很好的分析：

> 既主要是指轉交賜物，而賜則是指上對下的賜與。所以金文中凡是直接受賜於君王，中間無他人轉交，則皆用賜不用既；凡言恩惠所自，也皆用賜不用既……故既雖可訓爲賜，但在金文中二者還是有明顯區別的。此爲既字在晚殷和西周時期的古義，已不見於後世典籍。

董珊先生在《從作冊般銅黿漫說「庸器」》也指出：

> 商周銅器銘文所見「兄（既）」的直接主語大多是命令的執行者，又例如宰豐雕骨「王錫宰豐，寢小旨兄（既）」，雕骨「錫」、「既」同見，可見「既」的詞義內涵，祇是執行王命去「給予」，「賞賜」的意思較弱。作冊般黿的「既」與此同。「兄（既）於作冊般」是省略直接賓語的雙賓結構。作冊折方彝「令作冊折兄（既）望土于相侯」，也是用介詞「于」引出間接賓語。此器由於有器形提示，讀者很容易補出銘文中省略的成分。

這種理解是正確的。上引例（14）《中方鼎》「既畀」同時出現，顯然應當看作

同義詞連用，跟《集成》16.10322《永盂》「錫界」同義詞連用相似。李學勤先生在討論《作冊般黿》銘文時，也指出了它與宰豐骨刻辭的聯繫，他說：

> 第三行第五字「兄」作人跽坐狀，而特顯其手，應讀爲「貺」。受王命貺的人「寢馗」，「寢」系職官，我曾指出近于《周禮》宮伯，是管理宮寢的近臣。黿銘這一部分當對照《殷契佚存》518、426宰豐雕骨：「壬午，王田于麥錄（麓），隻（獲）商（章）戠兕，王易（錫）宰豐，寢小貺兄（貺）……」商王在麥麓田獵獲兕，即野牛，命寢小貺貺賜給宰豐，和黿銘王在洹水獲黿，命寢馗貺賜于作冊般，情況彼此相似。

其他諸家討論黿銘的學者，大多數都把「兄」字讀爲「貺」，應當是正確的。下面再從字形上來說明一下「兄」爲什麼可以讀爲「貺」。學者一般都認爲「兄」即「兄」字。根據學者的意見，有兩方面的證據可以證明這個觀點。一方面《集成》10.5296《尹舟乍兄癸尊彝》的「兄」就作兄形。《金文編》就把此字收在「兄」字下面，並在此形下注釋：「孳乳爲貺。」另一方面，從兄、往聲的「兄」字可作（《弔趯父卣》）、（《帥鼎》），又可作（《史棄兄簋》），可證「兄」、「兄」相同。

「兄」一般作兄形，爲什麼「兄」也是「兄」字呢？學者們過去所作的相關研究也基本上解答了這個問題。孫常敘先生雖然不同意把「兄」讀爲「貺」，也不同意「兄」即「兄」，但他指出了不少古文字從覆手與不覆手同是一字的例子，他說：

> 徵之古金文，比之或體作，國差罉，古陶文淆作。或作，或作，或作，或作。殷墟卜辭亦或作，知以兄爲兄其說四亦可信。

張世超先生等人所編《金文形義通解》據孫先生說法又稍加改變：

> 字或可於人形手部增畫作爪形而與原字無別。如象老人柱杖形，亦可作。他字受此類化，人形手部亦可作爪形，如「長」可作（長日戊鼎），墙盤字作，爪形下復增「丂」，類化之跡尤顯……

據此，《通解》編者認爲「兄」作「兄」也是同樣的類化現象。這種看法應當是有道理的。當然有沒有可能「兄」本來是爲一個跟「兄」讀音相同或相近的詞而造的呢？甚或可以考慮這個字形就是爲「貺」而造的，有沒有這種可能性呢？這種可能性恐怕不能完全排除。從目前所看到的資料看，像「老」又作「考」一類的例子，都祇能作一字看。又從「老」、「考」、「長」等字可作 老（《合集》36416）、考（《天亡簋》）、長（《牆盤》）看，可以很清楚地看到手中有拐杖之類的東西。以此反觀 考、長 一類手中並無拐杖形的字形，可以推測其覆手形恐怕仍在強調手中原本持有或經常有拐杖之類的東西。曾憲通先生曾對「長」、「兄」二字爲何從「爪」形作了很好的分析，他說：

> 從字形考察，長兄二字亦與老字一系同類，長字甲文作 長、金文作 長（夨方鼎 長 字所從），猶存長老扶杖之形，本義當與長老相關。
>
> 兄字甲、金文均存手形而《說文》訓爲長。

現在可以補充的是，甲骨文「瞽」字也從覆手形，可見寫作覆手形的字如「老」、「考」、「長」、「瞽」等字所指的都是因年長或眼睛的原因而需要經常拄拐杖的人。「兄」相對於「弟」來說也是年長的人。因此，「兄」寫成「兄」形是容易理解的。也許它代表的就是一個年紀比較大的兄長形象。字形上部所從之「口」，可能跟「祝」字上部所從的「口」作用相似，都表示說話。「祝」從「口」表祝告；「兄」從「口」，表示兄長發號施令的人。這樣看來，把「兄」看成是「兄」的異體就不奇怪了。按照此說，甲金文中用「兄」表示「兄弟」的「兄」，用「兄」表示「貺」，可以看作是「異體分工」。

但是，「祝」字作 祝 形，顯然不能解釋爲其手中持有拐杖之類的東西，其覆手形很可能是突顯人在祝禱時手的動作。結合以上的分析，再來觀察「兄」的字形，可以推測其覆手形也許是爲了突顯將物予人的動作，因爲其物可以是多種多樣的（如土地、牛馬臣妾之類），難以表示，因此沒有把「物」畫出來。如果這樣看的話，「兄」就可以看成是爲「貺」這個詞而造的本字。總之，「兄」字的本義到底是上面所說的哪一種，目前還難以肯定。也許更爲合理的看法是，這個字既是「兄長」的「兄」的異體，也是「貺」的表意初文。回頭再看殷墟甲骨文裏的「祝」字不同寫法在各類卜辭中的分佈，也有一種值得注意的情況，

就是凡寫作、形的「祝」字，基本都集中在出組卜辭中，而這一組卜辭裏正好有一個貞人叫「祝」，寫作「」。據此可以推測，此組刻手在刻字時，把「祝」刻成等形，恐怕是有意要跟用爲貞人名的「」區別開來。這當然是一種推測，還有待進一步證明。

基於這樣的認識，我們認爲商銅黿銘文可以讀爲：

（15）王令寢馗兄（貺）于乍冊般，曰：「奏于庸，作（女—汝）寶。」

其中「奏于庸」的意思到底是什麼，有待進一步研究。這裏簡單交代一下「」讀爲「汝」的問題。此字一般釋爲「母」，有讀爲「父母」之「母」（李學勤）、讀爲「毋」（裘錫圭）、讀爲「模」（董珊）之說，唯有朱鳳瀚先生釋爲「女」，讀爲「汝」，他說：

> 「女」字作，雙臂中間沒有兩點，不當隸定作「母」。女字在殷墟卜辭中雖也可讀作「母」，但在這裡還是讀爲「作母寶」，便很費解。所以「女」在這裡還是讀爲「汝」較爲妥貼。「作汝寶」乃承上句「奏于庸」而言，是王命作冊般作此銘功之庸器後囑其永寶之。

我們認爲他對「女」字的釋讀是正確的。商末金文常見「」字，婦好墓所出銅器，「婦好」二字所從的「女」旁皆作此形。又如《集成》10.5375 有「子乍婦㛸卣」，「婦」作，所從「女」旁是跟「」一樣的，此銘所謂「㛸」字所從的「女」旁也作此形。同銘又有「女子母庚」，「女」作，分別明顯。《乍冊夨令方尊》（《集成》11.06016）和《作冊夨令方彝》（《集成》16.09901）「令二人」的「」，也是用「女」爲「汝」。回頭看《作冊般黿》，把銘文中的此字釋爲「女」讀爲「汝」，意思也很合適。「作汝寶」之說亦與例（14）《中方鼎》「今貺畀汝褔土，作乃采」的「作乃采」表達方式和所處語境相似。

總之，從現在的情況來看，金文中的「」還是釋爲「兄」讀爲「貺」比較好，也可以直接把「」看成「貺」的表意初文。把它釋爲「祝」或看成是跟「告」義相近的一個詞，大概都是有問題的。

以上調查也說明，在殷墟甲骨文和西周金文裏，我們還沒有看到「」用爲「祝」的例子，「祝」和「兄」無論有無覆手形，總是「祝」從跽跪人形，「兄」

從立人形，區別明顯。張桂光先生最早指出，殷墟甲骨文中既有 🏴 字，又有 🏴 字，二者有別，不是一個字。裘錫圭先生《甲骨文中的見與視》一文通過更多的證據論證，前者爲「見」，後者爲「視」，區別明顯。裘先生的說法已經得到了不少學者的贊成。本文所討論的「祝」和「兄」的區別與此相類，應當不是偶然的現象。

◎袁俊傑〔註30〕：

第三行第五字，李文、朱文、王文、宋文均釋爲「兄」，讀如「貺」，爲賞賜、贈予之意；裘文釋爲「🏴」，其義近于「告」。我們認爲既然王命寢馗把黿給了作冊般，而作冊般又承王意作了處理，那麼，該字讀「貺」還是比較妥當的。最後一行「曰」字以下，句讀、釋意均有較大分歧。

李文、王文斷讀爲：曰：「奏于庸。」乍（作）母寶。李文認爲「『奏于庸』，是商王命寢馗把黿貺賜給作冊般時傳達的指示」。王命寢馗將黿賜給作冊般，同時傳達王的指示，「這是一件事，不是兩件事。」據《逸周書・世俘庸篇》及孔晁等注，「奏庸」即擊大鐘。「甲骨文屢見『奏庸』，但和文獻一樣，沒有『奏于庸』。」「我曾想過『奏于庸』的『于』能否讀爲意思爲大笙的『竽』，不過竽、鏞連稱不很合適，命作冊即史官奏樂也遠于情理。按古代史官與樂人有一定聯繫……由此推想，商王可能是命作冊般詠詩，記述獲黿的事迹，將之譜入以鏞爲主的音樂演奏。」依照李先生的思路，似乎亦可斷讀爲：曰「奏于（竽）。庸（用）乍（作）母寶。《說文・用部》：「庸，用也。」這樣理解，單就這兩句而言，文字也比較通順。但綜合器物造型構思，則不如釋庸器確切。王文認爲：「甲骨文『奏庸』的『庸』讀『鏞』，《爾雅・釋樂》：『大鐘謂之鏞。』『奏鏞』是按照節拍敲鐘奏樂的意思。不過，本銘『奏于庸』與『奏庸』是動賓結構，而『奏于庸』是動詞加介賓結構，二者有一定距離。愚意此處的『奏于庸』是『奏之于鏞』的意思，其義是說商王要作冊般把射獲大黿的事創作成音樂用鐘樂演奏出來，以顯示自己的神武和權威。」「從《詩・商頌》和卜辭的記載看……把一些值得紀念的人和事創造成音樂保存下來，乃是當時的一個制度。」「爲紀念此事（即商王貺賜），作冊般做了這個寶器獻給母親。」宋文句讀與前二文相比，所不同者是去掉了引號，但亦認

〔註30〕袁俊傑：〈作冊般銅黿銘文新釋補論〉，《中原文物》2011年第1期，頁47～48。

爲是王「命寢旘貺賜乍冊般，譜咏其事于鏞鐘演奏。」同時又說：「辭云『奏于庸』，當是射後舉行享禮的行儀之一。」以上把「奏于庸」，理解爲把射黿的事迹譜之于鏞來演奏，無疑是有一定道理的。然而從王的指示看，奏于庸實是作冊般的職事，其個人並沒有什麼值得特別榮耀的，更不可能因此而爲其母親作紀念物，二者之間似沒有必然的因果聯繫。所以作母寶之釋讀顯然是有問題的。朱文斷讀爲日：「奏于庸，乍（作）女（汝）寶。」認爲「『日』下應皆是王對作冊般所說的話。」「庸讀爲鏞，作爲樂器，言『奏庸』自然是合適的。但如像本銘這樣言『奏于庸』，還將『庸』讀爲鏞，從語法上似乎就不大講得通。比較合適的訓解是《周禮·春官》中『典庸器』之『庸器』。」「林尹《周禮今注今譯》以爲庸器『謂有大功而作紀念之器物』，比較有道理。」

「在商晚期，也可能這種記功之『庸器』可徑稱爲『庸』，有如東周典籍或稱爲『彝器』者，在商、西周時代則可以單稱作『彝』，如商周金文習見之『寶障彝』的彝的用法。如果『庸』在這裡可以做這種解釋，則銘文中『奏于庸』之『奏』即當讀如《廣雅·釋詁四》所言『奏，書也』王命作冊般，『奏于庸』，即命其將王四射皆中的精湛射術銘記于庸器上。作冊般作爲作冊即史官，自然有此職責。」「女字在殷墟卜辭中雖也可讀作『母』，但在這裡如讀成『作母寶』，便很費解。所以『女』在這裡還是讀爲『汝』較爲妥貼。『作汝寶』乃承上句『奏于庸』而言，是王命作冊般作此銘功之庸器後囑其永寶之。直譯即『作爲你的寶物』。」此說極爲確切，這樣的詮釋更加符合銘文主旨和銅黿造型，可謂把握住了問題的本質，無疑是不易之論。裘先生認爲「奏」可訓爲「進」。「庸」，與西周金文的「仆庸」之「庸」基本同義。「庸作」猶言「庸之所作」，指庸徒們工作的地方。「『奏于庸作』的意思就是送進庸徒工作之所，可能指將捕獲的身中四矢的黿送進鑄銅作坊，以仿製銅黿。」「因爲銅黿有銘文，需要史官撰寫。」「銅黿鑄成後，原黿的甲殼仍可送進骨角器作坊當原料。」「𣫭不應釋爲『母』或讀爲『汝』，而應該爲『毋』。」「『毋寶』的意思就是不用當作寶物，應指不用把黿的甲殼保存下來當作寶物。」作如此解雖然也有一定的道理，但頗爲迂回。綜合起來看，我們認爲朱先生之說精當無誤，最令人信服，當爲最佳解釋。

據上所述，銘文大意是說，丙申日這一天，商王舉行射禮，王弋射于洹水，射得。商王射黿，連續穿射了四支箭，皆貫穿黿體，沒有作廢的箭。王命寢旘將此黿賜予史官作冊般，王說：「（將四射皆貫的射藝）銘記于庸器，作爲你的

寶物。」可見，銘文清楚地記述了商王在同一日所舉行的弋射和射黿兩種射禮。

◎佳瑜按：

　　「馗」，字從首、從九，為寢官之私名。又銘文「」字，李學勤先生釋為「兄」且說其形作人跽坐狀，而特顯其手，應讀為「貺」，意思是受王命貺的人，同時也指出此字與宰豐骨刻辭之間的聯繫，認為黿銘與之情況相似。王冠英、李凱等先生皆釋為兄（貺），義為賜、贈。裘錫圭先生雖未明確指出此字為「祝」字卻認為姚孝遂先生對此字的分析凡卜辭祝字之省示者作或，象人跪形，亦有象人立形作者，突出手掌形以區別于「兄」字是很重要的意見，並從殷墟甲骨文寫作從「禾」從「」之字（按：字作）與柞伯簋寫作「禾」從「」之字（按：字作）來看認為姚先生所說「與為一字的意見是有道理的。」並說此字除了用為以鬼神為對象的「祝」字，還有以活人為對象的、意義近於「告」。

　　學者多半釋此字為「兄」，讀為「貺」的意見應是最早源於楊樹達先生的說法，眉鼎有「兄」字作「」，銘文云：「兄乎師眉王為周叟，錫貝五朋，用為寶器……」「兄疑當讀為貺，賜也。」〔註31〕回顧來看姚先生的看法可知卜辭裡象人跪形的「」與象立人形的「」二者是有區別的，並不相混，但象人跪形的「」卻可作立人形的「」，也就是說無論從跪形或立人形都是可以用來表示「祝」字，與「兄」字的最大區別在於「突顯手形」這塊部件，然而對於「也可作」這一點仍待驗證，沈培先生認為這個看法是有問題的，「」字李學勤先生也已經指出可以與宰豐骨「」字聯繫，藉由與金文相關辭例等對比，見下表所示：

器　名	辭　　　　例
宰豐骨	……王錫宰豐，寢小婡……
旟鼎	……王姜賜旟田三於待，師楷酤……
中觶	……王賜中馬自侯四，南宮……
作冊矢令簋	……姜賞令貝十朋、臣十家、鬲百人，公尹白丁父貺于戉。
作冊折尊	……令作冊旂貺朢（？）土于相侯，賜金賜臣。

〔註31〕楊樹達：《積微居金文說》（北京：中國科學院出版，1952年），頁79。

二祀邲其卣	丙辰王令邲其貺鬱于夆田，⬛寶貝五朋。
中方鼎	……王曰：中，茲禍人入史錫於武王作臣。今貺畀汝禍土……
作冊般銅黿	王令寢馗⬛于作冊般曰：「奏於庸作，⬛（母）寶。」

由上列辭例對比之下明顯可知釋爲「祝」於意義上無法明確，同時亦可看出「賜」與「⬛」有時是同時出現在銘文之中，研判其義應與「賞賜、贈與」有關，故此字「⬛」釋爲「兄」，讀爲「貺」的說法的確是有道理的。另外從字形來看，沈培先生認爲《金文編》將此字收於「兄」字下以及從兄、往聲的「兄」字可作⬛（弔趩父卣）、⬛（帥鼎）、⬛（史龒兄簋），這兩方面的證據來證明「⬛」、「⬛」相同，並且指出「覆手形恐怕仍在強調手中原本持有或經常持有拐杖之類的東西，兄相對於弟來說也是年長的人，因此兄寫成⬛形代表的就是一個年紀比較大的兄長的形象。」按照沈先生的看法就是把⬛看成是⬛的異體，也就是說用「⬛」來代表「兄弟」的「兄」，用「⬛」來表示「貺」，「覆手形」是爲了突顯將物予人的動作，不過這個字「⬛」的本義到底是上面所說的哪一種，目前還難以肯定，然而更爲合理的看法應是，這個字既是「兄長」的「兄」的異體，也是「貺」的表意初文。據此釋爲「兄」（貺）結合文意來看是較爲適切的，故從沈培先生之說，「王令（命）寢馗兄（貺）于作冊般」應是說明王命令寢官將所獲之黿馗賞賜給予作冊般。

關於「奏于庸」之訓解歸納後約有六種不同看法，整理如下：

其一，李學勤先生認爲是商王命寢馗把黿貺賜給作冊般時傳達的指示，又說「奏于庸」的「于」能否讀爲意思是大笙的「竽」，不過竽、鏞連稱不很合適，命作冊即史官奏樂也遠于情理，按古代史官與樂人有一定聯繫，由此推知，商王可能是命作冊般詠詩，記述獲黿的事迹，將之譜入以鏞爲主的音樂演奏。

其二，朱鳳瀚先生認爲「奏于庸」之「奏」即當讀如《廣雅·釋詁四》所言「奏，書也」。王命作冊般「奏于庸」，即命其將王四射皆中的精湛射術銘記於庸器上。袁俊傑先生從之。

其三，王冠英與宋鎭豪先生皆認爲「奏於庸」是「奏之於庸」的意思，其義是說商王要作冊般把射黿的事創作成音樂用鐘樂演奏出來，以顯示自己的神武和權威。宋鎭豪先生並進一步從晚商射禮的制度來看，認爲「奏於庸」是射禮後所舉行享禮的行儀之一。

其四，裘錫圭先生則說此銘文之「庸」，與見於西周金文的「仆庸」之「庸」基本同義，指「在勞動生產方面受統治階級沉重剝削的一種被奴隸者」。「奏」可訓「進」，「奏於庸作」的意思就是送進庸徒工作之所，可能指將捕獲的身中四矢的黿送進鑄銅作坊，以仿鑄銅黿、或送進骨角器作坊，用其甲殼制器。

其五，晁福林先生認爲「奏」應當理解爲掛牲肉以祭，「奏于庸」，具體來說，就是用牲血衈鐘鏞。

其六，李凱先生認爲「奏于庸」進行奏祭與庸祭。

綜合以上諸家說法，如何正確理解「庸」之含義爲首要之事，裘錫圭先生在〈甲骨文中的幾種樂器名稱〉一文曾指出「古代稱大鐘爲鏞，古書往往寫作『庸』，例如《詩·商頌·那》『庸鼓有斁』、《逸周書·世俘》『王入，奏庸』『王定，奏庸』。宋末戴侗《六書故》根據金文認爲『庚』象『鐘類』，並認爲『庸』是『鏞』的初文。」〔註32〕透過裘先生的分析可知「庸」本爲樂器之一種，回歸銘文上下文意思考，於此恐怕非指「在勞動生產方面受統治階級沉重剝削的一種被奴隸者」，故與西周金文「仆庸」之「庸」並不同義，甲骨文中的「庸」不僅指商代的某種樂鐘，也可能指某種舞蹈，或者有可能是某種音樂表演形式。〔註33〕

根據王純一先生分析「庸是一種銅制合瓦形體擊奏體銘樂器，它的流行時代主要是商代晚期，到西周時期就已幾乎絕響了。考古發掘的殷庸皆出自殷王室成員和奴隸主貴族的墓葬。其出土地點大部分是在殷都所在的河南安陽殷墟，少數是在殷王朝統治中心地帶的豫北和魯南。這表明它確是殷王室和奴隸主貴族所享用的樂器。」〔註34〕依此則更能肯定「庸」是爲這種擊銘樂器，那麼朱鳳瀚先生認爲「奏于庸」，是將精湛射術銘記於庸器上之說法，也與銘文無法適切聯繫。殷王室所享用的樂器，如鼓、磬等，大多在卜辭中有反映，庸亦如此。今舉八例示下：

（1）萬叀美奏，又（有）正。叀庸奏，又（有）正。于盂毗（庭）

〔註32〕裘錫圭：《古文字論集》（北京：中華書局，1992年），頁196。

〔註33〕陳致：〈「万（萬）」舞與「庸奏」：殷人祭祀樂舞與《詩》中三頌〉，《中華文史論叢》2008年第4期，頁59。

〔註34〕王純一：《中國上古出土樂器綜論》（北京：文物出版社，1996年），頁105～106。

奏。于新室奏。（《合》31022）

（2）奠其奏庸虫旧庸大京武丁☑（《南地》4343）

（3）王乍（作）用（庸）奏。（《合》3256）

（4）其冊（置）庸壴（鼓）于既夘（《合》30693）

（5）其冊（置）用（庸）于丁。（《粹》474）

（6）☑出貞☑其冊新用（庸），九月。（《合》25901）

（7）☑雨，庸无（舞）。（《合》12839）

（8）□戌卜貞，庸，不雨。（《后》1・4・2）〔註35〕

從上述資料中可再次印證卜辭中的「庸奏」、「庸鼓」、「冊（置）新庸」所說的「庸」是爲王室所用的樂器一種，故銘文「奏于庸」之「奏」之釋義恐非理解爲「掛牲肉以祭」或者言「進」、「書也」之義，結合文義皆無法取得妥當的解釋，「奏」字於此應視爲「奏樂」、「演奏」之義，如此看來「奏于庸」是「陳述一種鳴擊鐘鼓的動態情況」亦即近似奏樂之一種，故此處的「奏于庸」是「奏之於庸」的意思，獻牲于庸之說與此並無相關，「奏之於庸」是說明鐘樂演奏是商王下令要作冊般將射黿的事迹藉此頌詠出來。

銘文最後一句「乍（作）██寶」之「██」，李學勤先生與王冠英先生皆隸爲「母」但李氏認爲字稍向右偏，且說銅黿不屬於禮器，在祭祀中無所用之，所以這裡作冊般之母當時可能是生存的，也可能是已故的。王冠英先生同時亦認爲作冊般做了這個寶器獻給母親。而朱鳳瀚先生則認爲該作「女」不當隸定作「母」，主要原因在於「雙臂中間沒有兩點」，讀爲「汝」較爲妥貼，並說「作汝寶」是承上句「奏於庸」而言，是王命作冊般作此銘功之庸器後囑其永寶之。袁俊傑先生從朱氏說法。

對於隸爲「母」或「女」而言，裘錫圭先生認爲兩者皆不適，應讀爲「毋」，與上文合看，意思反而是「相反」，即不用把黿的甲殼保存下來當作寶物。晁福林先生則認爲「乍」字上屬，則「母寶」當自爲一句讀，讀若「毋寶」。從另一個角度看，那就是商代實際上已有將龜黿視爲寶物之俗。商周時期，龜

〔註35〕王純一：《中國上古出土樂器綜論》（北京：文物出版社，1996年），頁106。

黿之物，或視爲寶，或不視爲寶而只是用後即棄置，兩種情況兼而有之。作冊般黿銘文強調「母（毋）寶」，乃是取了的後一種態度的結果。

細審銘文字形，此字雙臂中間確實沒有兩點，倘若按照裘先生之說解釋爲「毋」，從上下文意對讀恐怕也不好說通，既然上文已言「奏之于庸」了，顯然此舉也含有紀念價值存在，擁有值得紀念的物品與事件或者銘記永寶是爲常理之事，所以「不用特地妥善保存黿殼」這件事恐與常理有所矛盾，然而隸爲「母」仍可商，將「作母寶」解釋爲獻給母親的寶器，在此也不好說明，按照對銅黿銘辭的理解，作冊般受了商王的賞賜之後，接著商王令作冊般把射黿的事譜詠於鐘樂演奏出來，其實也隱含著深層意境，也就是說作冊般感念王的恩澤之外同時亦歌頌王的美德，據此推斷若無疑，權衡之下釋爲「女」，通讀爲「汝」應是比較適切的，「作汝寶」也與上文《中方鼎》銘文「今旣畀汝禍土，作乃采」的語境相似，「乃」於此處應當爲代詞「你」或「你的」來使用，所謂的「作汝寶」所說明的即是作了這個珍貴的寶物，可以令汝（即指作冊般）或你的家族永久珍藏享用。

銅黿銘文詳實記錄商末晚期射禮之事，宋鎮豪先生分析指出射禮是按照一定的規程所舉行的弓矢競技行事，通常認爲屬於周代的禮制。然據近出甲骨文金文材料確知，逐漸脫離宗教權威支撐而用來體現貴族子弟矢射技能高下的射禮，早在晚商就已經流行，周代不過是繼承而有所革替而已。晚商射禮，是商王暨各方貴族階層成員參預的弓矢競射禮，通常習射于水澤原野處，澤畔建有與習射相關的建築設施，又連天累日舉行，以「丙弓」、「遲弓」、「疾弓」三射作爲競技規則，注重用弓暨弓法，視射獲獵物無廢矢進行頒功旣賜，射後有享祭先祖之禮。周代射禮，實當源自殷禮。〔註36〕承上所述，射禮制度的發展到晚商時期顯然已具備完善的程度，在《禮記・射義》有云「射者，男子之事也，因而飾之以禮樂也。」〔註37〕可知「射對古代貴族來說，是男子必須必備的技能」，〔註38〕學者研究也指出射禮具有選拔人才的目的，古代貴族不但用比射的

〔註36〕宋鎮豪：〈從新出甲骨金文考述晚商射禮〉，《中國歷史文物》2006 年第 1 期，頁 10。

〔註37〕孫希旦：《禮記集解（下）》（台北：文史哲出版，1990 年），頁 1440。

〔註38〕韓江蘇：〈從殷墟花東 H3 卜辭排譜看商代學射禮〉，《中國歷史文物》2009 年第 6 期，頁 32～38。

方法來進行軍事訓練和軍事教學，而且用比射的方法來選拔所需要的統治人才。〔註39〕

　　總而言之，作冊般銅黿的發現有助於我們瞭解晚商至西周的射禮制度。另外一點也說明發展至西周時期的射禮，至少包括三類不同性質的活動：（一）以訓練射術爲目的，帶有濃重軍事色彩的習射。（二）與大型祭祀相伴隨，象徵宗族首領親自獵獲犧牲的射牲儀式。（三）與飲宴、樂舞緊密結合，以集體娛樂爲主要目的的射禮。在西周時期統治者對射獲技能的高度重視直接影響到當時的教育制度，在宗周「學官」一類的貴族學校中，射術訓練被列爲貴族子弟的必修課程。〔註40〕《禮記・射義》云「天子將祭，必先習射於澤。澤者，所以擇士也。已射於澤，而后射於射宮。射中者得與於祭；不中者不得與於祭。」〔註41〕由上述這段引文可以得知一點，銅黿銘文所載王逄于洹水舉行射禮之事與後代相關射禮制度應是具有一脈相承的關係。西周實行的是分封政治，周王要維持對這些小國的統治，除武力以相脅外，經常舉行射、饗、聘、問等禮儀也在一定程度上起著維繫統一的作用。〔註42〕宋鎮豪先生也已指出在1993年河南平頂山應國墓地M242中所出土的西周康王時柞伯簋銘器用語「無廢矢」，與晚商銅黿銘文相一致，也是射禮場合班贊品論競射優勝的評語。由此可見，晚商甲骨文和金文揭示的晚商射禮，其行儀程式有許多方面可以與西周金文乃至古文獻中記述的射禮相比照。作冊般銅黿的發現無疑說明射禮之習由時已久，研究指出「射禮產生的年代認定爲夏代」〔註43〕，可以確定的是射禮儀節草創初期已具規模而後漸次發展到西周時期漸至完備。

〔註39〕楊寬：《古史新探》（北京：中華書局，1965年），頁330。

〔註40〕胡新生：〈西周時期三類不同性質的射禮及其演變〉，《文史哲》2003年第1期，頁113。

〔註41〕孫希旦：《禮記集解（下）》（台北：文史哲出版，1990年），頁1446。

〔註42〕劉雨：《金文論集・西周金文中的射禮》（北京：紫禁城出版社，2008年），頁9。

〔註43〕趙紅紅：〈試論先秦射禮的產生和形成〉，《江南大學學報》2010年4月第9卷第2期，頁59。

第三章　豳公盨銘文集釋

第一節　前　言

　　豳公盨是保利藝術博物館新進購藏的一件失蓋有銘銅盨，此器胎璧較薄，高 11.8 釐米，口長 24.8 釐米，器身上表面印有蓆紋，器形四隅雖圓角，但器璧較直，作橢方形，兩側有獸首一對，器底有跗足四個，紋飾，口沿爲對稱的口長尾鳳鳥紋，器腹爲三道瓦稜，瓦稜下有一道突起的弦紋。其時代當屬西周中期後段，其銘文共十行，除最後一行爲八字外，每行皆十字，共九十八字。

　　銘文內容講述禹治水患功成後，隨即重新調配土地以及設定徵收標準，再者談到天「降民監德」，隨後以「德」字貫串著全文，其「德」字六現，可見其意義非凡，如：「監德」、「明德」、「懿德」、「好德」，此「德」所表現的益處誠如「孝友惷明」、「經齊好祀」亦可「婚媾協和」、「復用祓祿」等，最後則以「豳公曰」爲結語慎重的告誡「唯克用茲德，無悔」作一總結。

　　本篇內容異於其他出土的銅器銘文，根據諸家學者們的分析研究此篇與《尚書》相似，陳英傑先生指出：「認爲它就是《尚書》中的『誥』體，可拿《無逸》與之對照。盨銘可稱之爲《豳誥》，告誡對象是『民』。」〔註1〕裘錫圭先生也說

〔註 1〕陳英傑著：《西周金文作器用途銘辭研究（下）·爰公盨考釋》（北京：線裝書局，

了：「從銘文可以知道，當時人的確把禹看作受天之命平治水土的神人，並可據有關文字糾正後人對禹治水傳說的一些誤解，還可看出，天授洪範九疇以爲人世的說法，在當時應已存在。」〔註2〕由此盨銘的重要性可見一番。

　　本文擬在學者們的研究基礎上，根據當前所蒐羅的材料逐一歸納整理，首先列出銘文、諸家說法，期許能在當前的研究基礎上，針對相關問題可望釐清究竟，藉以探求銘文深意及其核心價值。

第二節　釋文、拓片

　　天令禹專（敷）土、隓山、濬川，〔禹〕廼▆（墮）方、執（設）征。〔天〕降民監德，廼自作配卿（享）。民成父女（母），生我王，作臣。氒頪（貴）唯德，民好明德，顲（憂，讀優）在天下。〔民〕用氒邵好，益□懿德，康亡（娛）不（丕）林（懋），老（孝）友▆（忎）明，巠（經）齊好祀，無▆（覥，讀兒）心。好德，婚媾亦唯協，天釐用考，申（神）復用髮（祓）录（祿），永孚於▆（寧）。豳公曰：民唯克用茲德，亡譸（悔）。〔註3〕

2008 年 10 月），頁 595。

〔註2〕 裘錫圭著：《中國出土文獻十講·豳公盨銘文考釋》（上海：復旦大學出版社，2004 年 12 月），頁 46。又其篇章分別收錄於《中國歷史文物》2002 年第 6 期（總第 41 期），頁 13；保利藝術博物館編：《豳公盨大禹治水與爲政以德》（北京：線裝書局，2002 年 10 月），頁 28～47。

〔註3〕 銘文釋文暫依陳英傑先生所釋，銘文省略之主語等句子成分用〔 〕標示。陳英傑著：《西周金文作器用途銘辭研究（下）·豳公盨考釋》（北京：線裝書局，2008 年 10 月），頁 576。

（燹公盨銘文拓片。北京，中國歷史文物編輯部，《中國歷史文物》2002
年第 6 期。）

（燹公盨圖版。北京，中國歷史文物編輯部，《中國歷史文物》2002 年
第 6 期。）

（除銹後的燹公盨。北京，中國歷史文物編輯部，《中國歷史文物》2002
年第 6 期。）

第三節 集 釋

（一）天令禹尃（敷）土、陞山、濬川，〔禹〕廼𤔲（摛）方、埶（設）征。

諸家說法如下：

◎**李學勤**〔註4〕：

「尃」、「敷」均爲旁母魚部字【本文古音皆據陳復華、何九盈：《古韻通曉》，中國社會科學出版社，1987年。】，兩字都訓爲「布」。

「陞」字，右半從二「又」二「土」。這個字在金文最早見於不其簋【容庚：《金文編》，第942頁。】，但所從的「又」形有些訛變。完全與盨銘同形的，見五祀衛鼎【吳鎮烽：《西周金文擷英》九，三秦出版社，1987年。】，《金文編》未及收入，《金文詁林補》收錄【周法高：《金文詁林補》，1822，歷史語言研究所，1982年。】。該字常被混淆於從二「勹」的「阿」字，釋讀有不同意見，如王國維先生釋爲「陵」【周法高主編：《金文詁林》，1822，香港中文大學，1975年。】，現在看來都不妥當。目前流行的看法有兩種，一是釋爲「附」，其說本於丁佛言《說文古籀補補》【丁佛言：《說文古籀補補》，第60頁，中華書局，1988年。】。丁氏所釋是齊陶文的「堅」字，下面從「土」是從「阜」字的常例，故其右半恐只從「又」，與從「又」從「土」有別，認爲和「付」有關也沒有根據。另一是釋爲「陶」，其說出自楊樹達《積微居金文說》【楊樹達：《積微居金文說》，第81～82頁，中華書局，1997年。】。楊氏講的是齡鐘的一個字，其字下從「革」，上從「陶」，釋之爲「鞀」。這可以用來釋從二「勹」的「阿」，卻不能移於從二「又」的「陞」字。

正確釋讀的線索，是在研究新出戰國竹簡找到的。1987年湖北荊門包山二號楚墓出土的竹簡，有一個字結構多所變化，惟左半部都從「阜」作，其餘有這樣六種：右從二「又」二「土」，下從「邑」《包山楚簡》22；右從一「又」一「土」，下從「邑」《包山楚簡》167；右從一「土」，下從「邑」《包山楚簡》

〔註4〕 李學勤：〈論豳公盨及其重要意義〉，《中國歷史文物》2002年第6期，頁5。其篇章分別收錄於保利藝術博物館編：《豳公盨大禹治水與爲政以德》（北京：線裝書局，2002年10月），頁15～27；其著作《中國古代文明研究》（上海：華東師範大學出版社，2004年11月），頁126～136。

62；右從一「土」一「又」，下從「山」《包山楚簡》163；右從二「又」一「土」，下從「土」《包山楚簡》168；右從一「土」一「田」《包山楚簡》179、184。從二「又」二「土」，與我們討論的「隓」字相同，其所以從「邑」，應係此字可用爲地名的緣故，可視爲衍生字，此外多省略「又」、「土」。下從「土」的，如上文所說，在從「𨸏」字中習見。從「山」、從「田」的也是衍生字。

　　《包山楚簡》的作者釋這個字爲「隋」，說：「《汗簡》隋字作陵（王庶子碑），《說文》有隓、𡐦，均與簡文……相似。」【湖北省荊沙鐵路考古隊：《包山楚簡》，第 42 頁注 64，文物出版社，1991 年。】此說由於 1993 年荊門郭店一號楚墓竹簡的發現得到驗證。《老子》第二章「前後相隨」，郭店簡《老子》甲 16「隨」字作「陸」，右從「土」、「田」，下從「土」。《郭店楚墓竹簡》注釋爲「墮」，云：「《包山楚簡》第 163、184 號有『陸』字，釋作『隋』與簡文上部相同。」【荊門市博物館：《郭店楚墓竹簡》，釋文注釋第 115 頁注 42，文物出版社，1998 年。】

　　案《汗簡》下之二𨸏部有「陵」字，云：「隨，出王庶子碑。」【郭忠恕：《汗簡》，第 39 頁，中華書局，1983 年李零等整理本。】《古文四聲韻》卷一「隨」下也有「陵」，云出碧落文（即碧落碑），還有「陸」、「陵」等變體【夏𫗬：《古文四聲韻》，第 15 頁，中華書局，1983 年李零等整理本。】。對照郭店簡《老子》，字之爲「隨」斷無可疑。《說文》「隨」字從「辵」，「𡐦」省聲，「𡐦」則云係「隓」字或體，「隓」從「𨸏」，「𡋯」聲，然而書中沒有「𡋯」字，引起徐鉉以來許多學者的爭議。看古文字材料知道，字本不從「左」或「𡋯」，其所以混淆，以至改從「圣」爲從「左」，大約是因爲「左」在精母歌部，「隨」在邪母歌部，古音相近。《汗簡》、《古文四聲韻》「隨」雖仍從二「又」，「土」則訛變爲「工」，也是受這一點的影響所致。

　　前引竹簡各字應讀作「隨」，除郭店簡《老子》外，在包山簡中也有內證。後者這個字多用作人的族氏（金文五祀衛鼎也有「隓」氏人名），但 62 簡有「安陸之下隨里人屈犬」安陸原近隨國，故里名下隨。又 184 簡有「䣄尹之隨義倚」，「隨」就是隨從。把這些字讀爲「隨」，是完全順適的。近出的《戰國文字編》把它們都收於「隓」字條下【湯餘惠主編：《戰國文字編》，第 946 頁，福建人民出版社，2001 年。】。不過，如果由嚴格的觀點看，「隓」應是「隓」，下從「土」的是「𡐦」，下從「山」的是「隓」或「隋」，均可與《說文》相應【參

看朱駿聲：《說文通訓定聲》，第491～492頁，武漢市古籍書店，1983年。】，只是在簡文中都通讀爲「隨」罷了。殷墟甲骨文有「隓」字【島邦男：《殷墟卜辭綜類》，第173頁，汲古書院，1977年。】，可視作這一系列字的淵源。以上論述表明，龖公盨的「隓山濬川」即「隨山濬川」。

「帑」字從「川」，即「濬」字。《說文》：「睿，深通川也。字或從『水』，古文作『濬』。」「𢽾」是「差」字，上半所從與《金文編》釋作「逨」的字所從一樣【容庚：《金文編》，第109頁，中華書局，1985年。】，今定爲從「來」，讀爲「差」。《說文》「差」字，據《韻會》引：「從『左』，『來』聲」【原衍一「省」字，參看丁福保：《說文解字詁林》，第2014～2015頁，中華書局，1988年。】，所以盨銘這個字也可釋爲「差」。「來」、「差」都在歌部，一禪母，一清母在音韻上是沒有問題的。「來」的辨識，還是要由《金文編》釋「逨」的那個字入手。該字在金文裏已經出現多次，學者或以爲從「來」，或以爲從「夆」，但仔細核對形體，都有距離，在文句釋讀上也有困難，現作從「來」聲，就順適了。

「逨」字除作人名用外，有兩種用法：第一種如史墻盤「逨匹厥辟」，單伯鐘「逨匹先王」，應讀爲「佐」，「佐」是精母歌部字。此處釋「逨（來）」似乎尙可，而乖伯簋「克逨先王」，便不能念成「克來先王」了。第二種則專見於記射禮的銘文，如長思盉有：「穆王饗禮，即井伯太祝射，穆王蔑長思以逨即井伯氏。」義盉有：「王在魯，卿（合）即邦君、諸侯、正、有司大射，義蔑曆，眔于王逨【中國社會科學院考古研究所：《張家坡西周墓地》，圖118-2，中國大百科全書出版社，1999年。】」。兩者的「逨」都是動詞，讀爲「差」，《爾雅·釋詁》：「擇也。」原來據《周禮·大司馬》和《射人》，王的大射要「合諸侯之六耦」，有「選賢」的目的，所以選擇諸侯、朝臣參加；賓射、燕射則用三耦，只有卿大夫以下朝臣【孫詒讓：《周禮正義》卷五十六。】。長思盉是燕射，長思被選與井伯耦設；義盉是大射，義有幸入於王選。如釋字爲從「來」、從「夆」，即難於讀通。「差地設征」極有重要意義，下節還會談到。附帶說，東周金文「差」字所從的「來」與盨銘此字所從大多相同【容庚：《金文編》，第311頁，中華書局，1985年。】，這裏不再細說。

「彖」讀爲「地」。《說文》「地字籀文作『墬』」，朱駿聲《說文通訓定聲》分析說：「『彖』聲，『彖』《說文》讀若『弛』，『彖』、『也』一聲之轉。」「埶」

讀爲「設」，最早是在釋讀甘肅武威磨嘴子六號漢墓《儀禮》簡時發現的，實際在傳世古籍及古文字中很多，裘錫圭先生近期有專文論述。【裘錫圭：《古文獻中讀爲「設」的「埶」及其與「執」互訛之例》，香港大學亞洲研究中心《東方文化》第三十六卷第一、二期，1998 年。】

◎裘錫圭〔註5〕：

　　在上古傳說中，禹本具有神性，是上帝派到下界來平抑洪水、整理大地的。這在上世紀 30 年代顧詰剛、童書業所寫的《鯀禹的傳說》一文中，已經說得很清楚了【此文已收入《顧詰剛古史論文集》第二冊，中華書局，1988。見第 88～138 頁。以下簡稱此文爲「顧文」。此文收入《古史辨》第七冊下編時，署顧詰剛、童書葉二人之名。】。《尙書·洪範》記箕子之言說：「我聞在昔鯀陻（湮）洪水，汩陳其五行。帝乃震怒，不畀洪範九疇，彝倫攸斁。」這裡所說的「帝」和「天」都指上帝。《尙書·呂刑》：「皇帝清問下民……乃命三后恤功於民。……禹平水土，主名山川。……」「皇帝」就是《呂刑》上文出現過的「上帝」。僞孔傳以「上帝」爲「天」，以「皇帝」爲「帝堯」，是錯誤的【參看顧文第 95～96 頁。】。《山海經·海內經》說「禹、鯀始布土，均定九州」，又說：「洪水滔天，鯀竊帝之息壤以堙洪水，不待帝命。帝令祝融殺鯀於羽郊。鯀復（腹）生禹，帝乃命禹卒布土以定九州。」這裡所說的「帝」當然也是上帝。郭璞注：「息壤者，言土自長息無限，故可以塞洪水也。」帝殺鯀後，「命禹卒布土」，所布的仍應是息壤。《淮南子·地形》：「禹乃以息土塡洪水，以爲名山。」息土就是息壤。《山海經》雖然成書較晚，卻保存了不少較原始的神話傳說。上引那段話顯然反映了鯀、與治水傳說的較原始的面貌【參看顧文第 104～106 頁及顧詰剛1957 年發表的《息壤考》。後者也收入《顧詰剛古史論集》第二冊，見第 199～210 頁。】。

　　「專土」之「專」，古書作「敷」。《尙書·禹貢》：「禹敷土，隨山刊木，奠高山大川。」《大戴禮記·五帝德》：「使禹敷土，主名山川，以利於民。」《詩·

〔註5〕 裘錫圭著：《中國出土文獻十講·豳公盨銘文考釋》（上海：復旦大學出版社，2004年 12 月），頁 51～52。又其篇章分別收錄於《中國歷史文物》2002 年第 6 期（總第 41 期），頁 13～18；保利藝術博物館編：《豳公盨大禹治水與爲政以德》（北京：線裝書局，2002 年 10 月），頁 28～47。

商頌・長發》:「洪水芒芒,禹敷下土方。」(鄭箋:「禹敷下土,正四方。」)字
亦作「傅」。《史記・夏本紀》轉述上引《禹貢》語,作「以傅土,行山表木,
定高山大川。」《荀子・成相》:「禹敷土,平天下,躬親爲民勞苦。」《周禮・
天官・大司樂》鄭玄注:「大夏,禹樂也。禹治水傅土,言其德能大中國也。」
上引《五帝德》的「敷土」,有的本子也作「傅土」。「敷」、「傅」皆從「專」聲
(「敷」是「敷」之訛體),故三字可通用。「敷」與「布」音義皆近。《詩・小
雅・小旻》毛傳:「敷,布也。」郭璞在注上引《海內經》「禹、鯀是始布土」
句時說:「布猶敷也。」《書》曰:「禹敷土,定高山大川。」《說文・三下・寸
部》:「專,布也。」可知「專」實「敷土」之「敷」的本字【《說文・三下・支
部》訓「敷」爲「攼」,「攼」通「施」,義與「布」近。所以也未嘗不可將「敷」
看作「專」的後起字。】禹的「敷土」,其原始意義應指以息壤堙塡洪水。古人
將大地稱爲「禹之跡」【《尚書・立政》:「其克詰爾戎兵,陟禹之跡,方行天下,
至於海表,罔有不服。」】、「禹跡」【《左傳》襄公四年引「虞人之箴」:「芒芒禹
跡,畫爲九州」。春秋時的秦公簋說「鼏宅禹責」,「責」讀爲「蹟」,與「跡」
爲一字。簋銘見《殷周金文集成》(以下簡稱「集成」8・4315)。】、「禹之績」
【《詩・商頌・殷武》:「天命多辟,設都于禹之績。」此「績」字或以爲功績之
「績」,或以爲亦應讀爲「蹟」。】、「禹之堵」【春秋時的叔尸(或釋「弓」)鐘、
鎛說成湯「咸有九州,處禹之堵」,見《集成》1.275~276、283、285。】,就
是以禹敷土的傳說爲主要背景的【參看顧文第93~94頁】。

　　「陸」是「墮」的初文,亦見包山楚簡,《汗簡》以爲「隋」字的古文。《說
文・十四下・阜部》「墮」字字頭作「隓」,及由此形演變【參看吉林大學李守
奎博士學位論文《楚文字編・楚文字編歸說明》第54~55頁,1997年。】「隓」
的字形象用手使「阜」上之土墮落,是一個表意字。其所從之「圣」後來變爲
「左」,當是由於「圣」、「左」形近,而「左」字之音又與「墮」相近的緣故。
秦漢文字「隋」的右上部多作「圣」或「圣」,尚存古意【參看《秦漢魏晉篆隸
字形表》第270頁「隋」字,第1030頁「墮」字,四川辭書出版社,1985年。】。
禹之「墮山」在上引《禹貢》文中已變爲「隨山」,《書序》也說:「禹別九州,
隨山濬川,任土作貢。」《史記・夏本紀》轉述《禹貢》,改「隨山」爲「行山」,
已見前引。同書《河渠書》說:「《夏書》曰:禹抑洪水……以別九州,隨山浚
川,任土作貢。」「以別九州」以下與《書序》之文基本相同。《史記》與《書

序》相同之處頗多。二者究竟誰抄誰，尙無定論。「墮山」變爲「隨山」，與鯀、禹治水傳說的演變有關。上引顧文已指出，在較早的傳說中，鯀和禹都以息壤對付洪水，用的都是「堙」的辦法；鯀所以失敗，是由於他「不待帝命」，並非方法不對；認爲鯀用堙塞防堵的方法治水而致失敗，禹用疏導的方法治水而得成功，乃是鯀、禹治水傳說隨時代而演變的結果【參看顧文第 104～108 頁。】。在現存的古文獻裡，明確地把鯀和禹的治水方法對立起來的說法，最早見於《國語・周語下》：

> 靈王二十二年（西元前 550 年），穀、洛鬬，將毀王宮，王欲雍之。太子晉諫曰：不可！晉聞古之長民者，不墮山，不崇藪，不防川，不竇澤。……昔共工棄此道也，虞於湛樂，淫失其身，欲雍防百川，墮高堙庳，以害天下。……其在有虞，有崇伯鯀播其淫心，稱遂共工之過，堯用殛之於羽山【《息壤考》第 208 頁引此文時指出：「先前的上帝，到此也變爲帝堯了。」出處見《顧詰剛古史論文集》第二冊。】。其後伯禹念前之非度，釐改制量，象物天地，比類百則，儀之於民，而度之於群生。共之從孫四嶽佐之。高高下下，疏川導滯，鐘水豐物，封崇九山，決汨九川，陂鄣九澤，豐殖九藪，汨越九原，宅居九隩，合通四海。……皇天嘉之，祚以天下……

太子晉認爲只有共工和鯀那樣的人，才會「墮山」，才會「墮高堙庳」。其實在較早的傳說裡，禹完全有可能被說成在「敷土」之外，也用「墮山」的辦法來「堙庳」。本銘的「墮山」無疑就應該這樣解釋，而不能根據《禹貢》等讀爲「隨山」。「墮山」當然不是指把所有的山都削平，跟禹的「奠高山大川」並不矛盾。奠高山大川應該是在敷土和墮高堙庳的基礎上進行的。對禹的治水，《禹貢》強調「隨山刊木」（編按：此語亦見《尚書・益稷》），《書序》強調「隨山濬川」。爲什麼把「隨山」這件事的重要性提得這樣高，很不好理解。現在看來，所謂「隨山」應該是關于鯀、禹治水方法的觀念發生變化以後，對「墮山」的一種「誤讀」（「隨」本作「遀」，亦從「隋」聲）。

「𣻎」字從「叔」（尗）從「川」從「○」（「圓」的初文）。《說文・十一下・榖部》「濬」字以「睿」爲字頭，訓爲「深通川也」，分析字形說：「從榖，從宀（歺）宀，殘地阬坎意也（《段注》據《韻會》改爲）『從宀、榖。宀，殘

也。穀，阬坎意也。』」《說文·四下·叔部》訓「叔」爲「殘穿也」。「𣪟」字從「叔」從「川」，與「睿」字從「歺」從「穀」意近【《說文·四下·歺部》訓「歺」爲「列骨之殘也」。從古文字看，疑「歺」本象鑱臿之類挖土工具，「叔」象手持「歺」工作形。】，而且把「深通川」之意表示得更爲明白，當爲「濬」字初文無疑。此字所從的「圓」之初文，應是加注的音符。「濬」與「浚」爲一字異體，古音學家或歸入眞部，或歸入文部。《說文·二上·口部》「合」字（即「沿」、「鉛」所從之合）有古文作「睿」與「睿」爲一字。「合」乃元部字。與「濬」同從「睿」聲的「璿」，有異體作「璇」，亦屬元部（「睿」爲祭月部字，與「璿」陰陽對轉）。「圓」字上古音，各家或歸入文部，或歸入元部。由此可知「濬」和「圓」的上古韻部一定很接近。「濬」爲心母字。「圓」爲匣母字，但與「圓」同從「員」聲的「損」即爲心母字。而且「圓」、「圜」古通，而與「圜」同從「睘」聲的「還」古通「旋」，「旋」則與「璿」同音。可見從聲母看，「圓」和「濬」也有可以相諧之理。所以「𣪟」所從的「圓」字初文應爲其音符。

顧文認爲較早的傳說不會說禹用疏導的方法治水，禹疏水之說開始盛倡於《墨子》【顧文第 107 頁。顧文把我們已在前面引過的《周語下》太子晉的那段話引在《墨子》的話前面，顯然認爲這段話爲戰國時人所假託。】。其實禹不但要平抑洪水，還要「奠高山大川」。「奠」的意思就是「定」。要定大川，就不能不進行疏導。《詩·小雅·信南山》說「信彼南山，維禹甸（古通『奠』）之」，《大雅·韓奕》說「奕奕梁山，維禹甸之」，《大雅·文王有聲》說「豐水東注，維禹之績」。可見西周時人是相信禹「奠高山大川」的。禹使豐水東注，不就是疏導豐水嗎？這正與本銘說禹「濬川」相合。顧文認爲鯀、禹治水方法相對立的說法是後起的，確是卓識，但將這種說法出現的時代定爲戰國，似嫌稍晚。而且顧文似乎認爲凡是跟禹疏水有關的說法，都是以鯀、禹治水方法相對立的觀念爲其背景的，只有在進入戰國時代以後才會出現。這就明顯與事實不符了。《書序》和《河渠序》說禹「隨山濬川」，必有已失傳的古書爲據。這種古書或其所從出的更早的古書，應讀像本銘一樣，是以「墮山」與「濬川」並提的，但是「墮」字後來誤讀成了「隨」。《禹貢》的「隨山刊不」也應有所據，而且原來大概也是以「墮山」、「刊木」二事並提的。《左傳》襄公二十五年「當陳隧

者，井堙木刊」，「木刊」意即樹木被砍除。《禹貢》僞孔傳以「轉木通道」釋「刊木」，可供參考。《夏本紀》將「隨山刊木」說成「行山表木」，其意似謂禹巡行山陵，刊削樹木以爲表識。這顯然是附會之說。

　　迺（乃）舂（疇）方，埶（設）征（正），降民，監德：此句與下句都以「乃」發端，不是獨立的句子，它們的主語仍是銘首的「天」。「方」上一字從「米」下從「収」。陳劍《據郭店簡釋讀西周金文一例》指出「米」與「舂」由一字分化，「舂」應從冀小軍《說甲骨文中表祈求義的舂字》一文的意見，定爲具有「疇」、「曹」一類讀音的字。「米」字讀音與之相近【陳劍文見《北京大學中國古文獻研究中心集刊（二）》，第389～395頁，北京燕山出版社，2001。冀小軍文，見《湖北大學學報》1991年1期。】。其說可從。但是陳文主要根據西周金文中從「辵」、「米」聲之字的情況，認爲「米」從「舂」字中完全分化出來，西周早期應當就已經完成【所引陳文第395頁。】，似乎把話說得太絕對了一些。西周中期銅器宀鼎「撻」字「舂」旁作米【《集成》5・2755】，與有些「米」字無別。西周晚期銅器善夫山鼎「撻」字「舂」旁作米【《集成》5・2825】，下部斜筆也比一般舂字少一層，豎畫上加一小橫，則與後來的楚簡「米」旁的寫法如出一徹【楚簡「米」旁之形見上引陳文第380頁。】。所以我們仍把「方」上之字隸定爲「舂」。甲骨文「奏」字作從「収」持「舂」形，但「収」形都加在「舂」的中部或上部兩側，從無加在下部的，與此字似無關【甲骨文「奏」字字形見《甲骨文編》第694頁3437號，中華書局，1965。《文編》列此字於附錄，目前甲骨學界普遍從郭沫若《殷契粹編考釋》釋此字爲「奏」。】《金文編》所收「舂」字多有在兩側加「屮」形的，而錄伯簋二例則將二「屮」加在「舂」的下方【《金文編》第707頁，中華書局，1985。】。「屮」、「収」形近，「舂」字也許就由這種字形變來【這一意見是陳劍口頭向我提出的。】。我們認爲此字應從「舂」得聲，也就是說其讀音應與「疇」、「曹」相近。「舂方」當讀爲「疇方」。「疇」、「禱」皆從「壽」聲，古音相近。「疇」有「類」義。《戰國策・齊策三・淳於髡一日而見七人于宣王章》「夫物各有疇」高誘注：「疇，類也。」《易・繫辭上》：「方以類聚，物以群分，吉凶生矣。」「疇方」可理解爲使方以類聚，也就是給方分出類。《國語・齊語》：「人與人相疇，家與家相疇。」韋昭注：「疇，匹也。」彼此相疇匹即成「疇類」（指人者後世作「儔類」），所以也可以把「疇方」之「疇」看作「相疇」之「疇」的使動詞，把「疇方」理解爲使方相疇而

成類。「方」有「道」、「法」、「術」等義【參看《經籍纂詁》卷二十二「方」字條。】，「疇方」之「方」應訓爲「法」。《史紀・宋世家》的《索隱》引《尚書・洪範》鄭玄注，稱「洪範九疇」爲「天道大法九類」。《洪範》僞孔傳也釋「洪範」爲「大法」，釋「九疇」之「疇」爲「類」。這大法九類，就是《洪範》依次敘述的五行、五事、八政、五紀、皇極、三德、稽疑、庶征、五福和六極（五福、六極合爲一疇），乃「天道和人道的統一」【《息壤考》第207頁語，出處見《顧詰剛古史論文集》第二冊。】，亦即建立人世秩序的依據。此銘所說的「疇方」，應該就是以天錫禹洪範九疇的傳說爲背景的。此銘下還有一些需要以《洪範》爲背景來理解的詞語和思想，可以與此互證。

「埶」爲「藝」（蓺）之初文，又是「勢」之古字。我在《釋殷墟甲骨文裡的「远」「㘴」（邇）及有關諸字》【拙著《古文字論集》第7頁，中華書局，1992年。】、《古文獻中讀爲「設」的「埶」及其與「執」互訛之例》【《東方文化》36卷1、2號，第39〜45頁，香港大學亞洲研究中心，1988（實際出版時間爲2002年）】等文中已指出，「埶」、「設」古音相近，在甲骨葡辭、漢代簡帛和古書中，都有將「埶」用作「設」的例子。郭店楚墓竹簡也以「埶」爲「設」【參看《郭店楚墓竹簡》第175頁注16，文物出版社，1998年。】西周銅器銘文中同樣有這種例子。李學勤先生在《靜方鼎與周昭王曆日》等文中，已將靜方鼎銘「埶応」之「埶」讀爲「設」【李學勤《夏商周年代學箚記》，第22、76頁，遼寧大學出版社，1999。中甗「埶応在曾」（《集成》3・949）、中方鼎「埶王応」（同上5・2751、2752）等「埶」字，用法與靜方鼎同，自然也應讀爲「設」。毛公鼎（《集成》5・2841）「埶小大楚（胥）賦」之「埶」，也有可能應讀爲「設」。】本銘的「埶」也應讀爲「設」。「設征」之「征」則應讀爲正長之「正」，西周銅器員鼎以「征月」爲「正月」，與此相類（參看《金文編》第94頁）。

天所設立的是什麼「正」呢？我認爲應是五行之官的正。《左傳》昭公二十九年記「秋，龍見於絳郊」，魏獻子因此問史官蔡墨，今世爲何不能生得龍。蔡墨回答說：

> 夫物物有其官，官脩（修）其方，朝夕思之，一日失職，則死及之。
> 失官不食。官宿其業，其物乃至。若泯棄之，物乃抵伏，鬱湮不育。
> 故有五行之官，是謂五官，實列受氏姓，封爲上公，祀爲貴神。社

稷五祀，是尊是奉。木正曰句芒，火正曰祝融，金正曰曰蓐收，水

正曰玄冥，土正曰後土。籠，水物也。水官棄矣，故龍不生得。……

據蔡墨所說，似乎萬物各按其類分屬五行之官，即所謂「五官」；五官是否稱
職，對萬物的盛衰以及人、物之間的關係，都有決定性的影響；五官之長稱
正。據下引《國語・楚語下》所記楚大夫觀射父語，五行之官還有處理神民
關係地職責：

昭王問于觀射父曰：「《周書》所謂重黎寔使天地不通者，何也？若
無然，民將能登天乎？」對曰：「非此之謂也。古者，民、神不雜……
於是乎有天地神民類物之官，是謂五官，各司其序，不相亂也。……
及少皞之衰也，九黎亂德，民、神雜糅，不可方物。……顓頊受之，
乃命南正重司天以屬神，命火正黎司地以屬民，使復歸常，無相侵
瀆。是謂絕地天通。……」

觀射父所說的「五官」應該就是蔡墨所說的「五官」。觀射父在這裡主要是講神
民關係的，但他說「五官」是「天地神民類物之官」，在「天地神民」之外還加
上「類物」。這就可以說明他所說的「五官」，就是分掌各類「物」的五行之官。
上引《左傳》昭公二十九年蔡墨語的下文說：「少皞氏有四叔，曰重，曰該，曰
脩，曰熙，實能金、木及水，使重爲句芒（按：上文說『木正曰句芒』）……顓
頊氏有子曰黎，爲祝融（按：上文說『火正曰祝融』）……」可知觀射父所說的
司天地神民的「南正重」和「火正黎」確在蔡墨所說的五官之正之例。上引《楚
語》文中楚昭王提到的《周書》，就是《尚書・呂刑》。觀射父以爲命重、黎是
顓頊的事。但《呂刑》說：「皇帝哀矜庶戮之不辜，報虐以威，遏絕苗民，無世
在下；乃命重、黎絕地天通，罔有降格。」命重、黎的乃是上帝。可知在較早
的傳說中，「設正」正應該是天的事。

《洪範》所記箕子語，一開始就說鯀「汩陳其五行（僞孔傳：汩，亂也），
帝乃震怒，不畀洪範九疇」；在陳述「九疇」內容時，又將「五行」列爲第一疇，
由此可見五行在古人心目中的重要性。蔡墨說：「夫物物有其官。官脩其方，朝
夕思之，一日失職則死及之。……」他所說的「方」，杜預注訓爲「法術」，實
與「疇方」之「方」同義。五行之官掌握的方，理當屬于《洪範》的第一「疇」，
不過《洪範》顯然無法把這些「方」都具體敘述出來。《洪範》第一疇中講了水、

火、木、金、土的屬性，大概古人認爲這些是五行之官應該掌握的最基本的東西。從蔡墨、觀射父的話來看，古人認爲如果沒有五行之官掌握好有關的各種方，神民萬物就會失去應有的秩序，天下甚至天上都會大亂。所以我們把緊接著「疇方」說的「設正」，解釋爲設立五行之官的正，應該是合理的。《易·繫辭上》和《禮記·樂記》都有「方以類聚，物以群分」之語，或許與「疇方、設正」有某種對應關係。而上引《楚語下》觀射父語中的「不可方物」，則可能是方、物皆失其群類，不可掌握、治理的意見。《洪範》講五行，只「不過將物質區爲五類，言其功用及性質耳」【梁啓超《陰陽五行說之來歷》一文中語，此文發表于《東方雜誌》1923 年 5 月號，已收入《古史辨》第五冊（上海古籍出版社，1982），所語見第 350 頁。】其說甚爲樸素，與後世包羅萬象的陰陽五行說迥異。關於五官之正的傳說，帶有神話色彩，起源應該相當早。這種思想和傳說在西周時代完全有可能已經存在。「降民」指降生下民。下文要引用的《孟子·梁惠王下》引逸《書》之文，有「天降下民」語，趙岐之注釋爲「天生下民」。也要在下文中引用的《左傳》襄公十四年文，有「天生民而立之君」語；《詩·大雅》有《生民》，所說「生民」皆與「降民」同義。大概上古傳說認爲洪水使下民死亡殆盡，所以在禹平水土之後，上帝要降民。

「監德」指監察下民之德。《左傳》莊公三十二年：「國之將興，明神降之，監其德也；將亡，神又降之，觀其惡也。」爲惡即失德，單說「監德」應該是可以把「觀其惡」的意思也包含在內的。（編按：《尙書·呂刑》說：「上帝監民，罔有馨香德。」也可說明這一點。）《尙書·高宗肜日》說「天降下民」，《微子》說「降監殷民」，《呂刑》說：「上帝監民」，《詩·大雅·大明》說「天監在下」，《烝民》說「天監有周」《商頌·殷武》說「天命降監」，說的都是監民之德的事。

◎朱鳳瀚〔註6〕：

敷土，見於《尙書·禹貢》，其文曰：「禹敷土，隨山刊木，奠高山大川」諸家多從馬融所釋讀「敷」爲「分」，敷土即所謂別九州。「隓」字可能有兩種

〔註6〕 朱鳳瀚：〈豳公盨銘文初釋〉，《中國歷史文物》2002 年第 6 期，頁 29～30。其篇章又收錄於保利藝術博物館編：《豳公盨大禹治水與爲政以德》（北京：線裝書局，2002 年 10 月），頁 48～57。

讀法。一是讀作陶。《爾雅·釋丘》：「丘一成為敦丘，再成為陶丘。」《說文解字》：「陶，再成丘也。」成，重也。「再成丘」即雙重之丘。本銘此字，從阜，從雙「圣」會意。「圣」從土從又，示以手曡土。上下作雙「圣」，自有雙重之意，與以上字書所云「陶」之義相合。所以，「隆」有可能是「陶」的原字形。如是，則金文中所見「陶」字，如不嬰簋銘文中所的「陶」，與土相合的又寫成「入」，屬於訛變。類似情況，像縣妃簋「隹十月又二月」，又寫成「入」。後來，「入」又寫成「勹」，並作為匋字的聲符。按此種讀法，「隆山」即「陶山」，陶在這裡應讀作「導」，陶、導上古音聲、韻並同，皆定紐、幽部韻。《尚書·禹貢》言禹「導岍及岐，至於荊山」，《史記·夏本紀》作「道九山：岍及岐至於荊山」，是「導」即「道」，開山鑿道。故《禹貢》亦曰：「九山刊旅」，即九山皆刊除成道。隆的另一種讀法，是讀作從阜、㪍聲字。「㪍」字亦見於葡辭中的㪍字，諸家多以為此字即卜辭中「圣」（或作表）之異體。圣從土從又會意，與《說文解字》中的「圣」字構形同，「圣」讀若窟，屈聲，故㪍當可讀作掘。「隆山」即「掘山」意即鑿山，義與「導山」相近。

「叡川」之叡，從袁從又，袁下部所從之𡿺，與《說文解字》對「穀」字的解釋近同，其文曰：「穀，泉出，通川為谷，從水半見出於口。」所以袁可讀睿。《說文解字》睿或從水作濬，古文則作濬，故本銘中叡字即可以讀作叡。《說文解字》訓叡為「通也」。《史記·河渠書》引《夏書》言禹「以別九州，隨山濬川，任土作貢」，「濬川」同此「叡川」，亦即《尚書·皋陶謨》所言之「決九川，距四海」，《禹貢》所言「九川滌源」。綜上所析，這一句是講禹受天命，劃定九州、開通山道、疏決大川以治理洪水之偉績。

「奏」字本銘原篆作𡴀，係會意字，可以分成兩部份，即米與下邊的廾，寫的時候省略了筆畫，將米下部的表示根部的筆畫與表示捧意的雙手廾兩側之筆畫重合，這是古文字中常見的省借筆畫的寫法。殷墟甲骨刻辭中「奏」字作𡴀或𡴀等形，中間表示植物的𣎵或屮，在西周金文寫作𣎵或屮，因為桒字在殷墟甲骨刻辭中作米形，在西周金文寫作屮、屮（長由盉銘文中「達」字所從）或𣎵等形。所以，本銘之𡴀應當可以讀作甲骨刻辭中的𡴀，即奏字。《說文解字》訓「奏」為進也，其古字形作𡴀、𡴀，還可看出由西周金文演化的痕跡。《尚書·皋陶謨》言禹自云其在「洪水滔天」時「予乘四載，隨山刊木，暨益奏庶

鮮食」。待治畢洪水後，「暨稷播，奏庶艱食鮮食」，是講禹在洪水之災時進送食物於庶民。本銘中「奏方」也可能即是指此事。

方，在典籍中可訓爲「四方」。如《尚書‧立政》「方行天下」僞孔傳即訓「方」爲「四方」，孔穎達疏曰：「『方行天下』言無所不至，故『方』爲『四方』。」則「奏方」似可解釋爲進送食物於四方庶民。

「藝」在典籍中訓種、植，《詩經‧小雅‧南山》：「藝麻如之何」。毛傳曰：「藝，樹也。」由樹、植之意自然可引申爲樹立、定立。「征」，《左傳》僖公十五年：「征繕以輔孺子」杜預注、《孟子‧盡心下》「有布縷之征」趙歧注皆訓「賦」。所以，「藝征」可以理解爲定立貢賦。《尚書‧禹貢》在敘及禹分九州時，講畢水利治理與土質情況後，即言與制定了貢納財賦，所謂「庶土交正，底愼財賦，咸則三壤成賦。」《史記‧夏本紀》引作：「眾土交正，致愼財賦，咸則三壤成賦。」《集解》引鄭玄曰：「眾土美惡及高下得其正矣。亦致其貢篚，愼奉其財物之稅，皆法定而入之也。」

句銘文實際上是講了文獻中所言禹在定九州、治洪水外做出的另兩件重要的業績，即救濟眾庶、相地制貢。這裡還有必要補充討論一下本句接續詞「迺」下行爲的主語判定問題。「迺」上未明言主語，但從上下句之句式看，主語定爲禹應當是沒有問題的。在西周金文類似的句式中，凡前一句中的被命、被告或有被動行爲主體。如陝西岐山縣董家村出土裘衛諸器中衛盉銘文「裘衛迺彘告于伯邑父……單伯，伯邑父……單伯迺令三有嗣」，五祀衛鼎銘文「衛以邦君厲告于井伯……伯俗父曰……，正迺訊厲曰……」（「正」即指厲所告之井伯等執政大臣），又如多友鼎銘文中的「武公在獻宮，迺命向父召多友，迺造於獻宮。公親曰多友曰……」，凡此皆是這樣的句式。所以本銘中「天令（命）禹……」後連續的兩個「迺」下所記行爲的主體，亦即「迺」的主語均應是禹。

◎李零〔註7〕：

參看《書‧禹貢》。《禹貢》曰：「禹敷土，隨山刊木，奠高山大川。」《禹貢》序曰：「禹別九州，隨山濬川，任土作貢。」又《詩‧商頌‧長發》「禹敷

〔註7〕 李零：〈論齜公盨發現的意義〉，《中國歷史文物》2002 年第 6 期，頁 37。其篇章又收錄於保利藝術博物館編：《齜公盨大禹治水與爲政以德》（北京：線裝書局，2002年 10 月），頁 48～57。

下土方」。此銘與《禹貢》、《長發》語句相似。

「天令禹敷土」,「令」讀「命」,「專土」即「敷土」,銘文合於《禹貢》所說「禹敷土」。案《禹貢》「敷土」,《史記・夏本記》作「傅土」,「傅」與「敷」通。古人對「敷土」有三種解釋:一曰分土(《史記集解》引馬融說),二曰布土(《禹貢》鄭玄注),三曰治土(《孟子・滕文公上》趙歧注)。此外,《詩・商頌・長發》鄭玄箋、《周禮・春官・大司樂》鄭玄注,還有以「敷」爲「溥」,釋爲廣大之義者,說詳孫星衍《尚書今古文注疏》卷三。這裡應以「布土」說最爲合理。全句的意思是說:上天授命禹,讓他來部署和規劃天下的土地。孫星衍曰:「《說文》云『專,布也。』『敷,敓也。』書傳以『敷』爲『尃』,音相近,假借字。」銘文「敷」正作「專」。

「陸山𡿩川」讀「隨山濬川」,是順應山勢,疏濬河川之義。「陸」,從雙左,但ナ作又,反正無別。《史記・夏本紀》是以「行山表木」語譯《禹貢》的「隨山刊木」,但《禹貢》鄭玄注是以「刊木」爲斬除之義。銘文無「刊木」。「濬」,原從川從叡。

「迺𢦏方執征」,第二字上從求(但與通常所見象裘皮的「求」字不同,參看拙作《郭店楚簡校讀記》,第76~77頁,北京大學出版社,2002年),下從扴(與艸有別),疑是「拜」字的異寫(「拜」字從手與從扴同),這裡讀爲「別」(「別」是並母月部字,「拜」是幫母月部字,讀音相近)。「執」,古書多用爲「設」。「別方設征」與「禹別九州,……任土作貢」含義相似。

◎連劭名〔註8〕:

「天令」即「天命」。《禮記・中庸》云:「天命之謂性」性、生古同,「天命」如言「天生」。命、使義通,「天命」者,天之所使,《詩經・玄鳥》云:「天命玄鳥,降而生商,宅殷社茫茫。」「禹」,夏禹,古代聖王。《尚書・呂刑》云:「禹平水土,主名山川。」名通命,故「主名山川」如言「主司山川」,是知古代宗教觀念中禹爲山川之神。《荀子・成相》云:「禹有功,抑下鴻,辟除民害逐共公。」包山楚簡所見楚地巫禱神靈中有「人禹」,「人」讀爲「仁」,《左傳・昭西元年》云:「劉子曰:美哉禹功,明德遠矣,微禹吾其魚乎,吾與子弁晃端委,以治民臨諸侯,禹之力,子蓋亦遠績禹功而大庇民乎。」「專

<hr>

〔註8〕連劭名:《〈豳公盨〉銘文考述〉,《中國歷史文物》2003年第6期,頁51~52。

土」，讀爲「敷土」。《尙書‧禹貢》云：「禹敷土」馬融注云：「敷，分也。」鄭玄注云：「敷，布也。」《史記‧夏本記》作「興人徒以傅土」《周禮‧大司樂》鄭玄注云：「禹治水傅土」敷者，鋪陳佈置之義。《詩經‧長發》云：「洪水茫茫，禹敷下土方。」《楚辭‧天問》云：「禹之力獻功，降省下土四方。」天下山川皆由禹安排，《詩經‧韓奕》云：「奕奕梁山，維禹甸之。」《詩經‧信南山》云：「信彼南山，維禹甸之。」《詩經‧文王有聲》云：「豐水東注，維禹之績。」神州大陸被稱爲「禹跡」，《秦公簋》銘文云：「鼏宅禹跡。」《叔夷鐘》銘文云：「咸有九州，處禹之堵。」《尙書‧立政》云：「其克詰爾戎兵，以陟禹之跡。」《左傳‧襄公四年》引辛甲所作《虞人之箴》云：「茫茫禹跡，畫爲九州，經啓九道，民有寢廟。」

「隨山叡川」，從各家之說，「川」上一字，朱鳳瀚先生說或可釋爲「圣」，讀爲「掘」。《說文》卷十三下云：「圣，汝穎之間謂致力地曰圣，從土從又，讀若兔窟。」《淮南子‧地形》云：「掘昆崙墟以下地。」高誘注云：「掘，猶平也。」《國語‧鄭語》云：「夏禹能單平水土以品處庶類者也。」【金文中還有一個從歺從又從貝的字，見於《朕匜》銘文，亦當讀爲「列」，訓爲「決」，指判決。此字又見於《師袁簋》銘文，指處決。】文獻中關于禹治水的記載很多，《漢書‧溝洫志》云：「治水有決河深川。」顔注：「決，分泄也。」《孟子‧滕文公》上云：「禹疏九河，瀹濟漯，而注諸海，決汝漢，排淮泗，而注之江。」《荀子‧成相》云：「禹……，北決九河，通十二渚，疏三江。」《新語‧道基》云：「禹乃決江疏河，通之四瀆，致之於海。」《楚辭‧天問》王注云：「禹治水時，有應龍以尾畫地，導水所注當決者，因而治之也。」

「拜方𡉈征」。「拜」，讀爲辨。《詩經‧甘棠》云：「勿翦勿拜。」《廣韻》十六「怪」引作「勿翦物扒」。《說文》云：「別，分也。從重八，八，別也，亦聲，《孝經說》曰：『故上下有別。』」《周禮‧士師》鄭玄注云：「故書別爲辨。」《周禮‧小宰》鄭司農注：「傅別，故書作傅辨。」「𡉈」，即藝字古體，《詩經‧南山》：「藝麻如之何」。毛傳：「藝，樹也。」《詩經‧南山》云：「九十杖而朝見君建杖。」鄭玄注：「建，樹也。」安州六器銘文中記載周王南行，命人先期出發，「藝王应」，即「建王居」。「征」，讀爲正，「藝征」者，建立中正之位。要想辨別四方，首先要「立中」。《周禮‧塚宰》云：「惟王建國，辨方正位。」鄭玄注云：

辨，別也。鄭司農云：別四方，正君臣之位，君南面，臣北面之屬。
玄謂：考工匠人建國水地以縣置槷，以縣視，以景爲規，識日出之
景與日入之景，暨參諸日之景，夜考之極星，以正朝夕，是別四方。
《召誥》曰：越三日戊申，太保朝至於洛，卜宅，厥既得卜，則經
營。越三日庚戌，太保乃以庶殷攻位於雒汭，越五日甲寅位成正位，
謂此定宮廟。

《洪範五行傳》云：「建用王極。」鄭玄注云：「王極，或皆爲皇極。」王、皇
義通，《尚書‧洪範》云：「皇建其有極，斂是五福，用敷錫厥庶民，惟時厥庶
民于汝極，錫汝保極。」「藝征」如同「立中」，《逸周書‧度訓》云：「天生民
而制其度，度小大以正，權輕重以極，明本末以立中，立中以補損，補損以知
足，口爵以明等級，極以正民，正中外以成命。」

◎馮時〔註9〕：

「天」，天帝。「令」，讀爲「命」。「尃」，同「敷」。《尚書‧禹貢》：「禹敷
土，隨山刊木，奠高山大川。」僞孔《傳》：「洪水氾溢，禹布治九州之土。」
《史記‧夏本紀》引「敷」作「傅」，敦煌本（伯3615）、內野本、上圖八行本
並作「尃」，魏石經（二體直行式）古文及宋薛季宣《書古文訓》本皆作「尃」
【顧頡剛、顧廷龍：《尚書文字合編》，上海古籍出版社，1996 年。】，與銘文
同。裴駰《史記集解》引馬融云：「敷，分也。」司馬貞《史記索隱》：「今案《大
戴禮》作『傅土』，故此《紀》依之。傅即付也，謂付功屬役之事。若《尚書》
作『敷』，敷，分也，謂令人分佈理九州之土地也。」與孔異。《玉篇‧寸部》：
「尃，遍也，布也。或作敷。」《楚帛書‧創世章》：「法兆爲禹爲契，以司土壤。」
【馮時：《中國天文考古學》，社會科學文獻出版社，2001 年。】是「尃土」即
司治土地。《孟子‧滕文公上》：「舉舜而敷治焉。」「尃」即布治之意，孔意爲
長。

「陸」，從阜，「坴」聲，即「墮」之本字。《說文‧阜部》：「陸，敗成阜曰
陸。從阜，坴聲。墥，篆文陸如此。」段玉裁《注》：「許書無『坴』字，蓋或
古有此文，或累『左』聲，皆未可知。『墥』爲篆文，則『陸』爲古籀可知也。

《山部》『陸』曰『陸』聲，《肉部》『隋』曰『陸』爲崩落之義，用『隳』爲傾
壞之義，習非成是，積習難反也。《虞書》曰：『萬事墮哉。』『墮』本敗成阜之
稱，故其字從『阜』，引申爲凡阤壞之稱。」郭店楚簡有「墮」字，與金文字形
稍異。包山楚簡「墮」字作「陸」，古璽文作「阤」；侯馬盟書有「隋」字作「隋」
從「肉」，「阤」聲，是小篆「陸」字所從之「㚟」本當作「㚏」，「㚏」乃「㚏」
之訛，或可單置與重疊並無不同，「陶」從「匋」聲，金文或作「匐」；「吾」從
「五」聲，金文或作「暮」作「圥」爲聲符。「陸」從「坴」聲，「坴」本從「夫」
聲，金文或作「陸」、「隆」。皆以聲符重疊。故「陸」從「圥」聲而作「陸」，
與此無別。

　　「幣」，從川，「叡」聲。「叡」即「叡」之本字，故此字當讀爲「濬」。《說
文・㱿部》：「睿，深通川也。從叴㱿。叴，殘也；㱿，阬坎意也。」《虞書》曰：
「睿畎澮距川。『濬』睿或從水。濬，古文濬。」是其義。《尚書・禹貢序》「禹
別九州，隨山濬川，任土作貢。」經作「隨山刊木」。偽孔《傳》：「刊其木，深
其流。」《史記・夏本紀》引作「行山表木」。於「隨山」未得的解。《楚帛書・
創世章》：「山陵不疏，乃命山川四海口陽氣以爲其疏。」言禹平水土，遂導山
導水也【馮時：《中國天文考古學》，社會科學文獻出版社，2001 年。】。故「墮」
乃導山之辭。《漢書・刑法志》：「周道衰，法度墮。」師古《注》：「墮即墮字。
墮，毀也。音火規反。」故「墮」即阤壞之義，如段《注》所論。經作「隨」，
當假爲「墮」。《戰國策・魏策三》：「隨安陵氏而欲亡之。」漢帛書本「隨」作
「墮」，是其證。故「墮山濬川」意即破山導水，與銘文全同。

　　「奉」，字形同录伯簋銘之「奉」有所省略，又與九年衛鼎、善夫山鼎銘之
「奉」及矢尊「禣」字所從之「奉」相近而有所截取。字於此當讀爲「任」，憑
也。「奉」爲「捧」字所從，古音聲在幫紐，「憑」在並紐，皆爲雙唇音，同音
可通。《說文・人部》：「任，保也。」北宋本作「符也。」是「保」、「符」皆爲
聲訓。古音「保」爲幫紐字，「符」並紐字，知「任」或可讀爲雙唇音，用爲「憑」。
《廣雅・釋詁一》：「任、辨、保，使也。」「任」與「辨」、「保」應同讀爲雙唇
音，聲在幫、並之間。朱駿聲《說文通訓定聲》：「任，又用爲憑。《管子・五行》：
『任君賜賚。』《注》：『委也。』《雪賦》：『任地班形。』《注》：『猶因也。』俗
作『憑』。『憑』者，依幾，故轉注爲依從之義。」說是。《說文・幾部》以「憑」

為會意字，實「任」也為聲，「凭」或作「凴」，是聲符互換。古音「凭」、「凴」同在並紐蒸部，雙聲疊韻，也可明「任」字或可讀為雙唇音。古音「任」為侵部字，與蒸部主要母音相同，於《詩》不乏合韻之例【王力：《詩經韻讀》第32頁，上海古籍出版社，1980年。】是「任」、「凭」二字同音之證。

「方」，字形似四方之「方」，但「方」字中央一橫筆平直，此則兩端上揚，寫法稍有不同。此字或即「地」之本字。《汗簡》、《古文四聲韻》、《集篆古文韻海》引「地」字作「墬」，或作「塦」。字所從之「阜」、「土」皆為意符，「万」為本字，與本銘「方」作「方」字形相似而稍殘，後訛為「方」。

「埶征」讀為「藝征」。「埶」，古「藝」字。「征」指賦稅。《左傳·僖公十五年》：「征繕以輔孺子」。杜預《集解》：「征，賦也。」《左傳·襄公十一年》：「各征其軍」杜預《集解》：「征，賦稅也」故「藝」字當訓淮限之意。《左傳·昭公十三年》：「貢之無藝。……合諸侯，藝貢事，禮也。」杜預《集解》：「藝，法制。」孔穎達《正義》：「盟主會合諸侯，限藝貢賦之事，使貢賦有常，是為禮也。盟主制定貢賦，是為得禮。」《左傳·文公六年》：「陳之藝極。」杜預《集解》：「藝，淮也。極，中也。貢獻多少之法。」孔穎達《正義》：「藝是淮限，極是中正。制貢賦多少之法，立其淮限中正，使不多不少。」故此「藝貢事」實即銘文所言之「藝征」。毛公鼎銘：「埶小大楚賦。」「埶」亦當讀為「藝」【徐同柏：《從古堂款識學》卷十六，清光緒三十六年（1906 年）蒙學報館影石校本。】《尚書·多方》：「越惟有胥伯小大多正，爾罔不克臬。」曾運乾《正讀》：「正，貢賦也。《周官·大宰》『以九賦斂財賄』、『以九貢致邦國之用。』《司書》職謂之『九正』，《注》：『九正，謂九貢九賦正稅也。』此云『小大多政』，蓋關口賦地稅及邦國之貢而言也。『臬』，淮的也，通作『藝』。」所論甚是。《尚書大傳》：「古者十稅一，謂之大貊、小貊。王者十一而稅，而頌聲作矣。故《書》曰：『越惟有胥賦小大多政。』」知《多方》之「胥賦」（胥伯）即毛公鼎銘之「楚賦」【孫詒讓：《籀廎述林》卷七，1916年刻本。】，「政」（正）即本銘之「征」，皆貢賦之稱。而「藝」於此則乃制定貢賦之術語。

銘文「任地藝征」意同《尚書·禹貢》之「任土作貢」。偽孔《傳》：「任其土地所有，定其貢賦之差」。孔穎達《正義》引鄭玄《注》：「任土謂定其肥磽之所生。」《周禮·地官·載師》：「掌任土之法，以物地事，授地職，而待

其政令。……凡任地，國宅無征，圓廛二十而一，近郊十一，遠郊二十而三，甸稍縣都皆無過十二，唯而漆林之征二十而五。」鄭玄《注》：「任土者，任其力勢所能生育，且以制貢賦也。征，稅也。言征者，以共國政也。鄭司農云：『任地，謂任土地以起稅賦也。無征，無稅也。』」是「任土」又作「任地」，與銘文同，意即因地，「任」皆用爲「凭」。《禹貢》言禹敷土而據土地之肥瘠制定貢賦，文云：「厥土惟白壤，厥賦惟上上錯，厥田惟中中。……厥土黑坟，厥木惟條厥田惟中下，厥賦貞，作十有三載，乃同。……厥土白坟，海濱廣斥，厥田惟上下，厥賦中上。」言任土而藝定貢賦之事甚詳，不贅引。文又云：「庶土交正，底愼財賦，咸則三壤成賦。」裴駰《史記集解》引鄭玄《注》：「眾土美惡及高下得其正矣。亦致其貢篚，愼奉其財物之稅，皆法定制而人之也。三壤，上、中、下各三等也。」言禹作貢法極明。《史記·夏本紀》：「禹乃行相地宜所有以貢，及山川之便利。」此皆即銘文「任地藝征」所言之事。銘文前三句之文辭與《尚書·禹貢序》全同，內容則與《禹貢》所載之事相合。《禹貢》之名即言禹作貢賦。《詩·大雅·韓奕》：「維禹甸之。」鄭玄《箋》：「禹甸之者，決除其滅，使成平田，定貢賦于天子。」《孟子·滕文公上》：「夏後氏五十而貢，殷人七十而助，周人百畝而徹，其實皆什一也。」蓋古有稅民之法及諸侯貢法，堯時遭洪水，不能修其制，至禹始庚作之。銘文所述關乎古代稅制之起源，于經濟史研究頗爲重要。

◎饒宗頤〔註10〕：

銘辭「迺 ☒ 方埶征」一句，是關鍵性的句子。關於「☒」字，李學勤先生巨眼若燭，認爲這一字的辨認，要從《金文編》釋遳的「☒」字入手（見容書第109頁）。後來學者有二說，或謂其字從來，或謂從「莝」。李先生定爲從「☒」讀作「差」，謂差方是差擇土地。「差方」一詞經典彝銘未見。他家或從莝字加以推論。余按新刊上博楚簡（二）《容成氏》第47簡云：「九邦者其可遫（來）乎。七邦遫備（服），豐喬（鎬）不備（服），文王乃记（起）師以嚮。」遫字繁形增益土旁。邦遫猶言方來。「邦遫備」的來字，用作語助，用於動詞之前。王氏《經傳釋詞》說「來」猶「是」也，舉《詩經》「來墍」、「萊赫」、「來諗」、「來威」、「來求」、「來鋪」諸例爲證，上引一例「可遫乎」之「來」則訓「至」，

〔註10〕饒宗頤：〈燹公盨與夏書佚篇《禹之總德》〉，《華學（六輯）》2003年6月，頁2～4。

有如「庶民子來」（《詩・靈臺》）之來。愚意金文辵部「逨」正宜釋逨，與來的異體逨（三字石經）同文。諸例句均可通讀。如

> 以逨即井伯（長由盉）如《詩・列祖》來假來饗。逨匹厥辟（史牆盤）如《詩・殷武》歲事來辟。克逨文王（何尊）如《詩・殷武》莫敢不來王（鄭箋：世見曰王。疏引《周禮・秋官・大行人》「藩國，世一見」解說之）。

再仔細勘諸有關字形，秦字多作（秦），與（來）形不類。至於差字，上體多作（羊）或（來）（《金文編》311 頁），而下半必從左或從右，幾乎沒有例外，故難斷定（差）是差字。（來）是來增（艸）旁，如（秦）之作（秦）。金文簡文來字有增（艸）、增土之異形。《金文編》釋逨，不如釋「逨」之妥。此字既可定為逨，與麥和逨是一異寫。是此句可讀作「來方䎽征」。邦與方通，來方是邦逨的倒言。《詩・小雅・大田》云：「來方禋祀，以其騂黑，與其黍稷。以享以祀，以介景福。」「來方」一詞見此，與盨銘相同，鄭箋云：「成王之來，則又禋祀四方之神，祈報焉」。訓來為動詞之來。訓方為四方。盨銘此句接上禹「隨山濬川」事。考《容成氏》述禹事云：「禹乃因山陵平隰之可邦邑者而繁實之。乃因邇以知遠，去苛而行簡，會天地之利，夫是以近者悅治（怡）而遠者自至。四海之內及四海之外，皆請貢。」這和《淮南子・齊俗訓》言「禹令民聚土積薪，擇丘陵而處之」，有類似的記載。由是觀之「來方䎽征」句，䎽可讀為「犾」，而通作邇。猶大克鼎「顝遠能犾」之即「柔遠能邇」，犾與䎽一字，借為埶，埶，近也。「來方䎽征」有如「近者悅治，而遠方自至。」，可解為遠方者來，而近者則征其賦以致貢。如是詩之「來方禋祀」似可解作遠邦來助祭，參加祭天的禋祀。

先秦學人引用此詩，如《墨子・明鬼下》云：

> 故尚（上）者夏書，其次商周之書，語數鬼神之有也。重有（又）重之，此其故何也？則聖人務之。……於古曰「吉日丁卯」。周代祝社方，歲於社者考，以延年壽；若無鬼神，彼豈有所延年壽哉？

按《詩・小雅・甫田》：「以我齊明……以社以方。我田既臧，以禦田祖，……報以介福，萬壽無疆。」周人祝于社與方，以延年壽。證之本盨銘言「用考神，復用髮錄」。又云「至齊好祀」。考即墨子所云「歲於社者考」。考猶孝也，言為歲事於祖考。神即《詩・大田》言「田祖有神」之神，髮祿指「萬壽無疆」。至

（經）齊猶言常齊，即《甫田》的「齊明」。齊又作齋。鄭箋訓爲絜齊。「好祀」猶《大田》的「以享以祀」。盨銘云「康亡不懋」即《商頌·烈祖》「自天降康，豐年穰穰」。這正是祝豐年、祈報的事情。本盨銘由禹的成功寫入祈年豐穰延壽考之祝，與《周禮·小雅》之《大田》、《甫田》諸篇用意可相發明。詩《大田》、《甫田》等篇，或以《周禮·龠章》有「祈年於田祖，龡《豳雅》、擊土鼓、以樂田畯」的說法，遂謂這組詩應即是《豳雅》一類。從這一點看來。本器的燹公，可能指豳公。

《墨子·所染》云：「禹染於皋陶、伯益」。《尚書·皋陶謨》：「允迪厥德」。又言「亦行有九德，亦言其人有德」，「日嚴祗敬六德」，「九德咸事」。禹之提倡總德，似出於皋陶理論之濡染。皋陶於舜時爲李官。《管子·法法》說「皋陶爲李」。《容成氏》篇不記咎陶言德，但書他任理官一事，云：「乃立咎𧥩（陶）以爲李（李）。咎𧥩既已受命，乃辨會易之氣（氣）而聖（聽）其訟獄，三年而天下之人亡訟獄者，天下大和鈞（均）。」皋咎作咎𧥩，是一個新發現。皋咎能辨陰陽之氣，乃知後人所謂「燮理陰陽」，有其遠源。《尚書·皋陶謨》的詞句，有不少可與本盨銘互證者：

《皋陶謨》：「（禹曰）予乘四載，隨山刊木。予決九川，距四海；濬畎澮，距川。」；「（禹曰）帝，光天之下……共惟帝臣。」

燹公盨：隨山、𤄗川。（天）生我王乍（帝）臣。

似盨銘是檃括經典語句，「隨山刊木」有時亦作「鑿山槎木」，唐太宗有言：「昔禹帥九州之民，鑿山槎木，疏百川注之海，其勞甚矣，而民不怨者，……與民同利故也（《通鑑》卷一九八，貞觀二十一〔647年〕）。」《史記·夏本記》作「表木」，可見異文之多。

◎周鳳五〔註11〕：

禹敷土：「大禹治水」之說，先秦典籍習見【如《尚書》、《詩經》、《左傳》、《國語》、《墨子》、《孟子》、《莊子》、《荀子》、《呂氏春秋》、《管子》、《山海經》、《楚辭》等，其中以《國語》、《墨子》、《莊子》所述較詳。】，出土西周青銅器銘文此爲首例。《尚書·禹貢》：「禹敷土，隨山刊木，奠高山大川。」兩漢今文

〔註11〕周鳳五：〈遂公盨銘初探〉，《華學（六輯）》2003年6月，頁7～8。

與《史記・夏本記》作「傅土」；馬、鄭本作「敷土」，孔同。敷，馬訓分，鄭訓布治，又訓大；孔亦訓布治【孫星衍：《尚書今古文注疏》，第 136 頁，臺北文津出版社，1987 年。以下凡引述兩漢今古文《尚書》說均出此。】。按，傅、敷通假，分、布義近；《說文》：「敷，布也」又：「專，施也。」引申皆有「大」義，則漢儒於此並無異說【楊筠如據成公二年、昭公十二年引《詩・長發》「敷政優優」作「布政優優」，《史記・夏本紀》解《尚書・禹貢》「筱簜既敷」作「竹箭既布」，以爲「敷猶布也」，可從。見楊筠如《尚書覈詁》，第 20 頁，臺北學海出版社，1978 年。】。至於司馬貞《史記索隱》：「傅即付也，謂付工屬役之事。」【瀧川龜太郎：《史記會注考證》，第 37 頁，臺北藝文印書館，1972 年。】則曲說不可從。

墮山：墮，銘文作「陸」，從阜，從二左。《說文》：「敗城阜曰陸。」段注：「小篆陸作墮，隸變作墮，俗作隳；用墮爲崩落之義，用隳爲傾敗之義。」【段玉裁：《說文解字注》，第 733 頁，臺北漢京文化事業有限公司，1983 年。】按，此字楚簡習見，如包山簡二二：「陸得」，爲姓名「隋得」【湖北省荊沙鐵路考古隊：《包山楚墓》（下冊），圖版一○二，文物出版社，1991 年。】；或從二土，見郭店《唐虞之道》簡二六：「四肢倦隋，訓怠惰【荊門市博物館：《郭店楚墓竹簡》，第 41 頁，文物出版社，1998 年。】；或從土從田，見包山簡二四，爲「隋得」異構【湖北省荊沙鐵路考古隊：《包山楚墓》（下冊），圖版一○三，文物出版社，1991 年。】；或從土從二田，見郭店《成之聞之》簡二三：「橢之弅也，治之功也」，訓狹長【荊門市博物館：《郭店楚墓竹簡》，第 50 頁，文物出版社，1998 年。】；或從左從土，見郭店《語叢》簡二二：「山亡墮則阤。」墮墮，山勢平緩也【荊門市博物館：《郭店楚墓竹簡》，第 106 頁，文物出版社，1998 年。】。銘文以敷土、墮山、濬川三事並列，且同屬動賓結構，則墮山當指鑿山。《尚書・禹貢》：「禹敷土，隨山刊木，奠高大山川。」又《禹貢序》：「禹別九州，隨山濬川，任土作貢。」讀爲「墮山」皆通達無礙，而先秦流傳「禹鑿龍門」之說亦可旁證。【如《墨子・兼愛中》：「古者禹治天下，……北爲防原、泒、注後之邸、嘑池之竇；洒爲底柱，鑿爲龍門，以利燕、代、胡貉與西河之民。」孫詒讓：《墨子閒詁》，第 220 頁，臺北藝文印書館，1969 年。《呂氏春秋・古樂》：「禹立，勤勞天下，日夜不懈。通大川，決雍塞，鑿龍門，降通漻水以導河；疏三江五湖，注之東海，以利黔首。」高誘注：《呂氏春秋》，第 131

頁，臺北藝文印書館，1969年。】但兩漢經師多別取「隨從」義爲說，如《史記・夏本紀》：「行山表木」，《尚書》鄭《注》：「必隨州中之山而登之」是也。按《國語・周語下》記大禹治水「高高下下，疏川導滯，鍾水豐物，封崇九山，決汨九川，陂障九擇」【韋昭注：《國語》，第76頁，臺北藝文印書館，1969年。】。所謂「高高下下，疏川導滯」，正指隨山勢高下與川澤流向以疏濬洪水，然則漢儒此說固遠有端緒，惟不如讀爲「墮山」之合於語法且語意完整也。

酒釐方：銘文以「酒」字領句，釐方、藝、征，三事皆省略主詞「禹」。「釐」銘文從屮，來聲，讀爲釐。方，字形又見《錄伯戎簋》：「右關四方。」【馬承源主編：《商周青銅器銘文選》（三冊），第117頁，文物出版社，1990年。】《尚書・序》：「帝釐下土方，設居方，別生分類，作《汩作》、《九共》九篇、《稾飫》。」【《十三經注疏》（一冊），《尚書正義》第48頁，臺北藝文印書館，1997年。】馬《注》：「釐，賜也，理也。」按，《說文》「釐，家福也。」段《注》謂經典假借爲氂、賚、理【段玉裁：《說文解字注》，第694頁，臺北漢京文化事業有限公司，1983年。】，然則馬融蓋兼存二說，然以後說爲是。所謂「立釐下土方」，謂帝舜分天下土地爲十二州，見《尚書・堯典》「肇十有二州」；銘文「釐方」，則指禹分天下爲九州，此事先秦典籍習見，見《尚書・禹貢》「九州攸同」，《左傳》襄公四年虞人之箴「芒芒禹跡，畫爲九州，經啓九道，民有寢廟，獸有茂草，各有攸處，德用不擾」是也【《十三經注疏》（一冊），《尚書正義》第507頁，臺北藝文印書館，1997年。】。

藝：銘文作埶。《說文》：「埶，穜也。從丮、坴，丮持穜之。」【段玉裁：《說文解字注》，第113頁，臺北漢京文化事業有限公司，1983年。】是本義爲種植，引申爲耕作。銘文謂禹平洪水，教民耕作。按，《尚書・益稷》禹曰：「洪水滔天，浩浩懷山襄陵，下民昏墊。予乘四載，隨山刊木，暨益奏庶鮮食。予決九川距四海，濬畎澮距川，暨稷播，奏庶艱食鮮食。懋遷有無化居。烝民乃粒，萬邦作乂。」【《十三經注疏》（一冊），《尚書正義》第66頁，臺北藝文印書館，1997年。】知農耕始於禹、稷二人。後稷爲周人始祖，教民稼穡，見《詩・大雅・生民》與《周頌・思文》【《詩・大雅・生民》與《周頌・思文》皆歌頌後稷稼穡之功，見《十三經注疏》二冊，《毛詩正義》，第587、721頁。】；《尚書・呂刑》亦稱「禹平水土，主名山川；稷降播種，農殖嘉穀。」【《十三經注疏》（一冊），《尚書正義》第298頁，臺北藝文印書館，1997年。】銘文述大

禹治水、樹藝而不及後稷，蓋文有詳略。《孟子・滕文公上》：「禹疏九河，瀹濟、漯而注諸海；決汝、漢，排淮、泗而注之江，然後中國可得而食也。當是時也，禹八年於外，三過其門而不入，雖欲耕，得乎？後稷教民稼穡，樹藝五穀，五穀熟而民人育。」【《十三經注疏》八冊，《孟子注疏》，第98頁。】以治水、樹藝分屬禹、稷二人，蓋闡述「社會分工」之說以駁斥許行，非傳聞異辭也。

　　征：收稅。《尙書・禹貢・序》：「禹別九州，隨山濬川，任土作貢。」孔《傳》：「任其土地所有，定其貢賦之差。此堯時事，而在夏書之首，禹之王以是功。」【《十三經注疏》（一冊），《尙書正義》第77頁，臺北藝文印書館，1997年。】又《禹貢》經文：「庶土交正，底愼財賦，咸擇三壤，成賦中邦。」【《十三經注疏》（一冊），《尙書正義》第90頁，臺北藝文印書館，1997年。】謂大禹治水，分天下爲九州，定田地爲九等以徵收賦稅也。

◎羅琨〔註12〕：

　　文獻大多記述了堯舜禹時代曾發生洪災，「大溢洪流」的洪水淹沒適宜生產生活的土地，人們祇得上丘陵，赴樹木。還記述了當時有大片沼澤，「草木暢茂，禽獸繁殖，五穀不登，禽獸逼人」，類似記載屢見於先秦諸子，如《孟子・滕文公下》：「書曰：『洚水警餘』，洚水者，洪水也。使禹治之」；《墨子・七患》：「夏書曰：禹七年水」；《韓非子・五蠹》：「中古之世，天下大水，而鯀禹決瀆」；《淮南子・齊俗訓》：「禹之時，天下大雨，禹令民聚土積薪，擇丘陵而處之」；《莊子・秋水》：「禹之時，十年九潦」；《荀子・富國篇》：「禹十年水」；《管子・山權數篇》有「禹五年水」等等。雖然細節多有差異，卻同樣談到了洪水。

　　由於鯀治水失敗，禹才登上了歷史舞臺。殛鯀興禹說多爲後人引述，細節也有差異，一說是帝堯、帝舜所爲，除上述《堯典》、《周語》外，如《左傳》僖公三十二年「舜之罪也殛鯀，其舉也興禹」；《呂氏春秋・開春論・開春》「故堯之刑也，殛鯀于虞而用禹」。一說是天帝所爲，如：《尙書・洪範》記箕子言：「我聞在昔，鯀陻洪水，汩陳其五行，帝乃震怒，不畀洪範九疇，彝倫攸斁。鯀則殛死，禹乃嗣興，天乃錫禹洪範九疇，彝倫攸敘」。《山海經・

〔註12〕羅琨：〈豳公盨銘與大禹治水的文獻記載〉，《華學（六輯）》2003年6月，頁18～20。

海內經》:「洪水滔天,鯀竊帝之息壤以埋洪水,不待帝命。帝令祝融殺鯀於羽郊,鯀復生禹。帝乃命禹卒布土以定九州」。《洪範》所載箕子言,又見《史記·宋微子世家》、《漢書·五行志》,文中的「帝」當指天帝。不過這兩種說法並無很大矛盾,上古人王的行爲往往標榜受命於天,無論是禹伐三苗、還是湯伐夏桀莫不如此【參見《墨子·非攻》、《尚書·湯誓》。】。燹公盨銘沒有涉及洪水和殛鯀,但「天命禹敷土」的銘文與「帝乃命禹卒布土」是一致的。

此外,《國語·魯語上》有「鯀鄣洪水而殛死,禹能以德修鯀之功」,此說又見《禮記·祭法》。而《呂氏春秋·恃君覽·行論》則說殛鯀爲權力之爭,鯀「欲得三公,怒甚猛獸,仿佯於野以患帝。舜於是殛之於羽山,副之以吳刀。禹不敢怨,而反事之」,這一現象與古史傳說的堯舜禪讓在古本《紀年》中作相爭頗爲相近。異說可能早有流傳,因此《楚辭·天問》曾有「伯禹愎鯀,夫何以變化」,「鯀何所營,禹何所戒」的疑問,究竟哪種說法更接近「原始文義」,還有待更多史料的發現,然而古史傳說中的禹不是最早的「治水者」,所治之洪水之並非發生在開天闢地的洪荒時代,則是可以斷定的。

盨銘作「專土」,傳世文獻記載很多,表達方式也更多,如敷土方、敷下土、平治洪水、治水等等,如:敷土,或作傅土、溥土、布土,如《禹貢》作「禹敷土,隨山刊木,奠高山大川」敷土即「專土」,敷、專相通【馬瑞辰:《毛詩傳箋通釋》,第 1172 頁,中華書局,1989 年。】,或謂二者音相近,爲假借字【孫星衍:《尚書今古文注疏》,第 137 頁,中華書局,1986 年。】。又,《夏本紀》作「傅土,行山表木,定高山大川」,《大戴禮記》有「傅土,主明山川」,可知傅土即敷土。此外還見:《荀子·成相篇》:「禹溥土,平天下,躬親爲民行勞苦。」《山海經·海內經》:「禹鯀是始布土,均定九州。」孫星衍《尚書今古文注疏》引述《史記·夏本記》、《孟子·滕文公》,釋敷(傅)爲治。《荀子》楊倞注「讀爲敷,孔安國云:『洪水氾濫,禹分佈治九州之土』也」【王先謙:《荀子集解》,第 463 頁,中華書局,1987 年。】。又,《周禮·春官·大司樂》有「以樂教國子舞云門,大卷……大夏……」《周禮注疏》鄭氏注:「大夏,禹樂也。禹治水傅土,言其德能大中國也。」賈公彥疏:「《禹貢》言敷土,敷,布也,布治九州之水土,是敷土之事也。」所以敷土、傅土、溥土、布土均指平治水土。

敷下土方，如：《詩經‧商頌‧長發》：「濬哲維商，長發其祥。洪水芒芒，禹敷下土方。」《長發》商王族後裔舉行大祭的頌歌，其中，將族氏肇興的歷史追溯到大禹的時代，《毛詩正義》鄭氏箋有「維商家之德也，久發見其禎祥矣。乃用洪水禹敷下土、正四方、定諸夏，廣大其境界之時，始有王天下之萌兆」【見王先謙：《詩三家義集疏》，第 1107 頁，中華書局，1987 年。】，所以「敷下土方」應是平治下土正四方的意思。「下土方」這一用語還見《書序》：有「帝釐下土方」，馬融注：「釐，賜也、理也」【孫星衍：《尚書今古文注疏》，第 559 頁，中華書局，1986 年。】。其經已亡，前人多解釋爲帝舜治理下土四方諸侯之事【參見《尚書正義》孔穎達疏。】。又，《楚辭‧天問》有「禹之力獻功，降省下土四方」，王逸注：「言禹以勤力獻進其功，堯因使省迱下土四方也」，而朱熹《楚辭集注》作「降省下土方」認爲「四」爲衍文【見遊國恩主編：《天問纂義》，第 177～178 頁，中華書局，1982 年。】。但無論如何，「下土方」當即「下土四方」，這啓示我們「敷土」是「敷下土方」省略句。

平治水土，也作「平水土」、「治水土」，如：《淮南子‧人間訓》：「古者溝防不修，水爲民害。禹鑿龍門，辟伊闕，平治水土，使民得陸處。」《國語‧鄭語》：「夏禹能單平水土，以品處庶類者也。」韋昭注：「單，盡也；庶，眾也，品，高下之品也，禹除水災，使萬物高下各得其所」【又見上海師範大學點校《國語》，第 512 頁，上海古籍出版社，1988 年。】。《孟子‧滕文公下》有「禹掘地而注之海，驅蛇龍而放之菹；水由地中行，江淮河漢是也。險阻既遠，鳥獸之害人者消，然後人得平土而居之。」可見平治水土是治理水患，擴大適宜生產生活的「平土」，同時對沼澤地帶豐富的物產有一定的開發利用，禹治水的傳說涉及「虞」官的設立，可以爲證【《史記‧五帝本紀》有「益主虞，山澤辟」。】。此外，《尚書‧堯典》、《呂刑》都有禹「平水土」的記述。《史記》除《夏本紀》外，《秦本紀》有秦之先「大費，與禹平水土」，《齊太公世家》有太公望「其先祖嘗爲四嶽，佐禹平水土甚有功」。「治水土」，則見於《列子‧湯問》等。還有一些文獻作「治水」，如《郭店楚簡‧唐虞之道》有「禹治水、益治火、後稷治土」；《宋書‧志第五禮二》注引《尸子》「禹治水，爲喪法……死於陵者葬於陵，死於擇者葬於澤」；《漢書‧食貨志》「禹平洪水，定九州，治土田，各因所生遠近，賦入貢棐」，考察其語境，文中的「治水」、「平洪水」所指仍爲平治水土。

　　燹公盨銘在「專土」下接平治水土的具體方法——陸山叡川，文獻有相同用語，也有不同的表述方法。隨山濬川，見於《夏書》和《書序》，用語同盨銘最爲接近，所指當爲一事，如：《史記‧河渠書》引《夏書》曰：「禹抑洪水十三年，遇家不入門。陸行載車，水行載舟，泥行蹈毳，山行即橋。以別九州，隨山濬川，任土作貢。」《書序》：「禹別九州，隨山濬川，任土作貢。」《漢書‧溝洫志》引《夏書》，除「抑」作「堙」、「即橋」作「則桐」外，文同《史記‧河渠書》，顏師古注隨山濬川爲「順山之高下而深其流」。一般理解爲疏導，這是後世多認爲鯀、禹治水使用方法不同的由來。隨山之「隨」以盨銘證之，字當作「陸」，通墮，有毀的意思【詳見張永山：《燹公盨銘「陸山叡山」考》，《華學》本輯。】。隨山刊木，見於兩種句式，一如今傳本《尙書》，作「禹敷土，隨山刊木」，《史記》作「行山表木」已見前引；一如《皋陶謨》作「乘四載，隨山刊木」，又見《淮南子》、《史記》，如：《淮南子‧修務訓》：「禹沐浴霪雨，櫛扶風，決江疏河，鑿龍門，辟伊闕，修彭蠡之防，乘四載，隨山栞木，平治水土，定千八百國。」《史記‧夏本紀》：「予陸行乘車，水行乘舟，泥行乘橇，山行乘檋，行山栞木。與益予衆庶滔鮮食。」「隨山刊木」多認爲是行山斫木作表記的意思【孫星衍：《尙書今古文注疏》，第90～91頁，中華書局，1986年。】，但在第一種句式中，「隨山刊木」所指顯然與「隨山濬川」同爲一事。第二種句式，從《淮南子》看，顯然也指治水具體方法。

　　「斬高橋下」，如：《管子‧形勢解》：「禹身決瀆，斬高橋下，以致民利。」趙守正注《管子》說：「橋，通矯，糾正、整治。」《荀子‧儒效》「以橋飾其性情」，楊倞注：「橋與矯同」。此處「斬高橋下」均言治水，斬高即剷除高地，橋下即整治低地【趙守正：《管子注釋》，第192頁，廣西人民出版社，1982年。】。此外，《周語》下太子晉諫靈王壅穀水，講大禹治水「高高下下，疏川導滯」，韋昭注：「高高，封崇九山也，下下，陂障九澤也」，注「封崇九山」：「封，大；崇，高也。除其壅塞之害，通其水泉，使不墮壞，是謂封崇。凡此諸言九者，皆謂九州之中山川澤藪也」。又注「鄣，防也」【又見上海師範大學點校《國語》，第105頁，上海古籍出版社，1988年。】，可見所指是用不同方法整治高地和低地，疏導洪水。

決江疏河，爲強調禹治水用疏導之法，常見用「決江疏河」一語，除前引《呂氏春秋・開春論・愛類》、《淮南子・修務訓》外，還見《韓非子・顯學》、「韓詩外傳」等。對於「決江疏河」或認爲是「決巫山，令江水得東過，故言決；疏道東注於海，故言疏」【見劉文典《淮南鴻烈集解》，第 631 頁，中華書局，1989 年。】，就當時的生產力而言，顯然是不可能的，說明這只是一種比喻。另一些記述或文字稍作變異，如《太平禦覽》卷八二引《尸子》：禹「疏河決江，十年不窺其家」；又，《淮南子・詮言訓》有「決河湆江者，禹也」；《泰族訓》有「禹鑿龍門，闢伊闕，決江濬河」，與「決江疏河」含義同。記述禹用疏導方法治水的文獻很多，如《論語・泰伯》記述孔子贊揚禹「卑宮室而盡力乎溝洫」；《孟子・告子》贊揚「禹之治水，水之道也」，「以四海爲壑」；《呂氏春秋・孝行覽・愼人》贊揚「水潦川澤之湛滯壅塞可通者，禹盡爲之」等等。

疏三江五湖、九江四瀆，這是從「決江疏河」引伸而出的，從用語看，時代稍晚一些，如：《呂氏春秋・仲夏紀・古樂》：「禹立，勤勞天下，日夜不懈，通大川，絕壅塞，鑿龍門，降通漻水以導河，疏三江五湖，注之東海，以利黔首。」《史記・孝武本紀》：「昔禹疏九江，決四瀆。」（又見《封禪書》和《漢書・郊祀志》）塡洪水，值得注意的是文獻中禹治水不僅有疏導之法，還有如：《淮南子・墜形訓》：「凡鴻水淵藪，自三百仞以上，二億三萬三千五百五十裏。有九淵。禹乃以息土塡洪水爲名山。」這種用「息土」塡洪水的記述，與傳說鯀治水的方法相同。又《山海經・大荒北經》、《莊子・天下》、《漢書・溝洫志》引《夏書》都有「禹堙洪水」的記述，由於《漢書》注有「堙，沒也」、「塞也」之說，多認爲湮（堙）即湮塞，塡，因此曾有研究者論舜「殛鯀」，並非因爲治水【參見孫致中：《論鯀禹治水的功過及其不同遭遇的原因》，《齊魯學刊》1982 年第 3 期。】。不過更可能是到了禹的時代，治水採用了疏導和湮塞等不同方法。

在文獻中，頌揚禹功的記述很多，其核心爲「烝民乃粒，萬邦作乂」，此語出《尚書・皋陶謨》，原文已見前，記述當洪水使下民面臨沒頂之災時，禹等受命治水。先與益組織下民以魚鱉等果腹，平治洪水後，又與稷組織農業生產，播種百穀，民眾遂復得粒食，初步解決食物的問題。進而組織調劑、貿易乃至遷徙，進一步解決生產生活資料的不足，於是眾民乃定，萬國爲治【孫星衍：《尚書今文注疏》，第 93～94 頁，中華書局，1986 年。】。與此相

關的還有《尚書・禹貢》說禹敷土使得「九州攸同，四隩既宅」。因此所謂禹功，可以包括以下三個方面：

1. 如《孟子・滕文公上》所說，由於平治了水土，「然後中國可得而食」。又，《論語・憲問》有「禹稷躬稼而有天下」，《楚辭・天問》更有「何後益作革，而禹降播」。《史記・殷本紀》引《湯誥》有「後稷降播，農殖百穀」，所以改「稷」降播種爲「禹」降播，洪興祖《楚辭補注》解釋說「焚山澤，奏鮮食，所謂作革也」，「水準土，然後嘉穀可殖故也」，並引「《天對》」曰：益革民艱，咸粲厥粒，惟禹授以土，爰稼萬億」。錢澄之《莊屈合詁》也指出「稷之播降，由禹平水土，故曰禹稷躬耕而有天下」【轉引《天問纂義》，第 195～196 頁。】。在古史傳說中，稷是農神，前引《郭店楚簡・唐虞之道》有「後稷治土」，可見治土與農耕關係十分密切，所以禹的功績首先是爲農業的進一布發展奠下基礎。

2. 如《左傳》宣公十六年引《虞人之箴》曰：「芒芒禹跡，畫爲九州，經啓九道。民有寢廟，獸有茂草，各有悠處，德用不擾」。通過治裡水土，使得人獸各有所歸，改變了五穀不登，禽獸逼人狀況，社會有所安定。《史記・殷本紀》引《湯誥》說到禹功，有「古禹、皋陶久勞於外，其有功乎民，民仍有安」，「四瀆已修，萬民乃有居」。不僅如此，通過平治水土，擴大了可以居住和開發利用的土地，如《周語》下所說，「鍾水豐物」，「豐殖九藪」，「宅居九隩」，韋昭注「鍾，聚畜水潦，所以豐殖百物也」，「豐，茂也；殖，長也」，「隩，內也。九州之內皆可宅居」。

3. 萬民有所食、有所居，才有「萬邦作乂」。《呂氏春秋・開春論・愛類》贊揚「所活者千八百國，此禹之功也」。「萬邦作乂」，《史記・夏本紀》作「萬國爲治」，從《禹貢》和《夏本紀》所說「四海會同」、「底愼財賦」、「中邦錫姓」等，反映通過平治水土，加強了各個地區之間的聯繫及中原對周邊地區的影響，調整了方國關係，建立了新的秩序，開始「行相地宜所有以貢」。亦即《太史公自序》所說「維禹之功，九州攸同」、「維禹浚川，九州攸寧」。這一時期的變化對於古代中國產生長遠影響，先秦文獻中常見「登禹之跡」、「涉禹之跡」、「復禹之跡」、「纘禹之緒」等等【見《逸周書・商誓解》、《尚書・立政》、《左傳・哀元年》、《詩經・魯頌・閟宮》】，反映了對禹功的崇敬。《左傳》昭西元年記劉子曰「美哉禹功！明德遠矣。微禹，吾其魚乎！吾與子弁冕端委，以治民、臨諸侯，禹之力也。」杜氏注：「弁冕，冠也；端委，禮衣。言盡得共服冠冕有國

家者，皆有禹之力」，也就是說不僅解除了洪水之災，而且推進了文明的進程。《史記‧河渠書》說「諸夏艾安，功施於三代」；《呂氏春秋‧先識覽‧樂成》更有禹「事已成，功已立，爲萬世利」，當也有此含意。

豳公盨銘在敘述禹平治水土之後，作「乃差方埶征」所敍亦當禹功。差，佐通用【吳式芬：《攈古》卷三之一齊國差甌，轉引自周法高主編：《金文詁林》六，第 2864 頁，香港中文大學，1975 年。】，釋爲「助」【《周禮‧天官‧敍官》「乃立天官塚宰，使帥其屬而掌邦治，以佐王均邦國」，鄭氏注：左猶助也。】。方，商周甲骨金文中多用爲四方四土和方國之方。《皋陶謨》敍述禹成水土功後，「弼成五服，至於五千，州有十二師。外薄四海，咸建五長」，孫星衍引《釋詁》云：弼，輔也，分析有堯之五服爲「禹輔成之」的意思【孫星衍：《尚書今古文注疏》，第 114～116，中華書局，1986 年。】。又，《尚書正義》孔氏傳解釋「五長」爲「諸侯五國，立賢者一人爲方伯」。埶與蓺同，《說文》丮部有「埶，種也」，古文獻中罕見蓺訓爲種植的文例【參見于省吾：《略論西周金文中的六師和八師》，《考古》1964 年第 3 期。】，征，通政，虢季子白盤「用征蠻方」，征寫作政。征（或政）可作徵收解，《國語‧齊語》有管子曰：「相地而衰征，則民不移」，韋昭注：「相，視也。衰，差也。視土地之美惡及所生出，以差征賦之輕重也」。這一用法也是見於金文，西周晚期的兮甲盤銘文記述王命兮甲徵收天下貢於成周賦稅之事，作「王令兮甲政辭成週四方責，至於南淮夷」，政，指征賦【參見馬承源主編：《商周青銅器銘文選》（三）第 305 頁，兮甲盤釋文，文物出版社，1990 年。】。因此盨銘「乃差方埶征」的含義也是禹通過平治水土、發展農業，「任土作貢」，助舜建立了下土四方諸方國的新秩序。所述禹功和上述文獻記載是一致的。

◎沈建華〔註13〕：

卜辭「𤴡」字其繁體字有「𤴡」、「𤴡」、「𤴡」等形。𤴡隸爲夌。《說文》曰：「汝潁之間，謂致力於地曰𡎐，從又土，讀若兔鹿窟。」對此早期前輩均有種種不同的考釋【于省吾主編：《甲骨文字詁林》，第二冊，第 1192～1201 頁，中華書局，1996 年。】。上世紀 80 年代于省吾、張政烺和裘錫圭教授，在討論殷代農業的專題論文中，對此字的解釋，仍有不同看法，前者分別釋「墾」、

「哀」、，後者釋「壅」字【于省吾：《從甲骨文看商代的農田墾殖》第 40 頁，
《考古》1972 年第 4 期；張政烺：《卜辭裒田及其相關諸問題》，第 93～118 頁，
《考古學報》1973 年第 1 期；于省吾：《甲骨文字釋林・釋聖》第 232～241 頁，
中華書局，1979 年；裘錫圭：《甲骨文所見的商代農業》第 154～189 頁，《古
文字論集》，中華書局，1992 年。】。雖然讀音不同，但在解釋「墾田」的意思
上看法基本是相近的，而多數學者從其字形上分析，都從此說，得到認可【彭
邦炯：《甲骨文農業資料考辨與研究》第 552～554 頁，吉林文史出版社，1997
年。】。

最近保利藝術博物館新收藏的著名「豳公盨」銅器，其銘文記有「隨山濬
川」一語，其中「隨」字涉及「夋」的繁體「隓」字，李學勤先生對「隨」字
作了詳細的考證並指出：「殷墟甲骨文有『隓』字，可視作（隨）這一系列字的
淵源」實具卓識【李學勤：《論豳公盨及其重要意義》第 5～12 頁，《中國歷史
文物》2002 年第 6 期。】，揭示「隨」與「隓」的承襲衍化關係緣由。

豳公盨銘文曰：「天令（命）禹，專（敷）土隓（隓、隨）山齊（濬）川」
【見《中國歷史文物》2002 年第 6 期，第 4 頁拓片。】。「隨山濬川」之語見於
《尚書・禹貢》：「禹別九州，隨山浚川，任土作貢。禹敷土，隨山刊木，奠高
山大川」。隓字即隨字，其本義指摧毀廢除，源於「墮」字。《說文》：「隓，敗
城阜曰隓。從阜夋聲，小篆作隓。」《玉篇》曰：「隓，廢也。」銘文應證文獻所
述，大禹分別土地，隨著山形地勢，斫伐斬木，疏導河川以治之。其「隨山」
的「隓」字作「隓」形，從阜從土，從又。阜形正是與「隓」、「隓」字中的
「∟」形近同義，像投土於坂，墻土之杵之狀。由此可知「隓」字及「隓」「隓」
「隓」字，過去釋作「壅」或「哀」或「墾」讀音，從近年出土楚簡和傳世文
獻承襲來看，實際上就是《說文》「隨」字省聲隓音。隨，墮古聲二音相近故通
假，猶如「黿」字從它聲，又讀隨二字在古音同在歌部【李學勤《曾國之謎》
有：「據京山所出一批銅器中兩件黿乎簋而說曾國即隨國，所謂黿字從字聲、古
聲它隨二音相近。」「它聲可假為隨，是因為二字古音同在歌部」】。隓，《集韻》
又作「陊」。《說文》：「陊，落也，從阜多聲。」段玉裁《說文解字注》：「按今
字假墮為陊。」《爾雅・釋詁》：「墜，落也。」按墜字疑椓字的同音假借。《說
文》：「椓，擊也。」《詩・小雅・斯幹》：「椓之橐橐。」毛傳：「椓，謂搯土也。」
《詩・大雅・緜》：「築之登登。」毛傳：「築墻者，垺聚壤土，盛之以虆，而投

諸版中。」可知「椓」與「築」古音相同假借。

　　築字，《說文》曰：「擣也，從木築聲，古文從土箟聲。」朱駿聲《說文通訓定聲》注：「按築者，擣器。《左宣十一傳》稱畚築。疏：『築者，築土之杵』。《史記‧黥布傳》：『身負版築』。注：『杵也。』」按築字古文「箟」在定母物部，墮字在邪母物部，兩字韻母音義相近假借。因此，我們認為卜辭中「𡎸」字異體「𡐔」、「𡐕」、「𡐖」字，實際音應讀作「𡐛」築字，古文箟與𡐛，古音相同可互假。

　　至於「𡐗」字，從用，從土，從夊。又見卜辭人名：「𡐘伯」合 2396，疑是「𡐗」字異體。字從「用」即「庸」字形假借。西周早期「𡐙鼎」中的人名：「𡐙作彝。」《殷周金文集成釋文》（省稱《集成》）4.1753.1754.1755【中國社會科學院考古研究所所編：《殷周金文集成釋文》第二卷，第 105～106 頁，香港中文大學中國文化研究所，2001 年。】其「𡐙」字，實際應是卜辭的「𡐗」、「𡐔」同字異變，證明瞭裘錫圭先生指出的「卜辭裏的『庸』字就是從『用』的，『用』是由『𡐚』分化出來的一個字」之說甚確【裘錫圭：《甲骨文的幾種樂器名稱——釋「庸」、「豐」、「鞀」》，第 196 頁，《古文字論集》，中華書局，1992 年。】但是，甲骨文和金文中從「用（𡐛）」的字，往往並不常用作聲符，如：「在壞」寫作「在𡐜」（《集成》10.5425）；「長城」寫作「長𡐝」（《集成》1.157）；「用肇」寫作「用𡐞」（《集成》16.10175），可見𡐛字與土築和建造有密不可分的關係，是表義而不是一個表音的符號。以上舉例「聿」和「𡐛」互借，同時又表明了晚期「𡐟」字的讀音可與「築」字音近，有「建」字的含義，其追溯正是源於葡辭的「𡐠」（築）字。我們重讀有關築字的卜辭，可以進一步明瞭「築」字的真正原始意義。

　　築，在卜辭中多見，作為一個動詞，「築田」出現的：

（1）己酉卜、爭貞：夊又眾人，乎從𡐡，𡐢王事。五月甲子卜，品貞：令𡐡𡐣田於□，𡐢王事。《前編》7.3.2

（2）癸□〔卜〕，□貞……令𡐡𡐣（築）田于先侯。十二月《合》3308

（3）……今日𡐣（築）田〔于〕先侯。十二月《合》3307

（4）……𡐠，五百四旬七日至丁亥從。在六月《合》20843

（5）貞……令畢攴（築）……亡囚，三日八……《合》9474

（6）癸巳卜，宁貞：令眾人肆，入羊方量（築）田。貞：勿令眾人，六月《合》6

（7）丁卯卜貞王𣩚（築）田于……丁卯卜貞王令其畢奴（登）眾於北。《屯南》2260

（8）……𢼸（築）田于……《屯南》102

「攴田」，郭沫若先生早在他的《殷契粹編》中指出：「『攴田』當即築場圃之事矣。」【郭沫若：《殷契粹編》考釋，第158～159頁。】由於解釋過於簡略，沒有引起足夠重視。今天重溫其說，倍感卓識甚確。《詩經·七月》：「九月築場圃，十月納禾稼。」毛傳：「春夏爲圃，秋冬爲場。」又《場人》傳：「場，築爲墠，季秋除圃中爲之。」古代農田開墾不易，打麥場往往在春時用作圃或種糧，收獲時改作打場和作糧倉用途。上舉卜辭，值得注意的是築田在「五月、六月、十二月」，按一年二季收成的話，六月和十二月正是收獲以後的季節，需要進行打穀儲糧、再耕、農事繁忙，往往選擇就地農田或附近築場儲糧，待農閑時運回總倉。故卜辭有商王在異地「入羊方」、「先矤」等地築田。可見羊方和先矤方國，應是商王邑相近的附屬國。先國在山西晉南。

在異地築田是一種辦法，還有一種是直接在京築田的目的是作糧倉之用。當然也不排除在商王邑地築城工事。從河南鄭州地區偃師及安陽所新發現的城牆遺址，看出商王城的規模已初具建立。建築城邑，歷來是作爲統治者統一、控制財富的一個權力標誌象徵。京，疑非指地名。義指高丘。《說文》：「京，所爲絕高丘也。從高省。象高形。」《爾雅·釋丘》：「丘絕高曰京。」京，又爲倉。《爾雅·釋室》：「京，倉也。」《管子·輕重丁》：「新成囷京者。」注：「大囷曰京。」《史記·扁鵲傳》：「見建家京下方石。」注「引《集解》曰：『京者，倉廩之屬』。」葡辭有多處「築田於京」由此說明京地與築田的密切關係如：

（9）癸亥，貞：於趣攴（築）〔田〕。癸亥，貞：王令多尹攴（築）田於西，受禾。癸亥，貞：其璗禾自上甲。已醜，貞：王令攴（築）田於京。於嬴攴（築）。《合》33209

（10）……攴田於京。《屯南》4251

（11）癸卯〔卜〕宁貞：〔令〕夜（築）田於京。《合》9474

古人築場之事，已有幾千年歷史。「築場」稱謂，今天中原農村地區仍然使用。本人曾插隊淮北農村，有幸參與築圃農事。和眾人用木杵，捶打被拔取的麥田，勞動時檮聲一片，夯實田圃。修整平地為打麥場，又作倉廩，其四周挖有溝埈，此項工程需眾人一字排開，非一齊來做不可。故卜辭多見築田。築場是在完成築田之後的稱謂來自田地故殷稱之「築田」。築，在卜辭中有建立、修築之意思，除了用於築場之外，又用於築建捕獵的障礙圍牆。

（12）丁酉卜貞：翌日壬寅，王其皇（築）兕。《合》37387

（13）戊午卜在潢貞：王其皇（築）大兕，隹駦眾䍃亡災擒。《合》4251

（14）丁卯卜，在去貞：小告曰兕來羞，王隹今日皇（築）亡災。擒。《合》37392

上述田獵卜辭「王其皇（築）」，這裏的「築」指捕獲手段，商王問修築障礙圍牆，是否可抵禦大兕入侵災患，能捕獲到嗎？這裡的「皇」字，顯然不可能當墾田來捕獸理解了。從出土齒公盨銘文：「陵（隨）山濬川」之「陵」字，追溯其卜辭承襲淵源，不僅使我們進一步瞭解文字的演變的複雜過程，同時有助於我們對傳世文獻的版本形成的認識和提高。

◎張永山［註14］：

　　保利藝術博物館新入藏的有長篇銘文齒公盨批露後，使有關禹治水的傳說上溯到西周中期偏晚階段。這對研究古史傳說和夏代史是極為寶貴的材料，為學術界一大幸事。此器失蓋，器形作圓角長方形，兩側有對稱的獸頭耳，腹下接矩形圈足。口沿之下飾一周相嚮的飄冠分尾鳳鳥紋，前後各四隻，兩側各一對。這種分尾鳳鳥是恭懿以後出現的一種新的鳥紋式樣【陳公柔、張長壽：《殷周青銅器上鳥紋的斷代研究》，《考古學報》1984 年第 3 期。】，而且紋飾帶的寬窄正與腹部的寬平瓦紋協調一致，全形顯得古樸典雅，確為西周中期偏晚的典型器物。器內底鑄銘文 10 行，除末行為 8 字外，其餘各行均為 10 字，共 98 字，是盨銘中的長篇銘文。銘文開宗明義敘述禹治水的方法，

────────────

〔註14〕張永山：〈齒公盨銘「陵山睿川」考〉，《華學（六輯）》2003 年 6 月，頁 31～33。

因他治水施惠於民，故而配享於天，並由此引出銘文以德治民的思想。這裏僅就銘文開頭「天命禹専土，陸山叡川」作些考證。

「専土」之専與《說文》該字相同，從寸甫聲。經史典籍中此字構形筆畫增多，如《尙書·禹貢》作敷，《史記·夏本季》等作傅。後二字也是以甫爲聲符，所以三個字音同字通。但「専」出現最早，應以「専」爲本字，經史中「以敷爲専」乃假借字【孫星衍：《尙書今古文注疏·禹貢》，中華書局，1986 年。】。漢以後經學家對「敷」有四種訓釋，一「敷，分也」，二「敷，布也」，三「敷，大也」。對這三種訓釋，孫星衍在《尙書今古文注疏·禹貢上》中有詳細疏證，他指出言「分」者，本自《漢書·地理志》注：「敷，分也」；解爲「布」者，源於《山海經·海內經》的「帝乃令禹卒布土以定九州」；釋「大」者，出《詩傳》「溥，大」也。此外還有將「敷」解爲「治」的，趙歧注《孟子·滕文公》堯「舉舜而數焉」云：「敷，治也。」大體漢以來對「敷」有以上四種詁訓，除「溥」的「本義爲水之大」者外【朱駿聲：《說文通訓定聲》豫部。】，其餘三字的字義有互通之處，如「分」和「布」都含有散義，《列子》云「黃帝用志不分」注：「分，猶散也」；布，《說文》云：「凡散之曰布」，《廣雅·釋詁三》亦云：「布，散也。」也就是說「敷」訓爲分或布，那麼「敷土」就是指分擔治理土地的重任。既然敷和傅音同字通，故在文義上訓治和分也無矛盾，焦循於《孟子·滕文公》疏中引趙歧注「敷，治也」之後，說《廣雅疏證》「傅，治也」爲異文同義，又以治、理互訓和理訓分證明「治之義亦爲分」。從而把「敷」訓治之義與訓分、布的字義溝通，同樣表示「敷土」應指以某人爲代表承擔治理土地的任務。銘文中的「天命禹敷土」，就是上天命令禹率民眾治理大地。

「陸山叡川」是具體表述禹治理大地上洪水的方法。陸，原形是左從阜，右爲上下二手，中間爲重疊的土，其形恰與《說文》阜部的陸字相仿。不過金文「陸」的字形爲了勻稱而把左形二手寫作右形二手，這種結構的「陸」亦見于包山楚簡和漢代的王庶子碑，尤其是楚簡中該字右邊的左旁的上下從土者，更與銘文「陸」字中間作重疊土相類【《包山楚簡》第 22、167、168 號，文物出版社，1991 年；郭忠恕：《汗簡》卷六引王庶子碑。】，特別是古文字中從左之字作從右者屢見不鮮【羅福頤：《古璽文編》卷 5·3 第 0254、2227 號，文物出版社，1981 年；容庚：《金文編》卷五的差字下有從右者，中華書局，1985 年。】，故應將銘文的那個從阜之字隸定爲陸。許慎在分析陸

字結構時說：「從阜，叕聲。」【《方言》一三和《廣雅・釋詁一》亦有隓字。】段氏注云：「𩫡爲篆文，則隓爲古籀文可知也。山部𡹔曰隓聲，肉部隋曰隓省聲，皆用此爲聲也。小篆隓作𩫡，隸變作墮。」朱駿聲等《說文》大家對隓字也有類似的說解【參見《說文通訓定聲》隨部，桂馥：《說文解字義證》阜部。】。宋代學者很注意這個字，洪適在《隸辨》中說到：「《廣韻》云『墮同隓』」，又舉《郁阮君神祠碑》的隋字云：「即隋字」，《韻會》云：「墮亦作隋字，原誤釋作隨。」碑文中「隋」字左上角的𠂇應是左之變形，左下增肉月，其字正顯現出隓的演變痕跡。由此可知古人對字形音的認知相當清楚，爲今人認識金文中隓字積累了比較的素材。金文裡的隓字過去未被釋出，對不𡢁簋銘文「汝以我車宕伐玁狁于高𤳊」的最後一字，古文字學家考釋的意見不一致，有釋陵、陶、陞、陰諸說【分別參見王國維：《觀堂集林・不𡢁敦蓋銘考釋》；容庚：《金文編》卷一四；孫詒讓：《古籀餘論・不𡢁敦蓋》卷三；徐同柏：《從古堂款識學・丕箕敦》卷一○】。實際上這個字的構形同豳公盨的隓字幾乎相同，僅僅是字的右邊𦥯變作𦥯，斜豎筆未上伸而已。盨銘「隓山」連文，說明隓在金文中不單作名詞，而且也用爲動詞，更有文獻中禹「隨山濬川」相封照，完全可以說不𡢁簋銘文中這個字亦應釋隓。況且金文裏的陵、陶、陰等字已被學者公認【參見散氏盤、陵弄鼎、陳猷釜、子叐尊的陵和叐，齊鎛鎛、𡺲氏鐘所從之陶，永盂、𢾷伯盨的陰等，載《殷周金文集成》（簡稱《集成》15.9735，4.2198，16.10371，11.5910，1.271，1.142，16.10322，9.443。）】。以上從形音方面對隓的論證，既與銘文中該字字形相符，也合於漢以來各種字書對隓字的解說，從而爲正確理解「隓山叡川」創造條件。

　　有了對隓字形音考察的基礎，再來探討它的字義。《說文》云：「敗城阜曰隓」，即隓的本義原是指毀壞城牆。《說文通訓定聲》據此找出字書和文獻中隓的本義和引申義，舉例說：「《方言》十三『隓，壞也。』《左定十二年傳》『叔孫州仇帥師墮郈』注：『毀也。』《荀子・議兵》『猶以錐刀墮太山也』注：『毀也。』……《左昭廿八年傳》『毋墮乃力』注：『損也。』僖三十三年《傳》『墮軍實而長寇讎』，哀十二年《傳》『是墮黨而崇讎也』注：『毀也。』……《漢書・刑法志》『法度墮』，《淮南・脩務》『名主而不墮』注：『廢也。』」由於這些引文所要表示的對象狀態有差異，故用壞、毀、損、廢四字加以注釋，但這四字的含義有內在聯繫，壞、毀字義雷同，損、廢爲墮的引申義，其共性都具有墮

字的毀壞內涵。杜注「墮郈」是「患其險固，故毀壞其城。」「墮太山」是形容「以詐遇齊」，就像用錐力毀太山那樣艱巨。銘文中的「陸山」之陸（墮）在句中的用法，同「墮郈」和「墮太山」之墮在句中的語法地位完全一樣，也必爲毀壞之義，或曰鑿毀，故「陸山」如同「以錐刀墮太山」那樣，用陳述用工具毀掉部分原有山貌。

「叡川」之叡，其字左上從卢，下從川（即水），上下之間爲一圓圈，右從手。《說文》云：「泉山通川爲谷，從水半見出於口。」這個卢字下正像《說文》所描述的穀字，故將該字隸定爲叡符合字形結構。字形又與《說文》叕部的睿同形，但讀音和字義不同，卻同穀部的睿字文義相合，因爲《說文》叡讀郝（hè），字義是「穿地爲水瀆皆稱溝、稱叡」，也就是從土的「溝壑」之壑。睿與叡貌似而音義有別，段注：「睿與叡、睿音義皆相近」，「私閏切」，讀爲浚。許愼分析字義爲「深通川也」，段進而解釋爲「深之使通利也」，桂馥申述「深通川」之義時，引「《書·堯典》『濬川』傳云：『有流川則深之使通利也』，《釋言》『濬，深也。』」【《說文解字義證》穀部。】可知睿義爲深，「叡川」應是深挖於塞的河床，就是如今所說的疏通河道。許君據字形說睿「從卢穀。卢，殘也。穀，口口坎意也。」又說「睿或從水」作濬，而濬爲「古文睿」。這樣的古文已見於春秋戰國時期的金文中，其字形作叡【見《集成》秦公鎛（1.270），中山譻鼎（5.2840）】，不過，這已是「睿」的引申義，當濬哲、濬智講。這些同族字均以睿爲構字主體，它們讀音相近，但《說文》叕部有叡，穀部有睿，兩個字的主體部分相同，音義不同，令人費解。依字形而言，叡是以睿爲音，加手爲義符，象徵人力要達到某種目的。準此，可以推斷，《說文》讀郝的叡與讀浚的睿本爲同源字，睿借爲壑的主體以後，兩字才逐漸分途演進。至於「睿或從水」作「濬」，古文作濬，當是睿的字義專一之後的衍生字，便於人們從字形理解字義。

從上面的論述得知，陸和叡即《說文》的墮（隋）和睿（濬），盨銘裏的「陸山叡川」便可寫作「墮山濬（浚）川」。這樣的語句與《書》序的「隨山濬川」基本相同，祇有墮與隨一字之差。何以銘文中的「墮山」在《書》序中成爲「隨山」經學家依稀看出一點端倪，孔安國傳云「隨山」之隨是「刊其木」，孔穎達作正義發揮這一主張外，又云：「經言『隨山刊木』，序以較略爲文，直云『隨山』不云『隨山』爲何事，故傳明之隨山刊其木也。」顯然

二孔以爲《書》序之「隨山」是因《禹貢》正文「隨山刊木」而來。據研究「隨山濬川」還有另一來源，劉起釪考證《史記‧河渠書》和《漢書‧溝洫志》裡的「隨山浚川」是引自已逸的《夏書》【《尚書學史》，第 98～99 頁，中華書局，1996 年。】。師古注「隨山浚川」曰：「順山之高下而深其流」。此說較二孔之論高明，並未把「隨山」解爲「刊其木」，而是隱含著對山進行改造。隨本來是從辵隋聲字（或曰墮省聲），形音與墮近似，易於相混。從盨銘「隨山叡川」來看，文獻中的「隨山」不妨看作是傳抄過程中「墮山」的訛變。銘文中的「隨山叡川」字面意思是：順著山勢，裁高徹低，深挖河床，使水流通暢。這樣解釋不僅文從字順，而且銘文也與文獻記載無杆擱。

◎江林昌 〔註15〕：

　　爨公盨銘文開頭說：天命禹專（敷）土，隆（墮）山濬川。這是講大禹平土治水。在春秋戰國以後的中原文獻典籍裏，大禹治水往往被說成是用疏導的辦法而獲成功，並將其與禹的父親鯀用堙障的辦法而致失敗相對照。如，作於戰國時代的《國語‧周語下》記載：

> 昔共工……壅防百川，墮高堙庳，以害天下。……其在有虞，有崇伯鯀播其淫心，稱遂共工之過，堯用殛之於羽山。其後伯禹念前之非度，釐改制量，象物天地，比類百則，儀之於民，而度之於群生。共之從孫四嶽佐之。高高下下，疏川導滯，鐘水豐物，封崇九山，決汨九川，……皇天嘉之，祚以天下。

說共工和伯鯀「壅防百川，墮高堙庳」，結果是「以害天下」；而伯禹和共工的從孫「念前之非度」，於是採用「疏川導滯」的辦法，結果是「合通四海」「皇天嘉之」。類似的傳說在春秋戰國以後的中原文獻裏頗爲流傳，如：

> 關於鯀：鯀障鴻水而殛死。（《禮記‧祭法》）鯀障洪水而殛死。（《國語‧魯語上》）鯀，顓頊之後，禹之父也。堯使治水，障防百川，績用不成，堯用殛之於羽山。（《國語‧魯語》韋昭注）

> 關於禹：當堯之時，……洪水橫流，氾濫於天下，……禹疏九河，……然後中國可得而食也。（《孟子‧滕文公上》）昔禹治江浚河，而民聚

〔註15〕江林昌：〈爨公盨銘文的學術價值綜論〉，《華學（六輯）》2003 年 6 月，頁 41。

瓦石。(《韓非子‧顯學》)

然而這種鯀禹治水不同的傳說，只流傳於春秋戰國以後的中原文獻。顧頡剛、童書業先生在 20 世紀 30 年代所寫的《鯀禹的傳說》一文中已指出，鯀用堙塞防堵的方法治水而致失敗，禹用疏導的方法治水而得成功，乃是鯀、禹治水傳說隨時代而演變的結果；而在較早的傳說中，鯀和禹都是以息壤對付洪水，用的都是「堙」的辦法【顧頡剛、童書業：《鯀禹的傳說》，見《古史辨》第七冊下編。】。我們通過進一步分析可知，顧、童先生所說的「較早的傳說」實際保存於西周以前的中原文獻和西周以後的長江流域以楚地爲中心的文獻裏。如《山海經‧海內經》說：「洪水滔天，鯀竊帝之息壤以堙洪水，不待帝命。帝令祝融殺鯀於羽郊。鯀復（腹）生禹。帝乃命禹卒布土以定九州。」郭璞注：「息壤者，言土自長無限，故可以塞洪水也。」帝殺鯀之後又「命禹卒布土」。禹所布的土自然是鯀所用過的息壤。這可以《淮南子‧地形訓》爲證：「禹乃以息土塡洪水，以爲名山。」由此可見，鯀和禹都是以息壤對付洪水，用的都是堙的辦法；鯀的被殺，乃是由於他「不待帝命」，而非方法不對。

《山海經‧海內經》的成書年代，蒙文通以爲是西周時期，小川琢治、茅盾、袁珂等人認爲是戰國時期。至於其成書地點，侯仁之、蒙文通、史景成、袁珂等均認爲是楚地【蒙文通：《略論〈山海經〉的寫作及其產生地域》，《中華文史論叢》第 1 期（1962 年）；小川琢治：《山海經考》，江俠庵譯，《先秦經籍考》卷三，上海商務印書館 1931 年；茅盾：《中國神話研究》，《小說月報》1925 年 16 卷第 1 期；袁珂：《神話論文集》，上海古籍出版社 1982 年；侯仁之：《海外四經、海內四經與大荒四經、海內經比較》，《禹貢》第 7 期（1937 年）；史景成：《〈山海經〉新證》，見高去尋編《山海經研究論文集》，香港 1974 年。】。《淮南子》雖成書於西漢，但其爲淮南王劉安及其門客所作，而淮南國在今安徽蚌埠與壽縣之間，屬楚文化範圍內。《山海經》和《淮南子》均保留了較多神話資料，反映了較爲遠古的歷史傳說和宗教觀念。與此相類似的還有戰國楚人屈原的《天問》、《離騷》和《九歌》。楚地流傳的古籍能保留較古的歷史傳說，這與楚文化的起源與特別的生長發展環境有關，對此我們曾作過討論【江林昌：《楚辭與上古歷史文化研究》第一章緒論，齊魯書社，1988 年。】，此不贅述。我們還是看一下《天問》所傳的鯀禹治水傳說：

鴟龜曳銜，鯀何聽焉？順欲成功，帝何刑焉？永遏在羽山，夫何三
年不施？伯禹腹鯀，夫何以變化？纂就前緒，遂成考功，何續初繼
業，而厥謀不同？洪泉極深，何以窴之？地方九則，何以墳之？

這一段話與前引《山海經》、《淮南子》基本一致。說伯禹從其父伯鯀腹中產出
後（按：這是遠古產翁制習俗），能繼父業，「纂就前緒」，而用填塞的辦法治水，
即所謂「洪泉極深，何以窴之？地方九則，何以墳之？」。賀寬《飲騷》說：禹
「遇洪水之深，窴之使平；分九州之壤，墳之使起，亦鯀墮高堙卑之法也。觀
《禹貢》既修太原，有不盡改鯀所為者，未嘗盡不同也。」據此再來讀「何續
初繼業，而厥謀不同？」當作反問句理解。全句的意思是說禹承其父親鯀的治
水事業，怎麼會有計謀不同呢？正面說便是指方法一致。

　　上述《山海經・海內經》、《楚辭・天問》、《淮南子・地形訓》均為西周
以後南楚文獻，而其所傳鯀禹治水故事與春秋戰國以後的中原文獻《國語》、
《禮記》、《孟子》、《韓非子》諸書有明顯不同。由此可見，考察先秦文獻，
我們不僅要注意其時代先後，還要區別其地域南北。關於鯀禹傳說的南北不
同，當以何說為更有遠古依據呢？下面的考察將表明，南楚文獻所傳鯀禹治
水故事在西周以前的中原文獻《詩》、《書》的有關篇章中可找到淵源線索。《尚
書・洪範》記箕子之言曰：「我聞在昔，鯀堙洪水，汨陳其五行。帝乃震怒，
不畀洪範九疇，彝倫攸斁。鯀則殛死，禹乃嗣興。天乃錫禹洪範九疇，彝倫
攸敘。」這裡說鯀之所以被殛死，並非其「堙洪水」的辦法不對，而是指其
在「堙」的時候沒有按照五行的規律辦事，所謂「汨陳其五行」。汨，亂也。
「汨陳其五行」也就是《山海經・海內經》所說「不待帝命」的具體內容。「鯀
堙洪水」而「禹乃嗣興」，所謂「嗣興」即《天問》「纂就前緒」之意，自然
是指鯀的以「堙」治水的辦法。《尚書・禹貢》說「禹敷土」，《詩・商頌・長
發》說「洪水芒芒，禹敷下土方」。鄭玄箋：「禹敷下方，正四方。」這裡的
「敷土」即「布土」，亦即《山海經》、《淮南子》所說的以息壤堙塞洪水。其
事還與前述秦公簋、叔夷鎛鐘的「禹跡」有關。裘錫圭先生曾據顧頡剛等《鯀
禹的傳說》的觀點指出：「禹的『敷土』其原始意義應指以息壤堙填洪水。古
人將大地稱為『禹之跡』、『禹跡』、『禹之績』、『禹之堵』，就是以禹敷土的傳
說為主要背景的。」【裘錫圭：《豳公盨銘文考釋》，《中國歷史文物》2002 年

第6期。】

　　上述的討論表明，《尚書》之《洪範》、《禹貢》與《詩‧商頌‧長發》所記鯀禹以息壤塡洪水的傳說，到了西周以後便被保留在南楚文獻《山海經‧海內經》、《楚辭‧天問》、《淮南子‧地形訓》之中。而在戰國以後的中原文獻《國語》、《禮記》、《孟子》、《韓非子》等書裏，鯀禹以息壤「堙」水的傳說則被改造成了鯀用「堙」的辦法治水而致敗，禹用「疏」的辦法治水而獲勝。西周以後南北文獻對西周以前文獻所載鯀禹傳說或保留或改造的線索已十分清楚。

　　然而，上面的討論僅限於書面文獻。今魯公盨銘文的出現，爲我們提供了地下文獻資料，從而使上述文獻有了考古判斷依據。魯公盨銘文說：「天命禹專土，隨山濬川。」「專」字，李學勤、裘錫圭等先生均認爲當讀爲「敷」。「敷土」即以息壤布土。這就從考古學角度證明瞭從《洪範》、《禹貢》、《商頌‧長發》到《山海經》、《楚辭》、《淮南子》所記鯀禹以息壤治洪水傳說的可信性。魯公盨銘文的年代爲西周中期略晚，而其明言禹敷土治水，則戰國以後中原文獻《國語》、《禮記》、《孟子》、《韓非子》等文獻說禹以疏導的辦法治水，顯然是改造演化之說。

　　魯公盨的「隨山」之「隨」字，裘錫圭先生釋作「墮」字，並舉包山楚簡、《汗簡》、《說文》等材料爲證，指出「隨的字形象用手使『阜』上之土墮落，是一個表意字。後來這個字便寫成「墮」字，因爲隨所從之『圣』後來變爲『左』，當是由於『圣』『左』形近，而『左』字之音又與『墮』相近的緣故。」。墮山就是用手把山上的泥土落下，目的自然是爲了塡平卑下的地方。這樣又使我們想起《國語‧周語下》說共工與鯀治水，除了「壅防百川」之外，還有「墮高堙庳」一法。可惜這兩法都不見於禹的身上。裘錫圭先生推測：「其實在較早的傳說裏，禹完全有可能被說成在『敷土』之外，也用『墮山』的辦法來『堙庳』。本銘的『墮山』無疑就應該這樣解釋。」裘先生的推測是十分正確的。在《天問》裏正保留了這種傳說。《天問》說「洪泉極深（禹）何以塡之？地方九則，（禹）何以墳之？」賀寬《飲騷》解釋說：「遇洪水之深，（禹）塡之使平；分九州之壤，（禹）墳之使起，亦鯀墮高堙卑之法也。」可見《天問》此處的前一句是指禹「敷土治水」，後一句則是指禹「墮高堙卑」。以往，由於《天問》的這一記載是孤證，所以不被人們注意。今魯公盨銘文「墮山」的出現，正可與

《天問》互證，從而使得禹除「敷土治水」之外的「墮高堙庳」這一古老傳說得以重見光明，眞可謂大快人心。

　　齒公盨和《天問》所記禹「墮高堙庳」的傳說應該是很早的。在其他文獻裏，這一傳說或被完全遺忘，或將「墮山」誤成「隨山」。如《尙書・禹貢》：「禹敷土，隨山刊木，奠高山大川。」這裏的「奠高山大川」實際上應該是指禹「敷土」和「墮高堙庳」兩種方法而言的。「奠高山」即「墮高堙庳」，「奠大川」即「敷土治水」。可惜《禹貢》裏將「墮山」誤讀成「隨山」，致使後人不好理解。齒公盨銘文的出現，使得這一早已模糊了的問題終於可以得以辨明，再次讓我們感到大快人心。

◎師玉梅〔註16〕：

　　齒公盨西周中期銅器。李學勤、裘錫圭等諸位先生已通釋了銘文。他們或以爲銘文中「█山濬川」即「隨山濬川」，或以爲後世隨著人們對大禹治水方法認識的改變而把█誤讀爲隨等，各家對█字認識不一【李學勤、裘錫圭、朱鳳瀚、李零文見《中國歷史文物》，2002年第6期；馮時文見《考古》，2003年地5期。】。

　　「隨山濬川」語見《尙書・序》，《禹貢》及《益稷》篇中還記有「隨山刊木」句，其中的隨字均寫作隨或隨（爲行文方便，下文均寫作隨）。《尙書・注疏》卷四解釋是：隨山濬川，孔安國：刊其木，深其流。孔穎達：隨其所至之山，刊除其木，深大其川使得注海。隨山刊木，孔安國：隨行山林，斬木通道。孔穎達：隨行所至山，除木通道，決流其水。

　　此外，《禹貢錐指》卷一（清胡渭撰）轉引漢鄭玄注：「必隨州中之山而登之，除木爲道以望觀所當治者，則歸其形而度其功焉。」《史記・夏本紀》也記述了大禹治水的事蹟，行文與《尙書》略有不同，不用「隨山」而用「行山」。後世把隨字理解爲行、順著等意思。

　　齒公盨銘文有「█山濬川」句，參《尙書》「隨山濬川」，█正與隨字對應。█，從阜，從二土，二手，會挖土開山之義。《說文》有「聖」字。聖從一土一手，會意字。「汝潁之間謂致力於地曰聖。」「致力於地」也就是開挖或

〔註16〕師玉梅：〈「隨山濬川」之隨〉，《語言研究》第25卷第2期，2005年6月，頁110～111。

翻整土地的意思，此可佐證從阜的 ![字] 有挖土開山之義。開山與「濬川」正對，亦可與「刊木」對， ![字] 作挖土開山講於字形和句義均能契合，但爲什麼後人會寫作隨山，並且不作挖土開山來理解呢？

　　![字] 應與《說文》中「隓」字有關。「隓，敗城阜曰隓，從阜差聲。」其中的敗阜即是開山之義。隓字本應從土從手，因二土與二手靠近，與差形近，《說文》遂訛爲差字，進而又誤析隓爲形聲字，本形所會之義俱晦。至唐代徐炫，更是不得見到隓字本形，所以又誤爲從二左。李學勤先生認爲 ![字] 所以誤爲從左或差，可能是因爲「左」在精母歌部，隋（音同墮，墮爲隓之或體）在邪母歌部，古音相近。我想，音的相近還在其次，形近才是主要原因。![字] 字亦見於西周中期的五祀衛鼎，到戰國時期該字又有許多衍生字。

　　李先生已經在其文中列舉，這裡把相關諸字的字形列出，以便更容易看出 ![字] 的形變線索【字形取自《戰國文字編》，湯餘惠主編，福建人民出版社，2001 年；《戰國古文字典》，何琳儀，中華書局，1998 年。】：（1）包山 168 ![字] （2）包山 22 ![字] （3）包山 167 ![字] （4）七年鄭令戈 ![字] （5）郭店唐虞 26 ![字] （6）包山 163 ![字] （7）包山 179 ![字] （8）郭店老甲 16 ![字]。第 1 形與齒公盨近。其他諸形或省一土一手，或省兩手，或繁增邑、山、田等。除第 5、第 8 形被借用爲惰和隨從之隨外，其他諸形皆被用爲「隋」，作姓氏或地名用字。《戰國文字編》（湯餘惠主編）除無收第四形外其他均收在隓字下，認爲是一字之變體，筆者認同他的做法。我們不難發現，第 3 形下部所從的邑很容易訛變爲月（肉），從而變爲隋字。馬王堆漢墓帛書《經法》：「隋其城郭，焚（焚）其鐘鼓」，《稱》：「隋高增下」，隓均變作了隋形。《說文》：「隋，裂肉也，從肉，從隓省聲」是隋形附會之說。何琳儀先生認爲隋即《說文》之隓字，當時正確的。但是他把隋分析爲從阜，育聲，是隓之本字【參看何琳儀《戰國古文字典》「隋」字條，878 頁。】，從齒公盨中 ![字] 的形體來看，欠妥。姓氏或地名所用隋字本是借用隓或隓的變體，以後訛變作隋。到許愼時已不明隓、隋二字的關係，分爲兩字，可推知當時人們看到隋已經不在當成隓了。

　　隨字本也是借用隓字來表示的，如前文所列的第 8 個字形，在郭店簡中即被用爲隨，「先後相隓」（郭店老甲 16）即「先後相隨」。《汗簡》有隨字，寫作 ![字]（王庶子碑），從字形看應爲隓字省形。隨著部分隓訛變爲隋，隨也假借隋來表示，如馬王堆漢墓帛書《二三子問》：「水流之物莫不隋從」，《戰國縱橫家

書》：「而國隋以亡」，隋均用爲隨。隨字也有在隋形上增加義符辵，睡虎地秦簡中已見增加了辵符的隨。如此看來，「陸山」很有可能是先被寫作「隋山」，進而又誤作了「隨山」。我們可以擬測出陸字有如下的發展及訛變軌跡【夑公盨字形取自夑公盨拓本，《說文》字形取自《說文》，其餘字形《戰國文字編》和《戰國古文字典》。】：

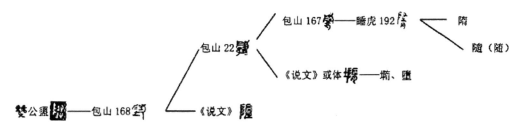

從陸的字形分析可以看到，《尚書》「隨山濬川」和「隨山刊木」中的隨字應是西周 [字]字分化訛變的結果，而長期以來人們對該字字形的認識和字義的理解都是不正確。《尚書》最初的面貌現在已不可知，今存的幾種《尚書》版本最早的是漢熹平石經殘本，但保留了《禹貢》「隨山濬川」句的最早只見于唐代本，其中隨字已經誤寫作了隋或隨（隨爲隨字隸變過程中的省簡訛變，漢代起二字已並行使用，隨字在現代也簡化作了随）。漢孔安國傳本後人多以爲是晉人僞作，暫且不論，僅從漢代司馬遷《史記・夏本紀》的記載和鄭玄的注，也可知早在漢代已經存在了對「隨山濬川」理解上的錯誤。秦至漢初的馬王堆帛書中陸字雖然已訛變爲隋，但形誤而義不誤，可見當時見到隋字還能夠有正確的理解。但是隋又可表示隨，不免會有把隋當成隨，並進而寫作隨。秦始皇焚書坑儒後，人們已很難見到《尚書》，至漢伏生本今文《尚書》和孔壁本古文《尚書》見世，陸的字形蓋以變作隋或隨，人們見到「隋（或隨）山濬川」也多不能明其本義。而在傳說中，因陸與隨古音同，也有被傳成隨的可能。

◎李凱〔註17〕：

　　北京保利藝術博物館藏豳公盨的披露，使得證明夏代的地下文字資料從春秋時代提前到西周中晚期，但文辭學者多有分歧。銘文中的「益妟懿德」一句至關重要，大部分專家認爲「益」作增益解，但筆者認爲，作增益解則此句非

〔註17〕李凱：〈豳公盨與益啓傳說的再認識〉，《東南文化》2007 年第 1 期總第 195 期，頁80。

常晦澀。「益」不應是增益之意，是輔佐大禹治水的伯益。我們以此爲界將銘文分開：天令禹敷土，隨山浚川。乃拂方執征，降民監德。乃自作配鄉民，成父母生，我王乍臣。畀類唯德，夏才天下，用畀邵好。這一部分說大禹治水的功績：大禹治水，敬德保民，民心好德，夏土大治。

◎余世誠〔註18〕：

「遂公盨」的珍貴不只因爲它是有幾千年歷史的青銅器，更因爲那 99 個字的銘文涉及「大禹治水」和「爲政以德」這樣重大的史學課題。現在，筆者把這段銘文（經李學勤先生標點斷句，用現行字）【參見李學勤的《遂公盨與大禹治水傳說》載於 2003 年 1 月 23 的《中國社會科學院院報》】抄錄於後：「天命禹敷土，隨山濬川，乃差地設征，降民監德，乃自作配鄉民，成父母。生我王作臣，厥沫唯德，民好明德，寡顧在天下。用厥邵紹好，益幹懿德，康亡不懋。孝友，訏明經齊，好祀無。心好德，婚媾亦唯協。天釐用考，神復用祓祿，永禦於寧。遂公曰：民唯克用茲德，亡悔。」銘文的大意是：上天命大禹布治下土，隨山刊木，疏浚河川，以平定水患。隨之各地以水土條件爲據交納貢賦，百姓安居樂業。大禹恩德于民，百姓愛他如同父母。而今上天生我爲王，我的子臣們都要像大禹那樣，有德於民，並使之愈加完善。對父母要孝敬，兄弟間要和睦，祭祀要隆重，夫妻要和諧。這樣天必賜以壽，神必降以福祿，國家長治久安。作爲遂國的國公，我號召：大家都要按德行事，切不可輕慢。

「遂公盨」這篇銘文，一反其他青銅器銘文的老套，以大禹功德爲範例，寫出了君臣要爲政以德、民眾要以德行事，這是一篇有論有據、有頭有尾的政論文章。這不能不讓今人折服和震驚！更讓人震驚的是，銘文中的觀點乃至言詞竟和 700 年後的《尚書》、《詩經》等典籍文獻相一致！此前，人們對古帝大禹及大禹的功德是有所知曉的，因爲傳世文獻《尚書》、《詩經》等多有記載。經孔子編序的《尚書》的《夏書・禹貢》篇開首即曰：「禹敷土，隨山刊木，奠高山大川」。意即：大禹布治大地，沿大山砍木爲記，確定各州名山大河。孔子爲該篇作序時，也使用了「禹別九州，隨山浚川，任土作貢」的詞句，說大禹沿山砍木爲記，疏通江河，劃分九州，依據土地條件規定貢賦。《尚書》的《虞

〔註18〕余世誠：〈國寶「遂公盨」的發現及其史學價值〉，《中國石油大學學報》（社會科學版）2008 年 2 月第 24 卷第 1 期，頁 60～61。

書·益稷》篇更是記述了大禹治水的具體情況，文中再次出現了「隨山刊木」字句。關於「德政」，《尚書》的《虞書·大禹謨》篇記載了禹本人的高見：「德惟善政，政在養民。水、火、金、木、土、穀惟修，正德、利用、厚生惟和，九功惟敘。」意思是君主的美德在於搞好政事，政事的根本在於養護百姓。修水利、存火種、燎金屬、伐木材、開土地、種五穀，還有抓教育、厚民生、促和諧，這九件事要常講。

應該說，《尚書》對大禹的記述，對比堯、舜的記載是最多的。禹因有「治水大德」，才稱之為「大禹」。《尚書》肯定了大禹開創夏朝的歷史地位。可是，西元前213年秦始皇焚書坑儒，《尚書》等經典文獻被付之一炬，後來出現的各種《尚書》版本（包括本文前引的諸篇），真假難辨，可信度大失。近世學者對《尚書》（包括孔序）中有關大禹的敘述，持懷疑甚至否定者不乏其人。像郭沫若、范文瀾這樣的大史學家也認為，大禹和大禹治水都是「靠不住的傳說」。而今發現的「遂公盨」及其銘文，具有較大的史學價值，具體表現如下：

第一，把「遂公盨」的銘文要比孔子編序的《尚書》早幾百年，如果說《尚書》不可靠，「遂公盨」銘文還是比較可靠的。

第二，「遂公盨」的銘文與《尚書》中有關大禹的記述相對照，就不難發現，它們不僅內容、觀點相一致，且諸多文詞相同。「禹敷土，隨山浚川」的事蹟，用同樣的詞語傳頌了數百年，它至少證明瞭《尚書》及其「孔序」中相關大禹的文字，並非後人臆造。「遂公盨」為《尚書》等古文獻的真實性提供了證明。

第三，千古流芳的「大禹治水」、「大禹功德」，前記有兩千多年歷史的《尚書》經典，今又見於有近三千年歷史的青銅器之上，正可謂「銅證如山」！

「遂公盨」的發現和收藏，正應了「盛世出重器」、「天降祥瑞」的古言老話。在當今改革開放的盛世，先是「夏商周斷代工程」以輝煌的成果斷定了夏朝的存在，把中華民族的文明歷史向前延伸了一千二百多年，後又發現了「遂公盨」，印證了「斷代工程」的成果，並具體描繪了古帝大禹的光輝形象。這是多麼激動人心的盛事和祥瑞！

我們不僅要慶賀「遂公盨」的出土及其研究的重大成果，更要發揚大禹精神，以大禹精神鼓舞炎黃子孫努力振興中華民族。「遂公盨」銘文所記大禹的功德，最主要的就是他「隨山浚川」，抓了當時民之最初的「治水」這件大事、實事，促進了生產力的發展。過去有學者指出，大禹治水體現了「克服

自然，人定勝天的精神」【范文瀾：《中國通史》，北京：人民出版社，1978 年。】。其實，這種評價並非準確，也不全面。大禹治水的辦法是「浚」，是疏導，這一點非常重要。相傳大禹治水是在其父鯀以「堵截」之法失敗後，改用「疏導」才得以成功的。宋代學人陸游在《禹廟賦》中對此作過精彩評述：「世以己治水，而禹以水治水也。以己治水者，己與水交戰，決東而西溢，堤南而北圯。治於此而彼敗，紛萬緒之俱起。則溝澮可以殺人，濤瀾作於平地。此鯀所以殛死也。以水治水者，內不見己，外不見水，惟理之觀。」由此可見，大禹治水體現了樸素的科學發展觀，這是多麼可敬又多麼富有啓發性。在執政方面，大禹非常重視「德政」。「遂公盨」99 個字的銘文，其主旨就是以大禹爲典範論述「德」。「降民監德」。「厥沫唯德」，「民好明德」，「益幹懿德」，「心好德」，「民唯用茲德」，一連出現了 6 個「德」字。銘文倡導的是天人之間、君臣之間、官民之間、父子之間、兄弟之間、夫妻之間，「唯德」「唯協」，都要以德行事。《尚書》《虞書・大禹謨》篇中大禹那段「德惟善政」、「九功惟敘」的政綱，也是講「德政」的。可見，大禹追求的是那各時代以德維繫的和諧社會。這證明，早在三千年前，我們的祖先就崇尚「德政」了，這又是多麼可敬。

◎**楊善群**〔註 19〕：

　　近年發現的遂公盨銘，其銘文許多學者都已作考釋，並論其發現的重要意義【對於遂公盨銘文的考釋，就筆者所見，有以下幾家。李學勤：《論豳公盨及其重要意義》；裘錫圭：《豳公盨銘文考釋》；朱鳳瀚：《豳公盨銘文初釋》；李零：《論豳公盨發現的意義》。以上四文，均載《中國歷史文物》2002 年第 6 期。另有李學勤：《遂公盨與大禹治水傳說》，刊《中國社會科學院院報》2003 年 1 月 23 日。】。以前在金文中講到大禹的，只有春秋時代的秦公簋和齊侯鎛、鐘（或稱叔夷鎛、鐘），而且十分簡略：前者談到秦的先祖「宅禹跡」，後者談到成湯「鹹有九州，處禹之堵（土）」。這些，只能說明禹曾在西部地區活動，他擁有的疆土十分遼闊。遂公盨銘把金文對大禹的最早記述從春秋上推到西周中期，而且談到大禹治水的經歷，成爲大禹治水在金文中的證明。這對中國上古史的研究是十分珍貴的材料。不僅如此，據筆者研究，遂公盨

〔註 19〕楊善群：〈論遂公盨與大禹之「德」〉，《中華文化論壇》2008 年第 1 期，頁 5～6。

銘最重要的價值還在於它論證了大禹之「德」。這種「德」，是上古三代史上的最高境界，它是禹作出驚人業績的精神之源，一直傳到西周長盛不衰。

　　爲了便於論證，先將銘文釋讀於下。對於銘文的考釋，綜合各家意見，並參以己意。除特別重要者外，不一一注明出處。銘文盡量用現在通行的文字，爲節省篇幅，也不以銘文原樣分行。銘文曰：「天命禹敷土，隨山浚川，乃別方設征，降民監德，乃自作配饗（享），民成父母，生我王、作臣，厥貴唯德。民好明德，顧在天下。用厥昭好，益求懿德，康亡不懋。孝友訐明，經齊好祀無期。心好德，婚媾亦唯協。天釐用考，神復用祓祿，永御於寧。遂公曰：民唯克用茲德，亡悔。」上述銘文，有必要對其中一些詞語作些詮解。「敷」，各家釋爲「布」或「分」，實際當有治理之義。《禹貢》「禹敷土」，孔傳：「禹布治九州之土」，即以「敷」釋爲「治」。上古時代，對於天神的迷信特別盛行。國王稱爲「天子」，是受上天之命來治理天下的。大禹治水，也假託「天命」之意，實際上大禹是世間的人，不是神。「別方設征」即分別九州，設定貢賦。《書序》：「禹別九州，隨山浚川，任土作貢」，正與此銘相合。

◎班圖〔註20〕：

（一）銘文「天」字解

　　對銘文「天」字的解釋，大別有兩派意見：一派意見主張銘文中的「天」爲天神上帝，相應地，銘文中的禹就具有天神性，作器者爲豳公【裘錫圭：《豳公盨銘文考釋》，原載《中國歷史文物》2002 年第 6 期，收入氏著《中國出土文獻十講》（上海）復旦大學出版社，2004 年，第 46～77 頁；饒宗頤：《豳公盨與夏書佚篇（禹之總德）》，饒宗頤主編《華學》第六輯，（北京）紫禁城出版社，2003 年 6 月，第 1～6 頁；劉雨：《豳公考》，張光裕主編《第四屆國際中國古文字學研討會論文集》，（香港）香港中文大學中國語言及文學系，2003 年 10 月，第 97～106 頁。】；另一派意見則認爲「天」即堯舜，禹爲人王，作器者爲遂公【李學勤：《論豳公盨及其重要意義》，原載《中國歷史文物》2002 年第 6 期，收入氏著《中國古代文明研究》，（上海）華東師範大學出版社，2005 年，第 126～136 頁；周鳳五：《遂公盨銘初探》，《華學》第六輯，第 7～14 頁；

〔註20〕班圖：〈《豳公盨》銘文研究二題〉，《復旦大學出土文獻與古文字研究中心網站》，2008/3/10，http://www.gwz.fudan.edu.cn/SrcShow.asp?Src_ID=372。

江林昌:《虧公盨銘文的學術價值綜論》,《華學》第六輯,第35～49頁。】。前者是支持以顧詰剛先生爲代表的「古史辨派」學說的,後者則基本上是反「古史辨派」的。可見「天」字的正確釋讀,對理解銘文關係重大,不可不辨。爲了準確理解銘文的含義,我們採用「文獻考古學」的方法,把傳世文獻中與盨銘相關的文句作爲基本分析單位,將這些文句單位分爲不同的「類型」,然後根據文獻的年代建立時代先後的「層位」關係,考察其變化。

Ia:命禹者為天

《尚書·洪範》:「箕子乃言曰:我聞在昔,鯀陻洪水,汨陳其五行,帝乃震怒,不畀洪範九疇,彝倫攸斁。鯀則殛死,禹乃嗣興,天乃錫禹洪範九疇,彝倫攸敘。」從上下文看,「天」、「帝」可以互換,均指上帝。銘文說「天命禹敷土」,而《洪範》卻說「天乃錫禹洪範九疇,彝倫攸敘。」,雖然沒有直接說明禹敷土治水事,但從上文鯀失敗的敘述來看,《洪範》也是講禹治水之事,所以這裡的「命禹者」應爲「天」。《洪範》的成書年代,自劉節作《洪範疏證》並經梁啓超宣揚後,學界多以爲戰國時人的造作【劉節:《洪範疏證》,載顧詰剛編《古史辨》,(上海)上海古籍出版社,1982年,第五冊,第388～402頁;梁啓超《跋》,同前,第403頁。】。但據近年來學者的研究,其書並不僞,其年代可能早到商末周初,或至少也應是西周時期的作品【李學勤:《帛書〈五行〉與〈尚書·洪範〉》,收入氏著《簡帛佚籍與學術史》,(南昌)江西教育出版社,2001年,第278～286頁;李學勤:《叔多父盤與〈洪範〉》,饒宗頤主編《華學》第五輯,(廣州)中山大學出版社,2001年12月,第108～111頁;上揭裘錫圭文,《中國出土文獻十講》第69～70頁。】。所以,稱「天」命禹,當是西周時代比較普遍流行的說法,而這個「天」,無疑是指至上神上帝。

Ib:命禹者為帝或皇帝

《山海經·海內經》:「洪水滔天,鯀竊帝息壤以堙洪水,不待帝命,帝令祝融殺鯀於羽郊。鯀腹生禹,帝乃命禹卒布土,以定九州。」袁珂先生據《山海經》文本的內證,斷定「此帝自應是黃帝」,亦即上帝【袁珂:《山海經校注》,(成都)巴蜀書社,1993年,第536頁。】。其說甚是。《海內經》的年代,蒙文通先生以爲可早到西周【蒙文通:《略論〈山海經〉的寫作時代及其產生地域》,原載《中華文史論叢》第一輯(1962年8月),此據氏著《先秦諸子與理學》,

（桂林）廣西師範大學出版社，2006 年，第 224～253 頁。有關《山海經》成書年代的綜述，參看〔英〕魯惟一主編，李學勤等譯：《中國古代典籍導讀‧山海經》，（瀋陽）遼寧教育出版社，1997 年，第 383 頁。】我們試作比較，即可發現《山海經》與《洪範》的故事結構是相同的，都是鯀失敗禹成功，至於失敗和成功的原因，則諸說不同。《洪範》把鯀失敗的原因歸結帝「不畀洪範九疇，彝倫攸斁」，《海內經》說是「不待帝命」。但都是把成敗的原因看作上帝的旨意，而與鯀、禹治水方法沒有關係，這與後世通行的說法是相當不同的，應該是一種比較原始、早期的說法。

「命禹者」又為皇帝。《尚書‧呂刑》：「皇帝清問下民，鰥寡有辭于苗。……乃命三后恤功於民：伯夷降典，折民惟刑；禹平水土，主名山川；稷降播種，農殖嘉穀。」舊解「皇帝」或以為顓頊，或以為帝堯，或以為帝舜。顧詰剛先生指出當指上帝【顧詰剛：《討論古史答劉胡二先生》，顧詰剛編著：《古史辨》第一冊，第 106～107 頁；參看顧詰剛、劉起釪：《尚書校釋譯論》，（北京）中華書局，2005 年，第四冊，第 1948 頁。】。西周青銅器銘文《師詢簋》有「皇帝」，在《胡鐘》則稱：「佳皇上帝百神保餘小子」，「皇帝」當即「皇上帝」的省稱，《毛公鼎》則作「皇天」。「皇天」、「皇帝」、「皇上帝」均指上帝【參看郭沫若：《周彝中之傳統思想考》，收入氏著《金文叢考》，此據《中國現代學術經典‧郭沫若卷》，（石家莊）河北教育出版社，1996 年，第 401 頁。】。

《楚辭‧天問》中有大段講述鯀禹治水的文字，其中提到「順欲成功，帝何刑焉？」王注以為「帝謂帝堯」，朱熹不同意此說，認為「詳其文意，所謂帝者，似指上帝。」【詳參游國恩主編《天問纂義》，（北京）中華書局，1982 年，第 89、90 頁。】朱子的意見是對的，因為《天問》下文接敘「纂就前緒，遂成考功」，說明鯀禹治水前後相繼，並沒有治水方法的不同，這與《洪範》、《海內經》的故事背景相同【參看聞一多：《天問疏證》，（北京）中華書局，1982 年，第 89、90 頁。】。《天問》在「九州安錯？川谷何洿？」以下歷敘東南西北四方的種種傳說，文句甚長，舊解均未得其實，或以為錯簡。林庚先生以為其事均與大禹治水傳說相關【參看林庚：《林庚楚辭研究兩種‧〈天問〉論箋》，（北京）清華大學出版社，2006 年，地 190～198 頁。】。當是。在這種敘事背景下，「帝」非上帝不足以當之。《天問》乃屈原見楚「先王之廟及公卿祠堂」所「圖畫天地

山川神靈」，「呵而問之」【《楚辭》王逸注，見洪興祖：《楚辭補注》，（北京）中華書局，1983 年，第 85 頁。】，其成書雖晚，所載故事當有更早的來源。

IIa：命禹者爲堯

《國語・周語下》載太子晉的話說：「晉聞古之長民者，不墮山，不崇藪，不防川，不竇澤。……昔共工棄此道也，……欲壅防百川，墮高堙庳，以害天下。……其在有虞，有崇伯鯀，播其淫心，稱遂共之過，堯用殛之於羽山。其後伯禹念前之非度，……共之孫四嶽佐之，高高下下，疏川導滯，鍾水豐物，封崇九山，決汩九川，陂鄣九澤，豐殖九藪，汩越九原，宅居九隩，合通四海。……帥象禹之功，度之于軌儀，莫非嘉績，克厭帝心。皇天嘉之，祚以天下，賜姓曰姒，氏曰有夏。」這段記載比較複雜，從「堯用殛之于羽山」然後接著敘述「其後伯禹念前之非度」的文意看。「命禹」者應爲堯。但在後文中又說，由于禹和四岳治水取得成功，「莫非嘉績，克厭帝心」，於是「皇天嘉之」。韋昭注：「帝，天也。」又說：「堯賜禹姓姒，封之于夏。」【徐元浩：《國語集解》，（北京）中華書局，2002 年，第 96 頁。】韋昭的說法不確。按文中所述，堯、禹、四岳是一個層次，是人間帝王；帝和皇天是另一個層次，是上天之神。由于禹在人間治水成功，「莫非嘉績，克厭帝心」，從而得到上天的恩賜。人神之間的區別是很清楚的。這樣，在天地和禹之間，又插進了堯，命禹者實爲堯。這種說法在後世文獻有更爲明確的表達，如：劉歆《上山海經表》：「鯀既無功，而帝堯使禹繼之。」《鹽鐵論・論鄒》：「堯使禹爲司空，平水土，隨山刊木，定高下而序九州。」均直指命禹者爲堯。

IIb：命禹者爲舜

《大戴禮記・五帝德》：「宰我曰：請問帝舜。孔子曰：蟜牛之孫，瞽叟之子也，曰重華。好學孝友，聞于四海，陶家事親，寬裕溫良，敦敏而知時，冒天而愛民，恤遠而親親。承受大命，依于倪皇。叡明通知，爲天下工。使禹敷土，主名山川，以利于民。」這是古書中明確提到舜使禹敷土的記載。但在大部分文獻中，「命禹者」是堯或是舜並不明晰，這與堯舜禪讓的故事有關。爲了解這個問題，我們不妨看看古書中對堯、舜禪讓傳說在時間上是如何銜接的。《今本竹書紀年》載帝堯陶唐氏紀年有如下記錄【引見方詩銘、王修齡：《古本竹書紀年疏證》，（上海）上海古籍出版社，2005 年，第 207～209

頁。】：「十九年，命共工治河。六十一年，命崇伯鯀治河。七十三年春正月，舜受終于文祖。七十五年，司空禹治河。一百年，帝陟于陶。」《今本竹書紀年》向被看作僞書。近年來，隨著簡帛古書的大量出土，有學者爲《今本竹書紀年》翻案，認爲其書不僞，與《古本竹書紀年》是兩個不同的整理本子【近年爲《今本竹書紀年》翻案的文章很多，但以美籍學者夏含儀的成就最大，見《也談武王的卒年——兼論〈今本竹書紀年〉的眞僞》，原載《文史》第 29 輯，1988 年；《〈竹書紀年〉與周武王克商的年代》，原載《文史》第 38 輯，1994 年；《晉出公奔卒考——兼論〈竹書紀年〉的兩個纂本》，原載《上海博物館集刊》第 9 輯，2002 年；《〈竹書紀年〉的整理和整理本——兼論汲冢竹書的不同整理本》。四文並收入氏著《古史異觀》，（上海）上海古籍出版社，2005 年，第 362～482 頁。】。《今本竹書紀年》的眞僞問題在此不能詳論，但上述年代框架可以幫助我們理解古書中關於堯舜在禹治水問題上記載的分歧。在《今本竹書紀年》所記載的古史傳說系統中，堯禪讓舜是在 73 年，此年舜實際執政，但堯仍健在。三年之後的 75 年，乃有禹治水事。在此背景下，說堯命禹，可，因堯是名義上的「統治者」；說舜命禹，亦可，因舜是事實上的「領導者」。很顯然，這個古史的系統是禪讓學說興起之後的產物。以下我們分別列舉出土文獻和傳世文獻各一例，以示「舜命禹」與這個古史傳說系統的關聯性。上海博物館藏戰國楚竹書《容成氏》23+15 號簡：「舜聽政三年，山陵不疏，水潦不湝，乃立禹以爲司工（空），禹既已受命，乃卉服箁箁帽」，簡文後有殘缺，但與 24 號簡連讀後，意思是很清楚的，是講禹受舜命治水分州事【馬承源主編《上海博物館藏戰國楚竹書（二）》，（上海）上海古籍出版社，2002 年，第 261、268 頁；參看陳劍：《上博簡〈容成氏〉與古史傳說》，（台北）慶祝「中央研究院」歷史語言研究所成立七十五周年「中國南方文明」學術研討會論文，2003 年 12 月，第 8 頁。】。簡文明確講「舜聽政三年」，「乃立禹以爲司空」，這個「三年」，與《今本竹書紀年》所載是一致的。所以這裡的「禹既已受命」，當然是受舜的命。《孟子·滕文公上》：「當堯之時，天下猶未平，洪水橫流，氾濫於天下。……堯獨憂之，舉舜而敷治焉。舜使益掌火，益烈山澤而焚之，禽獸逃匿。禹疏九河，瀹濟、漯而注諸海，決汝、漢，排淮、泗而注之江，然後中國可得而食也。」在這個記載中，對於堯、

舜、禹的關係已經說得很清楚，乃是「當堯之時」，堯舉舜「敷治焉」，然後舜使禹「疏九河」。用今天比較通俗的話講，堯是名義上的領導，舜是直接領導、頂頭上司，禹是實際上的執行者。

在後來經過系統整理的古史體系中，堯——舜——禹是三個前後相繼的古帝王，堯禪舜、舜繼位，直到堯崩的那段時間就被抽空，於是命禹治水者就直接記載爲舜了。如在《尚書·堯典》記事中就將禹治水繫在堯崩舜繼之後，《史記·夏本紀》更明確說：「堯崩，帝舜問四岳曰：『有能成美堯之事者使居官？』皆曰：『伯禹爲司空，可成美堯之功。』舜曰……命禹……禹拜稽首……禹乃遂與益、后稷奉帝命，命諸侯百姓興人徒以傅山，行山表木，定高山大川。」這裡的「奉帝命」之「帝」，顯然是指舜。于是舜命禹敷土的古史模式得以確定下來，廣泛見載于後世史書。

上述Ⅰ類記載年代較早，大致與銘文同爲西周時期，「命禹者」乃是上帝的「天」或「帝」；Ⅱ類記載年代較晚，多在東周時期，「命禹者」則爲人王或舜。再從西周金文中的「天」字含義看，「天」也不能理解爲舜。上世紀30年代，郭沫若作《周彝中之傳統思想考》，統計20餘條金文，「天」均指至上神，沒有指人帝的，更不用說帝舜了【郭沫若：《周彝中之傳統思想考》，《中國現代學術經典·郭沫若卷》，第400～408頁。】。筆者另據張亞初編著《殷周金文集成引得》統計，「天」字凡425條，沒有一條是可以明確指代帝舜的【張亞初編著：《殷周金文集成引得》，（北京）中華書局，2001年，第271～275頁。】。所以，盨銘中的「天命禹敷土」之「天」只能理解作爲至上神的上帝，而不可理解爲作爲人王的帝舜。

（二）《齒公盨》銘文與《禹貢》

銘文中的「天」既指上帝，禹當然就具有天神性。「敷土」應按早年顧詰剛先生的解釋，釋作「布土」，即在洪水芒芒的大地上鋪放土地【顧詰剛：《討論古史答劉胡二先生》，《古史辨》第一冊，第110頁。】。銘文中的「陵」，《說文》：「敗城阜曰陵」，本意是指毀壞城牆。「陵山」當讀爲「墮山」，即鑿山之意，「浚川」即疏通河道，諸家解釋無異辭。銘文首句的意思是說，上帝命令禹在芒芒大地上鋪放土地，造成山川；然後鑿通阻擋水流的高山，疏通河道【銘文的解釋參看上揭裘錫圭文，另參張永山：《齒公盨銘「墮山濬川」考》，

《華學》第六輯，第 31～34 頁；師玉梅：《說「隨山濬川」之隨》，《古文字研究》第 25 輯，中華書局，2004 年，第 144～147 頁。諸家考釋中，只有朱鳳瀚先生把山前一字隸作「陶」，他把「陶山」讀作導山或掘山，仍是鑿山之義。見朱鳳瀚：《豳公盨銘文初釋》，《中國歷史文物》2002 年第 6 期，第 28～34 頁。】。但銘文的這個意思，在《禹貢》中被誤讀和改寫了。

　　早期傳世文獻將「敷土」與「隨山」連稱，似僅見于《尚書·禹貢》，今本作：「禹敷土，隨山刊木，奠高山大川。」「敷土」又寫作專土、尃土、傅土、布土、溥土【孫星衍：《尚書今古文注疏》，（北京）中華書局，1986 年，第 136頁；顧詰剛、劉起釪：《尚書校釋譯論》第二冊，第 524 頁。】，均爲同音假借字。僞孔傳釋曰：「洪水泛溢，禹分布治九州之土」。《史記·夏本紀》轉述《禹貢》，寫作「（禹）命諸侯百姓興人徒以傅土」，《集解》：「《尚書》『傅』字作『敷』。馬融曰：『敷，分也。』」《索隱》：「敷，分也，謂令人分布九州之土地也。」《索隱》此說可能也是出自馬融。《周禮·大司樂》鄭玄注：「敷，布也，布治九州之水土。」是兩漢經師大儒都將「禹敷土」與分九州聯繫在一起，他們之所以作如此解釋，實是受了《書序》的影響。《禹貢》篇前的小序（即《書序》）有云：「禹別九州，隨山濬川，任土作貢。」「隨山濬川」亦見《史記·河渠書》所引《夏書》，其文曰：「禹抑洪水十三年，過家不入門。陸行載車，水行載舟，泥行蹈毳，山行即橋。以別九州，隨山濬川，任土作貢。通九道，陂九澤，度九山。」《漢書·溝洫志》抄錄《史記》原文，只是個別文字上有改動。兩漢經師大儒如司馬遷、班固、鄭玄、劉歆、王充等都認爲《書序》爲孔子所作，無異辭。至宋儒朱熹，始疑秦漢間俗人低手所爲。受其影響，很多《尚書》本子都不收《書序》。《書序》是眞是僞，至今仍無定論【陳夢家大體認爲《書序》爲眞文獻，見氏著《尚書通論》，（北京）中華書局，1985 年，第 245～282 頁；劉起釪則力主百篇《書序》爲張霸僞造，參《尚書學史》，（北京）中華書局，1989 年，第 71～110 頁。最近的討論見徐有富：《〈書序〉考》，載李浩、賈三強主編《古代文獻的考證與詮釋——海峽兩岸古典文獻學國際學術會議論文集》，（上海）上海古籍出版社 2006 年，第 119～137 頁。】。

　　此外，由于《書序》的文字都多見于《史記》，《書序》與《史記》的關係也成爲經學史上聚訟不已的話題，有人認爲《史記》抄《書序》，因司馬遷曾從

孔安國受《尙書》；但也有人認爲《書序》抄《史記》。陳喬樅《今文尙書經說考・尙書序》（卅二上）以爲《史記》所引《夏書》即《禹貢・序》，今本所見，「蓋有闕文矣」【王先謙編《清經解續編》卷1115，（上海）上海古籍出版社，1988年，第4冊，第1140頁。】。這個看法爲陳夢家所采納【陳夢家：《尙書通論》，第270頁。】。但《河渠書》所述遠多于《書序》，其中「居外十三年」云云，亦見《孟子・滕文公上》：「陸行乘車」以下，當即《尙書・皋陶謨》之「予乘四載」，《說文》則引作《虞書》。《夏本紀》直敘其文，未云何書。至于「通九道」以下，見于《大戴禮・五帝德》。《太平御覽》卷82《皇王部》「夏禹」條引《書》曰：「禹別九州，隨山浚川，任土作貢。」可能也是引自《夏書》。《史記・河渠書》所引的《夏書》不見于今本，清人江聲《尙書集注音疏・尙書逸文》以爲「亦似《汨作》之文」【阮元編《清經解》卷401，（上海）上海書店出版社，1988年，第二冊，第944頁。】。《書序》：「帝釐下土方，設居方，別生分類，作《汨作》、《九貢》九篇、《槀飫》。」《汨作》今亡佚不存。劉起釪先生則以爲《史記・河渠書》所引《夏書》和《說文》所引《虞書》，當是另一篇夏書的逸文，它與《皋陶謨》、《禹貢》原是姐妹篇【劉起釪：《尙書學史》，第98～99頁。】。考察這些文句的流布，情形是很複雜，日本學者瀧川資言說：「史公堯舜三代記事，采《書序》尤多，《書序》蓋史官之筆，非孔子也。」【〔日〕瀧川資言：《史記會注考證》，（太原）北岳文藝出版社，1999年，第10冊，第5303頁。】。這個意見是值得重視的。從《〈公盨》銘文看，《書序》的來源甚古，當非後人所能僞造。拿《書序》與《禹貢》對照，「禹敷土」所對應的正是「禹別九州」，兩漢經師一方面還保留「敷」爲布之古訓，另一方面又與「禹別九州」相牽合，依違二者之間，從而大失「禹敷土」的本旨。

《禹貢》「隨山刊木」，《廣雅・釋詁》：「隨，行也。」《淮南子・修務訓》高誘注：「隨，循也。」循、行意近。《夏本紀》作「行山表木」，《索隱》：「表木，謂刊木立爲表記」。《漢志》作「隨山栞木」，師古曰：「栞，古刊字。」《說文》：「栞，槎識也。」段玉裁注：「槎，邪斫也；識者，邪斫所以爲表志。」謂禹循山而行，砍木作爲道路的標志。這是一解。《尙書・禹貢》孔疏引鄭玄注：「必隨州中之山而登之，除木爲道，以望觀所當治者，則規其形而度其功焉。」僞孔傳釋作：「隨行山林，斬木通道。」是說禹隨著山嶺的形勢，斬木通道，以

便治水。這是第二解。無論何解,「隨山刊木」之「隨山」均與銘文中的「墮山」有異,誠如學者所指出,這是鯀禹神話傳說隨時代推移,禹由天神演變爲人王的結果【前揭裘錫圭、張永山、師玉梅文。】。

　　受到上述說法的啓發,我懷疑《禹貢》中的「刊木」也有其神話背景。按長沙子彈庫楚帛書,中間有一篇八行的字,通常稱之爲《創世章》,經過眾多學者的研究,其內容大致可曉,大意是說:遠古之時,有熊伏戲出自顓頊,天地渾沌,「風雨是於」。乃娶某子之子「曰女媧,是生子四。」「爲禹爲萬,以司土壤,晷而步達,乃上下騰傳。山陵不疏,乃命山川四海,熱氣寒氣,以爲其疏」。於是「日月相代,乃止以爲歲,是惟四時。」以上是第一段,大概是講宇宙的誕生。帛書接著寫青、赤、黃、墨四木(按文意當在前)。又說:「千又百歲,日月允生,九州不平」,于是「四神乃作,至於復。天旁動,扞蔽之青木、赤木、黃木、白木、墨木之精。炎帝乃以四神降,奠三天繩,使保四極。」【研究楚帛書的論著甚多,參看李零:《長沙子彈庫戰國楚帛書研究》,(北京)中華書局,1985 年;劉信芳:《子彈庫楚墓出土文獻研究》,(台北)藝文印書館,2002 年。二書均刊列有詳細的參考文獻。對於其中的「禹」字的釋讀,學者間尚有不同意見。本文據各家說法擇善而從,釋文按讀法直接寫出,讀者欲引用,請覆核原文。】以上是第二段,講宇宙的再生。這篇講天地日月誕生的神話,似乎有兩次創世的過程:第一次創世,「山陵不疏,乃命山川四海,熱氣寒氣,以爲其疏」。第二次創世(宇宙復生)是在「千又百歲」之後,「日月允生,九州不平」,于是「扞蔽之青木、赤木、黃木、白木、墨木之精」。在帛書的四角,畫有青、赤、白、黑四木,正是帛書文字中提到的「五木」,五木而僅見四者,大約是中間的黃木與帛本顏色相同而不顯的緣故。可見禹「司土壤」,定天地之序,需要「五木」。《禹貢》「刊木」或即以此神話爲背景。但經《禹貢》編者的改造,在創世神話中作爲四季時間的標志和作爲地理方位標識的五木,乃被改造爲大禹治水循山的標志,此亦神話變人話的結果。

　　按今本《禹貢》的篇章結構,可以分爲三個部分,從「冀州既載壺口」至「西戎既敘」,是九州部分,或可稱爲《九州章》,相當於《書序》的「禹別九州」;從「導岍及岐」至「又東北至於河」,是導山導水的部分,或可稱爲《導山導水章》以下是一大段文字:「九州攸同,四隩既宅。……祇台德先,不距朕行。」然後是《五服章》,我懷疑「任土作貢」正是指「五服」之事。《國語·

周語上》：「保任戒懼」，韋昭注：「任，職也。」《大戴禮記·保傅》：「凡是其屬太師之任也」，王聘珍解詁：「任，職任也」。《漢書·賈山傳》：「百姓任罷」，師古曰：「任，謂役事也。」「任土」即服王事。《五服章》根據地理位置的遠近和與王的親疏程度而將天下分爲五個部分（五服），每個部分對王所承擔的責任和義務各不相同。此即所謂服王事也。清儒或以爲原文脫「禹」字，本作「任土」，作《禹貢》【清儒持此論甚多，當以段玉裁最早，參看段玉裁：《古文尚書撰異》，《清經解》卷 599，第四冊，第 117 業。劉逢祿《書序述聞》則以爲「作貢」即「作《禹貢》也」，《清經解續編》卷 321，第二冊，第 318 頁。】。若此，則《書序》「別九州」、「隨山浚川」、「任土」分別對應《禹貢》三章，若合符節。《禹貢》最後以「東漸于海……告厥成功」結尾。過去研究《禹貢》的學者，以爲《九州章》、《導山導水章》、《五服章》三章是禹治水時的實錄，而連綴這三章的開頭、中間和結尾的三段文字爲「史官」所加入，比如傅寅《禹貢說斷》卷 1 引張式（張九成）就說：「此一篇以爲史官所記邪？而其間治水曲折，固非史官所能知也。竊意『禹敷土，隨山刊木，奠高山大川』，此史辭也。」「史辭」即「史官之辭」。當今學者論《禹貢》開篇十二字時亦云：「以這樣精煉的三句作爲全篇總綱，是當初《禹貢》編定者拿當時這篇地理專著來作爲禹治水『分下土方』勳業的記錄時加上的。」【顧頡剛、劉起釪：《尚書校釋譯論》，第二冊，第 527 頁。】過去學者稱《禹貢》三章爲禹時實錄雖未必確當，但對《禹貢》的結構認識，應該是正確的。

《禹貢》「禹敷土，隨山刊木，奠高山大川」和《書序》「禹別九州，隨山浚川，任土作貢」既然都是史官之辭，《齯公盨》銘文「天命禹敷土，隨山浚川」當然也可以看作是史官之辭。事實上，從整個銘文看，敘述的重點並不是「禹敷土」這件事，而是在強調「德」的重要性。銘文開頭提到禹事，無非是作爲敘述的引子，作者眞正想說的，並不是大禹治水，而是「唯民克用茲德」。「禹敷土」在銘文中的敘事結構中的作用，類似于《詩經》的比興，這種用法，與禹在《詩經》中的敘事模式是一致的【參看〔日〕大野圭介：《論〈詩經〉中的禹》，載中國詩經學會編《詩經研究叢刊》第三輯，（北京）學苑出版社，2002年，第 246～248 頁。】。不僅如此，銘文中的齯公，應該就是《詩·齯譜》提到的齯公，亦即周先祖太王。《孟子·梁惠王下》：

昔者大王居邠（晏按：邠即豳），狄人侵之。事之以皮幣，不得免
焉；事之以犬馬，不得免焉；事之以珠玉，不得免焉。乃屬其耆老
而告之曰：『狄人之所欲者，吾土地也。吾聞之也：君子不以其所
以養人者害人。二三子何患乎無君？我將去之。』去邠，踰梁山，
邑于岐山之下居焉。邠人曰：『仁人也，不可失也。』從之者如歸
市。

此處「仁」者，即德也。《孟子・告子上》載孟子曰：「《詩》云：『既醉以酒，
既飽以德。』言飽乎仁義也。」以德稱仁義。《大雅・文王》：「商之孫子，其
麗不億。上帝既命，侯服于周。」毛傳：「盛德不可爲眾也」，而《孟子・離
婁上》引此詩並附孔子曰：「仁不可爲眾也。」凡此皆可證，孟子之「仁」即
爲「德」。此事在《莊子・讓王》亦有載，大王亶父的話作：「與人之兄居而
殺其弟，與人之父居而殺其子，吾不忍也。子皆勉居矣。爲吾臣與爲狄人臣，
奚以異。且吾聞之：不以所用養害所養。」銘文稱豳公曰：「民唯克用茲德，
無悔！」正是以大王遷岐山爲背景的。明乎此，則「豳公曰」只是史官引述
豳公之言，它與《論語・季氏》、《左傳・隱公六年》引「周任有言」，《孟子・
盡心上》引「伊尹曰」，《國語・周語下》引「史佚有言」如出一轍。與《禮
記・緇衣》大部分篇章的行文格式也是一致的。上海博物館藏戰國楚竹書《用
曰》篇【馬承源主編《上海博物館藏戰國楚竹書（六）》，（上海）上海古籍出
版社，2007 年，第 285～306 頁。】，其行文格式也同于此。所以，這個「豳
公」根本就不是作器者，整篇銘文也不是講某件具體的事，而是一篇眞正的
「古書」【研究《豳公盨》銘文諸家，只有李零先生提到盨銘類似「古書」。
見李零：《論𢕟公盨發現的意義》，《中國歷史文物》2002 年第 6 期，第 35～45
頁。此外，美國學者夏含夷亦有專文討論此銘的性質，惜未及見。Edward L.
Shaughnessy（夏含夷）：《The Bin Gong Xu Inscription and the Beginnings of the
Chinese Literary Tradition》，in The Harvard-Yenching Library 75th Anniversary
Memorial Volume，ed.Wilt Idema（Cambridge Mass：Harvard university Press，
in press）】。其中提到的「禹敷土」事當有更古老的淵源，或者出自周史官所
保存的典冊，或即《夏書》的一部分。大禹治水的神話傳說，亦當早于西周
中期以前。

◎劉雨〔註21〕：

專土：敷土，安排下土，重整河山。隨山：順隨山勢。蓋疏浚河流必須根據山勢走向。【隨，見李學勤文，《中國歷史文物》2002 年 6 期。】差方設征：即《禹貢》之區分九州方位，並根據九州的地理及土質，確定貢賦。其中「執」與「設」音近互通。【差，見李學勤文，《中國歷史文物》2002 年 6 期；設，見球錫圭文，《中國歷史文物》2002 年 6 期。】

◎陳英傑〔註22〕：

「敷土」就是「布土」，顧頡剛〔註23〕、袁珂〔註24〕、裘錫圭等都認爲「土」指的就是息壤，「敷土」就是用息壤堙塡洪水。說可從。【朱鳳瀚從漢儒訓「敷」爲「分」，即別九州。李零亦讀爲「布土」，但認爲意思是「上天授命禹，讓他來部署和規劃天下的土地」。依《容成氏》，「九州」在大禹治水之前就已存在，只不過洪水得到治理之後，九州「始可處也」（馬承源主編《上海博物館藏戰國楚竹書（二）·容成氏》24～28 簡）。李零等的看法是過於遷就大禹均定九州的傳統認識。】

關於「陸山」，李學勤、裘錫圭、羅琨、張永山等都予以特別關注。我們認

〔註21〕劉雨著：《金文論集·𩰱公考》（北京：紫禁城出版社，2008 年），頁 327～328。

〔註22〕陳英傑著：《西周金文作器用途銘辭研究（下）·𩰱公盨考釋》（北京：線裝書局，2008 年 10 月），頁 576～580。其相關篇章又見《𩰱公盨銘文再考》，《語言科學》2008 年 1 月第 7 卷第 1 期（總第 32 期），頁 63～76；陳英傑：〈𩰱公盨銘文再考(上)〉，《復旦大學出土文獻與古文字研究中心網站》，2008/4/28，http://www.gwz.fudan.edu.cn/SrcShow.asp?Src_ID=417。

〔註23〕「布」就是「敷」，也就是今語的「放」。顧頡剛《息壤考》一文收錄於周寶宏著：《近出西周金文集釋》（天津：天津古籍出版社，2005 年），頁 233。

〔註24〕神話中的「布土」兩個字。「土」無疑就是鯀從天帝那裡竊取來的息壤，經過鯀禹父子的鬥爭，天帝不得不被迫批准使用它。這就是說，神話中禹以子承父業，平治洪水，主要使用的仍然是息壤這個法寶，去填堵，去堙塞，而非後來的一些歷史學家所說，什麼鯀用「堙」而禹使用「疏」，所以鯀失敗了，而禹成功了云云。其實古神話中鯀禹父子最初的所作所爲完全是一致的。禹承父業平治洪水主要還是用堙而不是用疏，後來才堙疏並用，到了講述他純用疏導治水的時候，已是唐宋而後的晚近之世的事了。袁珂：《中國神話通論·禹承父業》（成都：巴蜀書社，1993 年），頁 258～260。

爲裘氏之「墮山」即「墮高堙庳」的意見可從。或解「陸山」爲掘山、鑿山，認爲「陸山」的目的是「濬川」，似不妥。

「![字]」字，裘氏分析從水從「濬」字初文，○（「圓」之初文）是加注的音符。我們以爲從水從「璿」之初文，○是表玉之義符，金文中「![字]」〔註25〕（玕）字就從此義符。此字可跟訓匜（10285）法律名詞「![字]」聯繫起來，從中尋求匜銘釋證的音讀線索。還可聯繫師寰簋（4313～4314）「![字]（丕邦畮）」字和《類篇》攴部之「![字]」【訓「裁至也」，疑「至」當借作「制」，原意當爲「裁制」，即裁決義。】及《改倂四聲篇海》貝部之「![字]」【原書引《餘文》訓「害物貪財也」。】，從斤或攴或刀或又構意相同。訓匜爲「裁決」義，師寰簋爲「害、殺」義，均取義於「奴【《說文》訓「殘穿也」，清徐灝《說文解字注箋》：「凡有所穿鑿亦曰奴。」】」。訓匜中當是法律名詞「裁決」義的專用字，字本從「鼎」，有「刻銘於鼎」之義，後「鼎」旁訛爲與之形近的「貝」。上博簡（三）《周易》54 簡「渙卦」，卦名今本作「渙」，簡本作![字]，或省廾（雙手形）作，注者以爲從爰得聲【馬承源主編《上海博物館藏戰國楚竹書（三）》209 頁】。璿上古音邪母元部，爰屬匣母元部，渙屬曉母元部，邪母與喉音關係密切。如祥爲邪母字，從喻母字羊得聲。「濬」字上古當歸元部，後世轉入文、眞二部，《正字通》：「濬，通作浚。」上博簡字左所從當是叡（《說文》籀文作叡、古文作睿），此字含有「深」的義素，叡爲「深明也，通也」，濬爲「深通川也」（均據《說文》），《尙書‧洪範》：「視曰明，聽曰聰，思曰睿。」孔傳：「必通於微。」孔穎達疏：「王肅云：睿，通也，思慮苦其不深，故必深思使通於微也。」簡文似當用「深明」、「深通」、「通達」之義，不必解爲「渙散」。「濬川」就是疏通水道。銘文記錄了大禹治水的三種方法。

![字]，我們認爲即![字]（彔伯簋【《金文編》707 頁。所從兩手位置不一。】）之簡省寫法，其釋讀依從陳劍意見【陳劍《據郭店簡釋讀西周金文一例》，《北京大學中國古文獻研究中心集刊》第 2 輯。】，盨銘應讀爲「擣」，擊義。或讀爲「討伐」之「討」。

《詩經‧商頌‧長發》云「洪水芒芒，禹敷下土方」，鄭箋：「乃用禹敷下

〔註25〕玕，從○。此字收錄於容庚編著，張振林、馬國權摹補《金文編》（北京：中華書局，1985 年），頁 26。

土、正四方、定諸夏。」《楚辭・天問》亦云「禹之力獻功，降省下土四方。」據此，大禹還有「正四方」之事。又《墨子・兼愛下》：「禹之征有苗也，非以求以重富貴、干福祿、樂耳目也，以求興天下之利，除天下之害。」又《非攻下》：「昔者禹征有苗，湯伐桀，武王伐紂。」又《節葬下》：「禹東教乎九夷（道死，葬會稽之山）。」《莊子・人間世》：「禹攻有扈。」《荀子・議兵》：「禹伐共工。」又《成相》：「禹有功，抑下鴻，辟除民害逐共公。」所謂的「擣方」，可能跟這些傳說有關。「方」在金文中多指方國，如「方蠻」（牆盤）、「鬼方」、「人方」、「井方」、「虎方」、「不廷方」等，最多見者爲「四方」（牆盤有云「遹正四方」），義指天下。郭店楚簡《緇衣》12 簡「四方忎（順）之」，上博簡（一）《緇衣》7 號簡異文作「四或（國）川（順）之」此銘中「方」當指四方諸侯或跟禹敵對的勢力。【彭曦《逨盤銘文的註譯及簡析》（《寶雞文理學院學報》2003年 5 期）談到「方」字兩種異體寫法「𤃉」和「𤂖」時說，用於「四方」及周域內之方時只用前者，決不用後者，彭氏認爲「𤂖」專指叛周之方國。這爲「擣方」之釋添加了一條有力證據。】

　　「方」字中間筆畫作兩斜筆上揚，與「方」字中央一橫筆平直有別，所以有的學者隸爲「象」，讀爲「地」（李學勤），馮時認爲「旁」字所從以及「方」字寫法微異【參《金文編》7 頁「旁」、614 頁「方」。】盨銘寫法有兩種可能，一是存在沖範現象，二是書手故意求異，第二種可能性更大。師詢簋（4342 西中）「皇帝」之「帝」作𤓰（宋人摹本），寡子卣（5392 西中）蓋銘之 （《金文編》6 頁摹爲𤓰）、應公鼎（《華夏考古》2007 年 1 期）之 也有這種寫作態勢。師酉簋（4288～4291 西中）、師虎簋（4316 西中）、繁卣（5430 西中前段）之「啻」分別作𤔲、𤔲（《金文編》67 頁）、。「录」字也有這種寫法，如師晨鼎（2817 西中）、戲者鼎（2662 西中，《金文編》摹爲𤓰）。宰甫卣（5395商晚）蓋銘之 ，器銘作 ，也是同類例證。方、帝、录、𠦪所共具的 ⊢⊣ 構件呈現出相同的演變趨勢，可證「方」字之釋的合理性【陳劍在《據郭店簡釋讀西周金文一例》（《北京大學古文獻研究中心集刊》第 2 輯，2001 年 4 月）所說的𤔲——𤔲等筆畫由曲變直的字形演變情況也可作爲「方」字所從筆畫由直變曲的旁證。此文收入其論文集《甲骨金文考釋論集》中時，加了「編按」，已提及寡子卣之帝、師酉簋之啻，見 37 頁。】。

既然下土得以敷治，四方諸侯平定，下面的事就是「任土作貢」（見《尙書・禹貢序》）了。「埶（設）征」之「埶」讀爲「設」，是依據裘氏意見。李學勤認爲「設征」是規定各自的貢賦，可從。「設征」之前當有過武力戰爭，這就是「撟方」。

◎岳紅琴〔註26〕：

銘文開篇之言，「天命禹敷土，隨山浚川，迺差地方征……」【關於此銘的考釋，學術界還有不同的看法，但其意思大體相近。本文主要採用的是李學勤的觀點。】與《禹貢》開篇「禹敷土，隨山刊木，奠高山大川」及《書序》「禹別九州，隨山浚川，任土作貢」有驚人的相似之處。《書序》用「任土作貢」概括《禹貢》的主要內容，豳公盨銘文所用的是「差地設征」。「征」，《左傳》僖公十五年注：「賦也。」「差地」是區別不同的土地，「設征」是規定各地的貢賦，一如《國語・齊語》所說的「相地而衰征」。

◎佳瑜按：

根據目前所見的各式有銘青銅器，盨的數量相對而言彌足珍貴，學者分析盨之爲器，不見三禮。其器晚出，至西周後期始有之，與簠同。然春秋戰國期復不見有此類器，其行用之時期至短。〔註27〕器形通體圓角長方形，皆有蓋。較晚期的盨蓋、器口部多有竊曲或重環紋帶，蓋頂部與腹部多作瓦紋。可分三型：A 型半環耳：Aa 型半環耳較大，上端接于口沿下，下端接于下腹部、Ab 型小半環耳，上下端均接于上腹部口沿下。B 型附耳。〔註28〕對於保利藝術博物館所購藏的這件失蓋附耳銅盨，學界多半認爲年代斷爲西周中期偏晚，此說可從。

從使用概況來看，盛放黍稷等一類食器，如簋、簠、敦、豆等諸器，文獻

〔註26〕岳紅琴：〈豳公盨與《禹貢》成書時代〉，《中原文物》2009 年第 3 期，頁 65。

〔註27〕容希白：《商周彝器通考》（台灣：大通書局，1973 年），頁 360。

〔註28〕朱鳳瀚：《中國青銅器綜論・青銅器的分類與定名（上）》（上海：上海古籍出版社，2009 年 12 月。），頁 136～137。又，關於盨的用途及型制差異，王世民、陳公柔、張長壽等著《西周銅器分期斷代研究》（北京：文物出版社，1999 年 11 月），頁 102～109。一書也有相關的分析研究，當中將其型制分爲二型：I 型附耳盨、II 型半環耳盨。其用以盛放黍、稷、稻、梁。特點爲器體橢方形，蓋可卻置。

上皆有所記載，如《禮記‧禮運》：「君與夫人交獻，以嘉魂魄。是謂合莫。然後退而合亨，體其犬豕牛羊，實其簠、簋、籩、豆、鉶羹，祝以孝告，嘏以慈告。是謂大祥。」〔註29〕又《禮記‧明堂位》：「有虞氏之兩敦，夏后氏之四璉，殷之六瑚，周之八簋。」〔註30〕典籍上所記載之上述諸器，本身除可當爲祭祀禮器使用外同時亦爲食器之一種，同時也反映出周人按等級差別，對祭祀的品類、時間、數量多少都有明確劃分，祭祀活動中的樂舞、器皿、祭品都在強調一種宗法等級，社會秩序。〔註31〕相對而言西周中期近晚出現的盨爲何不見於傳統文獻記載，盨、簋雖同爲盛黍稻粱的食器，銅盨卻漸次不爲所用，而簋、簠等食器仍爲日常所用之器物，當中的原因值得探索一番，據張懋鎔云：

> 西周晚期是銅盨數量最多、樣式最爲豐富的時期，從頂峰跌入谷底，
> 唯一的解釋是西周王朝的滅亡帶來的打擊太大。在盨與簋同出的情
> 況下，盨具有提升食器在整個禮器組合中的地位的作用。但這兩種
> 組合形式並不是常見者，簋與鼎的組合依然是西周時期食器的最基
> 本的組合形式，簋始終是西周青銅禮器組合中的核心器物。銅簋地
> 出土地域很廣，而銅盨主要出土在以關中爲中心的宗周地區，銅盨
> 主要在中層以上貴族中行用，而西周覆滅，對中上層貴族打擊極大，
> 使銅盨文化突然崩潰。其它食器如盆、簠、敦也對盨有影響。敦是
> 春秋中期新興的食器，鼎敦結合幾乎代替鼎簋結合，成爲食器的基
> 本組合形式。在取代簋的同時，自然也取代了盨。〔註32〕

茲就上述歸結的相關因素導致銅盨漸退流行而乏人問津，以致於盛行時期短，導致在春秋戰國時期不復見，據此盨流行的時間主要集中在西周中晚期，又，如今所得見的這件齒公銅盨，將之與近似型制互爲參照，如西周中、晚期所出的趞叔吉父盨〔註33〕、杜伯盨〔註34〕，如下圖所示：

〔註29〕清‧阮元：《十三經注疏‧禮記》（台北：藝文印書館，1985年），頁417。

〔註30〕同注29，頁582。

〔註31〕柯昊：〈西周祭祀中所見「三緣」倫理社會結構探緣〉，《寶雞文理學院學報》2010年12月第6期，頁42。

〔註32〕張懋鎔：《古文字與青銅器論集‧第二輯》（北京：科學出版社，2006年），頁95～96。

〔註33〕口略斂，有蓋，蓋頂四隅設征矩形方塊，却置爲一長方盤、腹部略鼓，兩側設螺

（西周中期，趞叔吉父盨）

（西周晚期，杜伯盨）

（夒公盨）

從型制上來看，除了西周晚期的杜伯盨整體外觀尤其是器身的部分略顯低矮以外，總的來說盨的型制變化不大，其口沿下皆有裝飾一圈腹紋、器末附座雖有器口，仍可看出應為有意識的裝飾使用，銅盨上的各式飾紋亦可看出此時的青銅雕鏤技術應該已達相當水準，故而數量是最多且樣式最為豐富，此外夒公盨的左右兩側圈形獸環耳並未下接至腹底部，略顯趨於精美細緻的現象，是否也代表著器物本身應該兼具實用與審美這兩種需求，又夒公盨器身整體介於兩者之間，其下部的器口略為有意識雕鏤成「M」之形式，據此判斷夒公盨應當是

旋形角的龍首耳。下承圈足，每一邊中間都設長方形缺口，末端外撇。蓋緣及器口沿各飾鉤連獸體紋，其餘部位作橫條溝紋。上述資料及彩圖載於陳佩芬：《夏商周青銅器研究》（上海：上海古籍出版，2004 年 12 月），頁 338～339。

〔註34〕斂口，本館所藏兩器皆失蓋，鼓腹下承圈足，其前後各設一長方形缺口，腹兩側設獸首耳，口沿飾獸體卷曲紋一週。上述資料及彩圖載於陳佩芬：《夏商周青銅器研究》（上海：上海古籍出版，2004 年 12 月），頁 518～519。

介於西周中期偏晚之間的器物。

　　「尃」，孳乳爲敷〔註35〕，《說文》：「尃，布也。」〔註36〕關於「天令（命）禹敷土」，按照顧頡剛先生的看法敷是動詞，鋪放之意。〔註37〕對於「敷土」之說，裘錫圭先生指以息壤堙填洪水，此說可從，郭璞注《山海經·海內經》時有所說明：「息壤者，言土自長息無限，故可以塞洪水也。開筮曰：滔滔洪水，無所止極，伯鯀乃以息石息壤，以填洪水。」〔註38〕那麼「言土自長息無限」所說的應是形容「息壤」的特性，筆者認爲其特性是否類似膨脹土這一類的泥土，根據學者的分析這種土的成分主要由強親水性礦物蒙脫石、伊利石組成，具有顯著的反覆脹縮性和多裂性。〔註39〕可使用來克服洪水之災，故「敷土」應該是指利用土壤親水的特性鋪蓋於地表之上，防止洪水持續沖刷土壤，爲防洪禍的方法之一。

　　「墮」字「從阜，從二又、二土」從字形看來就象兩手掘土令其傾倒落之，隸爲「隓」，關於此字的解釋，裘錫圭先生認爲是「墮」的初文，所從「圣」後來變爲「左」由於形近的緣故，「隓」，《說文》：「敗城阜曰隓，從𨸏㦳聲」〔註40〕「隓山」即「墮高堙庳」，此說具有啓發性，裘說可從，按照文意推斷「墮高堙庳」與上文的「敷土」皆爲禹治理水患的方法之一，所謂的「墮高堙庳」應該是說將石塊泥土等這一類的物質使其崩落並逐層疊高，用來湮沒低窪之處，形成一層防護的治水方法，又李學勤先生指出銘文此字與西周中期的五祀衛鼎「嗣土邑人趞，嗣馬頲人邦，嗣工墮矩。」之「墮」近似同形，由上下文意來看，三嗣分別爲嗣土（司徒）、嗣馬（司馬）、嗣工（司工）職官名稱，故五祀衛鼎之「墮」字應爲名詞當人名來使用。

〔註35〕周法高：《金文詁林補》（台北：中央研究院歷史語言研究所，1982 年），頁 829。

〔註36〕清·段玉裁：《說文解字注》（台北：漢京文化事業有限公司，1980 年）。頁 122（三下三十）。

〔註37〕顧頡剛：《古史辨（第一冊）》（海口市：海南出版社，2005 年 5 月），頁 112。

〔註38〕郭樸撰：《山海經》（北京：中華書局，1985 年），頁 140。

〔註39〕魯潔：〈原狀與重塑膨脹土增濕變形特性研究〉，《陝西建築學報》2008 年 8 月第 158 期，頁 37～39。

〔註40〕清·段玉裁：《說文解字注》（台北：漢京文化事業有限公司，1980 年）。頁 740（十四下六）。

「■」字「從叔、從水、從○」，「叔」，《說文》：「殘穿也，從又卢。」
〔註41〕從構形來看此字或可隸爲「叡」，「睿」義爲「深通川也。」或從水作
「濬」有「深明也，通也」之義。故「濬川」所指的應爲禹治水所使用的第
三種方法，挖鑿溝渠使洪水得以疏通不至於釀成更大的災禍。關於「■」字，
茲就相關字形歸納如下〔註42〕：

差	拜	莽	釐	本盨
■ ■	■ ■	■ ■	■ ■	■

從上列字表對比之後，顯著特徵便是各字部件如右所示「■、■、■、■」多
與「■」寫法近似，無論從字形或其用法「釐」、「差」、「拜」皆不適切故可排
除，首先「釐」字，《說文》：「家福也，從里氂聲。」〔註43〕又銘文內證「天釐
用考」所指應是祈求上天賜福或上天賜福於……等祈福之類語氣，且「釐」字
作「■」既有其字則應無需另以相異字型區隔並且與「■」字形不似，此外從
文意判斷「乃某方設征」之「某」（按：某即■字。）所指是否近似《詩經·
商頌·桓》所云：「于以四方，克定厥家。」〔註44〕之義。

　　倘若推斷無誤，據此訓讀爲「差」或「拜」勢必存在一定問題，按照夏淥
先生的分析，「差」的初字，是從麥（或省）從左（同佐），通過「磨治麥粒」、
「加工麥粒」的典型事例，來概括代表一般以手搓物的「搓」的概念，〔註45〕
又《說文》：「貳也，差不相值也。」〔註46〕茲就相關銘文用法如：「王命同差右
吳大父。」（同簋）或「攻敔王夫差自乍其用戈。」（攻敔王夫差戈）等例，據

〔註41〕清·段玉裁：《說文解字注》（台北：漢京文化事業有限公司，1980 年）。頁 163（四
　　　　下七）。

〔註42〕上列字形分別依序見《金文編》頁 311、774～776、706～707、890～891。

〔註43〕清·段玉裁：《說文解字注》（台北：漢京文化事業有限公司，1980 年）。頁 701（十
　　　　三下四十一）。

〔註44〕清·阮元：《十三經注疏·詩經》（台北：藝文印書館，1985 年），頁 752。

〔註45〕曾憲通：《古文字與漢語史論集》（廣州：中山大學出版社，2002 年），頁 53。

〔註46〕同注 43，頁 202（五上二十四）。

此來看「差」同時兼有「磨治」、「差錯」、「人名」、「輔佐」等之義，尙且未見與銘文用法相似之銅器銘文，那麼既然是「乃某方設征」而其主語又是「天命禹⋯⋯」故「輔佐方國」便與銘文相互矛盾了，再者「拜」多有尊敬、拜受之義如：「庚拜頴首，對揚王休。」（庚祭鼎）或「康拜頴首。」（康鼎）等例，「拜頴首」一般皆爲答謝天子賞賜所使用的拜禮儀式，「實拜禮中最原始之專名，其義當爲先跪地，兩手拱於胸前，然後拜頭至手，再俯身據掌於地，然後拜頭至手。」〔註47〕既然能使四方諸國歸順的大國，則所謂的「拜方設征」肯定不合乎正常邏輯。

綜合以上，筆者認爲「🉐」字應爲「莽」，與「🉐、🉐」等一系列字之其差別在於豎畫上省簡「八」筆畫，應可視爲同系列之字，讀爲「禱」。根據西周春秋金文中邾國「曹」姓的本字寫作從「莽」得聲的「嬼」，結合莽字字形的演變情況，可以斷定「莽」的篆形中「本」才是聲符，「本」與「禱」讀音相近，故「莽」在甲骨金文中可以表示「禱」這個詞。〔註48〕冀小軍先生已經指出「本」爲透母幽部字，「嬼」從「莽」聲讀爲「曹」，「曹」爲從母幽部字，〔註49〕故銘文讀爲「禱」是適切的，其義於此理解爲「馴化」、「安撫」之義。

銘文開宗即言「天命禹敷土、隨山、濬川，乃禱方設征」，「天命」思想爲此時期的一個重要核心觀念，在周人的認知上皇天是無親的，所以「天」不會特定的偏好某一方國或者某一人事物，「天」所衡量的依據是在於「敬德保民」這個基礎上而選擇符合標準的人來治理天下，而「禹」則是一個代表性的人物，故《尙書・多方》裡云：「天惟時求民主，乃大降顯休命于成湯，刑殄有夏。」〔註50〕又《史記・夏本紀》載云：「禹爲人敏給克勤，其惠不違，其人可親，其言可信。聲爲律，身爲度，稱以出。亹亹穆穆，爲綱爲紀。禹乃遂與益、后稷

〔註47〕張光裕：《雪齋學術論文集》（台北：藝文印書館，1989 年 9 月），頁 245～251。

〔註48〕關於此字訓讀，可參見陳劍〈據郭店簡釋讀西周金文一例〉收錄於《甲骨金文考釋論集》（北京：線裝書局，2007 年 5 月），頁 20～37。

〔註49〕冀小軍：〈說甲骨金文中表祈求義的莽字——兼談莽字在金文車飾名稱中的用法〉，《湖北大學學報》1991 年第 1 期，頁 39。

〔註50〕顧頡剛、劉起釪著：《尙書校釋譯論（第四冊）》（北京：中華書局，2005 年 4 月），頁 1610。

奉帝命，命諸侯百姓，興人徒以傅土，行山表木，定高山大川。」〔註51〕上述皆在說明「禹」自己本身的人事作為，皆符合天選擇統治者的標準「不違德」，另一方面，在面臨泛濫成災的洪患問題，禹受天命進行水患的根治，為了克服天災防堵災情的擴大，循序漸進的使用「敷土」、「隨山」、「濬川」三種方法著手進行洪災整治。

　　換言之在周人的思想中，認為天隨時都在尋找適合的人來擔負重任，也代表著天主宰著一切人事，而天所命的這個人便是如禹這般英雄人物，銘文應是藉禹之形象為鋪陳承上啟下，視角主要是以在上位者而言，所謂的英雄他所關注的事物是放眼於普天之下，而且是以大眾福祉為目標，能忍人所不能忍之事，並且本身具有極高的德行修養，故而禹能「堙洪水十三年，過家不入門，陸行載車，水行乘車，泥行乘毳，山行則梮，以別九州，隨山浚川，任土作貢。」〔註52〕禹之所以能成就水患的根治，除了具有雄才大略及超乎常人堅毅的能力之外，其自身的德性亦可當為眾人的表率，並且具備很強的人格形象，故能完成艱鉅的任務，使得國家安定社會恢復太平，呈現百花齊放的豐饒景象。相對而言對待四方諸侯輔以「柔遠能邇」的政策，於此的基礎上也就能夠達到「禱方設征」的目標，使得四方的諸國願意尊其為正統，方能設郡征貢，得令天下百姓以安居樂業。

（二）降民監德，廼自作配卿（享）。民成父女（母），生我王，作臣。

　　諸家說法如下：

◎李學勤〔註53〕：

　　「卿」即「饗」，或作「享」。「女」通「母」字，古文字常見，參看《金文

〔註51〕瀧川龜太郎著：《史記會注考證》（台北：大安出版社，1998年），頁36～37。

〔註52〕成文出版社編纂：《仁壽本二十六史・漢書（一）》（台北：成文出版社，1971年），頁1330。

〔註53〕李學勤：〈論豳公盨及其重要意義〉，《中國歷史文物》2002年第6期，頁6。其篇章分別收錄於保利藝術博物館編：《豳公盨大禹治水與為政以德》（北京：線裝書局，2002年10月），頁15～27；《中國古代文明研究》（上海：華東師範大學出版社，2004年11月），頁126～136。

編》1947、1961。「生我王」意謂天生我王，與「作臣」並列，一指天子，一指朝臣。「作臣」就是爲臣，中方鼎有「錫于武王作臣」。

◎裘錫圭〔註54〕：

「降民」指降生下民。下文要引用的《孟子‧梁惠王下》引逸《書》之文，有「天降下民」語，趙岐之注釋爲「天生下民」。也要在下文中引用的《左傳》襄公十四年文，有「天生民而立之君」語；《詩‧大雅》有《生民》，所說「生民」皆與「降民」同義。大概上古傳說認爲洪水使下民死亡殆盡，所以在禹平水土之後，上帝要降民。

「監德」指監察下民之德。《左傳》莊公三十二年：「國之將興，明神降之，監其德也；將亡，神又降之，觀其惡也。」爲惡即失德，單說「監德」應該是可以把「觀其惡」的意思也包含在內的。（編按：《尚書‧呂刑》說：「上帝監民，罔有馨香德。」也可說明這一點。）《尚書‧高宗肜日》說「天降下民」，《微子》說「降監殷民」，《呂刑》說：「上帝監民」，《詩‧大雅‧大明》說「天監在下」，《烝民》說「天監有周」《商頌‧殷武》說「天命降監」，說的都是監民之德的事。

此文的「作」有「造」、「立」之類意義。《孟子‧梁惠王下》：「《書》曰：天降下民，作之君，作之師，惟曰其助上帝寵之……」趙岐注：「《書》，《尚書》逸篇也【《孟子》此處所引逸《書》語，僞古文《尚書》編入《泰誓上》，但文字和句讀有改動。】。言天生下民，爲作君，爲作師，以助天光寵之也。」「天降下民，作之君」與《左傳》襄公十四年「天生民而立之君」同意，「作」字用法與此銘同。「自作配」之意即天爲自己立配，猶「作之君」之意即天爲自己立配，猶「作之君」之意即天爲之（指民）立君。古人認爲作爲天下共主的王，是上帝將他立在下土以治理下民的，地上的王是天上的上帝的「配」。《詩‧大雅‧皇矣》歌頌文王受天命說：「天立厥配，受命既固。」西周晚期的毛公鼎所記時王之誥說：「丕顯文武，皇天引厭厥德，配我有周。」【《集成》5‧2841】

〔註54〕裘錫圭著：《中國出土文獻十講‧豳公盨銘文考釋》（上海：復旦大學出版社，2004年12月），頁57～59。又其篇章分別收錄於《中國歷史文物》2002年第6期（總第41期），頁17～18；保利藝術博物館編：《豳公盨大禹治水與爲政以德》（北京：線裝書局，2002年10月），頁28～47。

周厲王在自作的㝬鐘銘中說「唯我嗣配皇天」【《集成》1·260】，在自作的㝬簋銘中說他「經擁先王，用配皇天」【《集成》8·4317。《集成》2·358 著錄的五祀㝬鐘銘，據釋文有「余小子肇嗣先王配上下」語（中國社會科學院考古研究所：《殷周金文集成釋文》第一卷，第 438 頁，香港中文大學中國文化研究所，2001），但「先王配上下」五字在所印拓片上不可辨，當存疑。】。西周晚期的南宮乎鐘歌頌周天子說：「天子其萬年眉壽，畯永保四方，配皇天。」【《集成》1·181】周人也承認，在殷王朝被他們取代之前，殷王是配天的。所以《詩·大雅·文王》說：「殷之未喪師，克配上天。」天「自作配」應該就指下土立王。

「卿」是「饗」的初文，在古文字裡用來表示「饗」、「嚮」（向）和卿大夫之「卿」等詞。此「卿」字應讀爲《洪範》「嚮用五福」之「嚮」（此字《漢書·谷永傳》引作「饗」，近人多從之，實非）。洪範九疇的第九疇是「嚮用五福，威用六極」，僞孔傳：「言天所以嚮勸人用五福，所以威沮人用六極」，《正義》解釋傳文說：「『貧』、『弱』等六者，皆謂窮極惡事，故目之『六極』也。福也，人之所慕，皆嚮望之。極者，人之所惡，皆畏懼之。勸，勉也，勉之爲善。沮，止也止其爲惡。福、極皆上天爲之。言天所以嚮望勸勉人用五福，所以畏懼沮止人用六極。」僞孔傳「嚮勸人」的「嚮」、《正義》「嚮望勸勉人」的「嚮望」，都是使動詞，有「使人向……」、「使人向望……」的意思。「嚮民」意即使民有方向。「嚮」含引導義。郭店楚墓竹書中的《尊德義》篇說：「故率民向方者，惟德可。」【《郭店楚墓竹簡》第 57 頁 28 號簡。】「嚮民」就是「率民向方」。《尊德義》認爲只有德可以率民向方，本銘及《洪範》也主張以德嚮民，詳下文（編按：《禮記·樂記》：「樂行而民鄉（向）方，可以觀德矣。」可以參看）。天立配，就是要通過他來「嚮民」。

「成父母，生我王」以及下文的「厥顧唯德，民好明德，憂在天下」等，可以看作對「作配嚮民」的具體說明。

「成父母，生我王」，是說天爲下民生王，作民之父母。《洪範》說：「曰天子作民父母，以爲天下王。」與此文若合符節，「生我王」猶言爲我生王。這當是用下民的口氣說話，「我」爲下民自稱。「生我王」與前引《孟子》所引逸《書》文中的「作之君」和《左傳》襄公十四年的「立之君」，意義相近。「作臣」之「作」與上文「作配」之「作」同義，可訓爲「立」。「臣」指王的輔臣。《左傳》襄公十四年：「天生民而立之君，使司牧之，勿使失性。有君而爲之貳，使師保

之，勿使過度。是故天子有公，諸侯有卿，卿置側室，大夫有貳宗，士有朋友，庶人、工商、皀隸、牧圉，皆有親昵，以相輔佐之。」「作臣」之意與「有君而爲之貳」相近。「臣」與上文「嚮民」之「民」都是眞部字，押韻；還可認爲與首句屬文部的「川」合韻。

◎朱鳳瀚 [註55] ：

「降民監德」這句話是講天命禹在完成上述功績後降於民間，監視德是否被奉行。《楚辭・天問》「禹之力獻功，降省下土方」，是言禹勉力進獻其功，受命省視下土四方，也稱爲「降」。《詩經・商頌・殷武》：「天命降監，下民有嚴。不潛不濫，不敢怠遑。命于下國，封建厥福。」鄭玄箋云：「降，下。……天命乃下視下民，有嚴明之君能明德愼罰，不敢怠惰自暇于政事者，則命之于小國，以爲天子。」對於「下民有嚴」，朱熹《詩集傳》解釋得要更貼切些，其文曰：「言天命降監不在乎他，皆在民之視聽，則下民亦有嚴矣。」早於《殷武》成文的《尚書・呂刑》曰：「今往何監，非德？于民之中，尚明聽之哉！」講的是同樣的意思。唯「監德」可能亦不限於監視民之君主，《尚書・高宗肜日》：「惟天監下民，典厥義。……民有不若德，不聽罪，天旣孚命正厥德。」此文雖較晚出，但所言也有助於全面理解本銘中「降民監德」的意思。

「廼自乍（作）酖（配）卿（饗）」此句是言禹因其功德合於天意，因而使自己能夠配天，即作爲天之配而享天給予之命。《尚書・呂刑》：「惟克天德，自作元命，配享在下」，與此句銘文意近，關於「饗」的含意是「享天命」，《尚書・多方》中記周公所言「今至于爾辟，弗克以爾多方享天之命」可以爲證。「配」是指配天，在周人文獻中多見。《尚書・召誥》：「旦曰：『其作大邑，其自時配皇天，毖祀于上下。』」《尚書・多士》言殷先王自帝乙以上「罔不配天其澤」。周厲王自做銅器㝬簋銘中亦言及「用配皇天」。

「民成父母」本銘中「母」寫作女，類似殷墟甲骨刻辭中常見的以「女」代「母」的做法，實際上採用這種讀法是依靠詞意與文意來判斷的。「成」在這裡當訓爲立，見《戰國策・秦策》「以成伯王之名」，高誘注：「成，立也。」「民

〔註55〕 朱鳳瀚：〈��公盨銘文初釋〉，《中國歷史文物》2002 年第 6 期，頁 30～31。又收錄於保利藝術博物館編：《��公盨大禹治水與爲政以德》（北京：線裝書局，2002 年 10 月），頁 48～57。

成父母」即民立父母,「父母」是指王、君主。《詩經・大雅・泂酌》:「豈弟君子,民之父母。」《尚書・洪範》:「曰天子作民父母,以爲天下王。」《大戴禮記・五帝德》:「宰我曰:『請問禹。』孔子曰:『……巡九州,通九道,陂九澤,度九山,爲神主,爲民父母。』」故本句是言禹因其施恩惠於民,受到民之敬仰,被民立爲王。《史記・夏本紀》講舜薦禹於天,作爲自己的繼承者,舜崩,「三年喪畢,禹辭辟舜之子商均於陽城,天下諸侯皆去商均而朝禹,禹於是遂即天子位……」。《夏本紀》所記從其所用詞語與某些禮制看,顯然多有後世修飾成份,但亦講到禹是受天下擁立爲王的,與本銘言「民成」即民擁立有共同處。

「生」字在此歸下讀,但也不排除另有一種讀法,即歸上讀,作爲上一句「民成父母」之句末語詞。《王力古漢語字典》(中華書局,2000 年 6 月)曾援引馬瑞辰《毛詩傳箋通釋》的說法,說明「生」字在西周詩篇中有此種用法,如《詩經・小雅・棠棣》之「雖有兄弟,不如友聲。」,又《小雅・伐木》「相彼鳥矣,猶求友聲,矧伊人矣,不求友生。」兩首詩中「生」的用法皆爲其例。如此說可從,「生」在本銘中歸上讀,即是無實義之語氣詞。

如按本文以上釋文中的斷句方法,「生我王」之主語當是文首「天命禹」之「天」。西周時已稱王爲「天子」,自然可以言天生。《詩經》中與此形式相類的句式,如《大雅・烝民》中的「天監有周,昭假于下。保茲天子,生仲山甫。」《小雅・信南山》之「上天同云,雨雪雰雰,……既霑既足,生我百穀」,兩詩中都有以「生」開首的句子,而且都是指「天生」。只是本銘「生」的主語「天」承文首之「天」,在這裡被省掉了。

「作臣」之「作」,在此宜訓爲「生」。《詩經・周頌・天作》「天作高山,大王荒之」,毛傳曰:「作,生;荒,大也。天生萬物于高山,大王行道能安天之所作也。」上文引《大雅・烝民》云「生仲山甫」,說明天子之外有德之臣也是天降生的,不僅如此,《大雅・烝民》更言「天生烝民」,這在西周時是一種源於姜嫄履帝之足迹而生后稷的傳說(見《大雅・生民》)的觀念。言「(天)生我王」後繼言「(天)作臣」,當出於周人「物有生兩」的帶有辨證的對立統一色彩的政治理念。《左傳》昭公三十二年史墨言於趙簡子曰:「物生有兩,有三,有五,有陪貳,……王有公,諸侯有卿,皆有貳也。」《左傳》襄公十四年中師曠更言及「天生民而立之君,使司牧之,勿使失性;有君而爲之貳,使師保之,勿使過度。」所以本銘「我王」與臣並言。

◎李零〔註56〕：

「隓（？）民監德」，「隓（？）民」，疑相當古書中的「黎民」、「丞民」、「庶民」等詞。「隓（？）民」上字左半爲𨸏旁，右半似從雙蟲，或可讀爲「流民」（參看拙作《古文字雜識（二則)》，收入張光裕等編《第三屆國際中國古文字學研討會論文集》，第 757～762 頁，香港問學社有限公司，1997 年），但不能肯定。「監德」讀「鑒德」，指心明其德而感念之。「酒自乍配鄉」，讀「酒自作配饗」，疑指民戴禹德，以之配饗上帝。「民成父母」指民成婚配。「生我王乍臣」，指生下我輩，爲王作臣。中方鼎「易（賜）于武王乍（作）臣」是類似的辭例。

◎連劭名〔註57〕：

「降民監德」。「降民」如言「生民」，降、下同義，殷墟卜辭中有「生月」即「下月」。《詩經·烝民》云：「天生烝民，有物有則。」《孟子·梁惠王》下云：「《書》曰：天降下民，作之君，作之師。惟曰其助上帝，寵之四方。有罪無罪，惟我在，天下曷敢有越厥志。」所云「有罪無罪，惟我在，天下曷敢有越厥志」者，即「監德」之義，《詩經·大明》云：「天監在下，有命既集。」《逸周書·命訓》云：「天生民而成大命，命司德正之以禍福。」「乃自作配享民」。「自」，始也，《說文》云：「皇，大也，從自，自，始也。」《詩經·皇矣》云：「天玄厥配，受命既固。」又云：「帝作邦作對，自太伯王季。」毛傳云：「配，對也。從太伯之見王季也。」鄭玄箋云：「作，爲也。天爲邦，謂興周國也。作配，謂爲生明君也，是乃自大伯、王季時則然矣，大伯讓于王季而文王起。」「作配」是明王配天之命。《老子·德經》第六十八章云：「善用人者爲之下，是謂不爭之德，是謂用人，是爲配天，古之極也。」

「享民」，享有其民。《尚書·無逸》云：「肆中宗之享國，七十有五年」，「肆祖申之享國，三十有三年」，「文王受命惟中身，享國五十年」，其「享」字皆與「享民」之「享」義同。《左傳·僖公廿三年》云：「而享其生祿。」

〔註56〕李零：〈論豳公盨發現的意義〉，《中國歷史文物》2002 年第 6 期，頁 37～38。又收錄於保利藝術博物館編：《豳公盨大禹治水與爲政以德》（北京：線裝書局，2002 年 10 月），頁 58～73。

〔註57〕連劭名：《《豳公盨》銘文考述》，《中國歷史文物》2003 年第 6 期，頁 52～53。

杜注：「享，受也。」《大盂鼎》銘文云：「于我其遹省先王受民受疆土。」「成父母，生我王」。《尚書‧洪範》云：「曰天子作民父母，以為天下王。」《禮記‧大學》云：「《詩》云：樂只君子，為民父母。民之所好好之，民之所惡惡之，此之謂民之父母。」《孝經》云：「愷弟君子，民之父母。非至德其孰能順民如此其大者乎。」《禮記‧孔子閒居》云：

> 孔子閒居，子夏侍。子夏曰：「敢問詩云『凱弟君子，民之父母』，何如斯可謂民之父母矣？」孔子曰：「夫民之父母乎！必達於禮樂之原，以致五至，而行三無，以橫於天下，四方有敗，必先知之。此之謂民之父母矣。」子夏曰：「民之父母，既得而聞之矣，敢問何謂五至？」孔子曰：「志之所至，詩亦至焉。詩之所至，禮亦至焉。禮之所至，樂亦至焉。樂之所至，哀亦至焉。哀樂相生。是故，正明目而視之，不可得而見也；傾耳而聽之，不可得而聞也；志氣塞乎天地，此之謂五至。」子夏曰：「五至既得而聞之矣，敢問何謂三無？」孔子曰：「無聲之樂，無體之禮，無服之喪，此之謂三無。」子夏曰：「三無既得略而聞之矣，敢問何詩近之？」孔子曰「『夙夜其命宥密』，無聲之樂也。『威儀逮逮，不可選也』，無體之禮也。『凡民有喪，匍匐救之』，無服之喪也。」

《禮記‧表記》云：

> 子言之：君子之所謂仁者，其難乎！詩云：「凱弟君子，民之父母。凱以強教之，弟以說安之。」樂而毋荒，有禮而親；威莊而安，孝慈而敬。使民有父之尊，有母之親。如此而后可以為民父母矣。非至德其孰能如此乎？今父之親子也，親賢而下無能；母之親子也，賢則親之，無能則憐之。母，親而不尊；父，尊而不親。水之於民也，親而不尊；火，尊而不親。土之於民也，親而不尊；天，尊而不親。命之於民也，親而不尊；鬼，尊而不親。

「作臣」。《詩經‧成工》云：「嗟嗟臣工。」鄭玄箋：「臣謂諸侯。」《尚書‧泰誓》上云：「天佑下民，作之君，作之師。」孔傳云：「言天佑助下民，為立君以政之，為立師以交教之。」「作臣」指分封諸侯。

◎馮時〔註58〕：

「降」，讀若降服之降，字或作「夅」。《說文·夊部》：「夅，服也。」《詩·召南·草蟲》：「我心則降。」馬瑞辰《毛詩傳箋通釋》：「降者，夅之假借。《說文》：『夅，服也。』正與二章『我心則說』，《傳》訓爲服同義。《爾雅·釋詁》：『悅，樂也。』又曰：『悅，服也。』」是知夅服亦說義也。今經傳夅服字通借作降。「降民」，使民心悅誠服也。

「監」，《說文·目部》作「䚌」。《爾雅·釋詁》：「監，視也。」《詩·大雅·皇矣》：「監觀四方。」是「監」即觀視之意，「監德」即觀德視德。《尚書·召誥》：「我不可不監于有夏，亦不可不監于有殷。」僞孔《傳》：「言王當視夏殷，法其歷年，戒其不長。」《論語·八佾》：「周監于二代，郁郁乎文哉！」《史記·孔子世家》引首句作「周監二代」。程樹德《集解》：「監，視也。二代，夏商也。言其視二代之禮而損益之。」云周禮莫不參夏殷而襲用之，此所謂監于二代也。故「監德」意同向德修德。

銘文「降民監德」實即監德降民之倒文，以監德爲先而降民也，言禹修德而使民降。《尚書·皋陶謨》：「禹曰：『予娶塗山，辛壬癸甲。啓呱呱而泣，予弗子，惟荒度土功。弼成五服，至于五千，州十有二師。外薄四海，咸建五長。各迪有功，苗頑弗即工。帝其念哉。』帝曰：『迪朕德，時乃功惟敘。』皋陶方祇厥敘，方施象刑惟明。」《史記·夏本紀》復引此事，于「迪朕德」以下云：「帝曰：『道吾德，乃女功序之也。』皋陶于是敬禹之德，令民皆則禹。不如言，刑從之。舜德大明。」解意甚當。言苗頑不化，舜則導之以德而化其心，使降服之，故使禹敷德。皋陶敬禹之德，令民皆則禹，知禹用德而不用刑。禹敷德而舜德大明，又知禹德舜德實乃一也。故銘文「監德」即言禹監舜之德而襲之。

史載禹征有苗，服之以德而不以強。《墨子·兼愛》引《禹誓》：「蠢茲有苗，用天之罰。若予既率爾群對諸群，以征有苗。」僞《古文尚書·大禹謨》：「帝曰：『咨禹，惟時有苗弗率，汝徂征。』禹乃會群後，誓于師曰：『濟濟有眾，咸聽朕命。蠢茲有苗，昏迷不恭，侮慢自賢，反道敗德，君子在野，小人在位，民棄不保，天降之咎。肆予以爾眾士，奉辭罰罪。爾尙一乃心力，

〔註58〕馮時：〈燹公盨銘文考釋〉，《考古》2003年第5期，頁66～67。

其克有勛。』三旬，苗民逆命。益贊于禹曰：『惟德動天，無遠弗屆。滿招損，謙受益，時乃天道。帝初于歷山，往于田，日號泣于旻天，于父母，負罪引慝，祗載見瞽瞍，夔夔齊栗，瞽亦允若。至誠感神，矧茲有苗！』禹敗昌言曰：『俞！班師振旅。』帝乃誕敷文德，舞干羽于兩階。七旬，有苗格。」僞孔《傳》：「以師臨之一月不服。……益以此義佐禹。欲其修德致遠。遠人不服，大布文德以來之。……討而不服，不討自來，明御之者必有道。」禹征有苗，既誓于眾而以師臨之，經三旬而苗民不服。「苗民逆命」即討而不服。其後益佐禹以爲有德能動天，苟能修德，無有遠而不至。因言行德之事，欲禹修德謙虛以來苗。既說其理，又言其驗。以舜初耕于歷山，爲父母所疾，遂自負其罪，自引其惡，恭敬以事見父瞽瞍，悚懼齋莊戰栗，不敢言己，舜謙如此。雖瞽瞍之頑愚，亦能信順。帝至和之德尚能感于冥神，況此有苗乎！禹拜益而受之言，遂還師，大布文德，七旬而有苗降福。是禹征有苗不服，故修德以服之。銘文「降民監德」即述此事。《孟子・公孫丑上》：「以力服人者，非心服也，力不贍也。以德服人者，中心悅而誠服也。」與銘文之意合。《論語・衛靈公》：「子曰：『無爲而治者其舜也與？』夫何爲哉？恭己正南面而已矣。」是爲禹所仿。

「乍」，讀爲「作」。「鄉」，讀爲「相」。《禮記・祭義》：「饗者，鄉也。」鄭玄《注》：「饗，或作相。」是「鄉」、「相」互通之證。《尚書・呂刑》：「今天相民，作配在下。」與本銘同。陸德明《釋文》引馬融云：「相，助也。」僞孔《傳》：「今天治民，人君爲配天在下。」㝬簋銘：「有余雖小子，余亡荒暨夜，經雍先王，用配皇天。」毛公鼎銘：「丕顯文武，皇天引厭厥德，配我有周，膺受大命。」南宮乎鐘銘：「天子其萬年眉壽，畯永保四方，配皇天。」銘文「作配相民」即言配天爲君而治民。《尚書・皋陶謨》：「日宣三德，夙夜浚明有家。日嚴祗敬六德，亮彩有邦。翕受敷施，九德咸事。……天命有德，五服五章哉！」禹既修舜德，故懷九德可配天而王，銘文似言禪讓之事，《孟子・萬章上》：「舜荐禹于天。」是也。

禹修德而王天下，故成民之父母。《尚書・洪範》：「天子作民父母，以爲天下王。」《詩・小雅・南山有台》：「樂只君子，民之父母。樂只君子，德音不已。」皆此之謂。《禮記・大學》：「所謂平天下在治其國者，上老老而民興孝，上長長而民興弟，上恤孤而民不倍，是以君子有絜矩之道也。……民之

所好好之，民之所惡惡之，此之謂民之父母。」朱熹《集注》:「言能絜矩而以民心爲己心，則是愛民如子，而民愛之如父母矣。」是人君德行寬厚，能順民情，故可爲民父母。而君所懷絜矩之道實乃仁恕，此即禹效舜所修之德，遂後文遞述黽勉孝友。

「生」，德養也。《荀子·致士》:「而生民欲寬。」楊倞《注》:「生民。謂以德教生養民也。」《周禮·天官·大宰》:「以生萬民。」鄭玄《注》:「生，猶養也。」《尚書大傳》:「母能生之，能食之；父能教之，能誨之。聖王曲備之者也。能生之，能食之，能教之，能誨之也。故曰:『作民父母以爲天下王。』」禹王天下而爲民父母，于民不獨生養之責，更有德教之職，是「生」之謂。「我王」，指周先祖后稷，史以稷、禹同時；或泛稱周先王。《國語·周語上》:「昔我先王世后稷，以服事虞、夏。」韋昭《注》:「父子相繼曰世。」《史記·周本紀》:「后稷之興，在陶唐、虞、夏之際，皆有令德。」是以周累世修德，並導于禹之德養。故銘文言禹修德而王，配天在下，承天之意治民，爲民父母，以德教養我周之先王。

◎饒宗頤〔註59〕:

「民成父母」句，語有省略，當以「民」字連下，謂民（視之）作爲父母。《大戴禮·五帝德》引孔子，稱「禹爲神主，爲民父母」是也。唐太宗既自稱曰天可汗。猶酋奏言:「臣等既爲唐民，往來天至尊所，如詣父母。」太宗於翠微殿言:「自古皆貴中華，賤夷狄。朕獨愛之如一，故其種落皆依朕如父母。」天至尊謂天可汗，何以能「民成父母」？觀唐太宗之至言，可以思過半矣！

◎周鳳五〔註60〕:

「降民」此與下「監德」皆承上以「天」爲主詞。《孟子·梁惠王下》引《書》曰:「天降下民，作之君，作之師。惟曰其助上帝，寵之四方，有罪無罪惟我在，天下曷敢有越厥志？」【《十三經注疏》八冊，《孟子注疏》，第98頁。】自天言之，謂之降民；在受命者言之，則謂之受民。《尚書·洛誥》周公曰:「王命予，來承保乃文祖受命民，越乃光烈考武王弘朕恭。」又:「誕保文武受民，亂爲四

〔註59〕饒宗頤:〈𤔲公盨與夏書佚篇《禹之總德》〉，《華學（六輯）》2003年6月，頁4。
〔註60〕周鳳五:〈遂公盨銘初探〉，《華學（六輯）》2003年6月，頁8～9。

輔。」【《十三經注疏》（一冊），《尚書正義》第 48 頁，臺北藝文印書館，1997
年。】又《立政》周公曰：「相我受民，和我庶獄、庶愼。」【《十三經注疏》（一
冊），《尚書正義》第 264 頁，臺北藝文印書館，1997 年。】所謂「文祖受命民」、
「文武受民」，指文王、武王受天命而統治的人民；所謂「我受民」，指周朝受
天命而統治的人民，猶《大盂鼎》：「雩我其遹省先王受民、受疆土。」【馬承源
主編：《商周青銅器銘文選》（三冊），第 117 頁，文物出版社，1990 年。】銘
文謂上帝以大禹治平洪水之功，授予天命與人民俾治理之也。

「監德」與「降民」並列，謂上帝降民給大禹並監視大禹的德行。《詩・大
雅・皇矣》：「皇矣上帝，臨下有赫。監視四方，求民之莫。」【《小序》毛《傳》：
「監，視也。天視四方，可以代殷王天下者，維有周爾；世世統行道德，維有
文王盛爾。」《毛詩正義》，第 567 頁。】又《大雅・大明》：「天監在下，有命
既集。」【《毛詩正義》，第 541 頁。】《尚書・呂刑》：「上帝監民，罔有馨香德。」
【《十三經注疏》（一冊），《尚書正義》第 296 頁，臺北藝文印書館，1997 年。】
又作「降監」，如《尚書・微子》：「降監殷民，用乂，讎斂，召敵讎不怠。」【《十
三經注疏》（一冊），《尚書正義》第 146 頁，臺北藝文印書館，1997 年。】《詩・
商頌・殷武》：「天命降監，下民有嚴。不僭不濫，不敢怠遑。」【《毛詩正義》，
第 805 頁。】金文多用「臨」，如《大盂鼎》：「故天翼臨子，法保先王。」毛公
鼎：「肆皇天亡斁，臨保我有周。」【馬承源主編：《商周青銅器銘文選》（三冊），
第 316 頁，文物出版社，1990 年。又第 174 頁師詢簋銘文同。】監、臨皆自上
瞰下，有監視、考察之意。周人以爲上帝監視下民，有德者授予天命，失德者
喪失天命。

「作配」作皇天的匹配。《尚書・呂刑》：「今天相民，作配在下。」孔《傳》：
「今天治民，人君爲配天在下。」【《十三經注疏》（一冊），《尚書正義》第 303
頁，臺北藝文印書館，1997 年。】《詩・大雅・皇矣》：「天立厥配，受命既固。」
【《毛詩正義》，第 569 頁。】又《周頌・思文》：「思文后稷，克配彼天。」【《毛
詩正義》，第 721 頁。】毛公鼎：「丕顯文武，皇天引厭厥德，配我有周，膺受
大命。」又「丕巩先王配命」，謂文王、武王有德，故皇天以之爲匹配而授予天
命【馬承源主編：《商周青銅器銘文選》（三冊），第 316 頁，文物出版社，1990
年。又見第 279 頁㝬鐘：「我惟司配皇天」、第 277 頁㝬段：「有余惟小子，余亡
康晝夜，經雝先王，用配皇天。」】。銘文謂大禹接受天命，匹配皇天，成爲天

子也。

「嚮民」銘文以「迺」字領句，嚮民、成父母、生三事皆以禹爲主詞而省略。嚮，銘文作鄉，讀爲嚮。《禮記·文王世子》：「邦國有倫，而眾鄉方矣。」鄭《注》：「鄉方，言知所鄉。」【《十三經注疏》五冊，《禮記正義》第 403 頁；又見第 682 頁《樂記》：「樂行而民鄉方，可以觀德矣。」】《荀子·仲尼》：「鄉方略，審勞佚。」楊《注》：「鄉，讀爲嚮，趨也。」【王先謙：《荀子集解》，第 248 頁，臺北藝文印書館，1973 年。】引申爲引導。銘文謂大禹接受天命，引導人民修明道德。

「成父母」銘文兼指二事，其一，養育子女。禹平洪水，后稷教民稼墻，人得平土而居，耕稼以食，於是可以爲人父母，繁衍後代。其二，人倫化成。上引《孟子·滕文公上》於禹、稷之後云：「人之有道也，飽食煖衣，逸居而無教，則近於禽獸。聖人有憂之，使契爲司徒，教以人倫，父子有親，君臣有義，夫婦有別，長幼有敘，朋友有信。」《管子·牧民》：「倉廩實，則知禮節；衣食足，則知榮辱。」【安井衡：《管子纂詁》，第 1 頁，臺北河洛圖書出版社，1976 年。】是也。

「生」生活，生存。人民豐衣足食，知人倫教化，然後可以生生不息。「我王作臣」我王，指周王，猶言「今上」，謂時王也。作臣，造就、裁成臣民，謂教化百姓。《尚書·康誥》：「亦惟助王宅天命，作新民。」孔《傳》：「弘王道，安殷民，亦所以惟助王者居順天命，爲民日新之教。」【《十三經注疏》（一冊），《尚書正義》第 202 頁，臺北藝文印書館，1997 年。】銘文連下爲句，詳下。

◎江林昌〔註61〕：

「降民監德」即天降下民並觀其德的意思。古人迷信，認爲人類均爲上帝所降生。類似於「降民監德」的句子屢見於《詩》《書》。如：

> 《詩·商頌》有《殷武》：「天命降監，下民有嚴。」《長發》：「湯降不遲，聖敬日躋。允也天子，降予卿士。」《玄鳥》：「天命玄鳥，降而生商，宅殷土芒芒。」

> 《詩·大雅》有《大明》：「天監在下，有命既集，文王初載，天作

〔註61〕 江林昌：〈變公盨銘文的學術價值綜論〉，《華學（六輯）》2003 年 6 月，頁 42～43。

之合。」《皇矣》：「皇矣上帝，臨下有赫，監觀四方，求民之莫。」
《烝民》：「天監有周，昭假于下，保茲天子，生仲山甫。」

《尚書》有《高宗肜日》：「天監下民，典厥父。」《微子》：「降監殷
民，用乂讎斂。」《呂刑》：「上帝監民，罔有馨香德。」

「降民監德」大概是先秦時期比較普遍的宗教觀念，除《詩》、《書》外，還
見於《左傳》莊公三十二年：「國之將興，明神降之；將亡，神又降之，觀其
惡也。」銘文又曰：「乃自作配饗，民成父母，生我王作臣」，這裡的「乃」
與前句「乃疇方設正」的「乃」，均承開頭「天命禹敷土」而來，其主語仍爲
天。天地命令禹爲人間下民之王，而下民之王是與天上的「天帝」相配的。
天上稱「天帝」，人間稱「天子」（即天帝之子）。所以銘文說「自作配饗（享）」。
《左傳》襄公四十四年說：「天生民而立之君。」《孟子・梁惠王下》：「《書》
曰，天降下民，作之君，作之師，惟曰其助上帝寵之。」均可用來印證銘文
的「自作配饗（享）」。這種人間君主配享天帝的宗教觀念也屢見於《詩》、《書》
以及西周青銅器銘文。

《詩・大雅》有《文王》：「殷之未喪師，克配上帝。」《皇矣》：「天
立厥配，受命既固。」

《尚書》有《呂刑》：「惟克天德，自作元命，配享天下。」；「今天
相民，作配在下。」《召誥》：「其自作配皇天，畢祀于上下。」《多
士》：「罔不配天其澤。」

西周青銅器有毛公鼎：「丕顯文武，皇天引厭厥德，配我有周。」㝬
鐘：「唯我嗣配皇天。」㝬簋：「經擁先王，用配皇天。」南宮乎鐘：
「天子其萬年眉壽，畯永保四方，配皇天。」

銘文「民成父母」乃「成民父母」之倒。「民成父母，生我王作臣」乃古文中常
見的錯綜成文句。俞樾《古書疑義舉例》曾揭示許多例句。如，《論語》：「迅雷
風烈」，順讀當作「迅雷烈風」。《楚辭・九歌》：「吉日兮良辰」。《太玄止次》：「弓
善反，……善馬狼」順讀當爲「善弓反……善馬狼」。同理，「民成父母」也應
讀爲「成民父母」，從而與「生我王」相對。《尚書・洪範》曰「天下作民父母，
以爲天下王。」《大戴禮記・五帝德》：「（禹）爲民父母，……平九州……治天

下。」可見銘文「成民父母，生我王」乃古習語。「生我王作臣」之「作臣」亦爲古代常見觀念。《左傳》襄公十四年：「天生民而立之君，……有君而爲之貳，使師保之。」《詩・大雅・烝民》：「天監有周，昭假天下。保茲天子，生仲山甫。」銘文「作臣」即「爲之貳」「生仲山甫」之意，說明天帝在命降有德君主的同時，還降生有德之臣。

◎徐難于〔註62〕：

關於「乃自作鄉民」的主要考釋意見有以下幾種：其一，斷句爲「乃自作配鄉（饗）」，「民」字下屬，釋爲「使自己能夠配天，即作爲天之配而享天給予之命」【朱鳳瀚：〈𧽊公盨銘文初釋〉〔J〕中國歷史文物，2002，(6)。】。其二，「作配享民」是指禹踐位爲王而言【李學勤：〈論𧽊公盨銘及其重要意義〉〔J〕中國歷史文物，2002，(6)。】。其三，將「鄉」讀爲「相」，認爲「『作配相民』即言配天爲君而治民」【馮時：〈𧽊公盨銘文考釋〉〔J〕考古，2003，(5)。】。其四，自作配之意即天爲自己立配，將「鄉」讀爲「嚮」，認爲「嚮民」就是「率民向方」【裘錫圭：〈𧽊公盨銘文考釋〉〔J〕中國歷史文物，2002，(6)。】。其五，斷句同上述第一種觀點，釋爲「民載禹德，以之配饗上帝」【李零：〈論𧽊公盨銘發現的意義〉〔J〕中國歷史文物，2002，(6)。】。

對此句銘文的考釋，關鍵在對「配」的理解，而上皆諸考釋，實際包含四種類型。其一，將「配」作爲名詞解，其義爲天所立之「配」。其二，以「配」爲動詞，其義爲「配天命」或「配天」【朱鳳瀚先生釋此句爲「禹因其功德合于天意，因而使自己能夠配天，即作爲天之配而享天給予之命」（《𧽊公盨銘文初釋》）其對「配」之釋包含了「配天」、「天立配」兩種含義】。其三，「配」爲動詞，其義爲祭祀中的「配享」。其四，將「配」籠統釋爲「禹踐王位」。我們認爲，上述觀點中，第三種似不副文義，第四種則失之籠統，因此，我們的進一步理解主要針對第一、二種觀點。盨銘「乃自作配」的「配」，究竟是指稱天所立的「配天者」，或是稱周王自己作爲「天支配」，或者是指人王「配天」、「配命」的行爲，爲了探究這些問題，我們將以迄今能見到的所有相關史料作爲探索基礎。

〔註62〕徐難于：〈𧽊公盨銘「乃自作配鄉民」淺釋——兼論西周「天配觀」〉，《中華文化論壇》2006年2月，頁19～24。

A　訦鐘：唯皇上帝百神保余小子，朕猷有成亡竟。我唯司配皇天。

　　訦簋：亡康晝夜，經雖先王，用配皇天。

　　毛公鼎：皇天弘慶厥德，配我有周。

　　南宮乎鐘：㫚保四方，配皇天。

B　《書‧召誥》：其作大邑，其自時配皇天。

　　《書‧多士》：殷王亦罔敢失帝，罔不配天其澤。

　　《書‧君奭》：殷禮陟配天，多歷年所。

　　《書‧呂刑》：惟克天德，自作元命，配享在下。今天相民，作配
　　在下。

　　《詩‧大雅‧文王》：永言配命，自求多福。

　　《詩‧大雅‧下武》：永言配命，成王之孚。

　　《詩‧大雅‧皇矣》：天立厥配，受命既固。

　　《詩‧周頌‧思文》：思文后稷，克配彼天。

　　古籍中，配通作妃【經籍纂詁下冊〔M〕成都古籍書店，1982，頁 743。】。
《爾雅‧釋詁》：「妃，合也。」上古配、妃同義近，故配也當有相合、配合、
匹配之義。上揭史料中的「配命」、「配皇天」之「配」，即「合于天心之謂」
【戴震：《毛鄭詩考證》〔M〕。阮元：《皇清經解卷》559〔Z〕，學海堂本。】。
上揭史料除毛公鼎的「配我有周」、《呂刑》的「作配在下」、《皇矣》的「天
立厥配」三句例子外，其他句例的「配」字，皆為動詞，而「配」的施動者，
無一例外都是人君。也就是說，配用作動詞，是周人從人君的角度講「合天
心」、「匹配天命」。用作名詞，則是從天帝的角度講，「配」指天帝所選立的
「配天命」、「合天心」者。《皇矣》：「天立其配，受命既固」，配，《傳》曰：
「媲也」，《箋》謂：「天既顧文王，又為之生賢妃，謂大姒也。」此「媲」義
為「妃」【劉師培：《毛詩札記》〔M〕。劉申叔先生遺書冊一〔Z〕寧武南氏校
印本。】。妃，既可訓為「配偶」，又可釋為「配合」，但是鄭玄將此「媲」訓
為「配偶」似欠妥。《皇矣》以「天命賦予明德者」為宗旨，文中之「命」指
「天命」。征之西周銘文與載籍，凡與天命相關的配，或指「配合天命」，或
稱「配合天命者」，若將此「配」釋為文王之配偶大姒，顯然與上下文義格，

且與西周類似用語習慣不符。劉師培謂：「『天立厥配』，謂天立與天配德之人」
【劉師培：《毛詩札記》〔M〕。劉申叔先生遺書冊一〔Z〕寧武南氏校印本。】
戴震則釋爲：「天立其合天心者」【戴震：《毛鄭詩考證》〔M〕阮元：《皇清經
解卷》559〔Z〕，學海堂本。】，劉、戴所訓不誤。至于「作配在下」、「配我
有周」兩句例的「配」究竟指天帝選立的「配天者」，或是指人君的「配天」、
「配命」，歷來訓解不一，以下，我們將在前人的探研基礎上作進一步探索。

《呂刑》載「作配在下」，《孔傳》曰：「人君爲配天在下」【十三經注疏上
〔Z〕中華書局，1980，頁 251。】，《正義》則謂：「天有意治民而天不自治，
使人治之，人君爲配天在下，當承天意治民，治之當使稱天心也。」【十三經注
疏上〔Z〕中華書局，1980，頁 251。】《孔傳》、《正義》皆明確地將「配」訓
解爲人君的「配天」。此後，歷代治《尚書》者，「作配在下」作出了新的訓解。
王鳴盛聯繫《左傳》襄公十四年「天生民而立之君」的記載，釋「作配在下」
曰「（天）作之君以配天」【王鳴盛：《尚書後案》〔M〕阮元：《皇清經解卷》430
〔Z〕學海堂本】，此訓解的難能可貴處在于以發展的眼光，將《左傳》的天「立
君」與《呂刑》的「作配」聯繫，意識到「作」屬上天的行爲。江聲也持類似
觀點，並作了更爲詳盡的解釋。其曰：「（天）作之君以配在下者，《孟子‧梁惠
王篇》引《書》曰：『天降下民，作之君』，然則民之有君，天爲作之。此言『今
天相民，作配在下』，則是謂天爲民作君以配乎天下也。」【江聲：《尚書集注音
疏》〔M〕阮元：《皇清經解卷》399〔Z〕學海堂本】江氏不僅抓住了《呂刑》
的「作配」與《孟子》的「作君」之聯繫，並明確指出人君的產生有賴于上天
之「作」。王、江的解釋雖然突破傳統訓解而指出了「作配在下」屬上天的意志
及行爲，然而其一定程度上仍囿于傳統訓解束縛，對「配」的解釋並不貼切，
他們忽略了「天所立者」在不同的歷史時期有稱「配」、稱「人君」的差異，而
以「人君」爲通稱，如此，就只好教「配」理解爲「天立人君」的目的語而以
「配天」訓之。王、江二氏作爲有清一代治《尚書》的佼佼者，其學術觀點對
後世影響頗大。孫星衍釋「作配在下」曰：「（天）立之君，使能配在下地」【孫
星衍：《尚書今古文注疏下》〔M〕中華書局，1986頁，541。】，孫氏的解釋，
當吸收了王、江二人天「立人君」的觀點，同時以使動句更爲明確地將「配」
訓解爲人君的「配天」。其次，「作配在下」的「配」，應當與《皇矣》「天立厥

配」之「配」相同，皆指上天選立的「配天者」，而不是王、江、孫等人所訓的「配天」。《詩·皇矣》謂：「帝作邦作對」，對，《傳》曰：「配也」，《箋》云：「作配謂爲生明君也。」可見在西周時期，對天帝「選立配天者」，本來既可表達爲「立配」，也可表達爲「作配」。另外，從觀念承襲的角度，春秋戰國時期有「天生民而立君」【《左傳·襄公十四年》〔M〕】、「天降下民，作之君，作之師」【《孟子·梁惠王下》〔M〕】類觀念，其「立之君」、「作之君」當由西周的「作配」、「立配」類觀念演變而來。反映兩類觀念的句例，其主詞及動詞相同，其賓語或「配」或「君」，具體所指皆爲天所選立的人間最高統治者。天所選立者，西周習稱「配」，是從天的的角度講；東周習稱「君」，則是從民的角度講，這一變化當隨東周時期的「重民」思潮而來。

關於毛公鼎銘的「配我有周」，對其「配」之釋，歷來有兩種不同的觀點。于省吾在考釋此句例時，既引孫詒讓「謂文武之德能配天」的觀點，同時亦引吳大澂「《詩·皇矣》『天立厥配』，傳云：『配，媲也』」的觀點【于省吾：《雙劍誃吉金文選卷上之二》〔M〕北京：北平大業印刷局本】。顯然，孫氏將「配」理解爲周文武的「配天」，而吳氏則以《皇矣》爲據，將「配」理解爲天所立者。于氏僅客觀地羅列了兩種不同觀點，未附己見。其後治毛公鼎銘者，對上涉「配」字考釋的主要分歧，仍在「配」是指稱「天所立者」，抑或是指人君的「配天」。洪家義釋此句例爲「（天）讓我們周國匹配她」【洪家義：《金文選注釋》〔M〕江蘇教育出版社，1988年，頁459。】，這一訓解與孫詒讓的觀點類同，仍然將「配」理解爲周人「匹配上天」，只是以使動將周人的「配天」理解爲「皇天使然」。日本學者白川靜認爲「『配我有周』與《詩·皇矣》的『天立厥配』文義相同」【白川靜：《金文通釋卷三下》〔M〕647，白鶴美術館。】。我們認爲吳大澂、白川靜對「配」之釋應當不誤，皇天「配我有周」，即皇天「以我有周爲配」。聯繫鼎銘上下文，可見此句例的主詞是「皇天」，「配」則是皇天行爲涉及的對象，而不是周文武自己能夠「以德配天」，所以孫詒讓的解釋欠妥。洪家義訓爲：「（天）讓我們周國匹配她」，從文義上看，此訓與「（皇天）已有周爲配」大致相同，然而據現有傳世文獻所載，西周人的「上天讓誰配天」類關觀念，有如上所涉及的「作配」、「立配」類固定表現形式，而「以有周爲配」當是這類固定形式的銘文表現。

據上揭史料及相關分析，可見西周時期涉及天與配的所有句例中，「配」作爲名詞或動詞的句例其著眼點截然不同。配，用作動詞，是周人從人君的角度講「合天心」、「匹配天命」；用作名詞，則是從天帝的角度，配指稱天帝所選立的「配天命」、「合天心」者。值得提出的是，在考釋「乃自作配鄉民」時，不少學者旁引博徵了關于「天」與「配」的大量史料，然而，似無人區別原本涇渭分明的「配天」之「配」與天所立之「配」，運用中往往混爲一談。尤其是有的學者引用了《呂刑》的以下兩條材料：「惟克天德，自作元命，配享在下。」、「今天相民，作配在下。」上揭兩條材料中，「配享在下」之「配」，義爲「配天命」【孫星衍釋「配享在下」爲「配天命而享天祿于下」（《尙書今古文注疏（下）》，中華書局 1986 版，第 527 頁）。曾運乾釋爲「配天而享其祿」（《尙書正讀》，中華書局 1964 年版，第 282 頁。）】；「作配在下」之「配」，其義如上所說，爲天所選立之「配」。上揭含有「配」字的兩句例，正好分別涉及到西周「天配觀」互相密切關聯的兩個方面，然而利用者卻忽略了二者之別，甚爲遺憾。令人遺憾的考釋失誤，當與傳統的相關訓釋歷來將二者混淆有關。「配」作爲特定的人稱代詞，爲什麼僅見于上天意志相關的句例中？西周人爲什麼沒有自稱「配」的習慣？對於這些問題的思考，當有助于我們尋求盨銘「乃自作配」的達詁。而思考這些問題，似應當聯繫西周時期的「天配觀」。

天配觀是西周天命觀的重要組成部分。西周思想文化直接承襲殷商思想文化而來。殷商王朝的有效統治來自鬼神與人事並重的歷史實際，爲周人提供了寶貴的歷史經驗，影響了西周統治者的思維定勢與統治方式【徐難于：《試論殷商宗教觀的理性色彩》〔A〕先秦史與巴蜀文化論集〔C〕天津：歷史教學社，1995 年，頁 68～75。】。因此，周人既注重人事，又不曾動搖對天命的崇信，從而形成融「有命自天」、「天命靡常」、「保天之命」等宗教思想與「敬德」、「保民」等人文觀念爲一體的天命觀【徐難于：《「天棐忱」辨析》〔J〕文史，2001（1）。】。「有命自天」主要指主宰邦國興衰與天下存亡的命令來自上天，是西周人關于天帝絕對權威的認知；「天命靡常」，是西周人在堅信天帝絕對權威的前提下對「天命並非恆常不變」的思考；「保天之命」，是西周人基于「天命靡常」的惕懼而產生的「永保天命」的祈願。

天配觀則是涉及至上神絕對意志及周王權力與職責的重要觀念。西周天配

觀凝聚了西周時人關于統治權力合理運作的思考。從社會秩序的角度講，自人類進入文明社會以來，爲了保障人類社會存在與發展的正常秩序，人們便選擇了凌駕于所有社會成員之上的統治權力，以調控不同社會成員之間的利益分配，避免社會成員因利益衝突而破壞乃至摧毀社會正常秩序。對統治權力而言，社會制度的預設，其核心作用一方面關聯著統治權力的保障，另一方面則涉及對統治權力的規約。與當今相比，西周時期政治制度極不健全，法律制度極不完善，周王及少數賢聖的觀念、意志、行爲是決定政治及法律運行的關鍵力量。因此，制度之外如何確保與制約統治權力的因素也就格外重要。西周的天配觀，即是爲西周統治權力提供保障與制約的重要思想文化因素。

據上揭史料可見，在「配」用爲名詞或動詞的例句中，其施動者截然不同。作爲配天命、合天意的人稱「配」，是由天「作」、天「立」的；而作爲「配命」、「配天」的動詞「配」，則表達周王自身的行爲。「配」由天「作」、天「立」而產生，涉及的是西周人關于人間最高統治權來源的認知，只有天帝才是最高統治權的終極決定力量，所以有關「配」產生的「作」與「立」之類行爲，周人自己絕不能染指，不得自「作」、自「立」爲配。此外，典籍所載也不見周人自稱「配」，其所以如此，當與「配」的產生完全由上天的意志決定，周人自然也就不便自稱「配」。最高統治者權力來源于上天的觀念爲統治權力的合法性與神聖性提供了強有力的支撐。而周王作爲上天選立的「配」，則必須履行「配命」、「配天」之責。「配天」、「配命」是伴隨「配」的產生及擁有相應權力而來的職責，失職則將遭天譴、天罰，乃至使「天命」墜失。天命墜失而王權無存之類意識所激發的心理，有效地促使了西周大多數統治者遵循一定的行爲準則，避免濫用統治權力。據此，西周「天配觀」是由「配乃天立」和「配」必「配命」、「配天」這息息相關的兩方面認知構成。正是這相關的認知，分別涉及到天命授受關係、天命奪失關係之類思考，形成了一系列相輔相成的認知。

關於天命的授受關係，從天的角度，周人習稱「集命」【《毛公鼎》、《尚書·君奭》。《淮南·說山》：「雨之集無能霝」，集注曰：「下也」，即「集」有下、降之義。】、「降命」【《尚書·酒誥》〔M〕】、「降顯休命」【《尚書·多方》〔M〕】；從周人自身的角度則稱「受天命」【《尚書·召誥》〔M〕】、「受命」【《尚書·大誥》〔M〕、《尚書·梓材》〔M〕】、「承天命」【《逸周書·商誓》〔M〕】。關於天命授受的實際內容「民與疆土」，從天的角度，稱「付中國民越厥疆土

于先王」【《尚書·梓材》〔M〕】、「賜武王時疆土」【《逸周書·祭公》〔M〕】；對周人而言，則稱「受民受疆土」【《大盂鼎》。對《大盂鼎》的「受民疆土」，國內學界一般釋其爲周代分封制中的「授民授疆土」（葛志毅：《周代分封制度研究》，黑龍江人民出版社 1992 年版，第 115 頁；彭裕商：《西周青銅器斷代綜合研究》，巴蜀書社 2003 年版，第 250 頁）。日本學者白川靜則認爲：大盂鼎銘的「受民」與文獻習見之「受民」爲相同語例（《金文通釋（卷一下）》，第 677 頁。）殊爲有見。

我們認同白氏觀點，主要理由有二：其一，據現有材料，西周時，周王封賜土地、民的行爲動詞一般用賜（《大雅·云漢》「錫山土田」，宜侯矢簋：「錫土」、「錫宜庶人」），尚無「授民」、「授疆土」的用語習慣。「授民」、「授疆土」的表達始見于《左傳》定公四年。其二，周王從上天處所獲之民，文獻習稱「受民」（《尚書·洛誥》：「保文武受民」、「保乃文祖受命民」），《立政》「相我受民」、「我受民」，而疆土與民同時從上天處獲得，並稱其爲「受民受疆土」實屬自然，「受民受疆土」，即受之于天的民與疆土。】。關於天命的奪失關係，從上天的角度講，其對時人王不滿時，即收回成命，終止天命，史稱「終令」【邢侯簋〔Z〕郭沫若：《兩周金文辭大系圖錄考釋上》〔M〕上海古籍出版社，1999 年，頁 18。】，「終大邦殷之命」【《尚書·召誥》〔M〕】、「改大殷之命」【《逸周書·祭公》〔M〕】；對喪失天命的人王而言，則稱「墜命」【大盂鼎〔Z〕郭沫若：《兩周金文辭大系圖錄考釋上》〔M〕上海古籍出版社，1999 年，頁 20。】、「墜厥命」【《尚書·君奭》〔M〕、《尚書·召誥》〔M〕】。「天配觀」包含「天立配」與「被天所選立者的『配命』、『配天』」兩方面內容，則正是對同一問題分別從天與人的不同角度表達這一思維特點的表現。貫穿這一思維特點的是周人對統治權力保障與制約的自覺意識。

關於盨銘的「鄉民」之「鄉」，馮時先生讀爲「相」，「鄉民」即「相民」，並引《呂刑》的「今天相民」爲證，殊爲有見。然而，令人遺憾的是馮氏將「自作配」理解爲「配天爲君」。如上所說，在西周人的觀念中，「作配」、「立配」是上天的作爲；人君的作爲只能是「配天」、「配命」，而涉及人君的「配天」、「配命」，並沒有「作配」的表現形式。倘若聯繫西周人「如何配天」的認識，我們將明白「乃自作配鄉民」的達詁當是「天爲自己立配，以治理下民」。

關於「如何配天」，西周人認爲「獲得民心」是「合天意」、「配天命」的關

鍵所在。大盂鼎銘曰：「我聞殷墜命，惟殷邊侯田與殷正百辟，率肆于酒，故喪師」；《詩・大雅・文王》云：「殷之未喪師【「喪師」，師，鄭《箋》曰：「眾也」，喪師即喪失民眾、民心之謂。】，克配上帝。」鼎銘認爲殷商統治者沉溺於酒而喪失民心，因此墜失天命。鼎銘從反面言「喪師」必「墜命」；《文王》則從正面講殷人未「喪師」時，能匹合上帝之心。以「獲取民心」而「配天」，「配命」者即能保有天命，否則將墜失天命。如此「史鑒」，使西周統治者確立「以小民受天永命」【《尙書・召誥》〔M〕】的政治卓見。憑藉「民心所向」去「配天」、「永命」的思考應當與「上天責成人君承擔職責」的認識息息相關。《大雅・皇矣》謂天帝「求民之莫」【「求民之莫」，莫，《傳》曰：「定也」，孔《疏》云：「求民之所安定也。」】，《尙書・大誥》云「今天其相民」，《呂刑》曰「今天相民」，足見天帝有「安民」、「治民」之望。上文已涉及，在西周人的觀念中，天下及其民皆由上天託付給人君，那麼，上天「安民」、「治民」之願就必然責成擁有「受民」的人君去踐履。「今天相民、作配在下」的命題，從人君的角度講，正是對天鎖責成之職責的自覺意識。饒有興趣的是，西周爲政者習稱「相我受民」、「我受民」【《尙書・立政》：「我受民」，或作艾，《爾雅・釋詁》：「治也。」】，「保文武受民」、「保乃文祖受命民」【《尙書・洛誥》：「保文武受民」，保，有「安」義。《詩・小雅・天保》「天保定爾」，保，《箋》曰：「安也」。】。此類記載有兩點尤其值得注意：其一，稱民爲「受民」當有強調「民受之于天」之意；其二，對「受民」所盡之責或「安」或「治」，完全切合上天「安民」、「治民」之意。天爲治民、安民而立配；作爲「天立之配」的人君則以踐履「安民」、「治民」之責去「配天」。此乃西周人關於「如何配命」的認識。「乃自作配鄉民」正是關於「如何配命」的前提性認知，只有理解「天爲何作配」，才知道「配」當怎樣去「合天意」、「配天命」。從盨銘內容結構看【因爲本文僅考釋盨銘的個別例句，所以未出示全文。

關於盨銘全文，請參見《中國歷史文物》2002 年第 6 期的諸考釋文章所示。】，包括兩大層次，第一層從「天令禹開始」至「生我王，作臣」這一層次歷數天的作爲施動者是天；第二層從「厥顙唯德」至「亡悔」，其以「爲政者修德及其以德化民」爲主旨，其施動者主要是爲政者這兩大層次的內容。天「作配，相民」當是盨銘第一層次的核心內容，有了這一前提性認識，才會有第二層次「爲政者修德及其以德化民」即「怎樣配天」的內容。也就是說，從盨銘

內容的邏輯聯繫上看，「乃自作配鄉民」應當釋爲「天爲自己立配，以治民。」

◎劉雨〔註63〕：

「監德」：「監」，《爾雅‧釋詁》「視也。」天亡簋有「文王監在上」句。《書‧太甲》「天監厥德，用集大命。」是指察視之德。「降民監德」即「天降賜監視時王之行爲的德」，天監視時王的德行，主要通過觀察民情。

「配饗」：《禮記‧郊特牲》「萬物本乎天，人本乎祖，此所以配上帝也」古有以祖神配天享祀之禮，周人自以爲夏人的後裔，所以其祖神可以追溯到夏的開國君王大禹王，這裡是指祭天時以大禹配饗。

「民」：指貴族，三代一統，皆是貴族政治【民，這裡「民」所代表的貴族，包括各個階層的大小貴族，但不應包括奴隸和「禮不下」的「庶人」。】。「民成父母生，我王作臣」。是說：這些民皆爲父母肉胎所生的凡人。「我王作臣」即「作我王臣」，金文裡每有賓語提前的句式。如息伯卣蓋：「息伯賜貝於姜，用作父乙寶尊彝」【息伯卣蓋《殷周金文集成》5385（以下簡稱《集成》）。】，銘文是說「王姜賞賜息伯貝，息伯因有榮寵而爲父乙作器」，可是該銘中的賓語「息伯」卻提到前面去了。又比如鬲尊：「鬲賜貝於王，用作父甲寶尊彝」【鬲尊《集成》5956。】，顯然是王賜貝於鬲，這裡又把被賜予者鬲提到前面去了。

◎楊善群〔註64〕：

「降民監德」之「降」，有兩個賓語，即「民」和「德」。全句意爲：大禹降給民可監（鑒）之德。在三代，盛傳著這樣的說法：上行德政，德澤便「降」于民間。《書‧大禹謨》載禹曰：「皋陶邁種德，德乃降，黎民懷之。」【古文《尚書》是眞古文獻，現在已爲許多學者所公認。請參閱張岩：《審核古文〈尚書〉案》，中華書局 2006 年版；劉建國：《先秦僞書辨正》，陝西人民出版社 2004年版；楊善群：《古文〈尚書〉研究——學術史上一宗嚴重的冤假錯案》，載《史海偵迹——慶祝孟世凱先生七十歲文集》，新世紀出版社 2006 年版。還有不少學者在引用《古文尚書》時，前面不加「僞」字。因例子很多，恕不一一列舉。】此言皋陶邁行布種其德，德乃「降」臨民間，黎民懷念歸服。《書‧君奭》載周

〔註63〕劉雨著：《金文論集‧幽公考》（北京：紫禁城出版社，2008 年），頁 328。

〔註64〕楊善群：〈論遂公盨與大禹之「德」〉，《中華文化論壇》2008 年第 1 期，頁 6。

公曰：「無能往來，茲迪彝教，文王蔑德降于國人。」此言如果上述賢人不能往來奔走，努力宣揚教化，文王的美德便不能「降于國人」。銘文的意思與上述兩篇《尚書》一樣：大禹因爲治理山川，「設別方征」，使人民安居樂業，於是大禹之「德」便「降」給黎民百姓。「自作配享」，謂禹自己能夠配享天命。《書・呂刑》曰：「惟克天德，自作元命，配享在下。」只有符合上天立下的道德準則，意即道德非常高尚的人，才能「自作配享」，而禹就是這樣的人。「民成父母」，謂庶民把禹當成父母。「生我王、作臣，厥貴唯德」，謂在這樣的「天命」和「降民監德」的環境下所生的「我王」即「天子」、「作臣」即臣民（《詩・北山》「率土之濱，莫非王臣」），其貴重的只有道「德」。以上一段論述，在禹「降民監德」的巨大道德力量感召下，現今的天子、臣民，都以「德」爲貴，形成良好的道德氛圍。

◎陳英傑〔註65〕：

裘氏讀爲「降民，監德」，意即上天降生下民，監察下民之德。江林昌以爲即「天降下民並觀其德的意思」，此解可從。「降民」、「監德」是兩個並列的動賓結構。大盂鼎（2837 西早）云「適省先王受民疆土」，「民」和「疆土」都是文王受命於天，可與盨銘對讀。《尚書・堯典》「欽若昊天」孔疏：「《毛詩傳》云：仁覆閔下，則稱旻天，自上降監，則稱上天。」《高宗肜日》：「祖己曰：惟先格王，正厥事。乃訓于王曰：惟天監下民，典厥義，降年有永有不永，非天夭民，民中絕命。民有不若德，不聽罪，天既孚命正厥德。」《呂刑》：「上帝監民，罔有馨香德」，「惟克天德，自作元命，配享在下。」《詩經・大雅・大明》：「惟此文王，小心翼翼，昭事上帝，聿懷多福。厥德不回，以受方國。天監在下，有命既集。」《大雅・皇矣》：「皇矣上帝，臨下有赫。監觀四方，求民之莫。」《大雅・烝民》：「天生烝民，有物有則。民之秉彝，好是懿德。天監有周，昭假于下。」《詩經・商頌・殷武》：「天命降監，下民有嚴，不僭不濫，不敢怠遑。」《周頌・敬之》：「敬之敬之，天惟顯思，命不易哉。無曰高高在上，陟降厥士，日監在茲。」《左傳・莊公三十二年》：「國之將興，明神降之，監其德也。將亡，神又降之，觀其惡也。」

〔註65〕陳英傑著：《西周金文作器用途銘辭研究（下）・𤔲公盨考釋》（北京：線裝書局，2008 年 10 月），頁 580～582。

從以上引例可以看出，世間的王和民是受到上帝監察的，監察王和民的德行，以防止其有「不若德」。「監德」就是《逸周書・命訓解》的「司德」，其文曰：「天生民而成大命，命司德正之以禍福【連劭名亦引《逸周書》此例，但他於「監德」訓解不明朗。】，立明王以順之【「順」當讀爲「訓」，訓誡、訓導義。】」，「夫司德司義，而賜之福祿，福祿在人，能無懲乎」，「夫或司不義，而降之禍，在人，能無懲乎」。

「自作」之「自」一般裡解爲反身代詞，這會妨礙對這句話的理解。連劭名訓「自」爲始，非常正確。「自作」又作作器動詞，「自」當跟「肇」、「茲」【「茲造」，見王子申豆（4694～4695）、王子申鑑（10297），以茲、才。】等語法意義相同，或有學者把它看作複指代詞【朱其智《西周金文「其」的格位研究》，《殷文字研究》第24輯。】，恐怕是不洽當的。王暉曾論證「在」有「初、始、往昔」的意思，金文中有「才（即在）昔」、「昔才」等同義詞複用之例，並指出《小雅・楚茨》「自昔何爲，我藝黍稷」之「自昔」與「在昔」組合方式相同，「在古」亦作「自古」，唐人王績《贈梁公》詩「功成皆能退，在昔誰滅亡」，「在昔」一本作「自古」【王暉《試釋「在」的兩種罕見用法——兼論時空概念的「正反同辭」》，《古漢語研究》1989年2期；又收入郭芹納主編《漢語言文字學論文集》，陝西人民出版社，2002年6月。】。此均可證「自」有初、始之義。

關於「配」，徐難於作了很好的論述，她指出，西周的「天配觀」由「天立配」和「天所立者必『配天』、『配天命』」互相密切聯繫的兩方面內容構成。依據她的思路，此銘「自作配」的主語是「天」。但她從馮時把「鄉民」讀爲「相民」，義爲「治理下民」，似不妥。「配鄉」讀爲「配享」，義即「配受」，「自作配享」，是說天在下土立配受天命者。但天所立此配並非指禹而言。此「配」義當爲「匹配」、「仇匹」。裘文云，「古人認爲作爲天下共主的王，是上帝將他立在下土以治理下民的，地上的王是天上的上帝的『配』，《大雅・皇矣》歌頌文王受天命云「天立絕配」。周鳳五亦云「配」乃「匹配」義。

「民成父母」，多以「民」屬上爲讀，或以「鄉民」單獨一讀。這句話的主語理解也不一致，馮時認爲是「禹」，鄭剛同。學者多引《洪範》「天子作民父母，以爲天下王」、《詩經・大雅・泂酌》「豈弟君子，民之父母」、《孟子・梁惠王下》「《書》曰：天降下民，作之君，作之師」，以理解此句，極是。《禮記・

大學》曰：「詩云：『樂只君子，民之父母。』民之所好好之，民之所惡惡之，此之謂民之父母。」這句話應理解爲意念被動句，與下文主動句式相映形成錯綜變化。江林昌以爲主語爲「天」是對的。

綜合文獻來看，民之父母指的是王，也即天子，「民成父母，生我王」說的是一回事。王產生之後，再作臣。「作臣」可與牆盤（10175）「上帝降懿德大甹（屏）」相參照，「懿德大甹」義即有懿美之德的藩屛大臣。

◎佳瑜按：

根據對上文「天命禹……。」的理解，此處的「降民監德」乃承上文而來，「降」，《說文》：「下也。」〔註66〕《尙書·高宗肜日》：「惟天監下民。」此處是說上帝察看著下界，〔註67〕又《商頌·殷武》有云：「天命降監，下民有嚴。」〔註68〕亦是說明著上天隨時視察著下界，人民應時刻保持著恭敬謹慎的態度。銘文「降民」其義應是指「上天降下人民百姓」，其次「監德」之「德」結合文意來看，「德」應是指自身的德性而言，《尙書·皋陶謨》有云：「寬而栗，柔而立，愿而恭，亂而敬，擾而毅，直而溫，簡而廉，剛而塞，彊而義。彰厥有常，吉哉！」〔註69〕按照皋陶所言人本應當具備上述九種德性，並且務必隨時警惕自己有否做到，因爲在周人的思想中上天隨時都在尋找適切的人作爲最高統治者，也就是說「周人認識到上天授予或剝奪一姓一族的統治權是有一定的標準和依據。這個標準和依據就是現實政治的好與壞，就是德。」〔註70〕相對來說「天命是否更易，全在人自己的作風。」〔註71〕以此勉勵當勤修德，故「降民監德」所要說明的是「上天降下了人民百姓，並且隨時審視察看著其德行。」

關於「乃自作配享」此句應先釐清「自」於此之義，方能與「降民監德」

〔註66〕清·段玉裁：《說文解字注》（台北：漢京文化事業有限公司，1980年）。頁739（十四下四）。

〔註67〕顧頡剛、劉起釪著：《尙書校釋譯論（第二冊）》（北京：中華書局，2005年4月），頁1004。

〔註68〕清·阮元：《十三經注疏·詩經》（台北：藝文印書館，1985年），頁800。

〔註69〕同註63第一冊，頁400。

〔註70〕梁剛：〈西周「德治」思想再探討〉，《鄭州航空工業管理學院學報（社會科學版）》，2005年8月第24卷第4期，頁41。

〔註71〕許倬云：《西周史》（台北：聯經出版社，1984年10月），頁99。

作一妥善聯繫，按照對銘文的理解「自」應從陳英傑先生訓「初、始」之義，又「配」有「匹配」之義，配祀於天則與天同在，〔註72〕誠如《詩·大雅·皇矣》云：「帝遷明德，串夷載路。天立厥配，受命既固。」〔註73〕由上述可知，上天惟獨關注有光明德行的人，惟有修養自己的品德便能夠永久與天命匹配而能福祿長存，此外根據徐難于先生的分析指出西周的天配觀點，是建立在西周時人關於統治權力合理運作的思考以及周王權力與職責的重要觀念上，徐氏的分析甚爲卓識，具有啓發性，換言之便是說明受之天命是合乎正統，並且以殷商爲鑒，更加的體認到「皇天無親，唯德是輔」的重要性，再次強調配是由天所作且由天所立的，只有天掌握所有的決定權，所以天命是隨時可以轉移的，唯有隨時保持戒慎警惕的態度，時刻注意德行修養便能符合「以德配天」的這項標準，適時得到天的信任與輔佐。據此「乃自作配享」這句銘文所要強調的概念，筆者認爲是否應是涵蓋兩種層面來思考，首先是「受之天命的王」他要如何持續保持著配祀於天的正統性，關鍵點是建立於起初剛開始的德行修養，唯有於此的基礎上便能匹配於天，保有天命以便鞏固政權的合理性，其次則是天爲自己立配，尋找一個德才兼具的人來治理人民，而這個雀屏中選的王只是代替天掌理大權。

根據前文對於「自作配享」的解讀，了解到一點「天命的基礎是建立在有德之上」既然已經擁有了政權的合理性，那麼「民成父母」是否近似《詩·大雅·泂酌》：「豈弟君子，民之父母。」〔註74〕所言，可將之理解爲「成爲人民百姓的父母」，此外周人應該已經體認到人民大眾的重要性，據學者分析「民眾是國家賴以存在的根基，只有穩定好人民的日常生產生活，使之重土難遷，國家才能長治久安，永享國祚。」〔註75〕至於「生我王，作臣。」則是延續「民成父母」的概念而來，也就是意味著天惟時求民主的這個觀念對於周人而言非常重要，而「王」之產生則是符合天命方成爲人民之主，義同《詩·大雅·文王》所云：「穆穆文王，於緝熙敬止。假哉天命，有商孫子。商之孫子，其麗不

〔註72〕張世超等著：《金文形義通解》（京都：中文出版社，1996年3月），頁2638。

〔註73〕清·阮元：《十三經注疏·詩經》（台北：藝文印書館，1985年），頁561。

〔註74〕同注68，頁617。

〔註75〕王杰：〈神權政治向倫理政治的轉向——西周時期的敬德保民思想〉，《理論前沿》，2005年第23期，頁21。

億。上帝既命，侯于周服。」再次強調天命之不可違，文王因其本身的光明德行順理成章成爲正統之主，換言之便是說明修德的確實實行是非常重要的，因爲天隨時都在省視著，同理而言對於擇「臣」之標準亦是如此，其義也應近同《史記‧高祖功臣侯者年表第六》所云：「古者人臣功有五品，以德立宗廟定社稷曰勳，以言曰勞，用力曰功，明其等曰伐，積日曰閱。封爵之誓曰：『使河如帶，泰山若屬。國以永寧，爰及苗裔。』」〔註76〕由此可見德行列爲五品之首，也是揀選的首要考量條件之一，據此陳英傑先生所說作臣義即「懿美之德的藩屏大臣」的分析說法可從，故而在敬德持德的基礎上，相對肯定了「美好德行」對於人事的重要性，綜合以上「民成父母，生我王，作臣」此段銘文應是說明能夠順應天命而生且成爲人民大家長的王者，除了本身的德行修養傑出不凡之外，對於輔佐在側的眾臣選擇標準亦是建立在唯德的基礎上，因此確立其正統性的堅不可摧。

（三）毕頯（貴）唯德，民好明德，顜（憂，讀優）在天下。

諸家說法如下：

◎李學勤〔註77〕：

　　「頯」即「沫」字，或作「頖」、「頪」，也寫爲形聲字「䫞」，在這裡當讀爲「貴」。「厥貴唯德」連上意云爲王作臣都以有德於民爲貴。作爲名詞的「明德」，見《尚書‧梓材》：「先王既勤明德」，「亦既用明德」，又《召誥》：「保受王威命明德」。金文則多稱「秉明德」，如梁其鐘、瘐鐘等。「顜」字從「寡」即「寡」聲，故讀爲「顧」，《禮記‧大學》注：「念也」。這句是說：民好明德，則其顧念及於天下。

◎裘錫圭〔註78〕：

〔註76〕瀧川龜太郎：《史記會注考證》（台北：大安出版社，1998年），頁329。

〔註77〕李學勤：〈論豳公盨及其重要意義〉，《中國歷史文物》2002年第6期，頁6。其篇章分別收錄於保利藝術博物館編：《豳公盨大禹治水與爲政以德》（北京：線裝書局，2002年10月），頁15～27；《中國古代文明研究》（上海：華東師範大學出版社，2004年11月），頁126～136。

〔註78〕裘錫圭著：《中國出土文獻十講‧豳公盨銘文考釋》（上海：復旦大學出版社，2004年12月），頁59～62。又其篇章收錄於《中國歷史文物》2002年第6期（總第41

「頮」見《說文・九上・頁部》,「讀若眛」【由於《說文》此字篆形已訛變,其訓釋及字形分析皆不可信。】。《金文編》所收「頮」字,除虢盤、虢匜二例外,如魯伯盤、匜及殷嗀盤諸例,「頮」形下皆有「水」形及「皿」形,「頮」殆爲省體【《金文編》第627頁。】。各家皆以爲此字與《說文》訓「洒面」的「沫」爲一字,可信【參看上注所引《金文編》的按語,又請看《金文詁林》11・5470~5471頁所引李孝定說,香港中文大學,1975。】。此文「頮」疑當讀爲「美」,二字上古音相近。「眉壽」之「眉」,周代金文作「𩯭」、「𩯭」、「𩯭」等形(一般隸定爲「𩯭」),郭沫若認爲亦古「沫」字,以音近通「眉」【《金文詁林》5・2172~2173頁已引其說。參看同書5・2190~2199頁所引李孝定說。】。其說亦可信。「眉」與「美」上古音同聲同部。「沫」既可通「眉」,當然也可通「美」。「厥美唯德」可理解爲「其所讚美的就是德」。「其」之所指應包括天和作爲天之配的王。他們讚美德,就是要民好用德。這就是「嚮民」,所以下面緊接著說「民好明德,任在天下」。

前面已經說過,《洪範》有「嚮向五福」的話,同篇「五・皇極」下說:「……斂時五福,用敷錫厥庶民。……而康而色,曰:『予攸好德。』汝則錫之福。……」僞孔傳:「……斂是五福之道以爲教,用布與眾民使慕之。……汝當安汝顏色,以謙下人。人曰:『我所好者德。』汝則與之爵祿。」同篇「九・五福」下所列的五種福,第四種就是「攸好德」,僞孔傳:「所好者德,福之道。」僞孔傳的解釋不見得完全正確,但《洪範》認爲統治者應導民以德,應給予民之好德者以福則是顯而易見的。這可以印證我們對「嚮民」和「厥美唯德」的解釋。除「民好明德」外,下文還有「好德婚媾」等語,跟《洪範》講「好德」是相應的。《論語・子罕》和《衛靈公》都說「吾未見好德如好色者也」,「好德」之義同。

「明德」爲周人常用習語,屢見於周代銅器銘文及古書,不具引。《禮記・大學》「在明明德」句《正義》:「言大學之道在于章明己之光明之德。」釋「明德」爲「光明之德」。《詩・大雅・烝民》說:「天生烝民,有物有則。民之秉彝,好是懿德。」此銘則言天「降民,監德」、「作配,嚮民」、「厥美唯德」、「民好

期),頁19~20。保利藝術博物館編:《齲公盨大禹治水與爲政以德》(北京:線裝書局,2002年10月),頁28~47。

明德」，彼此立意相近。

「饔」字從「食」從「頁」，亦見仲叔父盤：

> 中（仲）叔父乍（作）妇姬尊般（盤），黍湘（梁）邂（？）麥，用
> 朝饔（此二字各家多釋「凤飽」）中（仲）氏█【《金文總集》8・6753。
> 《集成》未收此銘。《金文編》收此銘「饔」字爲附錄下 239 號。張
> 亞初《殷周金文集成引得》（中華書局，2001 年）所附《〈金文編〉
> 〈引得〉收字對照表》第 1501 頁 239 號項注：「銘僞，未收。」《集
> 成》編者不知何據而定此銘爲僞，恐不可從】。

伯就（或釋「喬」）父簋又有從「飲」從「頁」之字：「白（伯）就父乍（作）█

簋……【《集成》7・3762。】」上舉盤銘之字，吳榮光釋「饗」，吳闓生以爲「食
之繁文」【《金文詁林附錄》，第 1770 頁，香港中文大學，1977。】；簋銘之字，
徐同柏釋「餷」【《金文詁林》7・3375 頁。】，《金文編》釋「飲」【《金文編》
第 359～360 頁「飲」字。此字收爲最後一例。】，皆不可信。劉心源認爲簋銘
之字從「飲」從「頁」，盤名之字從「食」從「頁」，皆爲「餿」字之省【《金文
詁林》7・3375 頁。】。釋「餿」顯然錯誤，認爲此二字爲一字異體是正確的，
其偏旁分析亦可從。孫詒讓也以此二字爲一字異體。他疑盤銘之字「當從食從
頁，或當爲惪聲之省，伯就父敦（引者按：舊皆誤以「敦」稱簋）從人，則似
從優省，但字書未見，不知何義也。」【《金文詁林附錄》，第 1770 頁，香港中
文大學，1977。】孫氏分析簋銘之字的結構有誤，但以爲盤銘之字從「惪」省
聲，則極有啓發性。《說文・十上・心部》以「惪」爲「憂愁」之「憂」的本字，
分析爲「從心從頁」會意。朱駿聲《說文通訓定聲・孚部》「百」（首）字條，
指出「頁」亦古文「百」字，「惪」字條指出「惪」當從「頁」（首）省聲，其
說甚確【關於「惪」字聲旁，參看拙文《從殷墟卜辭的「王占日」說到上古漢
語的宵談對轉》，《中國語文》2002 年 1 期，第 73 頁。我在那篇文章中引了李
運富《楚國簡帛文字構形系統研究》中的有關說法，而失引朱駿聲說。】。據此，
孫氏所說的「惪聲之省」可改爲「從頁（首）聲」。我懷疑這個從「食」或「飲」、
從「頁」（首）聲的字，是「餁」的古字。「餁」是日母侵部字。「首」是書母幽
部字。按照章炳麟等人的古韻學說，幽、侵二部有陰陽對轉關係。從形聲字的
諧聲情況看，日母字和書母字相諧的例子也是存在的。例如：「如」是日母字，

「恕」是書母字。「爾」是日母字,從「鳥」、「爾」聲和從「黽」、「爾」聲的字是書母字。「然」是日母字,從「人」、「然」聲和從「女」、「然」聲的字是書母字。「豕」是書母字,「羴」(「蕤」的聲旁)是日母字。「飪」是弄熟食物的意思。上引簋銘和盤銘的「飪」大概都指已弄熟的食物,用的是引申義。本銘的「飪」似當讀爲任職之「任」。上引《洪範》僞孔傳將「曰:『予攸好德。』汝則錫之福」解釋爲「人曰:『我所好者德。』汝則與之爵祿。」《正義》解釋傳文說:「此言『與爵祿』,謂用爲官也。」此銘言「民好明德,任在天下」,意與之近。不過我們釋「饕」爲「飪」,把握並不是很大,此字尚待進一步研究(編按:此字似讀作「羞」爲妥,請看本文追記)。

「厥美唯德……」這一句,可以看作由銘文第一段到講民之好德者應如何行事的第二段的過渡。

◎朱鳳瀚 [註79]:

「沬」是指洗面。這句話承上文,是說王與臣皆能以德洗面,意思是說王與臣能時常用德的標準規範自己,清除不合乎德的思想與言行,樹立新潔的形象。在後世的文獻中也有類似的說法,例如《禮記‧儒行》云「儒有澡身浴德」,孔穎達曰:「澡身,謂能澡絜其身不染濁也;浴德,謂沐浴於德,以德自清也。」

「明德」在西周文獻中有兩種用法,一是作爲名詞使用,如《尚書‧梓材》:「今王惟曰:先王既勤用明德,懷爲夾……」。另一種用法是「明」爲動詞,以「德」爲賓語,如《尚書‧多方》:「自成湯至於帝乙,罔不明德恤祀。」作爲名詞的「明德」之「明」,其義當如《詩經‧大雅‧皇矣》「其德克明」鄭玄箋云:「照臨四方曰明」,如此則「明德」是光輝明亮之德,指有很大感召力的昌明的德行規範。朱熹《詩集傳》釋「其德克明」曰「克明,能察是非也」,如此則「明德」是明察是非之德,強調了其道德含義。

「好德」,即喜好德,因崇仰而遵奉德。《尚書‧洪範》:「而康好色,曰:『予攸好德。』汝則錫之福,……」。「於其無好德,汝雖錫之福,其作汝用咎。」《洪範》甚至將好德列爲「五福」之一。

〔註79〕朱鳳瀚:〈䚄公盨銘文初釋〉,《中國歷史文物》2002 年第 6 期,頁 31~32。又其篇章收錄於保利藝術博物館編:《䚄公盨大禹治水與爲政以德》(北京:線裝書局,2002 年 10 月),頁 48~57。

　　養，原篆從食從頁，似可認爲是屨字的異體，與金文中的「履」後來寫成小篆「履」字字形的變化方式有些相似。西周金文中的「履」字，較繁的形式作 ，從頁，有足形，從舟，頁上或有眉形，較簡的形式或省去眉形，或省去足形。《說文解字》的「履」字小篆字形作「履」，古文作「顝」。可見其古文字形還保留了西周金文「履」字的基本構造，但是小篆形體卻變爲尸（此外增加了表示行動的行旁）。小篆的這種字形始出時間因缺乏較早的字形依據未能得知，但未必晚到小篆流行時代。有鑑於此，從食從頁的養字也可以寫作屨。在《玉篇》等書中，屨被指出是饡的古文。饡通讚，所以本銘文即可讀作「讚甲天下」。《釋名·釋典藝》言稱人之美曰讚，「讚甲天下」即所得到的贊譽冠於天下。這句話與上兩句聯繫起來，是講當王與臣僚們能以德自律，民亦好明德時，就可以獲得盛譽。

◎李零〔註80〕：

　　「乒顝唯德」，讀「乒昧唯德」。銘文是說，我輩爲王作臣，他們最不明白的地方恰好就是「德」。「乒」同「厥」，下同。此字一般多理解爲「他（或她、它）的」或「他（或她、它）們的」，但這裡和下文的「乒」字卻相當於「他（或她、它）」或「他（或她、它）們」。「顝」，即《說文》卷九上頁部釋爲「昧前也」並且「讀若昧」的「顝」字，這裡讀「昧」。

　　「民好明德」。「明德」是針對上文「乒昧唯德」而講，「昧」和「明」含義正好相反。「養在天下」，「養」，從食從憂省，這裡讀爲「擾」。「擾」有柔順、馴化等義。《周禮·夏官·服不氏》「掌養猛獸而教擾之」，鄭玄注：「擾，馴也。教習使之馴服。」《周禮·夏官·職方氏》把馬、牛、羊、豕、犬、鷄稱爲「六擾」，就是指馴養的動物。典籍「柔遠能邇」，西周金文有之（如晉姜鼎、大克鼎、番生簋），其相當於「柔」的字，是從憂得聲，也是類似含義。「才」讀「在」。這裡是說民好明德，則天下歸心，無不馴服。

◎連劭名〔註81〕：

〔註80〕李零：〈論爨公盨發現的意義〉，《中國歷史文物》2002 年第 6 期，頁 38。又其篇章收錄於保利藝術博物館編：《爨公盨大禹治水與爲政以德》（北京：線裝書局，2002 年 10 月），頁 58～73。

〔註81〕連劭名：〈《爨公盨》銘文考述〉，《中國歷史文物》2003 年第 6 期，頁 54。

「厥顬唯德」。顬通昧，讀爲蔑，《尙書‧君奭》云：「文王蔑德」鄭玄注云：「蔑，小也。」疏云：「蔑，小也，小謂精微也。」《禮記‧中庸》云：「故君子尊德性而道問學，至廣大而盡精微，極高明而道中庸。」孔疏云：「廣大謂地也，言賢人由學能致廣大，如地之生養之德也，而盡精微謂致其生養之德，既能致於廣大盡育萬物之精微，言無微不盡也。」「民好明德」。《穀梁傳‧桓公十四年》云：「民者，君之本也。」好，喜樂之義。《禮記‧大學》云：「大學之道，在明明德。」又云：《康誥》曰：克明德。《大甲》曰：顧諟天之明命。《帝典》曰：克明峻德，皆自明也。《周易‧晉‧象》云：「君子以自昭明德。」昭、明同義，「自明」指去私欲，《老子‧道經》第十六章云：「知常曰明。」【參拙稿《馬王堆帛書〈繫辭〉研究》，《周易研究》2001 年第 4 期。】「龡在天下」。第一字不識，存以待考。

◎馮時〔註82〕：

「顬」，金文或從皿從水，與「頮」爲一字。《說文‧水部》：「沫，洒面也。頮，古文沫。」「秊顬唯德」即唯以德洗面，意即唯修德。「好」，喜愛也。銘文言臣修德而民好德，乃前文「作配相民，成父母，生我王」的結果。僞《古文尙書‧大禹謨》：「后克艱厥後，臣克艱厥臣，政乃乂，黎民敏德。」所述相同。

「才」，讀爲「哉」，語末助詞，表感嘆。班簋銘：「允哉顯！」師詢簋銘：「哀哉！」「哉」並作「才」。《爾雅‧釋詁》刑昺《疏》：「哉，古文作才。」是其證。

「饔」，從「食」從「頁」，當爲從「食」，「憂」省聲【孫詒讓：《古籀餘論》卷二，中華書局，1989 年。】，乃「優」之本字。《說文‧人部》：「優，饒也。一曰倡也。」又《食部》：「饒，飽也。」故字從「食」爲意符。「優」，寬和也。《詩‧小雅‧信南山》：「既優既渥。」鄭玄《箋》：「成王之時，陰陽和，風雨時，多有積雪，春而益之以小雨，潤澤而饒洽。」《詩‧大雅‧瞻卬》：「維其優矣。」毛《傳》：「優，渥也。」鄭玄《箋》：「優，寬也。」銘文之寬和當言臣民修德而天下優遊和柔也。《詩‧小雅‧采菽》：「優哉游哉。」鄭玄《箋》：「諸侯有盛德者，亦優游哉。」《詩‧商頌‧長發》：「不競不絿，不剛不柔，敷政優優。」毛《傳》：「優優，和也。」《魯詩》「優」作「憂」。《說文‧攵部》：「憂，

和之行也。《詩》曰：『布政憂憂。』」陳奐《詩毛氏傳疏》：「古『憂愁』作『惡』，『優和』作『憂』。」是「優」即和意。僞《古文尚書‧大禹謨》：「好生之德，治于民心，言潤澤多也。」《禮記‧儒行》：「禮之以和爲貴，忠信之美，優游之法，舉賢而容眾，毀方而瓦合。其寬裕有如此者。」《春秋繁露‧循天之道》：「德莫大于和，而道莫正于中。中和者，天地之美德達理也，聖人之所保守也。《詩》云：『不剛不柔，布政優優。』非中和之謂與？」銘文「優哉天下」即言君臣修德政而天下和樂。《禮記‧中庸》：「大哉聖人之道！洋洋乎！發育萬物，峻極于天。優優大哉！禮儀三百，威儀三千，待其人然後行。故曰：苟不至德，至道不凝焉。」其思想之發展與銘文所述一脈相承。

◎饒宗頤〔註83〕：

「厥顯惟德」句，言以「德」爲沫。《書‧顧命》：「王乃洮、頮水。」字作頮，洮字洮髮，頮是洒面。《說文》云：「洒面也。」古文從頁作𩔈。時時以德洗面，即「日嚴祗敬德」之義。

民好明德，憂在天下」句，憂字上從頁下從食，釋憂，可從。但「憂在」一詞，亦有來歷。《關雎序》「憂在進賢」是也。所憂在於天下之務。如墨子說「聖人之德，蓋總乎天地者也。」故所憂乃在天地之間。《詩‧豳風》疏：「陸德明曰：豳者，戎狄之地名也。……周公遭流言之難，居東都，思公劉太公爲豳公憂勞民事，以比（阮校）敘己志而作（詩）」「憂在天下」即「憂勞民事」之意。此記公劉、太王被稱爲「豳公」之事實。

◎周鳳五〔註84〕：

厥務惟德：務，銘文右從頁，左從俯首披髮形，會濯髮之意。即「沐」字；或更增水、皿，見魯伯愈父盤、魯伯愈父匜，其俯首就水以濯髮之形尤爵鮮明生動【《商周青銅器銘文選》四冊，第518頁。按，頮面沃盥，故其字上半多作水器灌注之形；濯髮則俯首就水，故其下半多從承水之皿而省略注水之器；參看容庚編著《金文編》，第627頁「頮」字，中華書局，1985年。】。《左傳》僖公二十四年：「沐則心覆」，字所以從俯首披髮者以此【《正義》引

〔註83〕饒宗頤：〈𧽻公盨與夏書佚篇《禹之總德》〉，《華學（六輯）》2003年6月，頁5。

〔註84〕周鳳五：〈遂公盨銘初探〉，《華學（六輯）》2003年6月，頁9。

韋昭曰：「沐則低頭，故心反覆也。」《十三經注疏》六冊，《左傳正義》，第254頁。】。或以此爲「釁壽」字異構，象頰面形，讀爲「沫壽」，但「頮」從俯首披髮，「釁」從正面立人，二字判然有別【參看容庚編著：《金文編》，第237～242頁「眉」字、第627頁「頮」字。按，「釁壽」字象頰面形，即「沫壽」，《詩經》通作「眉壽」、《儀禮·士冠禮》古文作「麋壽」、又《少牢饋食禮》古文作「微壽」；沫、眉、麋、微四字明紐雙聲，韻部脂、微旁轉，可以通假，而實皆「彌」之借字，訓長也，久也。金文沐、沫字形有別，齊太宰歸父盤銘「以祈沫壽，爲己沐盤」二字並見一器而形構不同，堪稱確證。見《商周青銅器銘文選》四冊，第533頁。本文所引古音，參考郭錫良：《漢字古音手冊》，北京大學出版社，1986年。】。沐、務古音明紐雙聲，屋、侯對轉可通。《說文》：「務，趣也。」段《注》：「趣者，疾走也。務者，言其促疾於事也。」【段玉裁：《說文解字注》，第699頁，台北漢京文化事業有限公司，1983年。】銘文謂周王教化臣民，以修德爲先務也。

憂在天下：憂，銘文上從頁，下從言；此字形見《汗簡》，又見《古文四聲韻》【郭忠恕：《汗簡》上之一，第12頁「言」部；夏竦《古文四聲韻》上平，第35頁「言」字，《汗簡、古文四聲韻（合刊本）》，中華書局，1983年。】。按，從心之字，古文或從言作【高明《古體漢字義近形旁通用例》一文，列舉金文、璽印、陶文所見德、儺、警、訓等十二字，以及《詩經》、《尚書》、《禮記》、《荀子》所見忱、諫、愧、悅等十七字爲例，指出：「心言二形旁通用，不僅在古文字的形體中保存了實例，而且先秦兩漢的文獻也提供了大量的證據。」高明《高明論著選集》第37～38頁，科學出版社，2001年。】，則此字可以視同從頁，從心，即《說文》訓「愁」之「惪」字。《說文》別有「憂」字，訓「和之行」，二字形義有別。惟經典相承以「憂」爲「憂愁」字，以「優」爲「和之行」字【段玉裁：《說文解字注》，第514、233頁，台北漢京文化事業有限公司，1983年。】。銘文當與上「民好明德」連讀，謂周王以教民修德爲先務，唯恐其失德也。

◎江林昌〔註85〕：

虘公盨銘文10行98字中共出現六次「德」：降民監德、厥貴唯德、民好明

〔註85〕江林昌：〈虘公盨銘文的學術價值綜論〉，《華學（六輯）》2003年6月，頁46～47。

德、益求懿德、心好德、克用茲德。銘文中的「德」既是天帝命禹敷土治水，作民父母以成王的政治標準，也是大禹治理社會、重視祭祀、協調婚姻、勸導民眾的政治手段。這對我們研究西周思想哲學史提供了考古資料。馮友蘭《中國哲學史新編》、侯外廬《中國思想史綱》均指出，商周思想史的一個顯明發展就是，商代強調「天命」，而周代則在重視「天命」的同時還強調「人德」的配合。

商人認為，自然界和社會上的一切都是上帝所主宰的。這個至上神便是「天」或「帝」。而人間的君主則是這個「天」或「帝」所降生而下的。是「天」或「帝」命令他在人間統治百姓的，這便是所謂「天命」。如《商頌‧長發》說「有娀方將，帝立子商。」《商頌‧玄鳥》又說：「天命玄鳥，降而生商，宅殷土芒芒。」到了西周，在繼承商朝的「天命」觀念的同時，又強調「人德」的培養。周初的統治者認識到，「天命」不是一成不變的。如果人間的統治者亂政失德，「天」或「帝」便可隨時「改厥元子」，所謂「皇天無親，惟德是輔」（《左傳》僖公五年引《周書》）。因此，周代強調，統治者要治理好天下，既要敬「天命」，又要以自己美好的「人德」去配合。《大雅‧文王》說：「事修厥德，永言配命。」馮友蘭《中國哲學史新編》指出：西周統治者這種觀念「在一定程度上對殷商以來的天命觀作了些修正，限制了些天命的作用，強調了些人為的力量，就這點講在當時還是有一定的進步性的。」

豳公盨銘文正體現了「天命」與「人德」的配合統一。銘文開頭的「天命禹敷土、墮山濬川，疇方設正」，均是指禹受「天命」。接著又說「禹」之所以能配享「天命」成民父母而作王，乃是由於「厥貴唯德」。在這裡，「天命」和「禹德」是和諧一致的。不僅如此，豳公盨銘文裏的「德」還體現為不同層次，而這又與西周文獻所反映的「德」的類別相吻合。侯外廬先生《中國思想史綱》指出：「什麼是『德』呢？『德』字的含義是事物的屬性，而在西周文獻中是指奴隸主貴族所特有的權利，以及由此而反映出的一種品性。它的內容可以簡括為下列幾種。第一是敬天，及虔誠的崇奉上帝。第二是孝祖，即繼承先王、先公的功業。第三是保民，即鞏固對人民大眾統治。合乎這樣的標準的貴族，就是『有德』；相反就是『失德』。」豳公盨銘文言德，與這三種「德」的要求竟有了驚人的吻合。

銘文開頭說「天命禹敷土，墮山濬川」。接著又以兩個「乃」字，說明禹的

「疇方設正」「成民父母作王」等行動，均是遵「天命」而爲，因爲「乃」字前面的主詞仍然是「天」。這充分體現了「天命」的神聖性。是爲「敬天之德」，此其一。銘文又說禹治理天下，能夠「孝友懽明，經齋好祀無廢」。「孝友」是古習語，即孝于父母，友于兄弟之意。「懽」字李學勤先生讀爲「訏」，意爲「大」。李零先生說：「孝友訏明」指「孝友之道大明」，此亦明德之義。「經齋」，朱鳳瀚先生說：「經是循常，齋，齋戒」，並引《禮記・祭統》「及時將祭，君子之齋」「齋者精明之至也，然後可以交于神明也」爲證。這說明「經齋好祀無廢」是指遵循規矩、虔誠祭祀，永無廢棄。這便是「孝祖之德」，是其二。銘文又說：「厥貴唯德，民好明德，顧在天下」「心好德，婚媾亦唯協」。由於做到了「貴德」「明德」「好德」，結果是「天釐用考，神復用祓祿，永定于寧」。李零先生解釋說：「『天釐』與『神復』互文，『考』與『祓祿』互文。這裡指天以壽考爲賜，神以福祿爲報。」「永定于寧」的「于」讀爲「與」，全句意爲既定且寧。這裡通過因果關係，說明用「德」的重要性，天神是視德而賜壽與福祿的。這是治民之道，勸民之術，所以銘文結尾說：「民唯克用茲德，亡誨。」這些內容可歸入侯先生的「保民之德」，是其三。銘文的上述三類內容，均可與西周文獻互證。

「德」的分類	變公盨銘文	西周文獻
敬天之德	天命禹敷土，墮山濬川。（天）乃疇方設正，降民監德。（天）乃自作配享，民成父母，生我王作臣。	《尚書・泰誓》：今商王受，弗敬上天，降災下民，惟天惠民，惟辟奉天。《尚書・無逸》：昔在殷王中宗，嚴恭寅畏，天命自度。
孝祖之德	孝友訏明，經齋好祀無廢。	《大雅・卷阿》：有馮有翼，有孝有德。《尚書・文侯之命》：汝克紹乃顯祖，汝肇刑文武，用令紹乃辟，追孝于前文人。《史墻盤》：孝友史墻，夙夜不墜。
保民之德	厥貴唯德，民好明德，顧在天下。心好德，婚媾亦唯協。民唯克用茲德，亡（悔）。	《尚書・無逸》：天命自度，治民祇懼，其在祖甲……作其即位，爰知小人之依，能保惠于民……肆祖甲之享國三十有三年。《尚書・酒誥》：人無于水監，當于民監。

上述的比較可知，西周時期，崇尚敬天之德、孝祖之德、保民之德的觀念十分普遍。侯外廬先生編的《中國思想史》以爲「德」是西周倫理思想的骨幹，可謂是中肯之論。鑸公盨銘文有關「德」的論述，進一步支持了這一觀點。

◎**楊善群**〔註86〕：

自「民好明德」以下一段，論述庶民「好德」的益處。庶民愛好明德，其顧念在天下，謂爲天下百姓謀利益。

◎**劉雨**〔註87〕：

沬，即頮，讀爲貴【頮，《中國歷史文物》2002·6　李學勤文。】。顧，此字實際並未被認出，暫按李學勤說。

◎**陳英傑**〔註88〕：

「皇」，裘文認爲指天和作爲天之配的王。我們認爲應單獨指天而言。其他或認爲指民或臣而言，非是。此是說天以德爲貴。「唯」字是對句子焦點進行強調的語氣副詞。

「明德」見於金文，梁其鐘（189）「肈帥井皇祖考秉明德」，癲鐘（247）「帥祖考秉明德」，叔向父禹簋（4242）「肈帥井先文祖共明德，秉威儀」等。又見於文獻：《周書·晉卦》：「君子以自昭明德。」《尚書·梓材》：「先生既勤用明德」，又「亦既用明德」。又《召誥》「保受王威命明德」，《君奭》「嗣前人，恭明德」，《文侯之命》「克慎明德」。《大雅·皇矣》：「帝遷明德」，「予懷明德」。《禮記·大學》：「大學之道，在明明德。」《左傳·隱公八年》：「敢不承受君之明德。」《僖公五年》：「故周書曰：皇天無親，惟德是輔。又曰：黍稷非馨，明德惟馨。」《逸周書·寶典解》「九德」下云「八溫直，是謂明德，喜怒不郄，主人乃服。」

其例甚多，不具引。從中我們不難看出「明德」在周人思想觀念中的重要地位。

〔註86〕楊善群：〈論遂公盨銘與大禹之「德」〉，《中華文化論壇》2008年第1期，頁6。

〔註87〕劉雨著：《金文論集·豳公考》（北京：紫禁城出版社，2008年），頁328。

〔註88〕陳英傑著：《西周金文作器用途銘辭研究（下）·鑸公盨考釋》（北京：線裝書局，2008年10月），頁582～583。

餗字從頁從食，此字同伯喬父簋（3762）「」、仲叔父盤「」【《金文編》附錄下 239 號，裘文已指出。盤銘或認爲僞作。】、餗𩑋戈（10890 春秋）「」等一字異體。其字形分析，我們同於裘氏和馮時，即從頁（首）得聲，但釋義跟馮氏相同。只是我們不同意讀「才」爲「哉」，而應讀爲「在」，「在天下」是處所補語。《說文·攵部》：「憂，和之行也，從攵，惪聲。《詩》云：布政憂憂。」朱駿聲《說文通訓定聲》：「經傳皆以優爲之。」今《詩經·商頌·長發》作「敷政優優」。徐灝《說文解字注箋》：「許云『和之行』者，以字從攵也。凡言優游者，此字之本義。今專用爲憂愁字。」《淮南子·原道》：「其德優天地而和陰陽，節四時而調五行。」高誘注：「優，柔也；和，調也。」優、和變文同義，盨銘即和順、協調義。

因爲天以德爲貴，所以民就喜好明德，民好明德，則天下和順。這是一個過渡段，由「天」過渡到「民」。

◎佳瑜按：

銘文「（頮）」字，《說文》：「沬前也。」按照陳昭容先生的分析「沬前」之「沬」即《說文》水部「沬，洒面也，從水未聲。」的「沬」字，「沬前」即「洒面」，[註89] 其說可從。此字在金文裡或有作（魯伯匜）、（毳匜）、（楚季盤）等形，[註90] 從構形來看象人在作洗滌面部之樣，故有作從水從皿的寫法，突顯洗滌面部這件事。

至於此字的訓讀，筆者認爲李學勤將之讀爲「貴」聲，是較爲適切的，聯繫上文已談到「乃自作配享」的概念，可知在「不違天命」的前提之下首要切重的是在於「德行」之上用以確定政權的合理性，故銘文「𢆶某唯德」（按：某即字，暫用某代替。）是否應可理解爲「天某唯德」，「𢆶」在此應當爲代詞來使用，指「天」而言，意思是說「上天所關注的、看重的是在於以德唯……」，又文獻也有相似語例如《尚書·周書·畢命》有云：「政貴有恆，辭尚體要。」[註91] 茲就內容來看「𢆶某唯德」、「政貴有恆」、「辭尚體要」都

〔註89〕陳昭容：〈自淅川下寺春秋楚墓的青銅水器自名說起〉，《中央研究院歷史語言研究所集刊》2000 年 12 月第 71 本第 4 分，頁 888。

〔註90〕相關字形見容庚：《金文編》（北京：中華書局，1985 年），頁 627。

〔註91〕清·阮元：《十三經注疏·尚書》（台北：藝文印書館，1985 年），頁 290。

是在論述不同層面卻是同樣重要的事情，據此銘文應可通讀爲「氒貴唯德」也就是說上天是以德爲貴，此外論及至此對於「德」的核心價值，依據對銘文內容的理解應是針對統治階級的立場而言，「德是一個政治概念而不是一個具有獨立意義的道德觀念。」〔註 92〕正如《尚書・召誥》裡一再強調「王敬所作，不可不敬德。」〔註 93〕或「宅新邑，肆惟王其疾敬德！王其德之，用祈天永命」，〔註 94〕王唯有不斷的加強自己的道德修養以及務必記取殷商滅國的前車之鑒，便可順應天命亦能受到人民的擁戴，據此「厥貴唯德」與下文的「民好明德」方可互相呼應，也就是說擁有光明德性的王者是受到人民所喜愛的，同理上天所切重的是在於以德爲貴的王者。

關於「」字的解釋，李學勤先生認爲從「寡」即「寡」字，此說似不妥，金文中所見的「寡」字或有作（父辛卣）、（毛公鼎）、（中山王譽鼎）等，僅就字形來看明顯與「」不似，又按照朱鳳翰先生的看法認爲此字即「㞓」是「饡」的古文，《說文》：「以羹澆飯也，從食贊聲。」〔註 95〕金文字作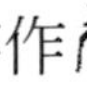（𨽥盤），從尸從食，其上部「」旁與「」上部來源不同，字形不合故釋「饡」恐是欠妥。此外周鳳五先生認爲下部從言，茲就金文「言」的寫法如（伯矩鼎）、（中山王譽鼎）等形亦與本銘「」下部所從「食」相差甚遠，權衡之下此字應是從頁、從食隸爲「䫀」，義從馮時先生所言「㥑省聲」《說文》：「愁也。」〔註 96〕讀爲「憂」，於此應非作「憂愁」解，由文意判斷理解爲「祥和」較妥，承上文「民好明德」已知美好光明的德是廣受人民所擁戴，同時也反映一點民心是鞏固國家的主要根本，倘若僅止於仰賴「修養德行」冀求長治久安，並非永久之道，故「憂在天下」是否隱含兩層意義，其一則是如能使國家常保

〔註 92〕梁剛：〈西周德治思想再探討〉，《鄭州航空工業管理學院學報》（社會科學版）2005 年 8 月第 24 卷第 4 期，頁 42。

〔註 93〕顧頡剛、劉起釪著：《尚書校釋譯論（第三冊）》（北京：中華書局，2005 年 4 月），頁 1438。

〔註 94〕同注 92，頁 1442。

〔註 95〕清・段玉裁：《說文解字注》（台北：漢京文化事業有限公司，1980 年）。頁 222（五下十）。

〔註 96〕同注 92，頁 518（十下四十八）。

安定，這個天下必是一個和諧穩定的社會，方可免於災禍降至，符合天命且不違天命；其次則是說明「保民」的重要，「敬德保民」是一個相輔相成的概念，誠如「欲至于萬年，惟王子子孫孫永保民」〔註97〕，如此便能建立一個使萬民相擁以成盤石之固的正統政權。

（四）用毕邵好，益□懿德，康亡（娛）不（丕）楙（懋），老（孝）友🔲（忏）明，至（經）齊好祀，無🔲（覞，讀兌）心。

諸家說法如下：

◎李學勤〔註98〕：

「厥」在這句訓為「之」【楊樹達：《詞詮》，第157～158頁，中華書局，1979年。】，「用厥」等於「以之」。「邵」訓為繼，「好」訓為「美」都見於《說文》。「益」下一字不識，疑有範損，暫且釋為從「干」從「女」，讀為「干」，《爾雅·釋言》：「求也。」「益干懿德」，可參看《詩·時邁》「我求懿德」。「懿德」見師訇鼎、單伯鐘、異仲壺等。「康」訓為廣，見《周易·晉卦》鄭注。「懋」訓為勉。「康亡不懋」，是說其美德廣大，無所不勉。

「考」、「孝」字常通用。「孝友」係古習語，即孝於父母，友於兄弟。《尚書·康誥》：「元惡大憝，矧惟不孝不友。」《詩·六月》：「張仲孝友。」金文史牆盤有「惟辟孝友」，曆方鼎有「孝友惟型」。「忨」讀為「訏」，意為大，「經」則訓為常。「訏明經齊」，也就是《國語·周語》「齊明中正」一類意思。

「覞」字左半的「貝」、右半的「見」，上端中間橫筆都改用叉形。此字應從「貝」聲，讀為「廢」，兩字均為幫母月部。「好祀無廢」，意為隆重祭祀而從不廢輟。

〔註97〕顧頡剛、劉起釪著：《尚書校釋譯論（第三冊）》（北京：中華書局，2005年4月），頁1424。

〔註98〕李學勤：〈論豳公盨及其重要意義〉，《中國歷史文物》2002年第6期，頁6。其篇章分別收錄於保利藝術博物館編：《豳公盨大禹治水與為政以德》（北京：線裝書局，2002年10月），頁15～27；《中國古代文明研究》（上海：華東師範大學出版社，2004年11月），頁126～136。

◎裘錫圭〔註99〕：

「邵」有高、美之義。《法言・修身》：「公儀子、董仲舒之才之邵也……」李軌注：「此二子才德高美。」汪榮寶《義疏》：「《說文》：『邵，高也。』字當從卪。經典通用『邵』。《爾雅・釋詁》：『邵，高也。』又《小爾雅・廣詁》：『邵，美也。』是邵兼高、美二義。」【《法言義疏》第 92 頁，中華書局，1987。】「好」有美善之義。《洪範》：「凡厥正人，既富方谷，汝弗能使有好于而家，時人斯其辜。于其無好【今本此「好」字下有「德」字，據《十三經注疏校堪記》等刪。】，汝雖錫之福，其作汝用咎。」《正義》釋「汝弗能使有好于而家」爲「汝若不能使正直之人（按：近代各家多以爲上文「正人」不當理解爲正直之人，而應理解爲從政之人或爲正長之人）有好善于汝國家」。此銘「好」之義與之相似。一說「邵」讀爲「劭」，訓「勉」【《爾雅・釋詁》、《說文・十三下・力部》皆訓「劭」爲「勉」。】。「好」即「好德」之「好」。「劭好」指對德的努力追求。

「益」下一字不識。「益□懿德」的意思可能是增益美德。「懿德」也屢見於周代銅器銘文和古書。前面引過的《詩・大雅・烝民》即有「好是懿德」語。「康」的意思是平安。《詩・大雅・卷阿》「茀祿爾康矣」鄭箋：「康，安也。」《商頌・烈祖》：「自天降康，丰年穰穰。」鄭箋：「天于是下平安之福，使年丰。」《洪範》「五福」，「三曰康寧」。其第八疇「庶征」之文，以「家用平康」與「家用不寧」對言。

「康」下一字似「亡」，但寫法與本銘最後一行的「亡」字不同，字形方向也是反的。然而從文義看，此字應爲否定詞，似乎只能釋爲「亡」。徐寶貴《商周青銅器銘文避復研究》一文指出，銅器銘文中重出的字有「變形避復」的現象【《考古學報》2002 年 3 期，第 261～276 頁。】。也許此字就是爲了避復而寫得跟一般的「亡」字不同。據文義此字似應讀爲「無」或「毋」。「亡」、「無」、「毋」古皆通用。「楙」讀爲「懋」，與癲簋、癲鐘同【參看《金文編》

〔註99〕裘錫圭著：《中國出土文獻十講・豳公盨銘文考釋》（上海：復旦大學出版社，2004 年 12 月），頁 62～64。又其篇章分別收錄於《中國歷史文物》2002 年第 6 期（總第 41 期），頁 20～21。保利藝術博物館編：《豳公盨大禹治水與爲政以德》（北京：線裝書局，2002 年 10 月），頁 28～47。

「枀」字條,《金文編》第 410 頁。】。《爾雅・釋訓》、《說文・十下・心部》皆訓「懋」爲「勉」。「康亡不懋」蓋言雖安康而不懈怠,立意與《詩・唐風・蟋蟀》「無已大康」、《周頌・昊天有成命》「成王不敢康」相似。「用厥邵好」的「好」和「康亡不懋」的「懋」都是幽部字,押韻。

此文以「老」爲「孝」。西周銅器銘文屢以「老」爲「考」,又屢以「考」爲「孝」,《金文編》「考」字條所收卿尊至跳簋諸例,幾乎都是用作「考」的「老」字【《金文編》第 599 頁後三行。】;又屢以「考」爲「孝」,如「享孝」之「孝」或作「考」【參看《金文編》第 596 頁「考」字條仲枏父簋、迟盨二例按語。】,「孝友」之「孝」亦有作「考」者【曆鼎:「考(孝)曶(友)唯井(型)。」見《集成》5・2614。】。「老」既可爲「考」,當然也可爲「孝。」旅仲簋「享孝」之「孝」作𡥀【《集成》7・3872。】,很可能也是用爲「孝」的「老」字。本銘下文「敬用老申(神)」,亦以「老」爲「孝」。

「恓明」之「恓」從「心」、「孟」聲。「明」在古代被視爲一種美德。《國語・周語上》「十五年有神降于莘」條「國之將興,其君齊明衷正……」,即其一例。「恓」也應是一種美德。大克鼎銘贊美其祖師華父,有「宧靜于猷」之語【《集成》5・2836。】。「恓」與此「宧」字所表示者當爲同一詞。舊日多釋「宧」爲「寧」【《金文詁林》9・4753～4755。】,不可信,待考。

「巠」當讀爲「經」。《禮記・樂記》:「廉直勁正莊誠之音作而民肅靜」。「勁正」,《史記・樂書》作「經正」,《集解》、《索隱》皆引三國魏孫炎《禮記》注曰:「經,法也。」可知《禮記》古本本作「經」。「齊」有莊敬義。《禮記・孫子閒居》「聖敬日齊」鄭玄注:「齊,莊也。」「經齊」應與《樂記》之「經正莊誠」同義。「經正」似即後世所說的「正經」。古人重祭祀。《左傳》成公十三年:「國之大事,在祀與戎。」《洪範》「八政」,「三曰祀」。所以「經齊好祀」是重要的美德。

「心」上一字寫法較怪,今據甲骨文釋爲「䰟」。甲骨文「䰟」字見下引卜辭:

乙巳卜,今日乙王其迖新庸羌(?),不遘䰟日。

其遘䰟〔日〕。《甲骨文合集》29712

不遘䰟日。同上 29711

其遘魄日。《小屯南地甲骨》2442

從文義看，「魄日」應指一種不好的日子或太陽的一種不理想的狀況，但「魄」字的確切含義尚無法知道。「魄」似應爲從「鬼」、「貝」聲之字，或即「魁」之古字（編按：陳劍指出甲骨文「魄」字應從「鬼」聲，請看本文追記。但銘文此字右旁，有的學者認爲是「兒」字——朱鳳瀚《燹公盨銘文初釋》，《中國歷史文物》2002 年 6 期 32 頁，則此字或與甲骨文「魄」字無關，待考）。「貝」、「魁」的上古音很接近，此銘的「魄心」顯然指一種不合乎德的心態。「貝」和「悖」的上古音，聲、韻都相近，疑「魄心」當讀爲「悖心」。《禮記‧樂記》：「人化物也者，滅天理而窮人欲者也。于是有悖逆詐僞之心，有淫佚作亂之事。」「悖心」即悖逆之心。

◎朱鳳瀚[註100]：

　　《詩‧小雅‧鹿鳴》：「德音孔昭」，鄭玄箋：「昭，明也。」蔡邕《獨斷》：「聲聞宣遠曰昭」「益」下一字不能確讀，疑是「求」字。在殷墟甲骨刻辭中「求」字作 🔣、🔣、🔣 等形，「益」下之字與其有形近之處。銘文中此字恰鑄於器內底接腹內壁的轉折處，不排除因爲範的關係而略有變形之可能。如可作此讀，則這句話當承上文理解，其意思即是：由那種（崇仰德的）很有影響的昭明的好局面（出發），再進而追求更美好的德行。《詩經‧周頌‧時邁》：「明昭有周，式序在位。載戢干戈，載櫜弓矢。我求懿德，肆于時夏，允王保之。」（朱熹《詩集傳》解釋曰：「又言明昭乎我周也，既以慶讓、黜陟之典，式序在位之諸侯，又收斂其干戈弓矢，而益求懿美之德，以布陳于中國，則信乎王之能保天命也。」）其語句的內容及形式均與本句銘文相近，似可以作爲理解本句銘文的參考。「懿德」一詞亦見於《詩經‧大雅‧烝民》「民之秉彝，好是懿德」與周恭王時青銅器墙盤銘文「上帝降懿德、大甹」。

　　《尙書‧康誥》：「別求聞由古先哲王，用康保民。」僞孔傳與孔穎達疏皆訓「康」爲「安」，同於《爾雅‧釋詁》。《釋詁》亦訓「靜也」、「樂也」。㯂，從林欠聲，可讀作堪，欠、堪皆溪紐侵韻。《爾雅‧釋詁》：「堪，勝也。」在典

〔註100〕朱鳳瀚：〈燹公盨銘文初釋〉，《中國歷史文物》2002 年第 6 期，頁 32～33。又其篇章收錄於保利藝術博物館編：《燹公盨大禹治水與爲政以德》（北京：線裝書局，2002 年 10 月），頁 48～57。

籍中「堪」或訓「盛」，訓「樂」。本句銘文連上句讀，是上句銘文所述意思之結果，即是言如做到進一步追求更加懿美之德行，則（國家）即會康樂安定而沒有什麼不可以取勝的（或沒有不繁盛的）。

「孝」在西周時主要是指孝敬和善事父、母、先祖、先妣等前人。「友」在西周時是指友於兄弟，即與兄弟友好。這些用法均見於西周金文。孝友在當時已被作爲一種美好的品德，如周恭王時的墻盤銘文即言「孝友史墻」，是史墻的自我稱揚。愐當讀訏，大也。「孝友訏明」，是講應倡明孝友之德行。

「經」，典籍多訓「行」。張正烺先生《周厲王胡簋釋文》（《古文字研究》第三期）釋「巠（經）擁先王」句時引《詩經・小雅・小旻》「匪大猶是經」箋「不循大道之常」，說明「經是循常」。齋，齋戒。《禮記・祭統》：「及時將祭，君子乃齊（齋）。齊（齋）之爲言齊也。」「齊（齋）者精明之至也，然後可以交于神明也。」嬲字左側所從 ✕ 當是「其」字之省變，「其」在金文中作 ✕，但也有簡作 ✕ 的。叔趯父卣銘文中有 ✕，也寫作 ✕。「其」也作 ✕，此形式或可省作 ✕。所以 ✕ 可認爲是 ✕ 的簡化，嬲即爲從兒其聲，故可讀爲「欺」。「欺」即欺詐。

根據以上討論，本句銘文的意思大致是：在祭祀前要按規矩齋戒，虔誠的對待祭祀，不要懷有不誠實的心。

◎李零〔註101〕：

「用乎邵好益，美歖德」，讀「用乎詔好謚，美懿德」，讀「用乎詔好謚，美懿德。」「邵」，從邑不從卩，此即《周禮・春官》所謂的「詔號」之「詔」（《大宗伯》、《小宗伯》、《職喪》），是宣告之義。「詔好謚」與「美懿德」，乃互文見義，指用有道德寓意的辭彙作人的善謚，加以宣告，彰顯其德行。

「康亡不枨」，讀「康亡不懋」，意思是安於享樂者無不自勉自勵。「康」是逸樂之義，「懋」是勉勵自勵。《書・康誥》兩言「懋不懋」，「康」即「不懋」，不懋當懋之，故曰「康無不懋」。

「考昏愐明」，疑讀「孝友訏明」，指孝友之道大明。「孝友」，《詩・小雅・

〔註101〕李零：〈論鱻公盨發現的意義〉，《中國歷史文物》2002 年第 6 期，頁 38。又其篇章收錄於保利藝術博物館編：《鱻公盨大禹治水與爲政以德》（北京：線裝書局，2002 年 10 月），頁 58～73。

六月》「張仲孝友」，毛傳：「善父母爲孝，善兄弟爲友。」「愃」，從心從盃，疑讀訏，古書多訓「訏」爲「大」（參見《爾雅·釋詁上》、《方言》卷一）。「訏明」，即大明。此亦明德之義。

「巠齊好祀無斯」，疑讀「經濟好祀無期」，指維持禋祀不絕。「經濟」，有經營操辦之義。「好祀」，指美好的祭祀。「無斯」，下字似從其從丮，這裡讀爲「期」。

◎連劭名〔註102〕：

「用厥邵好」。《小爾雅·廣詁》云：「邵，美也」。《孟子·盡心》下云：「充實之謂美。」《周易·坤·文言》云：「君子黃中通理，正位居體，美在其中而暢於四支，發於事業，美之至也。」美、好同義，《國語·晉語》云：「知襄子爲室美」韋注：「美，麗好也。」《論語·學而》云：「有子曰：禮之用，和爲貴，先王之道，斯爲美，小大由之，有所不行，知和而和，不以禮節之，亦不可不行也。」

「益□懿德」。《班簋》銘文「益曰大政。」《詩經·烝民》云：「民之秉彝，好是懿德。」毛傳曰：「懿，美也。」《左傳·昭公十年》云：「讓，德之主也，謂懿德。凡有血氣，皆也爭心，故利不可強，思義爲愈，義，利之本也，蘊利生孽，姑使無蘊乎。」《左傳·襄公十三年》云：

> 君子曰：讓，禮之主也。范宣子讓，其下皆讓，欒黶爲汰，弗敢違也。晉國以平，數世賴之。刑善也夫，一人刑善，百姓休和，可不務乎。《書》曰：一人有慶，兆民賴之，其寧惟永，其是之謂乎。周之興也，其《詩》曰：儀刑文王，萬邦作孚，及其衰也，其《詩》曰：大夫不均，我從事獨賢，言不讓也。世之治也，君子尚能而讓其下，小人農力以其上，是以上下有禮，而讒慝黜遠，由不爭也，謂之懿德。及其亂也，君子稱其功以加小人，小人伐其技以馮君子，是以上下無禮，亂虐並生，由爭善也，謂之昏德。國家之敝，恆必由之。

「懿德」如同老子所說的「上善」，《老子·道經》第八章云：「上善若水，水善利萬物而不爭，居眾人之所惡，故幾乎道矣。⋯⋯夫惟不爭，故無尤矣。」「康

亡不懋」。《爾雅·釋詁》云：「康，樂也。」又云：「康，安也。」馬王堆帛書
《五行》云：「君子無中心之憂則無中心之聖，無中心之聖則無中心之說，無中
心之說則不安，不安則不樂，不樂則無德。」《逸周書·謚法》云：「安樂擾民
曰康，豐年好樂曰康，令民安樂曰康。」《爾雅·釋詁》云：「康，靜也。」《禮
記·大學》云：「大學之道，在明明德，在親民，在止于至善。知止而後有定，
定而後能靜，靜而後能安，安而後能慮，慮而後能得。」又，康、虛同義，《荀
子·解蔽》云：「人可以知道曰心，心何以，曰虛一而靜。」《說文》云：「懋，
勉也。」

《尚書·堯典》云：「惟時懋哉」君子之勉，當時時行之，不可間斷。

「考友于明經」。「考」讀爲孝，《史墻盤》銘文云：「惟辟孝友。」《詩經·
六月》云：「張仲孝友」毛傳云：「善父母爲孝，善兄弟爲友。」「于」訓爲「以」，
如《尚書·盤庚》云：「爾歷告爾百姓于朕志。」《尚書·大誥》云：「予惟以爾
庶邦于伐殷逋播臣。」「明」用爲動詞，《禮記·郊特牲》云：「郊所以明天道也。」
鄭玄注：「明謂以示人也。」儒家認爲孝道是天經地義，《孝經》云：

　　曾子曰：甚哉，孝之大也。子曰：夫孝，天之經也，地之義也，民
　　之行也。天地之經，而民則是則之，則天之明，因地之利，以順天
　　下，是以其教不肅而成，其政不嚴而治。

鄭玄注云：「經，常也。利物爲義，孝爲百行之首，人之常德，若三辰運天而有
常，五分土地而爲義也。」「齊好祀」。齊之言敬，《左傳·文公二年》云：「子
雖齊聖。」杜預注：「齊，肅也。」《荀子·王霸》云：「四者齊也。」楊注：「齊
謂無所闕也。」《淮南子·修務》云：「一言而萬民齊。」高注「齊，無倦。」
與「好祀」相對的是「淫祀」，《禮記·曲禮》下云：「非其所祭而祭之，名曰淫
祀。」

「無凶心」。《說文》云：「凶，惡也。」《孝經》云：「而皆在於凶德」鄭玄
注：「凶，謂悖其德禮也。」

◎馮時〔註103〕：

「邵」，讀爲「紹」，繼也。「好」，意同「民好明德」之「好」。「益」，伯益，

〔註103〕馮時：〈夒公盨銘文考釋〉，《考古》2003年第5期，頁68～69。

佐禹修德。《孟子・萬章上》：「禹薦益于天。」以益有懿德。「益」下一字漫漶，當也古聖賢名。銘文言時人喜愛並繼承古代聖賢之美德。

「康」，讀爲「荒」。䍐簋銘：「餘亡康晝夜」「康」即用爲「荒」【張政烺：《周厲王胡簋釋文》，見《古文字研究》第三輯，中華書局，1980 年。】。《易・泰》：「包荒。」陸德明《釋文》：「荒，鄭讀爲康。」《穀梁傳・襄公二十四年》：「四谷不升謂之康。」《韓詩外傳》八「康」作「荒」。是二字相通之證。䍐簋銘「亡荒」爲偏正結構。僞《古文尚書・大禹謨》：「無怠無荒。」與此同。然本銘「荒」與「亡」同意，爲並列結構，故遣詞作「荒亡」而不可倒之。「荒」、「亡」，皆言無也。

「楙」，讀爲「懋」。《尚書・皋陶謨》：「懋遷有無化居。」《漢書・食貨志》暗引「懋」作「楙」。是其證。《尚書・堯典》：「咨禹，汝平水土，惟時懋哉。」僞孔《傳》：「懋，勉也。」是「荒亡不懋」即無不勉也。毛公鼎銘：「汝毋弗帥用先王作明刑。」文法相同。

「考查」，讀爲「孝友」。曆鼎銘：「曆肇對元德，考查唯型。」「唯辟孝查。」「考查」、「孝查」並謂「孝友」。《禮記・中庸》：「子曰：『舜其大孝也與！』」是時人以舜最具孝德，而晚起之儒家則以孝爲德本。銘文言禹監舜德而修之，故此言孝友，意在強調德之本。

「愩」，讀爲「謨」。字從「心」，「盂」聲。古文字「心」、「言」作意符互用無別【高明：《中國古文字學通論》，文物出版社，1987 年。】；「盂」從「于」聲，「于」、「莫」疊韻可通。《禮記・士冠禮》：「殷冔。」鄭玄《注》：「冔名出于憮。」《儀禮・有司徹》：「皆加膴祭於其上。」鄭玄《注》：「膴，讀如殷冔之冔。」《說文・肉部》：「膴，讀若謨。」「謨」或作「譕」。《詩・小雅・斯干》：「君子攸芋。」鄭玄《箋》：「芋當作幠。」是「愩」、「謨」相通之證。《說文・言部》：「謨，議謀也。」「明」則訓高明顯著。故「謨明」即言謀略高明。

銘文以「孝友謨明」並舉，體現了古人以人需愼修孝友仁德方可終成大謀的基本思想，所以仁孝之德實治事之本。《左傳・文公二年》：「孝，禮之始也。」《孝經・開宗明義》：「夫孝，德之本也。」是此之謂。《尚書・皋陶謨》：「曰若稽古，皋陶曰：『允迪厥德，謨明弼諧。』禹曰：『俞，如何？』皋陶曰：『都！愼厥身修，思永，惇敘九族，庶明勵翼，邇可遠在茲。』」即以次序九族而親之爲治事廣大久遠及獲有大謀而可遠圖的基礎，與銘文所述相同。墻盤銘：「亟獄逗

慕。」馭簋銘:「宇慕遠猷。」「慕」皆讀爲「謨」,故「逗謨」、「宇謨」均即大謨,意同本銘及《皋陶謨》所言之「謨明」,以謀猷高明者爲大謨。陳侯因資敦銘:「皇考孝武逗公龏哉!大慕(謨)克成。」《爾雅‧釋詁》:「明,成也。」故「謨明」自有「大謨克成」之意。古人認爲,其於孝敬仁德之上的謀略才可能達到高明,此大謨成也,所以恭行孝友之德與成就大謨實爲因果。《左傳‧定公四年》:「無謀非德。」謂不合德義者勿謀之。凡此表現了周人普遍認同的謀猷思想,即人懷孝友仁德則可謀廣圖遠,故時人無不黽勉修德,此銘文之所言。

「巠」,讀爲「經」,法也。字象織機而首布經線,故有典故之義。既爲典法,必爲人所效型。《詩‧小雅‧小旻》:「匪大猶是經。」毛《傳》:「經,常也。」馬瑞辰《毛詩傳箋通釋》:「猶云匪大道是遵循耳。」遵循效法則必心懷恭順,故「經」字引申當有敬意。晉姜鼎銘:「經雍明德。」馭簋銘:「經雍先王。」大盂鼎銘:「敬雍德經。」「經雍」意同「敬雍」。班簋銘:「唯敬德。」中山王𧊒鼎銘:「敬順天德。」與「經雍明德」同意。大克鼎銘:「經念厥聖保祖師華父。」毛公鼎銘:「敬念王畏(威)不易。」「經念」意同「敬念」。師克盨銘:「余唯經乃先組考。」吳王光鑒銘:「虔敬乃後。」「經」意同「虔敬」。「經」與「敬」互文,自有恭敬之意。叔夷鎛銘:「是小心龏遵(齊)。」孫詒讓以「龏」訓恪(《說文‧𠬞部》),「遵」讀爲「齊」,敬也(《廣雅‧釋詁》),「龏齊」意即龏敬【孫詒讓:《古籀拾遺》卷上,中華書局,1989年。】,甚是。故本銘「經齊」即同叔夷鎛銘「龏齊」。乖伯簋銘:「用好宗廟。」言好行宗廟之祭事。是銘文「經齊好祀」意即恭敬而好行祭祀,猶金文習見「虔敬朕祀」、「敬血明祀」。敬祀之本質爲敬祖,是謂忠信。《左傳‧桓公六年》:「所謂道,忠于民而信于神也。上思利民,忠也;祝史正辭,信也。今民餒而君逞欲,祝史矯舉以祭,臣不知其可也。」杜預《集解》:「正辭,不虛稱君美。矯舉,詐稱功德以欺鬼神。」是誠信思想通過祭祀加以體現【馮時:《儒家道德思想淵源考》,待刊。】,不敬則無信也。

「䰟」,從「貝」,「鬼」聲,讀爲「愧」。《左傳‧昭公二十年》:「趙武曰:『夫子之家事治,言于晉國,竭盡無私。其祝史不祈。』建以語康王。康王曰:『神人無怨,宜夫子之光輔五君,以爲諸侯主也。』公曰:『據與款謂寡人能事鬼神,故欲諸於祝史,子稱是語,何故?』對曰:『若有德之君,外內不廢,上下無怨,動無違事,其祝史薦信,無愧心矣。是以鬼神用饗,國受其福,祝史

與焉。其所以蕃祉老壽者，爲信君使也，其言忠信于鬼神。』」杜預《集解》：無愧心矣，「君有功德，祝史陳說之無所愧。」即同銘文所言崇好明德而無所愧。

「無愧心好德」承上文黽勉孝友謨銘與恭敬祭祀，知德之具體內容即在於孝與信，這是儒家以「仁」爲核心的道德思想的淵藪。人的本質在于孝愛。《論語・學而》：「孝弟也者，其爲仁之本與。」《禮記・中庸》：「仁者，人也，親親爲大。」故孝愛必從親親培養，此人道之始。然仁孝不獨尊事生親，同樣重事死祭，事死而不忘其親，以明仁愛始終如一。《論語・爲政》：「樊遲御，子告之曰：『孟孫問孝于我』，我對曰：『無違。』樊遲曰：『何謂也？』子曰：『生，事之以禮；死，葬之以禮，祭之以禮。』」《禮記・中庸》：「敬其所尊，愛其所親，事死如事生，事亡如事存，孝之至也。」知仁孝之德必體現于生相孝友族燕，死則哀痛以祭【馮時：《戰國楚竹書〈子羔・孔子詩論〉研究》，待刊。】，而事死以祭，其言行必忠信于鬼神。《論語・爲政》：「孝慈則忠。」是祝史薦信而無愧心。故誠信之德必通過祭祀活動所反映的人對待鬼神的態度得到培養。由此可明，孝與信作爲西周「德」的思想的兩個基本內涵，是分別以恪行孝友與祭祀的形式得到表現的。《左傳・定公四年》：「滅宗廢祀，非孝也。」即在強調族親與祭祀的重要，也就是孝與信的重要。《左傳・文公十八年》：「孝敬忠信爲吉德。」《禮記・大學》：「爲人君，止於仁；爲人臣，止於敬；爲人子，止於孝；爲人父，止於慈；與同人交，止於信。」《荀子・修身》：「體恭敬而心忠信，樹禮義而情愛人。」言德雖有發展而趨系統，仍不出孝與信。故銘文「無愧心好德」，所好而無所愧者皆指孝信言之。孝者，孝友謨明也；信者，經其好祀也。《詩・大雅・抑》：「無競唯人，四方其訓之。有覺德行，四國訓之。訏謨定命，遠猶辰告。敬愼威儀，維民之則。」「訏謨」，大謨也，意同「謨明」。故此「訏謨定命」、「敬愼威儀」即銘文所言「孝友謨明」、「經齊好祀」，皆尊德之謂。

◎饒宗頤 [註104]：

康亡不楙（懋），康訓「安」。《詩・商頌・烈祖》云：「我受命溥將。自天降康。豐年穰穰。」鄭玄箋：「天於是下平安之福，使年豐。」《詩・大雅・卷阿》：「爾受命長矣，茀祿爾康矣。」鄭玄箋：「康，安也。」康是豐年的徵象，自天降「康」。下文故以天鼇引伸說明之，這正協符天所賜福祉，義亦相應。《堯

〔註104〕饒宗頤：〈燹公盨與夏書佚篇《禹之總德》〉，《華學（六輯）》2003年6月，頁2。

典》：「俞，咨禹，汝平水土；惟時懋哉」《皋陶謨》：「政事懋哉、懋哉」「懋」
是一常用語。

◎周鳳五〔註105〕：

用厥昭好，益□懿德：好，先秦典籍多指聘問、婚姻之好，如《周禮・秋
官・掌交》：「使和諸侯之好」、《禮記・哀公問》：「合二姓之好，以繼先聖之後」
是也【《十三經注疏》三冊，《周禮注疏》第 588 頁；《禮記正義》第 849 頁。】。
益，增益也。其下字不識，惟合下文「好德婚媾」觀之，當指周王與諸侯通婚
以增益其德行也。

康亡不桒：康，安樂，引申爲放逸。周人以放逸爲戒，見《尚書・無逸》
全篇、《詩・周頌・昊天有成命》：「昊天有成命，二后受之。成王不敢康，夙夜
基命宥密。」【《十三經注疏》（一冊），《尚書正義》第 239～244 頁、《毛詩正義》，
第 360 頁。】又見西周金文，如㝬簋：「余亡康晝夜，經雝先王。」【馬承源主
編：《商周青銅器銘文選》（三冊），第 277 頁，文物出版社，1990 年。】桒，
讀爲懋，《說文》：「懋，勉也。」【段玉裁：《說文解字注》，第 507 頁，台北漢
京文化事業有限公司，1983 年。】銘文「康亡不桒」，即「亡康、亡不桒」之
省，謂周王不敢放逸，無不努力於修明德行也。

孝友獜明：孝友爲周人德行之核心，亦爲封建社會之基礎。稱美其人，
謂之孝友，如《詩・小雅・六月》：「侯誰在矣，張仲孝友。」【《毛詩正義》，
第 360 頁。】反之，則以「不孝不友」比諸「元惡大憝」，見《尚書・康誥》
【《十三經注疏》（一冊），《尚書正義》第 204 頁，台北藝文印書館，1997 年。】。
獜，銘文從于，㿱聲，讀爲「獜」。㿱，古音泥紐耕部；獜，來紐眞部，二字
聲母同類，韻部眞、耕旁轉可通。如《詩・齊風・盧令》「盧令令」，《說文》
引作「盧獜獜」是也【段玉裁：《說文解字注》，第 475 頁，台北漢京文化事
業有限公司，1983 年。】。獜明，其意未詳，金文多與「聖」並舉以稱揚祖德，
如師望鼎：「用型乃聖祖考獜明令辟前王，事余一人。」《伊姞鼎》：「休天君弗
忘穆公聖、獜明比事先王。」【馬承源主編：《商周青銅器銘文選》（三冊），
第 135、230 頁，文物出版社，1990 年。按，「獜明」一詞又見史墻盤，諸家
考釋不一，參考尹盛平主編：《西周微氏家族青銅器群研究》，文物出版社，

〔註105〕周鳳五：〈遂公盨銘初探〉，《華學（六輯）》2003 年 6 月，頁 9～10。

1996 年。】按，聖，聰也，然則舜明或與聰明有關【陳夢家：《西周銅器斷代（五）》，第 119 頁，《考古學報》1956 年第 3 期；裘錫圭：《史墻盤銘解釋》，《西周微氏家族青銅器群研究》，第 275 頁。】。

經齊好祀：經，遵循。《孟子・盡心下》：「經德不回，非以干祿也。」趙《注》：「經，行也。」【《十三經注疏》八冊，《孟子注疏》，第 261 頁。】《周禮・考工記・輈人》：「輈欲而無折，經而無絕。」鄭《注》：「揉輈大深則折也。」經，亦謂順理也。【《周禮注疏》，第 613 頁。】見於金文，如毛公鼎：「今余唯肇經先王命，命汝乂我邦、我家內外。」齊，猶言「齊遫」，《禮記・玉藻》：「見所尊者齊遫」《注》：「謙愨貌」【《禮記正義》，第 569 頁。】，史墻盤有「檣角」一詞，或讀爲「齊愨」【李學勤：《論史墻盤及其意義》，《新出青銅器研究》，第 79 頁，文物出版社，1990 年。】。好祀，敬祀。銘文謂遵循祖先之德行且恭敬祭祀也。

無訟心：訟，銘文從二晉，讀爲訟。《詩・小雅・節南山》：「昊天不傭，降此鞠訩。」《傳》「訩，訟也」。又見《魯頌・泮水》：「不告于訩」《箋》【《毛詩正義》，第 395、769 頁。】。無訟心，無爭訟之心。

◎沈建華〔註106〕：

卜辭中的兇字，簡作⊗，繁體作「�」或「𨈐」，從⊗從兄。以兄爲兇，兄爲注聲符。對簡形兇字，過去並沒有引起特別注意。《殷墟甲骨刻辭摹釋總集》第 485 頁誤寫爲「其」字。1998 年我曾在一篇小文中對「⊗」字有過討論，認爲與「凶」字形體上仍有不同的區別。應是繁體的兇省變【沈建華：《釋卜辭中的「兇風」和「虛風」》，第 20 頁，《徐中舒先生百年誕辰紀念文集》，巴蜀書社，1998 年。】。

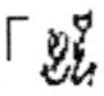

夒公盨銘文：「好祀無🔲」其最後一字右側正與卜辭兇繁體𨈐相近。李學勤先生隸爲「覢」讀作「無廢」；裘錫圭先生隸爲「覘」讀作「悖」；朱鳳瀚隸定爲「無覬」讀作「無欺」；李零先生隸爲「無覬」讀作「無期」【李學勤：《論夒公盨及其重要意義》，第 7 頁；裘錫圭：《夒公盨銘文考釋》，第 21 頁；朱鳳瀚：《夒公盨銘文初釋》，第 33 頁；李零：《論夒公盨發現的意義》，第 38 頁，俱見《中國歷史文物》2002 年第 6 期。】，四人都有不同的理解。按「🔲」形，

〔註106〕沈建華：〈讀夒公盨銘文小箚〉，《華學（六輯）》2003 年 6 月，頁 28～29。

朱鳳瀚先生隸定爲「覷」。右側最爲接近原形。根據甲骨文字和戰國文字的資料來看，朱先生認出其字右側「🐾」形是爲「兇」是最可信的。不過他認爲「覷」，即爲從凶其聲，故可讀爲「欺」【朱鳳瀚：《鹹公盨銘文初釋》，第33頁。】。我認爲仍有可商之處。除此之外李學勤、裘錫圭先生，雖然隸定各不一，但他們都將「🐾」字隸爲從貝。我們將二種不同的釋字，擇善而從結合來看，「🐾」，實爲「覷」，此字從貝，從兇，見於《詛楚文》：「將欲復其覷速。」「覷」讀作兇【何琳儀：《戰國古文字典》上冊，第406頁，中華書局，1998年。】。

兇字最早見於卜辭僅見二處：

1. 祖丁舌有 🐾（兇），王受祐。《合》27279

2. 丁酉卜🐾（覷），翌祀才（在）〔大〕宗卜。

　戊戌卜🐾（覷），翌祀才（在）大戊〔宗卜〕。

　庚子〔卜〕🐾（覷），翌祀才（在）庚宗卜。《屯南》3763

《說文》曰：「兇，擾恐也。從人在凶下。春秋傳曰曹人兇懼。」以上二辭均與祭祀有關。在先秦古代社會，除戰爭之外，祭祀也佔有極重要的位置，成爲人們政治生活不可分割的部份，主導人的一切行爲、意識，形成千百年來所持有的禮教結構和制度。祭祀的範圍和作用，正如《禮記・月令》第六所說：「凡在天下九州之民者，無不咸獻其力，以其皇天上帝、社稷、寢廟、山林、名川之祀。」銘文「好祀無覷（兇）」。「好」字，有善和宜含義。《廣韻》：「好，善也。」《詩經・鄭風・緇衣》：「緇衣之好兮。」毛傳：「好，宜也。」這段話意思指：「經常舉行適當的祭祀，則其後無兇禍。」周人認爲依禮修性舉祀合宜，則無兇患。《後漢書・張衡列傳》：「若思從上下，事依禮制，禮制修則奢僭息，事合宜則無兇咎。然後神聖允塞，灾消不至矣。」從「好祀無覷（兇）」接「心好德，婚媾亦唯協」這一句話來看，似承上啓下的組合關係。「心好德」，這裡「好」字指「美」義，整段意思指：經常舉行適當的祭祀，就無兇患；心靈美，那麼婚姻也會協和。

「好祀」與「心好德」，無論是國君還是庶民，周人以此來衡量作爲人們道德修身準則，強調孝養、友愛、舉祀，婚姻和睦的美德始終是鹹公盨全文主題。近期公布上博楚簡第二冊《從政》曰：「五德：一曰憪（寬），二曰共（恭），三曰惠，四曰愚（仁），五曰敬」【馬承源主編：《上海博物館藏楚簡》（第二冊），

張光裕《從政》甲篇，第 219 頁，上海古籍出版社，2003 年。】在傳世儒家的文獻中，都可以找到相似的印證。《說苑》卷一〇：「凡司其身，必慎五本：一曰柔以仁，二曰誠以信；三曰富而貴，毋趨以驕人；四曰恭以敬；五曰寬以靜。思此五者，則無兇命，用能治敬，以助天時，兇命不至，而禍不來。」通過對豳公盨的發現可知儒家崇尚以德為本的思想在周代已露出倪端，與後世傳統觀念基本上大體相同，這對研究古代思想史有著極其重要的意義。

◎李凱〔註107〕：

　　《古本竹書紀年》的「益干啓位，啓殺之」與其他文獻的反差是怎麼產生的呢？我認為，這正好與豳公盨的「益▨懿德」的理解相關。

　　「益▨懿德」中「▨」，使困擾人們的疑難字，該字位於第五行最後，因鑄范破壞釋讀難度大。按筆路，似為「▨」。或釋為「求」【朱鳳瀚：《豳公盨銘文初釋》，《中國歷史文物》2002 年第 6 期，第 32 頁。】，或釋為「美」【李零：《論豳公盨發現的意義》，《中國歷史文物》2002 年第 6 期，第 38 頁。】；仔細觀察此字，應是上下兩部分，與「求」的甲骨文「▨」有差別；與從羊從大的「美」亦不同。審視該字下部分▨，雖有損毀，但可清晰看到豎筆上下出頭，橫筆有翹動。李學勤先生將之隸定為「丮」【李學勤：《論豳公盨及其重要意義》，《中國歷史文物》2002 年第 6 期，第 6 頁。】，則符合原來字型。

　　我認為釋讀為「奸」，「丮」是「奸」的上下結構。聲旁「干」對意義起到支配作用，「奸」因而具備兩個意思：（一）中性角度而言，「奸」因「干」可訓為「求」，諸學者將「▨」從上下文推測字意義應是求。其實「奸」解釋為「干」文獻有例，《莊子·天運》：「以奸者七十二君，論先王之道而明周、召之迹。」《史記·穰侯列傳》：「以此時奸說秦昭王」《齊世家》：「以漁釣奸周西伯」，《正義》：「奸音干。」（二）貶義角度而言，「奸」可訓為犯。往往漢字中從「女」的都有貶義，它們從中性詞孳乳而來，「奸」亦然。《說文》：「奸，犯淫也。」也就是男女私通，後與「姦尻」之「姦」音同混淆。「奸」訓「犯」是古書的常見義，如《左傳·僖七年》：「違此二者，奸莫大焉」；《成公二年》：

〔註107〕李凱：〈豳公盨益啓傳說的再認識〉，《東南文化》2007 年第 1 期總第 195 期，頁82～83。

「鞏伯實來，未有職司于王室，又奸先王之禮。」;《昭公元年》:「國之大節有五，女皆奸之」等等。由「干」孳乳的「奸」因爲音同所以相通，「干」於是後來有不僅有「求」義，亦有「犯」義；同樣「奸」不僅有「犯」義，亦有「求」義。

「懿德」金文恒見，意謂好德行，係金文的恒語。「益奸懿德」便有褒貶兩種理解:「奸」訓「求」則益追求崇高的德行，訓「犯」則益敗壞道德。啓益關係之分歧，可能是由「奸」不同理解造成的。好事者曲解了豳公盨「益奸懿德」的「求懿德」本義，訓「奸」爲「犯」，而且杜撰出「益干啓位，啓殺之」的故事來佐證自己。戰國時代喜好蒐羅稗官野史的人，把「益干啓位，啓殺之」同其他帶有血腥色彩的野史，放到《古本竹書紀年》中，於是啓益間關係開始複雜化。

◎楊善群〔註 108〕:

「用厥昭好」三句，謂以他們心地的明亮和美好，更加追求懿德，人人康樂，無不勤勉。「訏」訓大，「經齊」有經營操辦主義，「婚媾」即婚姻。由於「民好明德」因而孝友之道大明，經辦美好的祭祀永無止期。

◎劉雨〔註 109〕:

敬：此字字跡不清，暫釋爲此，將來或可藉助 X 光得到更清晰的筆畫，再重作考釋。恼：即忓。《說文》「憂也」。「懿德」醇美溫良之德，師𩛥鼎「皇辟懿德」，史墻盤、𤼈鐘「上帝降懿德」。《詩・周頌》「我求懿德」。好祀：求子嗣的祭祀，在西周時可能就是指祭祀「高禖」。

:字左從心，右從鬼，即愧字。無愧心，後代文獻《皇極經世》有「無愧於口，不若無愧於身；無愧於身，不若無愧於心」可資比照。這裡指對兩性好合之德有誠心的嚮往【愧，此字字形的解釋並不好，通常金文中的心與本銘均有一定差距，一時還想不出更好的解釋，權且釋爲愧字。】。

〔註 108〕楊善群:〈論遂公盨與大禹之「德」〉,《中華文化論壇》2008 年第 1 期，頁 6。

〔註 109〕劉雨著:《金文論集・豳公考》(北京：紫禁城出版社，2008 年)，頁 328。

◎陳英傑〔註 110〕：

「卲」從邑作，裘文、連文都認爲卲、好同義連文，與我們意見一致。「用氒卲好」之「氒」，在金文中，絕大多數用在領位，偶爾用作主語【楊伯峻、何樂士《古漢語語法及其發展》127 頁】，盨銘中以領格代詞。「卲」從邑作，在西周金文首見。「邵」見於中山王壺「以內絕邵公之業」，「邵公」即「召公」，字作「」（《金文編》444 頁），壺銘另有「卲」字，讀爲「昭」，字從卩，作「」（《金文編》643 頁），與「邵公」之「邵」寫法不同。盨銘「卲」應讀爲「卲」，《小爾雅・廣詁》：「卲，美也。」《說文・卩部》：「卲，高也。」《廣雅・釋詁四》：「卲，高也。」王念孫《廣雅疏證》：「《法言・修身篇》云：『公儀子、董仲舒之才之卲也。』……卲各本訛作邵，今訂正。」盨銘「卲好」同義連文，形容詞作名詞。

益後一字下半蝕泐，不知何字，馮時目驗原物，云與《說文》「𡛜」古文全同。他認爲「益」指伯益，其後一字讀爲「契」，指商契。云此句義即繼承發揚益與契之德。李凱也依馮文的思路，解「益」爲伯益，但「益」後一字釋爲「奸」，追求之義，此句義即益追求崇高的德行。但這樣解釋，整篇文義便有所割裂，也突兀。

「益」後一字今姑存疑待考。依文義，「益□」當是一謂語成分，「懿德」作其賓語。此句是說，民用一切美好的東西來增進、提升懿德，這種「卲好」當包括周鳳五所說的聘問、婚姻之好。

「懿德」見於單伯𦜴生鐘（「余小子肇帥型朕皇祖考懿德」，82 西晚）、𤼈鐘（「上帝降懿德大甹」，251 西中）史牆盤（「上帝降懿德大甹」，10175 西中）、㠱仲觶（「匄三壽懿德萬年」，6511 西中）、師𩰫鼎（「皇辟懿德」，2830 恭王時期）等器。亦見上引《詩經・大雅・烝民》。

康亡不（丕）楙（懋），「亡」字諸家均理解爲「無」或「不」。「亡」在金文中可用作「無」，本銘最後一句「亡誨」義即「無悔」，是爲證。「康亡」應讀爲「康娛」，無屬明母魚部，娛屬疑母魚部，亡、娛可通假【《上海博物館藏戰國楚竹書（二）・容成氏》5 簡：「禽獸朝，魚鱉獻，有吴通」，「吴」讀爲「無」。

〔註 110〕陳英傑著：《西周金文作器用途銘辭研究（下）・𤕌公盨考釋》（北京：線裝書局，2008 年 10 月），頁 583～587。

參趙彤《中古舌根聲母字和雙唇聲母字在戰國楚系文獻中的交替現象及其解釋》，《中國語文》2006 年 3 期。】。「康娛」義即「康樂」。「不」讀爲「丕」，金文常見，程度副詞。「懋」，《說文·心部》「勉也」，「丕懋」義即「非常勤勉」。

「老（孝）客（友）**[字]**（忬）明」：「客」用同「友」，如曆方鼎（2614）「考（孝）昚（友）隹（唯）井（型）」。裘氏云**[字]**和明都是指美德，可從。「**[字]**」從心盂聲，可是釋爲忬。盨銘這四個字，應該說的是四種德行。「忬」我們認爲跟《周禮·地官·大司徒》「六行」之一的「恤」所指相同，其文曰：「以鄉三物教萬民而賓興之：一曰六德，知、仁、聖、義、忠、和；二曰六行，孝、友、睦、姻、任、恤；三曰六藝……」盨銘與之可能有一定關係，其意義當如鄭注所說「善於父母爲孝，善於兄弟爲友」，「恤，振憂貧者」，「明」可能相當於「六德」之「知」，「知，明於事」。裘氏指出，「明」在古代被視爲一種美德。《尚書·太甲中》「視遠惟明」孔疏：「明，謂監察是非也。」《堯典》「欽明文思」，「明」是諸德之一。《大雅·皇矣》「其德克明」鄭箋：「照臨四方曰明。」《老子》五十五章：「知常曰明。」銘文中義即明察是非。「恤」在《大司徒》中出現三次，他如「以保息六養萬民……四曰恤貧」，「以鄉八刑糾萬民……六曰不恤之刑」，賈公彥疏：「『六曰不恤之刑』者，謂見災危而不憂恤亦刑之。」可見周人對「恤」之重視。《說文》血部之「卹」，心部之「恤」、「忬」均訓「憂也」，在這個意義上紀錄的可能是同一個詞【「于」、「盂」爲匣母魚部字，「忬」爲曉母魚部，而「卹」、「恤」爲心母質部，「洫」爲曉母質部，「恤」、「忬」說爲通假從韻部上講還缺乏證據，但不一定非要從通假的角度考慮這個問題。】。《金文編》537頁收一「宲」字，從宀從盂，克鼎「宲靜於猷」，注曰「義如窫安也」，裘氏指出此字與盨銘爲同一詞，可從。克鼎中讀爲「卹」，卹者愼也；靜，《說文》曰「審也」，鼎銘用其義【段玉裁《說文解字注》「謐」字下曰：「按《周頌》謐亦作溢，亦作恤。《堯典》謐亦作恤。《釋詁》：『溢，愼也。』『溢、愼、謐，靜也。』恤與謐同部，溢蓋恤之訛體。愼、靜二義相成。」】。

「經齊」，裘文釋爲「經正莊誠」可從。「好祀」，饒宗頤以爲即《小雅·大田》「以享以祀」，李零以爲「美好的祭祀」，周鳳五以爲「敬祀」，江林昌以爲「虔誠祭祀」。眾說中，我們認爲只有沈建華訓「好」爲「宜」是對的，但解釋爲「適當的祭祀」，終非的論。我們前文討論金文中「好」字的「宜」義，乖伯

歸夆簋（4331）有「用好宗廟」，此「好」讀爲上聲，《廣韻》呼皓切。「好宗廟」、「好祀」之「好」跟「宜其家室」之「宜」義意相近。

　　最末一字，讀兇（凶），依饒宗頤、沈建華釋，周鳳五釋「誂」，字右旁朱鳳瀚亦隸爲「兇」。字左旁多隸爲「貝」，或隸爲「其」，其實很可能是「頁」，這種寫法見於鄂史莤簋「鬐（壽）」字所從（🔲）【參吳鎮丰《讀金文箚記三則》，《考古與文物》2001 年 2 期，收入《集祿》465。】。《詛楚文》有「凶」字作「🔲」，其文曰「將欲復其凶跡」。東周之文公之母弟鐘亦有「凶」字作「🔲」，寫法跟《詛楚文》同【陳佩芬《夏商周青銅器研究——上海博物館藏・東周篇上》。】。盨銘此字右旁確認爲「兇」應該沒有什麼問題。由另兩個「凶」字相證，盨銘字左旁也可能是「貝」的異常寫法。此句句讀，依據《墨子・非命下》：「禹之總德有之曰：允不著，惟天民不而葆，既防凶心。天加之咎，不愼厥德，天命焉葆？」這個例子是饒宗頤發現的，但他把「心」屬下讀，這是因爲他把佚書《禹之總德》跟此銘套合，套合的結果，就是硬把「心」字認作「恩」。其實，心字下部加短豎或點的寫法很常見，可參《金文編》712 頁「心」及從心之字。而「恩」字是在「心」形的上口加點或短豎【參裘錫圭《古文字論集・說字小記・說恩、聰》。】。《孝經・聖治章》「而皆在於凶德」唐玄宗注：「凶，謂悖其德禮也。」《逸周書・大聚》「若其凶土陋民」孔晁注：「不順政故曰凶」。銘文或即此義。此段是對民的告誡語，是告訴民應該做什麼，不要做什麼。

◎佳瑜按：

　　「㞚」於此亦應當爲人稱代詞使用，與上文「㞚貴唯德」之「㞚」同指「天」而言，又「邵」從裘錫圭先生釋，有「高、美」之義，銘文「用㞚邵好」承前文「憂在天下」而言，建立一個祥和的社會基礎在於德行之上，此處則是再次強調天自身的美德及其渲染力，此外應是暗指王者之美好德行。

　　「🔲」字，李學勤先生認爲釋「干」從女，訓「益求懿德」，從構形來看，金文「干」或有作🔲（師克盨）、🔲（干氏弔子盤）等形與🔲部件明顯不似而下部所從仍可看出亦非從女，釋「干」說存疑，又一說釋此字爲「求」，仍可商，尚未見金文「求」字與銘文相似寫法，一般或作🔲（番生簋）或🔲（九年衛鼎）等形，故此說法是較爲不安的，關鍵的原因在於目前未見與本銅盨近似的銅器銘文有其類似的寫法況且未能同其他出土戰國竹簡般或有甲、乙版本可

互相參照，藉以尋求適切的字形及訓解。此外審視其原彩拓片此字下部不似沖範或殘泐，顯而易見銘文 10 行 98 字的一個共同現象字體書寫非常整齊畫一，並且是排列有序的，細審此字下部近似書寫完善的字體，詳下圖所示：

（按：沖範區塊→ ：銘文下部→ ）

此字是否可能是書手的刻意求異，誠如本銘「」字寫法上略異於其他「方」字，倘若如此此字有否近似「」（美爵），「」上部省略「ハ」毛羽之形，然而因缺乏其他相關的字形可以茲「美」說，仍有待進一步確認，不過美有「稱美、褒譽」〔註111〕之義，又《禮記・祭統》有云：「夫鼎有銘，銘者，自名也。自名以稱揚其先祖之美，而明著之後世者也。……是故君子之觀於銘也，既美其所稱，又美其所爲。」〔註112〕意思是說美德是爲人所稱揚的，唯有賢德之人方可得到宣揚使之傳至後世。「懿德」亦有「美德」〔註113〕之義，《周頌・時邁》：「我求懿德，肆于時夏。」再而說明追求美德之外，且欲將之推行於天下，是故銘文「益美懿德」所要強調的概念應是唯有美德才能更加的使人稱頌讚揚。

　　「康」有和諧、安樂之義，又「㮨」訓「勉也，典籍作懋。」〔註114〕此處的「康亡不懋」含有勉勵之義，即便是在安定和樂的情況底下沒有一刻是不勤勉的，意同孜孜矻矻。「孝友」亦爲美德之一，據陳英傑先生分析「孝的推崇是和宗法制、封建等級制度緊密聯繫在一起的，實際上是穩固大宗地位、維護封建等級秩序的有利武器，具有增強宗族認同感，加固家族凝聚力的強大作用。」〔註115〕《論語・爲政》有云：「子曰：《書》云：『孝乎！惟孝，友于兄弟，施

〔註111〕張世超等著：《金文形義通解》（京都：中文出版社，1996 年 3 月），頁 690。

〔註112〕清・阮元：《十三經注疏・禮記》（台北：藝文印書館，1985 年），頁 837。

〔註113〕同注 110，頁 1863。

〔註114〕同注 110，頁 1069。

〔註115〕陳英傑：〈兩周金文的「追」、「享」、「輅」、「孝」正義〉，《北方論叢》2006 年第 1 期，頁 9。

於有政。』」又，《爾雅・釋訓》亦云：「張仲孝友：善父母爲孝，善兄弟爲友。」
〔註116〕可知「孝友」確是有利於政治範疇的，關於「孝友」的概念是否除了強
調家族的認同感之外，亦可擴大這個範疇誠如銘文前述有言「禱方設征」亦應
也是強調「友邦」的概念，此有助於維繫政權的穩定。「🔲」從心、盂聲是爲
「惥」字，或可釋「忬」，《說文》：「憂也，從心于聲。」〔註117〕此「忬」字於
此不作「憂」解，從文意推斷近似關懷之義，義近於《周書・康誥》：「克明德
愼罰，不敢侮鰥寡。」〔註118〕既然已經可以做到友善於兄弟、朋友以致於友於
邦國，相對而言關懷社會底層的弱勢族群也是屬於美德的範疇之內，學者分析
指出「促成萬邦和諧，社會安定，乃孝道的主要作用之一，民和則安，爭則亂，
因此政通人和、社會安定成爲西周統治者努力追求的施攻目標。」〔註119〕正所
謂「民惟邦本，本固邦寧」如此便能促使社會更加的安定和樂。

　　沿續有命自天的概念，重視祭祀亦是屬於符合德行的範疇，「經齊」按照裘
錫圭先生的分析爲「經正莊誠」，此說可從，經有「奉行、效法」〔註120〕之義，
其實也是說明周人思想中的畏天降罰觀念，藉由恭敬莊嚴的祭祀來祈求上天的
賜福，以此警惕冀求永保安康。

　　銘文「🔲」字，綜合以上關於右旁部件諸說，分別認爲右旁從「見」（李
學勤先生）、「兇（凶）」（朱鳳瀚、沈建華、陳英傑等先生）、「𠬟」（李零先生）、
「鬼」（裘錫圭、馮時等先生）等說法，從字形來看從「見」說與從「𠬟」說
可排除不論，與銘文右部相差頗遠，「見」或有作👁（九年衛鼎）、🔲（應侯
鐘）等形，上部目形象人正作「視」之舉動不似本銘上部；又「𠬟」或作🔲（沈
子它簋）、🔲（班簋）等形，「從𠬟之字多有以雙手操持勞作之意」〔註121〕可
見從「𠬟」說問題頗大，又李零先生認爲銘文此字爲從其從𠬟之「𩫖」，茲就

〔註116〕清・阮元：《十三經注疏・爾雅》（台北：藝文印書館，1985 年），頁 60。

〔註117〕清・段玉裁：《說文解字注》（台北：漢京文化事業有限公司，1980 年）。頁 518
　　　　（十下四十八）。

〔註118〕顧頡剛、劉起釪著：《尚書校釋譯論（第三冊）》（北京：中華書局，2005 年 4 月），
　　　　頁 1299。

〔註119〕徐難于：〈再論西周孝道〉，《中國歷史博物館館刊》2000 年第 2 期，頁 13。

〔註120〕張世超等著：《金文形義通解》（京都：中文出版社，1996 年 3 月），頁 2313。

〔註121〕季旭昇：《說文新證（上冊）》（台北：藝文印書館，2004 年），頁 181。

所知胹或作「🔲」（刺鼎）、「🔲」（訇伯簋）等，與本銘寫法極度不類，此外或認爲右從「鬼」部件，「鬼」雖有作🔲（鬼壺）、🔲（梁伯戈）等形與本銘近似，仍不若釋「兇（凶）」適切，商代晚期的亞圖父辛鼎有「凶」字作「🔲」又西周早期禽爵字作「🔲」，此外陳英傑先生已經指出東周之文公之母弟鐘亦有「凶」字作「🔲」、「🔲」（詛楚文），對比之下確實較爲近似應可視爲同系列之字，故本銘右部應從「凶」。再者左旁寫法較爲特殊，或從「貝」、「其」亦未若或從陳氏釋「頁」穩妥，且有相關字形例證「🔲」、「🔲」等可茲參照，權衡之下銘文應爲從頁從凶之字，「凶」，《說文》釋「惡也。」，承前文經齊好祀而來，祭祀首重莊嚴恭敬，《禮記・曲禮》有云：「祭事不言凶。」強調祭祀時禁止談論任何不適宜之事物及言語，據此「無凶心」應是勸誡之語，所要說明的應是勿懷藏惡心，這顆心應是純然至善且光明，以示對祭祀的尊重。

（五）好德，婚媾亦唯協，天釐用考，申（神）復用髮（祓）录（祿），永孚於🔲（寧）。

諸家說法如下：

◎李學勤〔註122〕：

「劦」讀爲「協」，《尚書・洪範》傳：「和也。」「釐」，《詩・江漢》傳：「賜也。」「用」訓「以」。「考」，《漢書・郊祀志》引《詩・絲衣》，注：「壽也。」「天釐用考」即天賜以壽。「申」讀爲「神」，見克鼎、此鼎等。「復」《左傳》定公四年注：「報也。」「𩮰」係「髮」字或體，在此讀爲「祓」，《爾雅・釋詁》：「福也」「祓祿」也便是福祿，這個詞又見史墻盤和新出現的師西鼎。

「禦」訓爲治，見《詩・思齊》箋。「🔲」字見中山王方壺，在壺銘讀爲「罔」【容庚：《金文編》，第723頁，中華書局，1985年。】，這裡讀作「㟇」或「萌」，意爲民眾。「永禦於㟇」即長久統治民眾。

〔註122〕李學勤：〈論𧽘公盨及其重要意義〉，《中國歷史文物》2002年第6期，頁6。其篇章分別收錄於保利藝術博物館編：《𧽘公盨大禹治水與爲政以德》（北京：線裝書局，2002年10月），頁15～27；《中國古代文明研究》（上海：華東師範大學出版社，2004年11月），頁126～136。

◎裘錫圭〔註123〕：

「䎩」即「聞」之古字。西周金文皆以「䎩邁」或「䎩菁」爲「婚媾」【「䎩邁」見倗伯簋（《集成》8‧4331）、善夫克盨（同上9‧4465）、壹卣（同上10‧5401），「䎩菁」見叔多父盤（《金文總集》8‧6786）。】。「好德婚媾」在語法上不大通，大概是說對於婚媾之事也堅持好德，似有好德不好色之意。

「龤」應即商代文字屢見「劦」的繁體。《金文編》、《甲骨文編》皆釋「劦」爲「劦」【《金文編》第903頁；《甲骨文編》第526頁。】，字與「協」通。《左傳》昭公二十五年：「哀樂不失，乃能協于天地之性，是以長久。」《尚書‧堯典》「協和萬邦」偽孔傳：「協，合也。」（《史記‧五帝本紀》引述《堯典》，「協」亦作「合」）「亦惟協天」也是承「好德」而言的，意謂好德之行合乎天意。

「敏」有「勉」意。《禮記‧中庸》「人道敏政」鄭玄注：「敏猶勉也。」「申」用作「神」，亦見西周銅器作冊嗌卣【《集成》10‧5427】、大克鼎【《集成》5‧2836】、此鼎【《集成》5‧2821～2823】、此簋【《集成》8‧4303～4310。各器同銘，但少數器有誤字或脫字。】、杜伯盨【《集成》9‧4448～4452】、癲史翏壺【《集成》15‧9718】。西周銅器銘文多稱先人爲神，如上舉癲史翏壺稱「先神皇祖亯叔」；此鼎、此簋說「用作朕皇考癸公尊鼎，用享孝于文神」，「文神」顯然指先人；大克鼎說「天子明哲，顯孝于神」，「神」指先王。本銘的「神」無疑也是指先人。「敏用孝神」也應是承「好德」而言，意謂勤勉地以好德之行來追孝先人。

「天」和「神」都是眞部字，押韻（編按：我對上引銘文的釋讀，問題較多。我釋爲「敏」的字，各家多釋「𢼸」，可從。李學勤《論豳公盨及其重要意義》將有關文句釋讀爲：「……婚媾亦唯協。天釐用考，神復用祓祿……」，「考」訓「壽」，「復」訓「報」，見《中國歷史文物》2002年6期6頁。其釋讀較拙文合理）。

「𩠖」即古「髮」字【參看《金文編》「髮」字條，《金文編》第639頁。】。史墻盤《集成》10‧10175】及癲鐘【《集成》1‧246】皆有「𩠖祿」一詞，前

〔註123〕裘錫圭著：《中國出土文獻十講‧豳公盨銘文考釋》（上海：復旦大學出版社，2004年12月），頁64～67。又其篇章分別收錄於《中國歷史文物》2002年第6期（總第41期），頁21～22。保利藝術博物館編：《豳公盨大禹治水與爲政以德》（北京：線裝書局，2002年10月），頁28～47。

者又有「繁𧨅多釐」之語。各家多讀「𧨅」爲「祓」，訓爲「福」，可從【參看《金文詁林補》5·2892～2895，台北：中央研究院歷史語言研究所，1982 年。我過去在《史墻盤銘解釋》中對此字的解釋是錯誤的。】。《詩·大雅·卷阿》「茀祿爾康矣」，鄭箋訓「茀」爲「福」。《爾雅·釋詁》：「祿、祉、履、戩、祓、禧、禠、祜，福也。」郭樸注引上舉《詩》句，作「祓祿康矣。」《方言》卷七：「福祿謂之祓戩。」「復用祓祿」在語法上也不大通，意思可能是說又用好德之行來求得福祿，也可能是說又通過協天和孝神來求得福祿（編按：此處解釋有問題，參看上段編按）。

「永」字原作𣲏，與一般「永」字有別。西周中期銅器格伯作晉姬簋「其永寶」之「永」作𣲏【《集成》7·3952】，除字形方向有左右之別外，寫法與此字相同，可確證此字卻可釋爲「永」。「卩」字亦見於西周晚期的儆匜。匜銘所記伯楊父對牧牛的判辭有如下語：「……今汝亦既有卩誓：專趙𪍕，睦儆，宥亦兹五夫；亦既卩乃誓，汝亦既從辭從誓，式可【《集成》16·10285。師𣪘鼎（《集成》5·2830）「用厥烈祖██德」，「德」上一字舊多釋「介」，疑亦是「卩」字別體。】。」舊多釋此字爲「御」不可信。《禮記·緇衣》所引《詩·大雅·文王》「萬邦作孚」之「孚」，上海博物館所藏《緇衣》簡作██【馬承源主編《上海博物館藏戰國楚竹書（一）》第 45 頁《緇衣》1 號簡，上海古籍出版社，2001。郭店簡《緇衣》此字作「孚」，與今本同，見《郭店楚墓竹簡》第 17 頁 2 號簡。】，疑與「卩」爲一字。此字雖尚不能釋出，但其讀音應與「孚」相同或相近。《尚書·呂刑》：「五辭簡孚，正于五刑。」僞孔傳：「五辭簡核，信有罪驗，則正之于五刑。」楊筠如《覈詁》：「孚，讀爲符，信也，合也。《盤庚》『以不浮于天』，《君奭》『若卜筮罔不是孚』，並同。」【《尚書覈詁》第 306 頁，陝西人民出版社，1959。此書第 107 頁解釋《盤庚》「以不浮于天」句時，對讀「孚」爲「符」的理由有所說明，可參閱。】將儆匜諸「卩」字讀爲「孚」，義皆可通。疑本銘「卩」字亦應讀爲「孚」。「盅」爲「盨」字省文【參看《金文詁林補》4·2406～2407 頁「盨」字條周法高按語。】。《說文·七下·宀部》以「寍」爲安寧之「寧」的本字。「永孚於寧」疑是永遠安寧之意。《呂刑》有「其寧惟永」之語，似與此同意。《洪範》「五福」之三爲「康寧」，已見前引。殷墟卜辭「兹██」之「██」，我以前曾釋爲「厄」（音 WǑ），讀爲「果」（編按：拙文《釋「厄」》寫于 1999 年，見《紀

念殷墟甲骨文發現一百周年國際學術研討會論文集》，社會科學出版社 2003
年出版），現在看來，也有可能應該釋為「孚」，待考（編按：參看本文正文
和注釋後的追記）。

◎朱鳳瀚〔註124〕：

　　「好德聞（婚）遘（媾）」此句似可解釋為：要遵奉德的標準締結婚姻。將
婚姻納入德的範疇之中。

　　「協」，即合。惄、理皆來紐之部韻。《尚書・堯典》：「釐降二女于嬀汭」，
孔穎達疏：「釐降，謂能以義理下之。」《廣韻》訓「釐」為「理」。此句銘文
承上讀，是說要遵奉德的標準通婚，這也是合乎天理的。所以言婚姻合於德
即合天理，是因為周人極重視婚姻、婚禮，視之為天之常理。《詩經・大雅・
大明》歌頌文王，言其婚配為「天作之合」。《禮記・哀公問》記魯哀公問孔
子，為何婚禮必要設親迎之禮，「不以重乎？」於是「孔子愀然作色而對曰：
『合二姓之好，以繼先聖之後，以為天地宗廟社稷之主，君何謂已重乎？』」
孔子並進一步闡釋婚姻之重要，「天地不合，萬物不生。大昏，萬嗣之世也」。

　　「神」在這裡仍是指先人，故才能言「孝」。東周典籍中有「天神曰神，人
神曰鬼」的說法，但西周時期未必如此。西周金文中習見稱所享孝之先人為
「神」，如「文神」、「皇神」。

　　復，且也。祓，《說文解字》釋為「除惡之祭也」；祿，福也。

　　「御」在殷墟甲骨刻辭中為防御、免除災害以求福佑之祭名，所言「御于
某」，某是指御祭對象，但在這裡此種用法顯然不適合。這裡的「御」，應近同
《詩經・大雅・思齊》「刑于寡妻，至於兄弟，以御於家邦。」之「御」。鄭玄
箋云：「御，治也。」即治事、治理。治于寧，乃承以上兩句中享孝、祓祭而言，
是言通過這些行為，永遠治事於、致力於安寧康樂。以上三句連讀，大意是：
以享孝於先人，且以祓祭求福的行為，永遠免除災禍，求得安寧。

◎李零〔註125〕：

〔註124〕朱鳳瀚：〈豳公盨銘文初釋〉，《中國歷史文物》2002 年第 6 期，頁 33。又其篇章收
　　　　錄於保利藝術博物館編：《豳公盨大禹治水與為政以德》（北京：線裝書局，2002
　　　　年 10 月），頁 48～57。

〔註125〕李零：〈論豳公盨發現的意義〉，《中國歷史文物》2002 年第 6 期，頁 38～39。又其

「心好德」，內心好德。

「瑉邁亦唯齒」，「瑉邁」，讀「婚媾」；「齒」，讀「協」。意思是說，如內心好德，婚姻也會協調。

「天祋用考，申遉用猶录」，讀「天釐用考，神復用祓禄」。案「天釐」與「神復」互文，「考」與「祓禄」互文，這裡指天以壽考爲賜，神以福禄爲報。「祋」即「釐」字所從，這裡讀爲「釐」。「釐」有賜義，西周金文中用作賞賜的「釐」，字多從貝，但聲旁是一樣的。「申」在西周金文中，除作干支，多用爲「神祖」之「神」（如大克鼎、杜伯盨，後者的「皇申祖考」就是「皇神祖考」），與加示旁的「神」字沒有區別。西周金文表示重復之義的「申」，如冊命金文常說的「申就」之「申」，是假「紳」字的古體爲之，和「陳」字的寫法有關，而與這種寫法的「申」字不同。「遉」，從辵與彳通，楚簡讀爲「復」或「覆」的字往往這樣寫，這裡讀爲「復」。「復」有回報之義。「猶禄」寫法同史牆盤。「猶」，《說文》卷三彡部列爲「髮」字的或體，這裡讀爲「祓」，「祓」，《爾雅·釋詁下》訓「福」。「录」同「禄」，《說文》卷一上亦訓「福」。作爲合成詞，兩者是同一個意思。

「永厄於盅」，第二字，是在卩旁的左側加一斜畫，略向左撇。此字見於殷墟卜辭（或體從人）和穆公簋，都是表示「夕」以後的時稱，過去有許多不同解釋，黃天樹先生認爲此字即今「厄」字，而以音近假爲「定」，相當於後世的「人定」【黃天樹：《殷墟甲骨文所見夜間時稱考》，收入《新古典新義》，第73～94頁，台北：學生書局，2001年。】。「人定」是黃昏（即「夕」）之後入寢就息的時段，「定」是「止」、「息」之義。另外，此字又見於儳匜，辭例作「今女（汝）亦既又（有）～誓」，「亦既～乃誓」，讀爲「今汝既有定誓」，「亦既定乃誓」，亦通【這裡的兩個「厄」字，學者或釋「卩」，讀爲「節」，如李學勤：《岐山董家村訓匜考釋》，收入所著《新出青銅器研究》，第110～114頁，文物出版社，1990年。】。第四字，見中山王方壺，辭例作「～又（有）愙（懬）悤（惕）」，有些學者讀「寧」【朱德熙、裘錫圭：《平山中山王墓銅器銘文的初步研究》，第42～52頁，《文物》1979年1期；于豪亮：《中山三器銘文考釋》，

篇章收錄於保利藝術博物館編：《豳公盨大禹治水與爲政以德》（北京：線裝書局，2002年10月），頁58～73。

第 171～184 頁,《考古學報》1979 年 2 期。】,但也有學者懷疑,它和「寧」字並不是同一個字【李學勤、李零:《平山三器與中山國史的若干問題》,第 147～170 頁,《考古學報》1979 年 2 期；張政烺:《中山王嚳壺及鼎銘考釋》,《古文字研究》第一輯,第 208～232 頁,中華書局,1979 年。】。案兩周金文「寧」字多從此,中山王圓壺有「不能寧處」句,其「寧」字也從此,恐怕還是讀「寧」更好(在中山王方壺的銘文中是「豈」的意思)。「定」、「寧」含義相近,古書常連言,如《淮南子·精神》「氣志虛靜恬愉而省嗜欲,五臟定寧充盈而不泄」,《淮南子·本經》「天下甯定,百姓和集」,《論衡·宣漢》「四海混一,天下定甯」,這段話的意思是說「永遠安寧」,「于」在文中相當「與」,是既定且寧的意思(參看王引之《經傳釋辭》卷一)。

◎連劭名〔註126〕:

「釐用老神」,釐,讀為來,《儀禮·少牢饋食禮》云:「來女孝孫。」鄭玄云:「來,讀曰釐。」老字寫法可參看甲骨文,《國語·晉語》云:「楚師老矣。」韋昭注:「老,久也。」《獨斷》上云:「老,謂久也,舊也。」老神指乾陽之神,乾為天,故老神即天神。《周易·繫辭》上云:「乾以易知,坤以簡能,易則易知,簡則易從,易知則有事,易從則有功,有親則有功,有親則可久,有功則可大,可久則賢人之德,可大則賢人之業。」《禮記·樂記》云:「子曰:禮樂不可斯須去身。致樂以治心,則易直子諒之心油然生矣,易直子諒之心生則樂,樂則安,安則久,久則天,天則神。」「用」,訓為由。如《禮記·禮運》云:「故謀用是作而兵由此起。」《廣雅·釋詁》四云:「由,用也。」《說文》云:「神,天神引出萬物者。」故「釐用老神」者,言夏禹之降生由天之神。

復用猏录。《爾雅·釋言》云:「復,返也。」《周易·復》何妥注:「復者,歸本之名。」《周易·繫辭》下云:「復,德之本也。」韓康伯注:「復者,各反其所始。」《老子·道經》第十六章云:「致虛極,守靜篤,萬物並作,吾以觀其復,凡物云云,各歸其根,歸根曰靖,靖曰復命,復命曰常,知常曰明,不知常,妄作,凶。」復、反同意,《老子·德經》第四十二章云:「反者,道之動。」「反」主要是「自反」,《禮記·學記》云:「知不足然後能自反矣。」鄭

〔註126〕連劭名:〈《齹公盨》銘文考述〉,《中國歷史文物》2003 年第 6 期,頁 54～56。

玄注云：「自反，求諸己也。」「自反」與「修身」同義，《禮記·祭義》云「漆漆者，容也，自反也。」鄭玄云：「自反，猶言自修整也。」郭店楚簡《成之聞之》曰：

> 古之用民者，求之于己爲恒，行不信則命不從。信不著則言不樂，民不從上之命，不信其言，而能念德者，未之有也。故君子之蒞民也，身服善以先之，敬慎以守之，其所在者入矣。故君子所復之不多，所求之不遠，竊反諸己而可以知人，是故欲人之愛己也，則必先愛人，欲人之敬己也，則必先敬人。

「猷录」，又是《史牆盤》銘文。「猷」，學者多認爲是「龘」，即「髮」之或體。「龘」從龍聲，讀爲被，義同福。福、祿義通，「录」讀爲「祿」，《說文》云：「祿，福也。」《禮記·祭統》云：

> 福者，備也。備者，百順之名也。無所不順者之謂備，言內盡于己，而外順于道也。忠臣以事其君，孝子以事其親，其本一也。上則順于鬼神，外則順于君子，內則以孝于親，如此之謂備。

《孟子·盡心》上云：「萬物皆備於我矣，反身而誠，樂莫大焉，強恕而行，求仁莫近焉。」「螯」與「復」如言「往來」。《周易·繫辭》上云：「往來不窮謂之通。」此處意指禹爲聖人，《說文》云：「聖，通也。」《荀子·仲尼》云：「以爲仁則必盛。」注：「聖，亦通也、」

「永即于心」。《管子·樞言》云：「道之在天者，日也，其在人者，心也。」故「永即於心」者，不離於道。《禮記·中庸》云：「道也者，不可須臾離也，可離非道也，是故君子戒慎乎其所不睹，恐懼乎其所不聞，莫見乎隱，莫顯乎微，是故君子慎其獨也。」「心」或稱「天門」，《莊子·天運》云：「天門弗開矣。」《釋文》云：「天門，謂心也。」《莊子·庚桑楚》云：「有乎生，有乎死，有乎出，有乎入，入出而無見其形，是謂天門，天門者，無有也，萬物出乎于有，有不能以爲爲有，必出乎無有，而無有一無有，聖人藏乎是。」「永即于心」，與「在心」或「存心」同義。郭店楚簡《語叢》三云：「才心，益。」「才」讀爲「在」，《說文》云：「在，存也。從土，才聲。」《孟子·離婁》下云：

> 人之所以異於禽獸者幾希，庶民去之，君子存之，舜明于庶物，察于人倫，由仁義行，非行仁義也。孟子曰：君子所以異於人者，以

其存心也。君子以仁存心，以禮存心，仁者愛人，有禮者敬人，愛
人者人恆愛之，敬人者人恆敬之。

「存心」即「在心」，二者同是「正心」之義。《禮記・大學》云：

所謂修身在正其心者，身有所忿懥，則不得其正，有所恐懼，則不
得其正，有所憂患，則不得其正，心不在焉。視而不見，聽而不聞，
食而不知其味，此謂修身在正心。

人爲情欲所困擾，不得其正，則心不在焉，舊解在「不得其正」下斷句號，將
「心不在焉」屬下句，是不正確的。人脫離了感官的束縛，故「視而不見，聽
而不聞，食而不知其味」，這就是「正心」之義，因此《論語》上說孔子聞韶，
三月不知肉味。郭店楚簡《成之聞之》云：「大禹曰：余在宅天心何？此言也，
言余之此而宅于天心也。」「余在宅天心」者，言余存「宅天」之心，實與「永
即于心」同義。「宅天」之論見《莊子・人間世》云：「吾語若，若入游其樊，
而無感其名，入則鳴，不入則止，無門無毒，一宅而寓于不得已，則幾矣。」
「不得已」即天道，《大戴禮記・哀公問》云：「公曰：敢問君子何貴乎天道也？
孔子對曰：貴其不已，如日月東西相從而不已也，是天道也。」

◎馮時〔註127〕：

「聞邁」，讀爲「婚媾」。又見乖伯簋等銘。「龤」，讀爲「協」，和合也。銘
文言合二姓之好必洽于天意，典出文王。《詩・大雅・大明》：「天監在下，有命
既集。文王初載，天作之合。」鄭玄《箋》：「天監視善惡于下，其命將有所依
就，則豫福助之。」婚媾協天意同天作之合，此爲天將歸德授命的徵兆。

銘文獨稱婚姻合天，是時人將婚姻之事同樣納入以孝爲核心的德行範疇。
《左傳・文公二年》：「凡君即位，好舅甥，修婚姻，取元妃以奉粢盛，孝也。」
《禮記・昏義》：「婚禮者，將合二姓之好，上以事宗廟，而下以繼後世也。故
君子重之。……敬愼重正，而後親之，禮之大體，而所以成男女之別，而立夫
婦之義也。男女有別，而後夫婦有義；夫婦有義，而後父子有親；父子有親，
而後君臣有正。故曰：『昏禮者，禮之本也。』」鄭玄《注》：「言子受氣性純則
孝，孝則忠也。」孔穎達《正義》：「所以昏禮爲禮本者，昏姻得所，則受氣純

〔註127〕馮時：〈燮公盨銘文考釋〉，《考古》2003年第5期，頁70～71。

和，生子必孝，事君必忠。孝則父子親，忠則朝廷正。」朱彬《訓纂》引呂與叔云：「人倫之本，始於夫婦，終於君臣。本正而末不治者，未之有也。」事實上，婚姻不僅體現忠孝之德，而且成爲端正一切人倫關係的基礎，這些觀念與銘文闡述的以孝與信爲本質的人道思想吻合無間。

「䣋」，讀爲「釐」，予也。《詩·大雅·既醉》：「釐爾女士。」毛《傳》：「釐，予也。」「復」，回復、回報也。兩「用」字俱用如「以」【楊樹達：《詞詮》，中華書局，1979 年。】。

「考申」，讀爲「孝信」。《國語·晉語一》：「而信其欲。」韋昭《注》：「信，古申字。」《穀梁傳·隱公元年》：「信道而不信邪。」范甯《集解》：「信，申字，古今所共用。」《大戴禮記·保傅》：「所以能申意至于此者。」《賈子新書·胎教》、《韓詩外傳》七、《說苑·尊賢》「申」並作「信」。《戰國策·魏策四》：「衣焦不申。」《文選·阮嗣宗咏懷詩》李善《注》引「申」作「信」。是「申」、「信」相通之證。大克鼎銘：「天子明哲，顆孝于申。」言天子有淑哲明德，故「顆孝于申」則遞述明德的具體內涵。孫詒讓、王國維均讀「申」爲「神」【a.孫詒讓：《籀廎述林》卷七，1916 年刻本；b.王國維：《觀堂古金文考釋》，見《王國維遺書》，上海古籍出版社，1983 年。】，郭沫若則解爲申明【郭沫若：《兩周金文辭大系圖錄考釋》，科學出版社，1957 年。】，然以本銘例之，似非。實「孝于申」即本銘「孝申」，「申」皆讀爲「信」。「顆孝于申」意即顯孝並信。「顆」，意同顯；「于」，與也，等列連詞【楊樹達：《詞詮》，中華書局，1979 年。】。故鼎銘言天子明哲而有懿德，則其仁孝與誠信明顯而光大也。故本銘「孝信」當復指上文「孝友謨明」與「經齊好祀」，前者言孝，後者言信，是爲德。

「敱录」，讀爲「祓祿」，「敱」爲「髮」字古文，讀爲「祓」【唐蘭：《略論西周微史家族窖藏銅器群的重要意義》，《文物》1978 年第 3 期。】。《爾雅·釋詁》：「祓，福也。」墙盤銘：「繁祓多釐。」叔向簋銘：「降余多福繁釐。」是「祓祿」意即「福祿」。

銘文此二句言一給一報，給人以孝信，則還之以福祿。《尚書大傳》：「德施有復。」即此之謂，體現了時人所認識的修德與福祿的相互關係。銘文強調人若以德待人，施之以孝信，則福祿必至。《詩·大雅·文王》：「無念爾祖，聿修厥德。永言配命，自求多福。」鄭玄《箋》：「王既述修祖德，常言當配天命而行，則福祿自來。」皆投桃報李之謂。

「卩」，讀爲「節」。字又見儠匝【李學勤：《岐山董家村訓匝考釋》，見《古文字研究》第一輯，中華書局，1979 年。】，殷卜辭或作「茲節」【馮時：《中國天文考古學》社會科學文獻出版社，2001 年。】。「節」乃節度之稱，事有節度則合宜適中。中山王𧬆壺銘：「節于禋齊。」即合于祭祀。古人治事以合宜爲尚，故適可則止。《易・節》陸德明《釋文》：「節，止也。」《易・雜卦》：「節，止也。」《廣雅・釋言》：「節，已也。」王念孫《疏證》：「已猶止也。」是「節」訓止。「㞤」，讀爲「寧」，安寧也。銘文「永節于寧」意即永遠康寧。井人妄鐘銘：「永終于吉。」文意全同。

《荀子・修身》：「扁善之度，以治氣養生則後彭祖，以修身自名則配堯、禹。宜于時通，利以處窮，禮信是也。凡用血氣、志意、知慮，由禮則治通，不由禮則勃亂提慢。食飮、衣服、居處、動靜，由禮則和節，不由禮則觸陷生疾。容貌、態度、進退、趨行，由禮則雅，不由禮則夷固僻違，廣眾而野。故人無禮則不生，事無禮則不成，國家不禮則不寧。《詩》曰：『禮儀卒度，笑語卒獲。』此之謂也。」與銘文所反映的思想一致。

◎饒宗頤〔註 128〕：

銘辭下文繼云「用孝申（神）、復用髮祿，永卬（御）于寧」。此句疊兩個「用」字。史墙盤：「繁嫷多孷（釐）。」癲鐘：「用禱壽匃永令，綽綰猶（髮）录（祿）。」「髮祿」一詞相同。意指壽考。寧，安也，永遠安寧的意思。《墨子・明鬼下》：「……山川鬼神，亦莫敢不寧。若能共允，佳天下之合，下土之葆。……以佐謀禹也。」「讋天帮」之協字，從三力三口，訓協力合作，與「佳天下之合」義亦相符。墨子於《天志》下亦言及「天德」，謂「上利天，中利鬼，下利人，三利而無所不利，是謂天德。」能獲得天賜厚福，合于天釐，便是天德。可見墨子「總德」的取義。可惜「禹之總德」一文今已佚，幸得墨子保存篇名，可與本銘辭互相印證。佚文雖僅存數句，仍是十分珍貴的。

我復從通篇行文脈絡來看問題，讀「🉐好德昏媾」爲句，解作「總合好明德的親戚朋友」文義較爲通暢。故全篇斷句與他家不同。茲將全文句讀，重行標點如下：

〔註 128〕饒宗頤：〈𤨏公盨與夏書佚篇《禹之總德》〉，《華學（六輯）》2003 年 6 月，頁 6。

天命禹尃（敷）土，隨山濬川。迺粦（來）方釶（狀）征。降民監德，迺自作配卿（饗）。民成父母。（天）生我王作臣，厥頪（沫）唯德。民好明德，戁（憂）在天下。用厥㕣好，盍孚懿德，康亡不楙。孝友慲明，巠（經）齊好祀，無㑋。心（總）好德昏遘（媾），亦唯龤（協）天摰（釐）。用考（孝）神，復用媘（髮）錄（祿）。永卬（卲）于益（寧）。燹（鹵）公曰：民唯克用茲德，亡誨（悔）。

如是，則較爲文從字順，文章脈絡虛字使用，自成條理。第一段連用二「迺」字爲領字起句。第二段以「無凶」與末段以「亡悔」收結，皆二字之成語（㑋字朱鳳瀚隸定爲從凶，其聲，讀爲無欺。余疑可釋爲墨子引《禹之總德》「既防凶心」之凶。尚待定）。

第三段行文句法奇崛，以「總」字領起好德之婚遘（「好」讀如《詩》「民之秉夷，好是懿德」之「好」）。下文連出兩「用」字，曰用考神，復（再）用髮祿，加重語氣，故能永致于安寧。「亦唯協天釐（福）」句，矯健有力。惟能結合好德的親朋，故可協天賜之福祿。墻盤云：「上帝降懿德，大甹。」懿德，是上帝之所「降」。上文言「降民監德」亦是上帝所「監」的。結語「民唯克用茲德，亡悔」。指出惟有用德，乃可教民。《周書·立政》云：「古之人迪惟有夏……尊上帝迪知忱恂于九德之行。謀面用丕訓德，則乃宅人。」宅人之術，惟有大用訓德。此乃有夏之教。墨子所稱舉的《禹之總德》佚篇，今得鹵公盨銘，更足徵《立政》所言之確實可信。《總德》說道：「不愼厥德，天命焉保。」禹之有天下，是秉之天命，治水工作亦是如此。故云：「天命禹尃土。」《洪範》言「天乃錫禹洪範九疇」，同樣的道理。必須行德，方能保持久遠。本盨銘亦兢兢「使民唯克用茲德」，立意同出一軌。能夠「用德」，自然「天命不僭」（《大誥》），否則天命就保不住了。

◎周鳳五 [註129]：

好德婚媾：好德，有德者。婚媾，累世通婚。《說文》：「媾，重婚也。」段《注》：「重婚者，重疊交互爲婚姻也。」【段玉裁：《說文解字注》，第 616 頁，台北漢京文化事業有限公司，1983 年。】見於金文，如《克盨》：「惟用獻于師

[註129] 周鳳五：〈遂公盨銘初探〉，《華學（六輯）》2003 年 6 月，頁 10～11。

尹、朋友、婚媾。」【馬承源主編：《商周青銅器銘文選》（三冊），第221頁，文物出版社，1990年。】按，作器者遂公，帝舜之後，舜以德行著稱。周武王克殷，以帝舜後裔胡公滿「不淫」，故「賜之姓，使祀虞帝」並與之通婚，「庸以元女大姬配胡公」【事見《左傳》昭公八年，詳下。】，蓋所以「合二姓之好，以繼先聖之後」也。上文「用厥昭好，益□懿德」與此「好德婚媾」云者，蓋作器者遂公頌揚周王、稱述祖德，且以世世得與周王室通婚爲榮也。

　　亦唯協天釐：協，銘文作龤，典籍通作協。《說文》「劦」部收劦、協、勰諸字，分別訓「同力也」、「同眾之龢也」、「同思之龢也」，實皆出於「同也」一義【段玉裁：《說文解字注》，第701頁，台北漢京文化事業有限公司，1983年。】。釐，福也。據《尚書・康誥》：「已！汝惟小子，乃服惟弘王，應保殷民。亦惟助王宅天命，作新民。」以「乃惟服」與「亦惟」領句，知銘文亦當以「厥務唯德」與「亦唯」領句，謂周王以德治天下，且與諸侯同心修德，共承天麻也。

　　用孝申復：申復，重複、增益。申，重也；復，亦重也。《詩・小雅・采菽》：「樂只君子，福祿申之。」《箋》：「天子賜之，神則以福祿申重之。」【《毛詩正義》，第501頁。】銘文謂君臣共承天麻，且以孝行得上帝增益之也。

　　用遒祿：遒，見史牆盤：「繁遒多釐」。學者多以爲從首、发聲，即《汗簡》所收古文「髮」字，或讀「繁髮」爲皤髮，謂長壽也；或破讀爲「繁祓」，祓，除惡祭也，除惡則有福；或逕讀爲「繁福」【參考《西周微氏家族青銅器群研究》所收諸家論文。】。按，字從犬，首聲，不從发，當讀爲「遒」。首，古音書紐幽部；遒，從紐幽部，可以通假。《商頌・長發》：「敷政優優，百祿是遒。」《傳》：「遒，聚也。」又《詩・豳風・破斧》：「周公東征，四國是遒。」《傳》：「遒，固也。」《箋》：「遒，斂也。」【《毛詩正義》，第300、802頁。】是遒訓聚也、斂也，引申以多爲固。史墻盤：「繁遒多釐，謂繁聚多釐。」本銘「用遒祿」承上「用孝申復」而省「孝」字，謂以孝行增益其福，以孝行會聚其祿也。

　　永迓於寧：迓，銘文作邘，與「迓」同音通假；迓，迎也，《尚書・盤庚上》：「予迓續乃命于天，予豈汝威？」孔《傳》：「言我徒欲迎續汝命于天，豈欲威脅汝乎？」或作御，見《詩・召南・鵲巢》：「之子于歸，百兩御之。」《釋文》【《毛詩正義》，第46頁。】。或作禦，見《尚書・牧誓》：「弗迓克奔，

以役西土。」《釋文》。【《十三經注疏》（一冊），《尚書正義》，第 159 頁，台北藝文印書館，1997 年。】銘文謂君臣修德，永遠迎受上帝所賜之平安也。按，《尚書‧呂刑》：「惟敬五刑，以成三德，一人有慶，兆民賴之，其寧惟永。」【《十三經注疏》（一冊），《尚書正義》，第 300 頁，台北藝文印書館，1997 年。】與銘文用語相似，可以參看。

◎**楊善群**〔註130〕：

「婚邁」即婚姻。由於「民好明德」，因而孝友之道大明，經辦美好的祭祀永無止期。心中好德，婚姻也會協調。「釐」訓爲賜，「考」即壽，「祓」釋爲福，「御」訓治。在這樣「民好明德」的大好環境下，天賜以壽考，神報以福祿，永遠治理得天下安寧。

◎**劉雨**〔註131〕：

釐：《說文》「家福也」。揚雄《甘泉賦》「逆釐三神」，注：「釐，福也。」

髮祿：金文嘏詞之一。史牆盤云「繁髮多釐」，形容祖神降賜的福祿猶如頭髮一樣多。

「好德」：兩姓婚姻和會之德。《洪範》「五福……四曰攸好德。」王者的最高行爲典範是大禹，爲王者應知道天曾「降民監德」，天可以通過觀察民意，監視時王的所作所爲，民可以在祭天時配享大禹，通過大禹與天相通。王者行爲要檢點，以免遭天譴。民（指貴族）最重視的監、明、懿、好四德，爲王者也應該體察這種民意。另一方面，作爲貴族來說，應該遵循四德的要求，體察「監德」、喜好「明德」、敬重「懿德」、無愧心於「好德」，孝敬父母，友于兄弟，憂思而明達事理，精心認眞對待高禖之祭祀，婚媾和諧，繁衍子孫。王與民兩方面德行結合，構成了四德合一的德政體系，這就是周人在西周中期所闡釋的德的完整內容，也是本篇銘文的主旨所在。銘文提出了「四德」的觀念，貫穿著「重民敬德」的思想。「德」是西周人在激烈的政治鬥爭中提出的一個新的哲學概念，在周初，它解釋了商亡周興的原因，成爲對付殷遺民的重要精神武器。其後，它又隨著周王朝的發展，逐步完善，成爲治理國家的一整套哲學思想，

〔註130〕楊善群：〈論遂公盨銘與大禹之「德」〉，《中華文化論壇》2008 年第 1 期，頁 6。
〔註131〕劉雨著：《金文論集‧齨公考》（北京：紫禁城出版社，2008 年），頁 328。

本銘即體現了周人不斷豐富和完善這個德政體系的過程。孔子說：「為政以德，譬如北辰，居其所而眾星共之。」【《論語・為政》。】「周監於二代，鬱鬱乎文哉！吾從周。」【《論語・八佾》。】春秋以後發展起來的儒家，以恢復周禮為己任，在哲學上他們全面繼承了西周的德政體系，試將他們所宣揚的仁、義、智、忠、孝等思想與西周的「四德」相對照，就不難發現其中的淵源關係。

◎陳英傑〔註132〕：

「好」乃喜好之義。

「釐」，跟鄂侯鼎（西晚）「敢對揚天子丕顯休釐」、多友鼎（西晚）「釐汝易（賜）汝土田」、守宮盤「守宮對揚周師釐」之釐義相同【「釐」在金文中還有「福」義，大克鼎「㫞純亡敃，易釐無疆」，「易釐無疆」即「受福無疆」。】。《詩經・大雅・江漢》：「釐爾圭瓚，秬鬯一卣。」毛傳：「釐，賜也。」《大雅・既醉》「釐爾女士」毛傳：「釐，予也。」李零指出「考」指壽考，裘錫圭、朱鳳瀚均指出「神」指先人、先祖【在△公身分未確定之前，還不能說「神」指先王。】，都是非常正確的。

「復」，李零以為「回報」義。金文中提到先人賜福多用「妥」字，「妥」之賓語為「厚多福」、「多福」、「被祿」、「福」等，我們前文已經指出這種「妥」字均應依傳統故訓解為「安」，釋為「降」是不正確的。「復」在這裡也是「安」義，《廣韻・宥韻》：「復，安也。」《左傳・昭公二十七年》：「季氏之復，天救之也」，杜預注：「復，猶安也。」。

此處的「考」義即壽考，跟上文用為「孝」的「老」寫法有異。「被祿」亦見於西周中期的墻盤等，「被祿」同義連文，均為福義。

「永孚於🔲」，末字除連劭名隸為「心」外，諸家均隸為寧。「孚」依裘氏意見。陳劍指出此語可與《君奭》「我不敢知曰闕基永孚于休」相對照（見裘文追記），馮時指出此語與井人妟鐘「永終于吉」文義全同，周鳳五云此與《呂刑》「惟敬五刑，以成三德，一人有慶，兆民賴之，其寧惟永」用語相似。這幾位學者發現的證據已把這句話的含義解決了，無須更費筆墨。不過需要指出的是，「孚」可能應讀為「復」，孚通復，在上博簡《周易》中很多用例。復，歸也。

〔註132〕陳英傑著：《西周金文作器用途銘辭研究（下）・𫲪公盨考釋》（北京：線裝書局，2008年10月），頁587～588。

◎佳瑜按：

「德」字於銘文中分別出現於：「監德」、「明德」、「懿德」、「好德」，各自從不同角度強調「德」之重要性，此處的「好德」亦承上啓下理應是強調良好的德行所帶來的附加價值。

「龤（協）」，《爾雅・釋詁》：「諧、輯、協，和也。」銘文「婚媾亦唯協」強調雙方婚姻關係之維繫建立在和諧基礎上，而和協之根本是在於美好的德行之上，《禮記・經解》有云：「昏姻之禮，所以明男女之別也。夫禮，禁亂之所由生，猶坊止水之所自來也。故以舊坊爲無所用而壞之者，必有水敗；以舊禮爲無所用而去之者，必有亂患。故昏姻之禮廢，則夫婦之道苦，而淫辟之罪多矣。」〔註133〕可知婚姻之禮是用來明辨男女之別，而禮的功用則是禁止亂事發生，就像預防洪災一樣萬不可缺廢，否則必有亂事災禍滋生，故《禮記・昏義》又云：「敬愼重正而后親之，禮之大體，而所以成男女之別，而立夫婦之義也。男女有別，而后夫婦有義；夫婦有義，而后父子有親；父子有親，而后君臣有正。故曰：昏禮者，禮之本也。」〔註134〕此處再次強調藉由恭敬、愼重的婚禮儀式締結成夫婦，才符合禮的規範，也才能確立男女之別，夫婦之間之禮義方能建立，如此父子之間關係亦能更加緊密，君臣之間相處亦如是，由此可知婚媾的締結是爲禮的根本，此外亦須合乎禮的規範，如此則能上以祭宗廟而下以承後世，顯見婚媾和諧的重要性。

「釐（釐）」，《說文》：「家福也。從里、𠩺聲。」〔註135〕此字有「福」之義，如「易（賜）釐無疆」（克鼎）或「皇公受京宗懿釐」（班簋）。「考」從李零先生訓「壽考」。「🐍」（申）在金文中寫法或有作🐍（衛簋）、🐍（此鼎）、🐍（王子申盞盂）等形，於本銘用爲「神」來使用，此處的「神」應是近似於祖先神，學者也已經指出神指先人、先祖，有異於上文「天釐用考」之「天」。

又「復」陳英傑先生訓「安」義，可備一說，然而是否另含有「又、再」之義，可與前文「天釐用考」互文對照。「🐕」字從字形來看判斷應從犬從首，隸爲「猶」，爲「髮」之古文，於此讀爲「祓」，「祓祿」意謂「既除災厄又有祿

〔註133〕清・阮元：《十三經注疏・禮記》（台北：藝文印書館，1985 年），頁 846。

〔註134〕清・阮元：《十三經注疏・禮記》（台北：藝文印書館，1985 年），頁 1000。

〔註135〕清・段玉裁：《說文解字注》（台北：漢京文化事業有限公司，1980 年）。頁 701（十三下四十一）。

位」〔註 136〕。故銘文「天釐用考」與「神復用祓祿」兩句聯繫起來,「天」應
爲主語是周人所信仰所敬慎之天,其性質是高於祖先神,此處的「復」含有加
重的口氣,應是強調對於先祖而言祈求福祿再次的賜予,「凡求固守天命者,在
敬,在明明德,在保人民,在慎刑,在勤治,在毋忘前人艱難,在有賢輔,在
遠憸人,在秉遺訓。」〔註 137〕對人而言時刻以德爲輔,以殷商爲鑒,不違天命,
福祿自然降臨且能得以善終,此外亦無愧對於祖先神,無忘教誨與遺訓,天自
然也以福祿用之。

　　銘文「🔲」字,寫法近似「🔲」(由伯尊)或「🔲」(衛簋)等字,或釋
爲「御」,裘錫圭已經指出舊釋不可信,此字應與「孚」爲一字,此外於裘文追
記中陳劍補充《尙書・君奭》「永孚于休」之語與盨銘「永孚于寧」相對照,據
此應從裘釋。至於其他諸說或釋「御」、「迓」、「厄」、「即」等說法,綜合上下
文意判斷仍不若釋「孚」訓「信」適切。「寧」,《說文》:「安也,從宀、心在皿
上。」〔註 138〕銘文「永孚于寧」應是說明欲擁有安寧在於使天長信。

(六) 🔲公曰:民唯克用茲德,亡誨(悔)

　　諸家說法如下:

◎李學勤〔註 139〕:

　　盨銘第九行器主「𤼹公」的「𤼹」字,對理解全銘性質頗有關係,也有必
要作一文字學的探究。

　　「𤼹」字在金文中也出現若干次了【容庚:《金文編》,第 688 頁,中華書
局,1985 年。】,包括從「攴」,從「又」,由於文例相同,大家都認爲爲一字。
這個字的釋讀說不一,主流是像《金文編》那樣釋作「燹」,通讀爲「豳」。這

〔註 136〕張世超等著:《金文形義通解》(京都:中文出版社,1996 年 3 月),頁 1650。

〔註 137〕許倬云:《西周史》(台北:聯經出版社,1984 年),頁 104。

〔註 138〕清・段玉裁:《說文解字注》(台北:漢京文化事業有限公司,1980 年),頁 342
　　　　(七下八)。

〔註 139〕李學勤:〈論𤼹公盨及其重要意義〉,《中國歷史文物》2002 年第 6 期,頁 8～9。其
　　　　篇章分別收錄於保利藝術博物館編:《𤼹公盨大禹治水與爲政以德》(北京:線裝書
　　　　局,2002 年 10 月),頁 15～27;《中國古代文明研究》(上海:華東師範大學出版
　　　　社,2004 年 11 月),頁 126～136。

種意見最早提出者是潘祖蔭《攀古樓彝器款識》所引周孟伯說【周法高主編：《金文詁林》，1322，香港中文大學，1975年。】，而論說最詳細的是《積微居金文說》【楊樹達：《積微居金文說》，第154頁，中華書局，1977年。】。楊氏云：「希與豕本爲一字，《說文》分爲二字，殆失之矣。豕於希爲一字，豩與㹀自當爲一字，此從字形推論之者。然從字音求之，亦有可信者。……按豕部豩下許君云闋，謂闋其音。燹從豩聲，音爲穌典切，則豩音似當屬心母。《說文》希部㹀下大徐音息利切，亦心母字也。㹀與燹既爲雙聲，又爲對轉，則豩、㹀爲一字又可知矣。」

楊說雖辯，實際基礎是脆弱的。在古文字材料裏，「希」和「豕」有明確區別，絕不混用，這使整個推論失去了依據。不過字從「㹀」聲是對的，可作爲釋讀的出發點。「㹀」字見於《說文》，許氏引《虞書》「㹀類于上帝」，段玉裁注以爲是孔壁古文，今文作「肆」，今傳本《舜典》也作「肆」，《史記·五帝本紀》、《封禪書》和《漢書·王莽傳》引都作「遂」【古國順：《史記述尚書研究》，第104～106頁，文史哲出版社，1985年。】。「肆」、「遂」都在物部，一心母，一邪母，音近相通。

金文「㹀」字確讀爲「肆」。天亡簋：「丕顯王作眚（笙），丕㹀王作庸（鏞）」【參看裘錫圭：《古文字論集》，第202頁，中華書局，1992年。】，「㹀」即讀作「肆」，訓爲「勤」【楊樹達：《積微居金文說》，第235頁，中華書局，1977年。】。「丕㹀」還見於召尊、卣。吳大澂《說文古籀補》正是把「燹」讀爲「肆」的。強運開《說文古籀三補》和高田忠周《古籀篇》更由此推論「燹」是「燧」字異文【周法高主編：《金文詁林》，1322，香港中文大學，1975年。】。

「燹」在金文的幾種用法，皆可讀爲「遂」：

第一種是鄉遂的遂，如趞簋「命汝作燹（遂）司塚司馬」，善鼎「命汝佐奠侯監燹（遂）師戍」，「遂師」指王所屬六遂所出之師。靜簋：「王以吳希、呂犅卿（合）燹（遂）芳師邦周，射于大池」，「遂芳師」指作爲遂的芳邑（見師旂）所出之師。衛盉有參加度量土地的「燹趞」，「趞」人名，任遂人屬官。

盨銘的「燹」也應讀爲「遂」，國名。據文獻記載，當時可能有兩個遂國。一是姬姓，見《通志·氏族略》、《路史·後紀十》【陳槃：《春秋大事表列國爵姓及存滅表譔異》，第512～513頁，歷史語言研究所，1988年。】。《三代吉金

文存》14，9，2盉銘：「**㝬**作王姬婦盉」，或許是姬姓的遂，從其稱王看，應係邊裔夷狄一類【參看張政烺：《矢王簋蓋跋——評王國維〈古諸侯稱王說〉》，《古文字研究》第十三輯，中華書局，1986 年。】，與盨無關。盨的遂公，屬於另一個遂，就是見於《春秋》經傳的遂國。遂國在今山東寧陽西北，傳說是虞舜之後。《左傳》昭公三年有「箕伯、直柄、虞遂、伯戲」，杜預注「四人皆舜後」，虞遂據稱是遂國的祖先。同書昭公八年：「自幕至于瞽瞍無違命，舜重之明德，寘德于遂，遂世守之，及胡公不淫，故周賜之姓，使祀虞帝。」杜注：「遂，舜後。蓋殷之興，存舜之後而封遂。」這段話可參看《史記·陳杞世家》《正義》所引譙周說：「以虞封舜子，按宋州虞城縣。商均（按即舜子）封爲虞公，其子虞思事少康爲相，號幕。下至遂公淮，事成湯司徒，湯滅夏，封爲遂公，號曰虞遂。」綜合起來，知道遂在商代已有，周武王以元女太姬下嫁，封於陳的胡公滿，就出自遂國。不管上述資料夾雜多少傳說成分，這應該是基本史實。遂國之君稱公，正與盨銘相合。

舜爲遂後，自爲姚姓。胡公封陳，賜姓爲嬀，遂是否也改爲嬀姓，史無可考，《春秋大事表》逕言嬀姓，並無證據。這個遂國，據《春秋》經於魯莊公十三年（公元前 681 年）爲齊國所滅。

這裡還應提到，假如釋「**㝬**」爲「**燹**」，讀作「豳」，豳在今陝西旬邑西南，是周王直屬之地，在西周時未聞有什麼豳公。鄭玄《詩譜·豳譜》的「豳公」指周先祖公劉、大王【孔穎達：《毛詩正義》，第 566 頁，北京大學出版社《十三經注疏整理本》，2000 年。】，他們當時是否有此稱號也沒有確證。

與傳世文獻的關係

盨銘同《詩》、《書》等傳世文獻有很密切的聯係。銘文開頭「天命禹敷土，隨山濬川，迺差地設征」，可對照《尚書·禹貢》：「禹敷土，隨山刊木，奠高山大川。」及《書序》：「禹別九州，隨山濬川，任土作貢。」有關文字又見於《尚書·益稷》（原合於《皋陶謨》）：「禹曰：洪水滔天，浩浩懷山襄陵，下民昏墊。予乘四載，隨山刊木。……予決九川，距四海，濬畎澮，距川。」其中「禹敷土」全同於《禹貢》，「隨山濬川」全同於《書序》，是非常令人驚奇的。

這些文字還可參看《詩·商頌·長發》：「洪水芒芒，禹敷下土方。」「敷」與「布」音訓俱通，所以《山海經·海內經》云：「禹是始布土，均定九州【「禹」

下原有「鯀」字，應係衍文。】帝乃命禹卒布土，以定九州。」足見敷（布）土和定九州有關。「敷」還可寫作「傅」，《大戴禮記・五帝德》孔子語：「（帝舜）使禹敷土，主名山川，以利於民。」到了《史記・夏本紀》，把這類記述彙集起來：「禹乃遂與益、后稷奉帝命，命諸侯百姓興人徒，以傅土，行山表木，定高山大川。」

《書序》用「任土作貢」概括《禹貢》的主要內容，盨銘也有相當的話，就是「差地設征」。「征」，《左傳》僖公十五年注：「賦也。」「差地」是區別不同的土地，「設征」是規定各自的貢賦，正如《國語・齊語》講的「相地而衰征」（實質有所區別）。

銘文中的「降民」相當《禹貢》「降丘宅土」，《夏本紀》作「民得下丘居土」，《風俗通義・山澤》作「民乃降丘度土」，說的是民眾困洪水已退，從避水的丘陵下來，重新居住在平地上。「監德」，「監」訓爲察。「迺自作配饗（享）民」，對看《書・呂刑》所說：「禹平水土，主名山川，……惟克天德，自作元命，配享在下。今天相民，作配在下。」並參考《書・康誥》「汝乃以殷民世享」，《多方》「惟夏之恭多士大不克明享於民」，知道「作配享民」是指禹踐位爲王而言。

「成父母」，指禹有大功於民，成爲民之父母。《五帝德》：「（禹）巡九州，通九道，陂九澤，度九山，爲神主，爲民父母。」同銘文近似。又可參看《尚書・洪範》：「曰：天子作民父母，以爲天下王。」按《洪範》記周武王訪於箕子，箕子講到鯀死禹興，「天乃錫禹洪範九疇」可知「作民父母」云云也與禹有關。

盨銘的重要意義

豳公盨銘文的重要，初步考慮，至少有以下兩個方面：

第一個方面是提供了大禹治水傳說在文物中的最早例證。關於禹的事蹟，從《詩》、《書》到《史記》多有記載【參看中島敏夫編：《三皇五帝夏禹先秦資料集成》，汲古書院，2001 年。】，成爲古史傳說的重要組成部分。在二十世紀二三十年代的「古史辨」討論中，禹究竟是天神還是人王，禹與夏朝的關係，以至夏朝到底是否存在，都曾受到學者的審查辨析。不少學者提到，希望從考古及古文字的材料，能對這方面的問題作出論證。

首先就此論述的是王國維先生。他 1925 年在清華研究院授課，講義名《古史新證》，對信古、疑古都有所批評。他指出：

> 研究中國古史爲最糾紛之問題。上古之事，傳説與史實混而不分。史實之中固不免有所緣飾，與傳説無異，而傳説之中亦往往有史實爲之素地，二者不易區別，此世界各國之所同也。……然好事之徒世多有之，故《尚書》於今古文外，在漢有張霸之《百兩篇》，在魏晉有僞孔安國之書，《百兩》雖斥於漢，而僞孔書則六朝以降行用迄於今日。又汲冢所出《竹書紀年》，自夏以來皆有年數，亦諜記之流亞；皇甫謐作《帝王世紀》，亦爲五帝三王盡加年數，後人乃復取以補太史公書，此信古之過也。至於近世，乃知孔安國本《尚書》之僞，《紀年》之不可信，而疑古之過，乃並堯、舜、禹之人物而亦疑之。其於懷疑之態度及批評之精神，不無可取，然惜於古史材料未嘗爲充分之處理也【王國維：《古史新證》，第 1～2 頁，清華大學出版社，1996 年。】。

王國維提倡以「地下之新材料」與「紙上之材料」相印證的「二重證據法」，成爲中國考古學的先聲，是大家熟悉的。在《古史新證》裏，他舉出以「地下之材料」證明或補足糾正文獻的例子，開始便是禹。

他列舉兩件金文：

> 鼏宅禹責　　秦公敦（簋）
>
> 咸咸成唐……處禹之堵　　齊侯鎛鐘

説明兩者都是春秋時器：

> 秦敦之「禹責」，即《大雅》之「維禹之績」、《商頌》之「設都于禹之蹟」。「禹責」言「宅」，則「責」當是「蹟」之借言。齊鎛言「咸咸成唐（即成湯），有敢（即「嚴」字）在帝所，博受天命，……咸有九州，處禹之堵」，「堵」《博古圖》釋「都」。「處禹之堵」，亦猶《魯頌》言「纘禹之緒」也。夫自《堯典》、《皋陶謨》、《禹貢》，皆紀禹事，下至《周書・呂刑》，亦以禹爲三后之一；《詩》言禹者，尤不可勝數。故不待藉其他證據，然近人乃復疑之，故舉此二器，知春秋之世，東西二大國，無不信禹爲古之帝王，且先湯而有天下也【王

國維：《古史新證》，第 4～6 頁，清華大學出版社，1996 年。】。

1930 年 2 月，郭沫若先生讀到顧頡剛先生所編《古史辨》第一冊，隨即爲自己所著《中國古代社會研究》寫了一條補誌《夏禹的問題》。他提出的見解是：

（一）殷、周之前中國當得有先住民族存在；（二）此先住民族當得是夏民族；（三）禹當得是夏民族傳說中的神人；（四）此夏民族與古匈奴族當有密切的關係。

郭沫若先生所舉「準實物的材料」也是齊侯鎛鐘和秦公簋。他發展了王國維的論點，釋齊侯鎛鐘銘文爲：

虩虩成唐，有嚴在帝所，敷受天命，翦伐夏司（祀）【「夏司」應讀爲「夏后」，參看李學勤：《郭沫若先生對夏代的研究》，《中國史研究》，1992 年 3 期。】，敗厥靈師，伊小臣惟輔，咸有九州，處禹之堵。

並說：「『翦伐夏祀』與『處禹之都』相條貫，則歷來以禹爲夏民族祖先之說，於金文上已得一證。」

秦公簋銘文，他釋爲：

秦公曰：丕顯朕皇祖受天命，鼏宅禹蹟，十又二公，在帝之壞，嚴恭寅天命，保業厥秦，虩使蠻夏。

認爲：「上言『禹迹』，下言『夏』，則夏與禹確有關係。」【《郭沫若全集》歷史編 1，第 305～306 頁，人民出版社，1982 年。】

有關禹的金文，在斃公盨出現以前，一直只限於春秋時代的這兩例，而且內容都僅涉及禹，沒有直接敘述禹的事迹。像盨銘這樣講禹，且與《詩》、《書》對應，乃是首見。盨銘所以要講禹的事迹，是以禹作爲君王的典範，說明治民者應該有德於民，爲民父母。

「德」在《詩》、《書》和西周金文中是十分重要的中心觀念，前人以多有論述，如侯外廬先生等的《中國思想通史》即以「德」維西周倫理思想的骨幹，指出在當時「『德』是先王能配上帝或是昊天的理由」【侯外廬等：《中國思想通史》第一卷，第 92 頁，人民出版社，1992 年。】。如果我們細讀《尚書·呂刑》下一段文字，就可以知道西周所推崇的「德」含有有德於民的意義：

皇帝清問下民。鰥寡有辭于苗。德威惟畏，德明惟明。乃命三后恤

功于民：伯夷降典，折民惟刑；禹平水土，主名山川；稷降播種，

農殖嘉穀。三后成功，惟殷于民。

這在思想上，和盨銘是一致的。

　　燹（遂）公作出這篇以論德爲主旨的銘文，恐怕不是偶然的。我在前面已經說到遂爲虞舜之後，《左傳》昭公八年云舜「賚德于遂，遂世守之」，雖有傳說性質，但可說明遂有重德的傳統。如本文的推想不錯，盨銘應認爲是這一傳統的結晶。我在本文開首已經說過，燹公盨銘猶如一篇《尙書》，釋讀非常困難，評述更不容易。希望本文能爲進一步深入研究做出一點貢獻。

◎裘錫圭〔註140〕

　　「燹」字一般釋爲「燹」或「豳」，也有認爲「豳」即「燹」之訛形者【參看《金文詁林》12・5976～5985頁。《金文編》釋「燹」，第688頁。】。西周中期銅器善鼎記王命善輔佐㣣侯「監燹師戍」【《集成》5・2820。】。同屬西周中期的趞簋記王命趞「作燹𠂤（師）塚司馬」【《集成》8・4266。】。「燹」和「燹」應指同一地，一般以爲二者是一字異體，也有學者認爲「燹」是從「攴」、「燹」聲之字【參看《金文詁林》12・5976～5985頁。《金文編》釋「燹」，第688頁。】。二者即使非同一字，也應是可以通用的同音或音近之字。據上引善鼎和趞簋銘文，燹地駐有周王朝戍軍，設有塚司馬，顯然是一處要地，釋「燹」爲「豳」（邠）可能是正確的。燹在西周中期銅器銘文中有用爲族氏之例，如裘衛盉有人名「燹赶」【《集成》15・9456。】，五祀衛鼎有人名「燹襦」【《集成》5・2832。】。但燹公似應爲燹地的一位封君，「公」上的「燹」不能視爲一般人民的氏。西周銅器有燹王盉，銘曰：「燹王作姬□（爲一從「女」之字，應爲女性人名）盉」【《集成》15・9411。】，從字體看，似應爲西周中期或稍晚之器。燹王與燹公的關係待考。

　　「民」下一字似未鑄全，從現存筆畫看，疑是「又」字。西周銅器銘文有「有唯」之語：

〔註140〕裘錫圭著：《中國出土文獻十講・燹公盨銘文考釋》（上海：復旦大學出版社，2004年12月），頁67。又其篇章分別收錄於《中國歷史文物》2002年第6期（總第41期），頁22～24。保利藝術博物館編：《燹公盨大禹治水與爲政以德》（北京：線裝書局，2002年10月），頁28～47。

　　爾有唯小子亡㦴　　　何尊【《集成》11‧6014。】

　　女（汝）有隹（唯）小子，余令女（汝）死（尸）我家……　　　師㝬

篹【《集成》8‧4311。】

「又」、「有」古通，「又唯」應即「有唯」。在「唯」上加「有」，似有加強語氣的作用（編按：所謂「又」實爲泐痕而非字，此段應刪除，參看本文注釋後的追記）。「用德」之類說法，《尚書》屢見。《盤庚上》：「用罪伐厥死，用德彰厥善。」《洪範》：「次六，曰乂用三德。」；《梓材》：「先王既勤用明德……亦既用明德。……肆王惟德用……」；《召誥》：「王其德之用，祈天永命。」；《多士》：「予一人惟聽用德。」；《多方》：「惟我周王靈承于旅，克堪用德，惟典神天。」

　　從以上引諸例看，「用德」者是統治階級，而且常常是最高統治者。本銘的性質與上引《尚書》諸篇不同，但銘文中所說的「好德」、「用德」的「民」，顯然也是指統治階級的。對天和神而言，地上的人都是民。過去學術界討論古代社會性質的時候，有些人認爲「民」本是對奴隸階級的稱呼。這是完全錯誤的。

　　「亡悔」似應讀爲「無悔」。《周易》爻辭中「无（無）悔」六見，此外還有「悔」、「有悔」、「悔亡」等說法【參看高亨《周易古經今注》（重訂本）第131—133頁，中華書局，1984。】。《易‧繫辭上》：「悔吝者，優虞之象也。」《正義》：「悔者，其事已過，意有追悔也。」「无悔」之「悔」也可以認爲與「凶咎」相近的意義。《公羊傳》襄公二十九年「尚速有悔于予身」，何休注：「悔，咎；予，我也。」本銘有時把「無」這個詞寫作「無」，有時又寫作「亡」，也許是爲了避復。

　　𤲬公的話的意思大概是說，民能用此德，就沒有悔咎。《詩‧大雅‧皇矣》：「維此王季……其德克明……比于文王，其德靡悔。」鄭箋：「靡，無也。王季之德比于文王，無有所悔也。」「克用茲德亡悔」與「其德靡悔」，意義似有相通之處。

　　銘文已經解釋完畢，最後簡單提一下《洪範》的時代問題。1928年，劉節發表《洪範疏證》，認爲《洪範》晚出，「其著作時代當在秦統一中國以前，戰國之末」【劉文發表于《東方雜誌》1928年1月號，後收入《古史辨》第五冊，

又收入劉氏文集《古史考存》。引文見《古史考存》第 14 頁，人民出版社。】。
此後有不少學者主張《洪範》是戰國作品（但一般認爲早于戰國末），雖然也有
學者持不同的意見，但影響不大，《洪範》晚出成了學術界大多數人的共識。到
了 20 世紀 80 年代，情況才有明顯變化。

1980 年劉起釪先生發表《洪範成書時代考》，對《洪範》晚出說，特別是
劉節的說法，作了比較全面的批駁，並提出了他自己對《洪範》時代看法【此
文發表于《中國社會科學》1980 年 3 期。1987 年劉先生對此文作了修訂，改名
爲《〈洪範〉這篇統治大法的形成過程》，後來編入了他的文集《古史續辨》（中
國社會科學出版社 1991），見地 303～336 頁。】。他認爲從《洪範》的主要思
想以及先秦文獻中稱引《稱引》時稱之爲《商書》來看，看「原件是商代的」，
但在流傳過程中「確也加入了不少周代（引者按：指西周和春秋時代）的東西」，
例如第一疇以水、火、木、金、土爲五行，就應出自春秋時期人之手【引號中
語引自劉先生在《五行原始意義及其分歧蛻變大要》一文中撮述其對《洪範》
形成過程的看法的那段話，見艾蘭等主編《中國古代思維模式與陰陽五行說探
源》，第 156 頁，江蘇古籍出版社，1998。】。

1986 年李學勤先生在《帛書〈五行〉與〈尙書・洪範〉》一文中，針對有
的學者認爲《洪範》中「有『王省惟歲，卿士維月，師尹維日』句，師尹在卿
士之下，與《詩》、《書》及早期金文不合」的意見，說了下引這段話：

> 按金文有卿士、師尹並列的，有叔多父盤，系西周晚期器，銘云：「利
> 于　辟王、卿事、師尹」（《小校經閣金文拓本》9.79.1），恰與《洪
> 範》相合。這證明《洪範》肯定是西周時代的文字【李文發表于《學
> 術月刊》1986 年 11 期，後收入黑龍江教育出版社 1989 年出版的《李
> 學勤集》。引文見《李學勤集》第 370。】。

在近時發表的《叔多父盤與〈洪範〉》一文中，李先生又就此問題作了比較詳細
的闡述，同時把「《洪範》肯定是西周時代的文字」的結論改成了「《洪範》爲
西周作品是完全可能的」【饒宗頤主編《華學》第五輯，第 110 頁，中山大學出
版社，2001。此文引叔多父盤銘，改據《金文總集》6786。《集成》未收此銘。】，
語氣稍有變化。

我們在本文中已經指出，齗公盨銘中的一些詞語和思想需要以《洪範》爲
背景來加以理解。這說明在鑄造此盨的時代（大概是恭、懿、孝時期），《洪範》

已是人們所熟悉的經典了。由此看來,《洪範》完全有可能在周初就已經基本篤定。如果我們對「設正」的解釋符合原意,《洪範》以水、火、木、金、土爲五行的內容,也應是原有的,並非出自春秋或戰國時代人之手。

《洪範》第二疇「五事」部分和《詩·小雅·小旻》第五章,都說到「肅、乂(《詩》作『艾』,二字通)、哲(通『哲』,《詩》作『哲』)、謀、聖」。有人認爲《小旻》襲、《洪範》,有人認爲《洪範》襲《小旻》,還有人認爲二者間無直接關係。從上述盨銘的情況來看,應以《小旻》襲《洪範》的可能性爲最大。

不過我們無法保證,在《洪範》與夔公盨銘無關的內容中,一定不會有後來羼入的東西;也不敢說我們對盨銘的釋讀不會有錯誤。所以對《洪範》的時代問題,還沒有到下最後結論的時候。

追記(一)

陳劍君閱此稿複印本後有一些值得重視的意見,這記于下:

一、《尚書·君奭》:「我不敢知曰厥基永孚于休。」「永孚于休」之語可與盨銘「永孚于寧」相對照。

二、「厥顙顯唯德」之「顙」,與其讀爲「美」,不如讀爲「貴」,讀「貴」,文義較明確。「顙」即「沬」,「沬」有異體作「䟩」,從「貴」聲,

三、《甲骨文合集》14293 有「不𡆥娌(鬼)日」之文,20772 有「不𡆥(𡆥字倒書)𩲡(「鬼日」合文)」之文,應與「不邁𩲡日」同意,則「𩲡」字似應爲從「貝」、「鬼」聲之字。盨銘「𩲡心」疑當讀爲「回(回邪之「回」)心」或「愧心」。

又按:本文據幽、侵對轉說,讀從「食」或「飤」、從「頁」(首)聲之字爲「任」,終覺不安。《說文·十四下·丑部》:「羞,進獻也。」「首」、「羞」上古音極近,疑此字即羞食之「羞」的專字(後世或作「饈」),在此讀爲訓「進」的「羞」,有任用之意。《逸周書·皇門》:「乃方求論擇元聖武夫,羞于王所。」《國語·晉語九》「有武德以羞爲正卿」,韋注:「羞,進也。」《尚書·盤庚》:「予念我先神後之勞汝……」《正義》釋「予丕克羞爾」爲「我大能進用汝,與汝爵位」。上舉各「羞」字皆有任用之意。前舉盤、簋銘文之字,從文義上看,釋作「羞」(饈)亦較釋作「飪」爲好。

又按:連劭名《甲骨刻辭所見的商代陰陽數術思想》認爲殷墟卜辭中的「『帝五臣』或『帝五丰臣』是五行之神」,「五行之神可稱爲『五官』」(艾蘭

等主編《中國古代思維模式與陰陽五行說探源》234 頁，江蘇古籍出版社，1988）。周人所說的由天帝設立的五官之正與「帝五臣」的關係值得研究。

追記（二）

各家皆以爲此銘末行「民」「唯」之間無字，全銘爲九十八字，可從。拙文盨銘釋文中「民」「唯」之間的「又」字及文中解釋「又唯」的那段話應刪除。

關於「卬」字，陳劍後來又向我指出，周原甲骨 FQ2 號卜甲所刻諸辭中，有「由卬于永終」、「由卬于休□」二辭（見曹瑋《周原甲骨文》圖版 146，世界圖書出版公司，2002），「卬」亦當讀爲「孚」，可與盨銘及《君奭》互證，其言甚是。

所舉 FQ2 號卜甲二辭，前者之「卬」作![圖],左側一筆是直的，後者則作![圖],左側一筆是斜的，似可證西周金文中所見之「卬」確由殷墟甲骨卜辭中所見的![圖]變來，殷墟甲骨卜辭之![圖]也確應讀爲「孚」。

◎朱鳳瀚〔註141〕：

夋，地名。與本盨年代相近的青銅器善鼎銘文中有王命善輔佐豕侯「監夋師戌」文句，是當時王朝曾在此駐兵。夋公爲受封於此地的封建貴族。《詩經·大雅·皇矣》：「王此大邦，克順克比。比于文王，其德靡悔。」「靡悔」即「無悔」，悔在這裡當訓爲災禍或過失，夋公這句話的意思是言：民如能採用這種德，即按上述德的標準要求自己，則不會有什麼災禍。

根據以上對銘文字義的考釋，對全銘的結構做一個簡要的分析。這篇銘文似大致可以分作四個部份：

第一部份，自「天令（命）禹」至「民成父母」。主要是通過歌頌禹有功於民，說明德的貫徹、德制的推行，其根本在於保民，要使民衣食足才能受民擁戴，德才有貫徹的基礎。同時說明德貫徹好壞與否有德，也在於以民爲鑒。

第二部份，自「生我王乍（作）臣」至「康亡（無）不椒（堪）」。主要是講德治對於社會康寧的重要性。

第三部份，自「考（孝）召（友）愠（訏）明」至「永钾（御）于盦（寧）」。

〔註141〕朱鳳瀚：〈夋公盨銘文初釋〉，《中國歷史文物》2002 年第 6 期，頁 33。又其篇章收錄於保利藝術博物館編：《夋公盨大禹治水與爲政以德》（北京：線裝書局，2002 年 10 月），頁 48～57。

是從個人修養角度談如何才能合乎德。

第四部份，自「燹公曰」至銘文結束。這是燹公在逐層議論完德以後所做的結束語，再次強調奉德的重要。

這篇銘文自首行「迺」字至第三行「母」字。征，耕韻；德，職韻；卿（饗），陽韻；母，之韻。耕、陽二韻韻部相近，之、職二韻可以對轉。所以這一段似近於交韻。

自第三行「生」字至第八行「歬」字。德，職韻；棽（堪），卿韻；祀，之韻；心，卿韻；歬，之韻。之、職二韻對轉，之、侵二韻亦可以對轉。

自第八行「用」至第九行「盆」。申（神），眞韻；盆（寧），陽韻。眞、耕二韻通轉，陽、耕韻部相近。

最後談一下這篇銘文內容的價值。

首先，銘文全篇重點在於闡述德對於治國、社會安寧的重要性，是瞭解與研究西周政治思想史彌足珍貴的資料。「德」的觀念是西周政治思想之核心。西周貴族固然仍崇仰「天」，喜講「天命」，但是已將「天命」與「德」的觀念相結合，並爲「德」規定了一套具體的倫理及行爲標準。能否尊奉「德」已成爲能否享受天命的關鍵，只有秉德爲政，才能不蹈殷人覆轍。這樣，西周貴族的「天」與「天命」觀念，實際上已帶有濃厚的理性思維的色彩。本篇銘文則在如何貫徹「德」的方面做了較爲深入的闡述。銘文以禹之功績爲例，說明保民對於德政推行的重要性；銘文還論及「好德」不僅是對社會上層的要求，也是對民眾的要求；遵奉德對於個人來講，重在於孝友、好祀及從德的高度對待婚姻。凡此均有助於更深入地瞭解西周時期王朝推行的德治的內容與德的深刻思想內涵。

其次，由於銘文的遣詞用句及某些思想與《尙書》中的《呂刑》、《洪範》及《禹貢》等多有相近處，對於瞭解這些文獻形成的年代及其思想淵源都是有幫助的。

再次，以往所知在文字史料中講到禹的，最早的有《詩經》中的《大雅・文王有聲》、《小雅・信南山》，此外，還有《尙書・立政》與《逸周書・商誓》。這些文獻一般認爲屬西周文獻。春秋以後，禹不僅見於文獻，也見於青銅器銘文，如秦公簋、叔夷鎛，但西周青銅器銘文中還未見到過禹。現在禹與其治水的傳說見於燹公盨，更確切證明了禹其人其事盛傳於西周。

這篇銘文講到禹，有一點值得注意。即在《史記‧夏本紀》中，禹是奉舜命平水土的，但在本銘中則是言「天命禹」，強調天命。這與《尚書‧呂刑》所言相近同，《呂刑》亦是言皇帝（即上帝）命禹「平水土，主名山川」。較晚出的《洪範》已言禹在舜時任司空，治理水土，但又言「天乃錫禹洪範九疇」，似乎仍是講禹平水土與天之意旨有關，這樣講是既承繼了西周以來的傳統說法，又落實了禹平水土與舜的關係。至《史記》時，司馬遷作爲較嚴肅的史家，淡化天命色彩，故不再言禹受天命平水土了。由此亦可窺見西周至漢代政治思想演變之一斑。

◎李零〔註 142〕：

「燹公曰」，第一字，或加攴旁，金文辭例，有「～王」，乃燹地之王，又爲周師駐屯之所，劉心源釋「燹」，潘祖蔭疑同典籍「豳」字【參看周法高主編：《金文詁林》第十二冊，第 5976～5985 頁，香港：香港中文大學，1974 年。】。學者多從這兩種看法，但缺乏足夠證據。這裡仍按字形隸定，暫時不做討論。此銘「燹公」，疑是王室大臣，不能確知何人。

「民唯克用茲德亡悔」，讀「民唯克用茲德亡悔」，意思是下民恪遵上述道德，才能沒有悔吝之憂。這是燹公在銘文結尾特意強調和告誡的話，但「燹公曰」以前也應是燹公的話。

案此銘凡十行九十八字，前九行皆十字，最後一行爲八字。這八個字，它的前三字間距較寬，「民」、「唯」之間有一殘坑，初以爲「心」字，目驗乃是墊片痕迹，其空字距離實與「唯」、「克」兩字同，中間不會再有字。

幾點感想

（一）銘文的格式

這篇銘文，格式比較特殊，和過去常見的銘文都不太一樣。過去，陳夢家先生把西周銅器銘文分爲四類：（1）「作器以祭祀或紀念其祖先的」（2）「記錄戰役和重大的事件的」；（3）「記錄王的任命、訓誡和賞賜的」；（4）「記錄田地的糾紛與疆界的」【陳夢家：《西周銅器斷代》（三），第 65～114 頁，《考古學報》

〔註 142〕李零：〈論燹公盨發現的意義〉，《中國歷史文物》2002 年第 6 期，頁 39。又其篇章收錄於保利藝術博物館編：《燹公盨大禹治水與爲政以德》（北京：線裝書局，2002年 10 月），頁 58～73。

1956 年 1 期。陳先生已指出，在這四類當中，第一、第三兩類最多，第四類最少。】。

　　這四大類，第一類可簡稱爲「祭祀類」，第二類可簡稱爲「戰功類」，第三類可簡稱爲「冊賞類」，第四類可簡稱爲「訴訟類」。如果再加上「媵嫁類」，則有五類。它們都屬於家族性的紀念文字，即紀念祖考，紀念通婚，紀念戰功，紀念封賞，以及訴訟勝利。這些當然是現有銘文的主體，數量最多。但數量較少的例外也值得重視。比如，我已指出，史墙盤的銘文就比較特殊，和上述五類都不一樣【李零：《重讀史牆盤》，收入《吉金鑄國史》，第 42～57 頁。】。

　　這次發現的銘文應當算哪一種？我的看法是，它和上述五類也不一樣，形式和內容都不一樣。過去，大家常說，發現一篇銘文，如同發現一篇《尚書》，要講文體，銅器銘文和《尚書》最接近。這話有一定道理，但並不完全準確。因爲認眞比較，《尚書》和銅器銘文，它們除語言相近，並不一樣。嚴格說，金文五類，類似文體，《尚書》並沒有，《逸周書》也沒有。唯一有點交叉，只是金文「冊賞類」和《尚書》的某幾篇「命」（如《顧命》和《文侯之命》）。

　　案《尚書》類型的古書，即先秦所謂「書」，本即「文書」之「書」，乃檔案之別名。這類檔案，因文體不同，各有各稱，似可粗分爲四類：

　　1. 掌故類（典、謨）

　　古人有以歷史掌故垂教訓的傳統。如《左傳》文公六年、《國語·楚語上》有所謂「訓典」，《尚書》有《堯典》、《舜典》，是所謂「典」（義同「典故」之「典」）【杜預注說「訓典」是「先王之書」，韋昭注說「訓典」是「五帝之書」，《說文》卷五上也說「典」是「五帝之書也」。可見這裏的「典」不是一般的簡冊，而是專指經典化、掌故化的，可以垂爲教訓的古史傳說。】；《尚書》有《大禹謨》、《皋陶謨》，是所謂「謨」（取謀議之義）。它們都是以古史傳說垂教訓的篇章（《益稷》、《禹貢》也屬於這一類）。《尚書》中的《虞夏書》各篇，基本上是這一類。當然，《尚書》和《逸周書》，它們也包含年代稍晚的故事（如《尚書》的《太甲》、《西伯戡黎》、《金縢》，等等）。這一類講教訓，和第二類的「誥」、第四類的「訓」有交叉，但它的特點是不托空言，藉助歷史掌故。

　　2. 政令類（訓、誥、誓、命）

　　《尚書》有《伊訓》、《高宗之訓》（即《高宗肜日》），《逸周書》有《度訓》、《命訓》、《常訓》，是所謂「訓」（此類多爲教訓之辭，《尚書》的《沃丁》、《洪

範》、《無逸》也屬於這一類）；有《帝告（誥）》、《仲虺之誥》、《盤庚之誥》（即
《盤庚》）、《大誥》、《康誥》、《酒誥》、《召誥》、《洛誥》、《康王之誥》，是所謂
「誥」（此類多爲布政之辭，但也含教訓之辭，有時與「訓」無別，《尚書》中
的《微子》、《梓材》、《多士》、《多方》、《立政》也屬於這一類）；有《甘誓》、《湯
誓》、《泰誓》、《費誓》、《秦誓》，是所謂「誓」（誓神曰誓，此類多爲誓軍旅之
辭）；有《肆命》、《原命》、《說命》、《呂巢命》、《微子之命》、《賄肅愼之命》、《顧
命》、《畢命》、《冏命》、《蔡仲之命》、《文侯之命》，是所謂「命」（此類多爲命
官之辭）。

3. 刑法類（行、法）

《左傳》昭公十四年有「皋陶之刑」、昭公六年有夏「禹刑」、商「湯刑」
和周「九刑」，《逸周書・嘗麥》有周成王《刑書》，《尚書》有《呂刑》，是所謂
「刑」；《管子・任法》有黃帝置法之說，《左傳》昭公七年有《周文王之法》，《逸
周書》有《劉法》，是所謂「法」。

4. 戒敕類（箴、戒）

《左傳》襄公四年有《虞人之箴》，《逸周書・嘗麥》有成王箴大正之辭，
是所謂「箴」（此類多屬於勸諫之辭）。《大戴禮・武王踐阼》提到周武王「退而
爲戒書」，《逸周書》有《大戒》，是所謂「戒」（此類多屬警告之辭）。

同《尚書》類的古書相比，我的印象是，這篇銘文的開頭和第一類有關，
也是以歷史掌故作引子，但下面的則近於訓、誥、箴、戒。它主要是講道德教
訓，而不是紀念某一具體事件，和銅器銘文不一樣的。它更接近章學誠所謂的
「議論文詞」【章學誠：《校讎通義》，第 47 頁，古籍出版社，1956 年。】，即
後世古書的主體。我們應注意的是，《尚書》雖來自古代的文書檔案，但它們變
爲古書，變爲後世可以閱讀的材料，其實是選取的結果（不管這種選取是不是
由孔子來完成）。它之區別於自己的母體，即原始的文書檔案，主要在於，它更
關心地並不是具體的制度或政令，也不是歷史細節本身，而是圍繞重大歷史事
件的議論和思想，它們引出的教訓和借鑑，情況比較類似後世「事語」類的古
書（如《國語》）。這篇銘文的文體，要比以往發現的銅器銘文更接近《尚書》
（特別是其中講道德教訓的篇章），也更接近我們習慣上稱爲「古書」的東西。
這在銅器銘文中還是首次發現，它對探討古書的淵源很重要。

（二）銘文的內容

此篇是以禹平水土爲整篇銘文的引子，這也是很重要的發現。因爲大家都知道，二十世紀二三十年代的疑古運動，禹是重點懷疑對象。過去，在《古史辨》第一冊的中編，顧頡剛先生在他與錢玄同、劉掞藜、胡堇人討論古史的幾組文章中，一開始就是討論這個問題【參看《古史辨》第一冊，中編，第59～198頁，樸社，1933年。案：此編所收的10篇文章作於1923年2月至1924年2月，歷時整整一年。】。他懷疑，禹和夏本來並沒有關係，二者發生關係，是因爲夏鑄九鼎，代代相傳，傳到西周，上面有各種動物紋飾。許慎既然說「禹，蟲也」（《說文》卷十四下內部）。顧頡剛先生懷疑，「禹或是九鼎上鑄的一種動物」，「大約是蜥蜴之類」，只是到了西周，才被神化，從一條蟲變成最古的人王。這就是魯迅先生在《故事新編·理水》中大加嘲笑所謂「禹是一條蟲」的來歷【《魯迅全集》，第330～333頁，人民出版社，1956年。】。當時，顧先生以爲《詩·商頌·長發》是最早提到「禹」的文獻，並據王國維說，把《長發》定爲西周中期宋人的作品。他認爲，東周以來，所有關於禹的傳說，都是從《詩經》推演；《尚書》中講禹事的《禹貢》等篇，都是戰國時期的作品。這些說法固然值得商討。但我們都知道，顧先生是以大膽假設，提出問題，勇於開拓見長，屬於「但開風氣不爲師」的學者類型【參看顧潮：《歷劫終教志不灰》第161～165頁引顧頡剛致譚其驤信（1953年3月18日），華東師範大學出版社，1997年。】。他的研究，雖有疏於考證的地方，未必都能顛撲不破，但他提出的問題，他所搜集的材料，他所開拓的領域，經常都是後人討論的基礎。

案「禹」於早期文獻多見，肯定不是秦漢虛構。如《詩》有《小雅》的《信南山》，《大雅》的《文王有聲》和《韓奕》，《魯頌》的《閟宮》，《商頌》的《長發》和《殷武》；《書》有《舜典》、《大禹謨》、《皋陶謨》、《益稷》、《禹貢》、《五子之歌》、《仲虺之誥》、《洪範》、《立政》、《呂刑》和《書序》；《逸周書》有《大聚》、《商誓》、《嘗麥》和《太子晉》；《左傳》有莊公十一年，僖公三十三年，文公二年，宣公十六年，襄公四年、二十一年和二十九年，昭公元年和六年，哀公元年和七年；《國語》有《周語下》、《魯語上》、《魯語下》、《晉語五》、《鄭語》和《吳語》。至於《禮記》、《論語》、《孟子》，以及其他先秦諸子（除了《老子》），也是盛言禹功（特別是《墨子》）。這些文獻，它們講「禹」，最熱鬧的傳說，都是圍繞他平治水土、劃分九州，即《禹貢》所說的故事。這類故事，不

僅是中國古代帝王傳說的重要組成部分，也是中國地理學和製圖學一向推崇的基本觀念，以至《山海經》也好，《水經注》也好，凡古今言輿地者，無不推宗於此（參看劉歆《上山海經表》、酈道元《水經注》序）。而其代表性辭彙，就是《左傳》襄公四年引《虞人之箴》所說「禹迹」（禹走過的地方）【案：《文王有聲》「唯禹之績」，《殷武》「設都于禹之績」，兩「績」字應讀爲「蹟」。】。

　　在上述古史討論中，王國維先生並不是直接參與者。但 1925 年，即緊接在顧先生他們的討論之後，她在他的講義即《古史新證》中還是對這一問題給予了響應。如講義序言對「信古」和「疑古」都有所批評：批「信古」，是以《古文尚書》和《今本紀年》爲例；批「疑古」，是以抹殺堯、舜、禹爲例。他說「疑古之過」，在於「乃併堯、舜、禹之人物而亦疑之。其於懷疑之態度、反批評之精神不無可取，惜於古史材料未嘗爲充分之處理也」。爲了說明這一看法，他特意在介紹性的第一章後，一上來就討論「禹」，並以「禹」作爲第二章的題目。在這一章裏，他討論了兩件銅器，一件是秦公簋（王氏作「秦公敦」），一件是叔弓鎛（王氏作「齊侯鎛鐘」）。前者是春秋秦國的銅器，提到「虩虩（赫赫）成唐（湯），處禹之堵」。秦爲嬴姓，齊爲姜姓，它們都是周王室封建的異姓國家，一個西處雍州，一個東臨海隅，它們都說，自己是住在禹活動過的地方。這對證明大禹傳說的古老，當然是有力的證據。

　　王氏說：

夫自《堯典》、《皋陶謨》、《禹貢》皆記禹事，下至《周書·呂刑》，亦以禹爲「三后」之一。《詩》言禹者，尤不可勝數，固不待藉他證據。然近人乃復疑之。故舉此二器，知春秋之世東西大國，無不信禹爲古之帝王，且先湯而有天下也【王國維：《古史新證》，清華大學出版社，1994 年。案：後來，顧先生把《古史新證》的第一、二章收進他主編的《古史辨》第一冊的下編（第 264～267 頁），並附跋語：「顧剛案，讀此，知道春秋時齊、秦二國器銘中都說到禹，而所說的正與魯、宋二國的頌詩中所舉的詞意相同。他們都看禹爲最古的人，都看古代的名人（成湯與后稷）是承接著禹的。他們都不言堯、舜，仿佛不知道有堯、舜似的。可見春秋時人對於禹的觀念，對於古史的觀念，東自齊，西至秦，中經魯宋，大部分很是一致。

> 我前在《與錢玄同先生論古史書》中說『那時（春秋）並沒有黃帝、
> 堯、舜，那時人王只有禹。我很快樂，我這個假設又從王靜安先生
> 的著作裏得了兩個有力的證據！』」案：對禹的傳說，顧氏主疑，王
> 氏主信，傾向不同，但他們都承認它自西周以來已廣爲流行。】。

現在發現的豳公盨，年代屬於西周中期，這不僅比王氏舉出的秦公簋和叔弓鎛
年代更早，而且語句與《禹貢》相似。這不僅對研究「大禹」傳說流行的年代
很重要，也對研究《尚書》中《禹貢》等篇的年代很重要。至少是把《禹貢》
式的傳說，從戰國向前推進了一大步。現在，我們必須承認，這類說法在西周
中期已經流行開來。

（三）銘文的主題

豳公盨從大禹治水的故事往下講，主要是講「德」。其敘述方式略同於《尚
書·洪範》。《洪範》陳箕子之言說：「我聞在昔，鯀堙洪水，汩陳其五行；帝乃
震怒，不畀洪範九疇，彝倫攸斁。鯀則極死，禹乃嗣興，天乃錫禹洪範九疇，
彝倫攸敘。」它也是以上天命禹平治水土爲前提，講「彝倫」。他所謂的「彝倫」，
就是由「洪範九疇」（「初一」至「九」所敘）安排的生活秩序。這和銘文比較
相似。

案此銘說話人是「豳公」（出現一次），說話對像是「民」（出現四次），教
訓「民」的是「德」（出現六次）。他所強調的是「德」。銘文中的「德」字，
其第一次出現，原文是「天命禹敷土……，隓（？）民鑒德，自作配饗」，上
來先講禹的「德」。禹的「德」是什麼？是上天命禹治平水土，任土作貢，讓
住在禹域之內的人民衣食有自，生生不已。可見聖人的「德」，作爲榜樣的
「德」，其實是「生民之道」，它是來自上天的授命。「德」第二次出現，原文
是「民成父母，生我王作臣，氒沬唯德」，則是說生民沬「德」，要靠教化，
讓他們喜歡這種「德」，遵用這種「德」。所以銘文第三、第四和第五次提到
「德」，就是反復申說「民好明德」的重要性。「民好明德」的重要性是什麼，
原文講得很清楚，就是「擾在天下，用氒詔好謐，美懿德，康無不懋，孝友
訏明，經齊好祀無期」「婚媾亦唯協」，它強調的是旌表德行，提倡孝養父母，
友愛兄弟，調和婚姻，繁育子孫，維持祭祀不絕，也就是說，還是落實在「生
民之道」。第六次，也是最後一次，銘文是由「豳公曰」作結，強調「民唯克

用茲德」。全文以「德」始，以「德」終，「德」在銘文中處於中心位置。如果我們把這篇銘文當文章讀，它最好的題目就是「好德」或「明德」。

銘文所說「好德」，《洪範》三言之，《論語》兩言之，可摘錄於下：

> 五，皇極：……而康而色，曰：「予攸好德。」汝則錫之福。……于
> 其無好德，汝雖錫之福，其作汝用咎。九，五福：……四曰攸好德。
> （《書·洪範》）

> 子曰：吾未見好德如好色者也（《論語》的《子罕》和《衛靈公》）

至於「明德」，古書所見更多，如《易》的《晉卦》，《書》的《康誥》、《梓材》、《召誥》、《多士》、《君奭》、《多方》、《君陳》、《文侯之命》，《詩》的《大雅·皇矣》。此外，《左傳》的隱公八年，僖公五年、二十二年和二十八年，文公十八年，宣公三年和十五年，成公二年和八年，襄公十九年、二十四年和二十六年，昭公元年、七年和八年，定公四年，還有《禮記》的《大學》、《中庸》，它們也都提到了「明德」。文獻中的「明德」有兩種用法，一種是以「明」為形容詞，一種是以「明」為動詞。前者居大多數，後者只有《康誥》、《多方》的「明德慎罰」。而《大學》之兩言「明明德」，則是追述早期文獻而對兩者都有所強調的新辭彙。

我國治思想史的學者，多謂周人重親尚德。豳公盨銘的發現，對探討中國古代思想史有重要意義，這是用不著我來多說的。

（四）地理觀念問題

研究中國近代學術史，有一件事非常重要，這就是 1934 年受上述討論鼓舞，顧頡剛先生發起出版《禹貢》雜誌和成立禹貢學會【早在 1923 年底，即上述討論即將結束時，顧先生就已提出，「依本文的順序，這一期應辦『《禹貢》』」。參看顧頡剛《啟事三則》，《古史辨》第一冊，中編，第 187～188 頁。】。顧先生治輿地，也是屬於高屋建瓴。他想從中國地理學的核心概念入手，重新梳理我國的民族演進史和地理沿革史【參看《歷劫終教志不灰》，第 158～188 頁。】。這對我國地理學史的研究無疑具有深遠意義。五年前，我隨唐曉峰先生發起創辦《九州》雜誌，就是想把顧先生提倡的研究討論和學術氣氛——自由討論，平等對話，互相批評，互相尊重——繼續下去。當時，我們不僅給雜誌起了「九州」這個名字，還在每期扉頁上，請不同的學者重復書

寫「芒芒禹迹，畫爲九州」（《虞人之箴》）。現在雜誌已出到第三冊。盠公盨銘
的發現，無異天助神思。在該刊第一冊上，筆者曾專門討論銅器銘文中的「禹
蹟」，以及「中國古代地理大視野」中的「九州」概念。當時，我曾這樣議論：

> 「禹蹟」或「九州」，有出土文獻爲證，不僅絕不是戰國才有的概念，
> 還可以上溯於春秋時代，而且還藉商、周二族的史詩和書傳可以上
> 溯到更早，顯然是一種「三代」相承的地理概念。這種地理概念是
> 一種有彈性的概念，雖然夏、商、周或齊、秦國，它們的活動中心
> 或活動範圍很不一樣，但它們都説自己是住在「禹蹟」，這點很值得
> 注意。它説明「九州」的大小和界劃並不重要。並且從古文字材料
> 我們已經知道，古書所説的「雅」字，比如《詩經》中《大雅》、《小
> 雅》的「雅」，本來都是寫成「夏」。可見「夏」不僅是一種地域狹
> 小、爲時短暫的國族之名，而且還成爲後繼類似地域集團在文化上
> 加以認同的典範，同時代表著典雅和正統（「雅」可訓「正」），與代
> 表「野蠻」的「夷」這個概念形成對照，爲古代「文明」的代名詞。
> 春秋時代，中原「諸夏」強調「尊王攘夷」，使「夷夏」的概念更加
> 深入人心。在這方面，秦是一個好例子。這個國家，不但其貴族本
> 來和山東境內或淮水流域的夷人是一家，而且族眾也是西戎土著，
> 一直到戰國中期的秦孝公時仍很落後，「僻在雍州，不與中國之會
> 盟，夷狄視之」（《史記·秦本紀》），但有趣的是，就連他們也是以
> 「夏」自居。證據有二，一是上面提到的秦公簋，二是睡虎地秦簡
> 《法律答問》。後者涉及秦的歸化制度（即現在的移民法），規定秦
> 的原住民叫「夏」，歸化民叫「眞」，只有母親是秦人，孩子才算「夏
> 子」，如果母親不是秦人或出生於外國則只能叫「眞」不能叫「夏」。
> 所以「九州」不僅是一種地理概念，也是一種文化概念【李零：《中
> 國古代地理的大視野》，收入《中國方術續考》，第 255～269 頁，東
> 方出版社，2001 年。】。

盠公盨的發現再次證明，以「夏」爲起點的「三代」概念在古代是何等深入人
心。

最近，在上海召開的「新出土文獻與古代文明研究」國際學術研討會（上

海大學，2002 年 7 月 28～30 日）上，應會議邀請和有關方面批准，我向大會介紹了《上海博物館藏戰國楚竹書》第二卷中歸我負責注釋的《容成氏》。《容成氏》，現存五十三簡，篇幅較長，內容是講上古帝王傳說，它是從容成氏等一大批上古帝王，一直講到堯、舜、禹和年代更晚的商湯和周文王、周武王，內容非常豐富。其中講禹，重點也是大禹治水的故事，講他如何疏導山川，劃分九州，涉及很多重要的地理問題。篇中所述九州之名和山川形勢，不盡同於《禹貢》。這不僅爲重新認識傳世文獻中的《禹貢》提供了新的線索，也爲深入探討出土文字材料中的「禹」增加了新的材料。將來材料公佈，會有進一步的討論。

◎連劭名〔註 143〕：

「民唯克用茲德亡悔」。「悔」，原字從言，每聲。《詩經・抑》云：「庶无大悔。」鄭玄箋云：「悔，恨也。」《論語・爲政》云：「多見闕殆，愼行其余，則寡悔。」《離騷》云：「雖九死其猶未悔。」

◎馮時〔註 144〕：

「燹」，從火，豩聲。學者或釋「燹」，乃「豳」之異構【潘祖蔭：《攀古樓彝器款識》冊一，清同治十一年（1872 年）滂喜齋自刻本；劉心源：《奇觚室吉金文述》卷十七，清光緒二十八年（1902 年）自寫刻本；唐蘭：《西周青銅器銘文分代史征》，中華書局，1986 年。】，可從。「燹」、「豳」俱從「豩」聲【段玉裁：《說文解字注》；高田忠周：《古籀篇》卷三十六，日本說文樓影印本，1925 年。】，同音可通。《詩》有《豳風》，豳乃先周故地。《詩・大雅・公劉》：「度其夕陽，豳居允荒。篤公劉，于豳斯館。」毛《傳》：「公劉居于邰，而遭夏人亂，追逐公劉。公劉乃辟中國之難，遂平西戎而遷其民，邑于豳焉。」《漢書・地理志》：「右扶風栒邑有豳鄉，《詩》豳國，公劉所都。」豳爲公劉之後，乃周後。銘文稱禹以德「生我王」，時豳未居，自言周之先王，與此正合。燹王盉銘：「燹王作姬娃盉。」師朢父鼎銘：「師朢父作燹姬寶鼎。」「燹」、「燹」皆讀爲「豳」，爲姬姓可知。據銘文，豳君稱王【丁山：《說文闕義箋》，歷史語言

〔註 143〕連劭名：〈《燹公盨》銘文考述〉，《中國歷史文物》2003 年第 6 期，頁 56。

〔註 144〕馮時：〈燹公盨銘文考釋〉，《考古》2003 年第 5 期，頁 71。

研究所，1930 年。】，爵爲公。《詩·豳風·七月》陸德明《釋文》：「周公遭流言之難，居東都，思公劉、大王，爲豳公，憂勞民事。」即稱豳公。《詩·大雅·公劉》陸德明《釋文》引《尚書傳》：「公，爵。劉，名也。」與銘文合。

《史記·周本紀》：「公劉雖在戎狄之間，復修后稷之業，務耕種，行地宜，自漆、沮度渭，取材用，行者有資，居者有畜積，民賴其慶。百姓懷之，多徙而保歸焉。周道之興自此始，故詩人歌樂思其德。公劉卒，子慶節立，國于豳。……古公亶父復修后稷、公劉之業，積德行義，國人皆戴之。……民皆歌樂之，頌其德。」豳公公劉、太王修德與后稷齊名，故銘文記其後人重德崇德，以爲修身之本，其情自然。

「海」，讀爲「悔」。《易·繫辭上》：「慢藏海盜。」陸德明《釋文》：「海，虞作悔。」是其證。「悔」，凶禍也。《易·復》：「初九，不遠夏，無祇悔，元吉。」「六五，敦復，無悔。」《象傳》：「『不遠』之『夏』，以修身也。」言修身養德，無悔則吉。《法言·修身》：「君子微愼厥德，悔吝不至，何元憝之有？」即此之謂。是銘文稱唯恭行孝信之德則福祿至，故無禍矣。

銘文有韻，首段十句交韻抱韻：土、王、下爲韻，虞陽對轉；德、德、德爲韻，職部。次段八句換韻：德、祀、德爲韻，之職對轉；天、信、寧爲韻，眞耕合韻。末段德、悔爲韻，之職對轉。

銘文首稱禹績，次述德育之重要，且見禹、伯益之名，史實多可與文獻比勘，可明古代史學自西周中期即已頗具系統，因而對古代史及先秦思想史研究具有重要意義。有關問題，容另文討論。

附 記

本文完成後，曾承王世民先生是正，謹志謝忱。付梓前又得讀《中國歷史文物》2002 年第 6 期及《*公盨——大禹治水與爲政與德》（線裝書局，2002 年）發表學者關于盨銘的研究論文，提出許多重要意見。倘拙見猶有可存，敝願足矣。

2002 年 12 月 19 日，蒙保利藝術博物館館長蔣迎春先生關照，有機會目驗實物，明器銘「益」下一字本作「」，由上下重疊的「」字組成。「」隸作「不」，象「木」字無頭，與《說文·木部》所收「*」之古文全同，知爲「*」

之本字。「櫱」或作「㮆」、「梓」、「栵」，以音義求之，似可讀爲「契」。古音「不」乃疑紐月部字，「契」乃心紐月部字，韻爲疊韻。「不」或作「㮆」，從「辥」聲，而從此得聲之「辥」古音在心紐；「契」或讀苦計切，古音在溪紐，與疑紐發音部位相同。故「不」、「契」聲韻俱合，同音可通。《史記‧五帝本紀》：「天下歸舜。而禹、皋陶、契、后稷、伯夷、夔、龍、倕、益、彭祖自堯時而皆舉用，未有分職。」張守節《正義》：「契音薛。」是「不」、「契」相通之證。《說文‧木部》：「櫱，伐木余也。從木，獻聲。……㮆，櫱或從木，辥聲。木，古文櫱，從木無頭。」段玉裁《注》：「謂木禿其上而僅餘根株也。」「契」又讀如「栔」。《說文‧韧部》：「栔，刻也。從韧木。」段玉裁《注》：「《釋詁》：『契、滅、殄，絕也。』今《左傳》、《荀子》作鍥。《大戴記》：『楔而舍之，朽木不折。』皆假借字也。刻之用于木多，故從木。」明「不」「契」同義。今據盨銘，知商契名本作「柔」，從二「不」；經典多作「契」，音同義通；後增「人」符作「偰」，亦假爲「离」。《左傳‧文公十八年》：「高辛氏有才子八人，伯奮、仲堪、叔獻、季仲、伯虎、仲熊、叔豹、季貍，忠、肅、共、懿、宣、慈、惠、和，天下之民謂之八元。……舜臣堯，……舉八元，使布五教于四方，父義、母慈、兄友、弟共、子孝，內平外成。」杜預《集解》：「契作司徒，五教在寬，故知契在八元之中。」今知「契」本從「不」，是「叔獻」即「契」，「獻」、「不」同音通假。《尚書‧堯典》：「帝曰：『契，百姓不親，五品不遜，汝作司徒，敬敷五教，在寬。』」《孟子‧滕文公上》：「聖人有憂之，使契爲司徒，教以人倫：父子有親，君臣有義，夫婦有別，長幼有敘，朋友有信。」在《左傳‧文公十八年》于五教又有別解，然也無外孝敬忠信之德，與銘文所言修德在乎明孝友、孝信的思想正相吻合。史以契爲堯臣，其修德而重人倫如此，故銘文此句意即繼承發揚益與契之美德。

◎饒宗頤〔註145〕：

「㷭」字，柯昌濟、馬敘倫、丁山、陳直諸家均釋燹，可從。金文從山從火，可以互用。丁山《說文闕義箋》謂《㷭王作姬粼盉》，此姬姓之王，非周先祖莫屬。此盉最先著於《長安獲古編》，出土正在陝西境，㷭王之即幽王，斯其

〔註145〕饒宗頤：〈㷭公盨與夏書佚篇《禹之總德》〉，《華學（六輯）》2003年6月，頁5。

明驗。余疑姬下一字可釋爲從女，美聲，即美陽地，則此字釋豳，不成問題。故知變公之爲豳公。《史記·周本紀》：「公劉卒，子慶節立國於豳」。《詩·生民》：「豳居允荒」至西周中期，其胤尚存，亦得稱爲豳公。

◎周鳳五〔註146〕：

　　遂公：遂，銘文從火，毳聲，劉心源釋「燹」，楊樹達從之，是也【楊樹達：《頊燹盨跋》，《積微居金文說》，第154頁，中華書局，1997年。】。字當讀爲遂。燹，古音心紐文部；遂，邪紐物部，二字聲母同類，韻部對轉可通。遂，古國名，《左傳》莊公十三年：「夏六月，齊人滅遂。」杜《注》：「遂國在濟北蛇丘縣東北」是也【《左傳正義》，第154頁。】。其封國由來，見《史記·陳杞世家》：「陳胡公滿者，虞帝舜之後也。……舜已崩，傳禹天下，而舜子商均爲封國。」《正義》：「譙周云：以虞封舜子。按，宋州虞城縣。商均封爲虞公，其子虞思事少康爲相，號幕；下至遂公淮，事成湯爲司徒。湯滅夏，封爲遂公，號曰虞遂。」【《史記會注考證》，第579頁。】又見《左傳·昭公八年》史趙曰：「陳，顓頊之族也。……自幕至于瞽瞍，無違命，舜重之以明德，寘德于遂，遂世守之。及胡公不淫，故周賜之姓，使祀虞帝。」杜《注》曰：「遂，舜後，蓋殷之興，存舜之後而封遂。」又曰：「胡公滿，遂之後也，事周武王，賜姓曰嬀，封諸陳，紹舜後。」【《左傳正義》，第770頁。】其事又見《襄公二十五年》子產曰：「昔虞閼父爲周陶正，以服事我先王，我先王賴其利器用也，與其神明之後也，庸以元女大姬配胡公，而封之陳，以備三恪。則我周之自出，至于今是賴。」【《左傳正義》，第622頁。】據典籍與本銘，知遂國出於帝舜之後，帝舜以明德著稱，殷初封其後裔，至周武王復封胡公滿於陳；又據上文「好德婚媾」，知遂國與周王室累世通婚，故銘文屢屢強調「明德」，而以「有德婚媾」爲言也。

　　克用茲德，亡悔：用，行也，見《方言·六》【錢繹：《方言箋疏》，第234頁，中華書局，1991年。】。茲，此也；茲德，指上述周武王與遂國祖先之德行也。悔，銘文從言，讀爲悔。《說文》：「悔，恨也。」【段玉裁：《說文解字注》，第512頁，台北漢京文化事業有限公司，1983年。】引申爲過失，《周易》習見；《公羊傳》襄公二十九：「天苟有吳國，尚速有悔於予身！」何《注》：

〔註146〕周鳳五：〈遂公盨銘初探〉，《華學（六輯）》2003年6月，頁11。

「悔，咎也。」【《十三經注疏》七冊，《公羊傳注疏》，第 266 頁。】銘文謂能遵行周王與遂國祖先之德行，則可以無過失。《尙書‧多士》：「惟天不畀不明厥德」【《十三經注疏》（一冊），《尙書正義》第 237 頁，台北藝文印書館，1997 年。】、班簋：「惟民亡遂在彝，昧天命，故亡。允哉，顯！惟敬德亡攸違。」【馬承源主編：《商周青銅器銘文選》（三冊），第 108 頁，文物出版社，1990 年。】其用語、文意與銘文類似，可以參看。

◎張永山〔註147〕：

　　從希的字金文中有多種形態，希下從火是其中之一【參見《集成》的善鼎（5.2820）、五祀衛鼎（5.2832）、頊鐉盨（9.4411）、裘衛盉（15.9456）。】，有從火之後再增攴符【參見《集成》的趞簋（8.4266）、靜簋（8.4273）、鐉王盉（15.9411）。】，有的從火之後再在其上加⌒（宀）形【見《集成》的師賸父鼎（5.2558）。】，有的將火換作口或曰【參見《集成》的祖乙鼎（4.2244）、召尊（11.6004）、季姻罍（15.9827）。】，或再加上攴符【參見《集成》的史鼎（4.2166）、父辛尊（11.5882）。】，有的省火從攴【參見《集成》的鐉伯鼎（4.2109）、鐉簋（6.3626）、仲鐉卣（10.5236）。】，諸種形態都形態都以希爲主體。

　　很多學者對這個字進行過考證，其中劉心源釋鐉爲燹【《奇觚室吉金文述》卷一七，第 32 頁。】，楊樹達支持這一觀點，詳論字形和讀音，他說：「希與豕字形雖爲二，然古韻同在微部，聲，聲亦相近」，故「希與豕爲一字。豯與希自當爲一字。」又說「燹從豯聲，音爲穌典切，則豯音似當屬心母。《說文》希部希下大徐音息利切，亦心母字，希與燹既爲雙聲，又爲對轉（希微部，燹痕部，二部對轉）。則豯希爲一字又可知矣。」【《積微居金文說‧頊鐉盨》，科學出版社，1959 年。】

　　其後又有學者從文字結構上再次申說鐉即燹，並把燹視爲古豳字，原因是甲骨文和金文火與山難區分，燹與豳形近，且引侯成碑豳字爲證【丁山：《說文闕義箋》，第 42～43。】。查建寧二年侯成碑有「其先出自豳岐」之語【洪適：《隸適》卷八。】，這個豳字從希從山，表明鐉與豳很可能是同出一源。若從古音上考察，燹與豳段氏均分在十三部，音自當相近。

〔註147〕張永山：〈鐉公盨銘「陸山叡川」考〉，《華學（六輯）》2003 年 6 月，頁 33。

　　金文中無從山的豳字，但豳又是周王朝建立前後的重要地域，文獻中不乏記載，金文中理應有表示這一地域的專名。從有燹或從攴的燹字銘文青銅器出土地考慮這一問題，不失爲一種探索途徑。如帶燹字的青銅器共4件，有3件或購自長安【劉喜海：《長安獲古編》善鼎。】，或出于岐山【《集成》五祀衛鼎（5.2832）、裘衛盉（15.9456）。】，而從攴從燹字3件銘文記有發生在周都或有關防衛王畿的事情，善鼎銘文有周王「令汝佐胥𧽛侯監燹師戍」的王命【《集成》善鼎（5.2820）。】，是說令善輔助𧽛侯監督燹地駐軍；趞簋銘文有周王「令汝作燹師冢嗣馬」【《集成》趞簋（8.4266）。】，即任命趞爲屯駐燹師的冢司馬；靜簋銘文是靜「卿燹莅師邦君設于大池」的記述【《集成》靜簋（8.4273）。】；另一件是該異姓小國燹王爲姬媵作盉【《集成》燹王盉（15.9411）。】。這些出自關中或記有防衛王畿銘文的青銅器，反映出燹是王畿內的地名。上引善鼎、趞簋銘文分別以燹和燹冠于師前，說明二字實爲同一地點的名稱。這樣的軍事駐屯地必是王朝重要的防衛地域，而如此重要的軍事要地，文獻中沒有記載，實難理解。但文獻裏有地名豳【參見《詩經·豳風》、《史記·周本紀》、《漢書·地理志》和《後漢書·郡國志》等。】，正和豳又都從豩聲（古音十三部），故可推知燹當爲豳的早期字形。這裡的異姓小國可以稱王，稱公更無不可。燹公盨銘文有禹治水的傳說，與出於秦隴的秦公簋有「𧻚宅禹蹟」遙相呼應，戰國時人說禹的功績「銘乎金石，著於盤盂」【《呂氏春秋·愼行論·求人》。】不是虛妄之談，它是西周以來有關禹的傳說的延續。

◎楊善群〔註148〕：

　　最後一句爲全文的總結，點明主題。「逐公」是器主的稱謂。「逐」字的銘文作燹，各家都認爲地名，器主是封君貴族，但不識此字。李學勤先生根據強運開《說文古籀三補》和高田忠周《古籀篇》，認爲該字是「燧」的異文。他又舉出多種金文資料，金文中該字都指鄉遂的「遂」，從而論定銘文中該字也應讀爲「遂」，是國名。遂國在今山東寧陽西北，其國君爲虞舜的後裔。據《春秋》經文，遂國在春秋初年（公元前681年）爲齊國所滅，然則在西周中期遂國還安然無恙。《左傳·昭公八年》還有這樣的話：「自幕至于瞽瞍無違命，舜重之

〔註148〕楊善群：〈論遂公盨銘與大禹之「德」〉，《中華文化論壇》2008年第1期，頁6～8。

以明德，實德于遂，遂世守之。」舜的祖先都「無違命」，而舜本人更有「明德」，他把「德」留在遂國，遂國世守其「德」。可見遂國作爲舜的後代，以「德」立國；「遂公」作爲遂國之君，撰這篇論「德」的銘文，不是偶然的。燹字根據前人的研究、金文的資料和《左傳》所記遂國的特點，定爲「遂」是完全正確的。遂公最後所說的話，「悔」有「憂虞」和「凶咎」之意。《易·繫辭上》：「悔吝者，憂虞之象也。」《公羊傳·襄公二十九年》「尙速有悔于予身」，何休注：「悔，咎。」全句意爲：庶民只有遵循此「德」，才能沒有憂患和凶險。

從以上的釋讀和詮解，可以清楚看到，遂公所作的這篇銅器銘文，是闡述「德」的歷史、「好德」的益處以及必須依德行事的議論文。遂國「世守」舜的「明德」，因而這篇銘文可以看作是遂公以「德」治國的訓導書，對國人進行教育的經典文獻，與一般記述賞賜、冊命、戰績、訴訟的銘文，不可同日而語。

大禹之「德」，澤及萬代

值得注意的是，這篇銘文開頭闡述「德」的歷史，不談當朝開國的領袖人物——文王、武王、周公，也不談其以孝道著稱、治國有方的祖先虞舜，而專談大禹治水，使民安居樂業，於是「降民監德」，「自作配享」，成爲民之「父母」。在這樣的背景下而生的「我王」和廣大臣民，都「厥貴唯德」。大禹成了「德」的源泉，「德」的化身，他在西周人心目中地位之崇高，自不待言。

關於禹歷盡艱辛、身先士卒，在全國廣大的土地上十幾年如一日治理洪水、爲民造福的事迹，在《史記》的《夏本紀》和《河渠書》、《莊子·天下》、《孟子·滕文公上》、《國語·周語下》、《尙書·異稷》、《墨子·兼愛中》、《呂氏春秋·愛類》、《韓非子·五蠹》、《淮南子·修務訓》等文獻中，有大量記載，這已爲人們所熟知。近讀上海博物館所藏戰國楚竹書中李零先生所釋的《容成氏》，該篇又大量記述大禹治水和治民的事迹。爲論述需要，茲摘錄幾段於下：

（禹）乃因邇以知遠，去苛而行簡，因民之欲，會天地之利夫，是以近者悅治，而遠者自至，四海之內及四海之外皆請貢。……禹然後始行以儉，衣不鮮美，食不重味，朝不車逆……。禹乃建鼓于廷，以爲民之有頌者鼓焉。撞鼓，禹必速出，冬不敢以蒼辭，夏不敢以暑辭。禹親執耒耜，以陂明都之澤，決九河之阻，於是乎夾州、徐州始可處；禹通淮與沂，東注之海，於是乎竟州、莒州始可處也；……禹乃通三江五湖，東注之海，於是乎荊州、揚州始可處也；……天

下之民居定，……乃立后稷以爲盈。后稷既已受命，乃食于野、宿于野，復谷換土，五年乃穡。民有餘食，無求不得……。【馬承源：《上海博物館藏戰國楚竹書（二）》〔M〕，上海：古籍出版社，2002年，頁264～272。】

從上述記事中，更加鮮明地實現大禹治水的功績以及他對民關心愛護、爲民鞠躬盡粹的高尚品德。這是戰國楚竹書中的記述，它的原始材料及傳說的形成當會更早。讀了上述這些記載，我們對西周時逐公寫論「德」的銘文，爲什麼開頭便抬出入禹，把大禹說成是「德」的源泉，「德」的化身，便會感到十分自然。

其實，禹本人就十分注重「德」。《書・大禹謨》載大禹曰：「後克難厥臣，政乃義，黎民敏德。」孔傳：「能知爲君難，爲臣不易，則其政治，而眾民皆疾修德。」這是禹一次講「德」。特別值得注意的是，禹講的「黎民敏德」，與逐公銘文講的「民好明德」，十分相似。禹又曰：「於，帝念哉！德惟善政，政在養民。」孔傳：「嘆而言，念重其言。爲政以德，則民懷之。」這是禹二次講「德」，代表了他的「德政」思想。當舜要禹繼承帝位、令其攝政時，禹曰：「朕德罔克，民不依。皋陶邁種德，德乃降，黎民懷之。」禹認爲帝位繼承者的首要條件就是「德」，而謙虛地說自己「德罔克」，即不夠標準；然後推薦皋陶，因其「邁種德」，邁開雙腳，在百姓中播種「德」，得到黎民的擁護。這是禹三次講「德」。在禹以「德」不夠、推辭不就之後，舜出來對禹說：「予懋乃德，嘉乃丕績」，一定要禹繼承其位。這是舜肯定和嘉勉禹的功「德」。由上可見，爲政以「德」，有「德」于民，是大禹一再宣揚、一生追求的目標。逐公撰寫論「德」的銘文，以禹之德行爲傑出代表和最高典範，在禹的感召和帶動下，出現君臣一致「厥貴唯德」的大好局面。這不但在客觀上與大禹的功勞、事迹相符合，而且也符合禹的主觀願望和奮鬥目標。

論到大禹的「德」，不能不使人想起上世紀二三十年代，以顧頡剛爲代表的「古史辨」派發起的疑古思潮，而禹便是其懷疑的重要對象。根據《說文》的解釋，禹被說成是「虫」，「獸足蹂地」，「大約是蜥蜴之類」，「或是九鼎上鑄的一種動物」。禹的父親鯀，根據《說文》也被認爲是一條「魚」。「鯀爲水中動物」，「禹既繼續而興，自與相類」。在查考一些文獻資料後，禹又被說成「是一個神」，「禹與夏沒有關係」。「堯舜禹的關係起于戰國」，「因了禪讓說的鼓吹而建築得很堅固了」【顧頡剛與錢玄同先生論古史書、討論古答劉胡二

先生收入顧頡剛：《古史辨（第一冊中編）》，上海：上海古籍出版社，1982 年，頁 106～130。】。「禹治水之說絕不可信。」【丁文江：〈論禹治水說不可信書〉收入顧頡剛：《古史辨（第一冊下編）》，上海：上海古籍出版社，1982 年，頁 108。】上述這些說法，在當時就遭到不少學者的批評。如王國維在《古史新證》中說：「疑古之過，乃並堯舜禹之人物而亦疑之。」【王國維：《古史新證》；顧頡剛：《古史辨（第二冊下編）》，上海：上海古籍出版社，1982 年，頁 265。】張蔭麟評論，稱其是「根本方法之謬誤」【張蔭麟：〈評近人對于中國古史之討論〉收入顧頡剛：《古史辨第二冊下編》，上海：上海古籍出版社，1982 年，頁 271。】。但作為一種思潮，它畢竟產生了廣泛的影響。如范文瀾著《中國通史》就如此論述：「禹治洪水足一個很攸久很普遍的神話」；「孔子說禹『盡力乎溝洫』，大概禹在原始灌溉工程上盡了力，大有益于農業，因之為後世所歌頌並誇大為治洪水的神人。」【范文瀾：《中國通史（第一冊）》，北京：人民出版社，1978 年，頁 22。】這裡，把「禹治洪水」說成是「神話」，根據孔子的話而推測禹是被後世「誇大為治洪水的神人」，其思路和說法，顯而易見與疑古思潮有關。

　　遂公盨銘的發現，使我們看到在西周時代，人們已把大禹治水的功績，看作是「德」的源泉，「德」的化身，對之十分崇敬。可見疑古思潮對大禹的種種猜測和否定，都是不妥當的。走出疑古時代，必須把大禹從「神」還原為「人」，把大禹治水從「神話」還原為「功績」【筆者曾經做過這一工作，詳見楊善群：《大禹治水地域與作用探論》，《學術月刊》2002 年第 10 期；並見中國先秦史學會、禹城市人民政府編《禹城與大禹文化文集》，中國文聯出版社 2007 年版。】。特別是西周人歌頌大禹之「德」，而禹本人也把「德」一再宣揚，作為自己一生追求的目標。正是由於這種「德」，才使大禹做出驚天動地、為民造福的業績，受到西周、春秋時代人們的長期懷念。《左傳·昭公元年》記周王室劉夏在洛水之濱讚嘆說：「美哉禹功，明德遠矣！微禹，吾其魚乎！吾與子（指趙孟）弁冕端委，以治民、臨諸侯，禹之力也！」劉夏與遂公同樣，贊美禹之「明德」。看來，西周、春秋時代的人們，去古未遠，對大禹的「明德」和功績，都是有親身感受的。

◎劉雨〔註149〕：

鑢：絲與豕音近，字形相似，鑢與幽所從之「火」與「山」在早期文字中也每混用無別，到晚期文字中弄混了的可能性更大。金文中的字被後世典籍誤解為另外一個字的例子很多，比如大家都知道的，早期金文的𡗜字，因為中間加個心，就被後世誤解為「寧」字，《尚書》中的「寧王遺我大寶龜」等許多「寧」字，就是這樣弄錯的。金文中不見幽字，後世文獻中的幽在金文中寫作鑢是合理的，它是這篇銘文中最為關鍵的一個字。

裘錫圭先生認為該字應讀為幽字，但未加深述。李學勤先生將此字讀為遂字，並指為山東遂國之遂，字形與字音可講出點道理，但金文中的鑢、莽等地應在陝西，不太可能遠到山東去。靜簋中的「鑢莽師邦周」應理解為「鑢、莽師與邦周」，這是三個地為氏的人名，與前面銘文所說的王、吳來、呂犅編成三組，作「耦射」。趞簋「鑢師塚司馬」、善鼎「佐彙候監鑢師戎」中的彙、鑢，以及裘衛盉「鑢趞」、五祀衛鼎「鑢襪」中的鑢，皆應是陝西的地名和以地為氏的人名，銅器也大都出在陝西，鑢字所指，應該就是後世文獻中的幽地，講成山東的遂是很困難的。至於把「鑢師塚司馬」、「監師鑢戎」中的鑢，講成鄉遂的遂，那就更令人難以理解，陝西安康縣王家壩1986年出土的史密簋有「齊師族徒述人」和「師俗率齊師述人」兩句【史密簋《文物》1989年7期。】，大家都認為所謂「述人」就是「遂人」，這個「遂人」之「遂」，就是《周禮》所說的鄉遂之遂，說明鄉遂之遂，金文本有其字，有什麼必要另造一個鑢作遂字呢？金文「述」多讀作「遂」，如：趞盉「君在雍即宮，命趞使於述（遂）土」【趞盉《集成》10321。】；小臣逨簋：「述（遂）東陝海眉……。」【小臣逨簋《集成》4238；4239。】；中山王方壺：「燕故君子噲，新君子之，不用禮儀，不顧逆順，故邦亡身死，曾無一夫之救，述（遂）定君臣之位，上下之體」【中山王方壺《集成》9735。】，在金文中，相當於文獻中的「遂」字，一般都用「述」字表示，不會用鑢字來表示。所以，我認為鑢字讀為幽，只能說很有可能，讀為遂肯定是錯的。

哲理

周人的宗教觀念裏，地上與天上存在兩個類似的王朝，地上的王死了，如

〔註149〕劉雨著：《金文論集・齒公考》（北京：紫禁城出版社，2008年），頁328～333。

其德行好，即可到天上朝廷裏做神；反之，如地上的王胡作非爲，德行很壞，小則要遭天譴，大則可能被廢掉，另覓德行好的人做王。爲此，天神甚至於不惜改朝換代，《大雅・文王》「天命靡常」，商湯可以革夏桀的命、周武可以革商紂的命，都是合理的。鈇狄鐘：「先王其嚴在帝左右」【鈇狄鐘《集成》1、49。】，《大雅・文王》「文王陟降，在帝左右」，邢侯簋：「克奔走上下帝」【邢侯簋《集成》4241。】。考神即指死去的父王在天所作之神，本銘指穆王，他們在帝廷作神，專司交通地、天之間。金文中的天是至上神，他可以禍福人間，與金文常見的祖神不同，祖神對人間只福不禍【見劉雨：《西周金文中的祭祖禮》，《考古學報》1989 年 4 期。】。

四德：「德」指人應遵循的規範行爲。

第一，監德：監，《爾雅・釋詁》「規也。」天亡簋有「文王監在上」句。《書・太甲》「天監厥德，用集大命。」是指察視之德。「降民監德」即「天降賜監視時王之行爲的德」，天監視時王的德行，主要通過觀察民情。

第二，明德：詳察世間一切事理之德。晉姜鼎「余不暇妄寧，經雍明德」。《左傳・昭公元年》「劉子曰：美哉禹功，明德遠矣。」

第三，懿德：醇美溫良之德，師𩛥鼎「皇辟懿德」，史墻盤、癲鐘「上帝降懿德」。《詩・周頌》「我求懿德」。

第四，好德：兩姓婚姻和會之德。《洪範》「五福……四攸好德。」

王者的最高行爲典範是大禹，爲王者應知道天曾「降民監德」，天可以通過觀察民意，監視時王的所作所爲，民可以在祭天時配享大禹，通過大禹與天相通。王者行爲要檢點，以免遭天譴。民（指貴族）最重視的是監、明、懿、好四德，爲王者也應該體察這種民意。另一方面，作爲貴族來說，應該遵循四德的要求，體察「監德」、喜好「明德」、敬重「懿德」、無愧心於「好德」，孝敬父母，友于兄弟，憂思而明達事理，精心認眞對待高禖之祭祀，婚媾和諧，繁衍子孫。王與民兩方面德行結合，構成了四德合一的德政體系，這就是周人在西周中期所闡釋的德的完整內容，也是本篇銘文的主旨所在。銘文提出了「四德」的觀念，貫穿著「重民敬德」的思想。「德」是西周人在激烈的政治鬥爭中提出的一個新的哲學概念，在周初，它解釋了商亡周興的原因，成爲對付殷遺民的重要精神武器。其後，它又隨著周王朝的發展，逐步完善，成爲治理國家的一整套哲學思想，本銘即體現了周人不斷豐富和完善這個德政體系的過程。

孔子說：「爲政以德，譬如北辰，居其所而眾星共之。」【《論語·爲政》。】「周監於二代，鬱鬱乎文哉！吾從周。」【《論語·八佾》。】春秋以後發展起來的儒家，以恢復周禮爲己任，在哲學上他們全面繼承了西周的德政體系，試將他們所宣揚的仁、義、禮、智、忠、孝等思想與西周的「四德」相對照，就不難發現其中的淵源關係。

𪟝公其人

𪟝王盃云：「𪟝王作姬姝盃。」【𪟝王盃，據《集成》9411 所載，此器現藏舊金山亞洲藝術博物館，《長安獲古編》和《恒軒吉金圖錄》都有線描器形公佈，器也應該作於西周中期，與𪟝公盨的年代接近。】《爾雅·釋親》「男子謂女子先生爲姝。」銘文是說𪟝王爲其姝姝作盃，類似的爲姝作器者尚有兩器，一件是公仲涉簋，云：「公仲涉作公姝寶簋，其萬年用」【公仲涉簋《保利藏金續》120 頁。】；另一件是濟公父簋，云：「季公作仲姝孃姬滕簋，其萬年子子孫孫永寶用。」【季公父簋《集成》4572。】可見爲親姐作器，金文中不乏例證。𪟝王既爲一姬姓的姐姐作器，此器銘中的𪟝王也應是姬姓，姬姓而稱王者，就不排除可能是西周十二王之一的稱呼。我們還注意到近年著錄了同銘的兩件𪟝王鬲，銘爲「𪟝王作姜氏齍」【𪟝王鬲《考古與文物》1990 年 5 期。】，發現於陝西眉縣，是說𪟝王爲其夫人姜氏所作器。1974 年在眉縣東面鰲屋縣城關的一個墓葬裏出土了王作姜氏簋，器、蓋同銘爲「王作姜氏尊簋」【王作姜氏簋《文物》1975 年 7 期 91 頁；《集成》3570。】；保利藝術博物館近年也收集到一件王作姜氏簋，銘文內容以及行款字體與鰲屋縣所出完全一樣，可能是同一墓中之物。【王作姜氏簋《文物》1999 年 9 期。】𪟝王的夫人稱姜氏，此王的夫人也稱姜氏，銅器的時代又很接近，因此，我懷疑簋銘中的王，極有可能就是眉縣發現的𪟝王鬲中的𪟝王，如這個懷疑可能成立的話，那就說明「𪟝王」有時也可省稱爲「王」，與其他周王的稱呼無異。而這些銅器與𪟝公盨、𪟝王盃形體紋飾與銘文風格非常相似，都有可能是𪟝王一人所作。

史書西周中期的記載十分簡略，但有一點諸書皆同，即共、懿、孝三王期間，曾經發生一次超乎尋常的繼位次序混亂，即懿王死後，沒有把王位傳給其子，王位爲共王之弟、懿王之叔父孝王辟方取得，這在嚴格按「父死子繼」的原則傳位的西周王朝來說，是唯一特例。西周初年周公總結了殷人亡國的教訓，

他看到殷人以「兄終弟及爲主」的傳位法，弊病在於眾多兄弟都有得到王權的企盼，容易形成爭奪的局面。因而少年的成王制定了繼位「傳子不傳兄弟」的治國大法，他還以身作則，在成王年長之後，退居王位，讓成王主政。此後，康、昭、穆、恭、懿莫不遵循不怠，唯獨懿王之後，發生了變故，而這場變故並非由於懿王無子引起，因爲史載孝王之後的夷王，就是懿王的親子。西周中期諸王，在位時間都不長，那麼懿王稱王末年，即將得到王位的孝王辟方稱什麼呢？我認爲不排除此時的辟方稱虢公的可能，因爲虢是周人發祥之地的稱呼，不可能容許外姓人插足而稱公、稱王，極有可能爲周王族之王公貴戚中掌實權者所盤距。通觀西周金文，周雖在洛陽設立東都，但許多重大祭祀與冊命典禮仍在其老家宗周一帶舉行，金文記載虢地著有重兵（虢師）把守，正說明虢地應爲周王族所直接控制之地。今本《竹書紀年》云：「懿王之世，興起無節，號令不時，挈壺氏不能共其職，於是諸侯攜德。」著名的懿王標準器匡卣【匡卣《集成》5423。】是大家都很熟悉的，銘文記載懿王在射廬，舉行捕兔的遊戲，匡因爲捕到了兩個小兔子，因而受到了懿王的嘉獎，銘文活畫出懿王逸於淫樂，不務正業的形象。面對這樣一個懦弱無能、舉措無方的侄子爲王，虢王辟方可能覬覦王位很久了。虢公取得王位之後，稱爲孝王，但不排除其稱虢王。文獻記載厲王曾稱「汾王」，今本《竹書紀年》記共和時事，云：「共伯和歸其國，遂大雨。大旱既久，廬舍俱焚，會汾王崩，卜於大陽，兆曰厲王爲祟。周公召公乃立太子靜，共和遂歸國。」「厲王名胡」。原注：「居彘，有汾水焉，故又曰汾王。」我想，既然厲王因居於汾水而可以稱爲汾王，那麼孝王爲甚麼不可以居於虢地而稱爲虢王呢？據王國維考證，西周時王之號是生稱的，即文、武、成、康、昭、穆皆爲其生時的稱號，並非死謚。辟方之所以自稱孝王者，蓋西周之世，淪及恭、懿之時，已積弱不堪，以致於懿王在宗周待不下去，曾一度遷都到犬丘。辟方欲以恢復父考穆王盛世爲己任，如孔子所說：「三年無改於父之道，可謂孝矣」，故自命爲孝王。本銘中所強調的「天釐用考神」，對辟方而言，考神就是穆王，可能也含有這個意思在內。

　　還有兩個問題應該討論一下：一是王國維曾寫過《古諸侯稱王說》【《古諸侯稱王說》，《觀堂集林》別集。】，他結論是：「蓋古時天澤之分未嚴，諸侯在其國，自有稱王之俗。」他舉了兩個例證，录伯簋「用作朕皇考釐王寶尊簋」

【录伯簋《集成》4302。】、乖伯簋「用作朕皇考武乖幾王尊簋」【乖伯簋《集成》4331。】，他指出兩件簋中的「鼇王」和「幾王」是諸侯國內自稱，他的意見他所舉的例證無疑都是對的。類似的例證還可以補充一個，仲爯父簋「作其皇祖考遲王、監伯尊簋」【仲爯父簋《集成》4188、4189。】，這個「遲王」不是姬姓，也屬於諸侯國內稱王之例，肯定也不是西周十二王之一，我在九十年代曾寫專文《南陽仲爯父簋不是宣王標準器》討論過這件器，此不贅述【劉雨：《南陽仲爯父簋不是宣王標準器》，《古文字研究》18 輯 1992 年 8 期。】。

但我想，不能把王氏的話反過來，說「金文中凡是稱某王者，都是諸侯在其國的自稱」，王氏文中自己也並沒有這個意思。金文中作器者自稱某王的，除文獻中習見的文、武、成、昭、穆、恭、懿、夷等之外，出現過矢王（矢王方鼎【矢王方鼎《集成》2149。】、矢王簋【矢王簋《集成》3871。】、散氏盤【散氏盤《集成》10176。】）、昆疕王（昆疕王鐘【昆疕王鐘《集成》46。】）、呂王（呂王鬲【呂王鬲《集成》635。】、呂王壺【呂王壺《集成》9630。】）；買王（買王觚【買王觚《集成》7275。】、買王卣【買王卣《集成》5252。】）；和豳王（豳王盉、兩件豳王鬲）等，其中那些是諸侯自稱，那些是西周十二王之一的別稱，恐怕還得作具體分析。

第二個需要討論的問題是，史載周人逾梁山、渡漆沮，方才止於岐下，豳地遠在今旬邑一帶，何以銅器卻出現在眉縣？我想這可能是地名「僑置」的結果，商王盤庚以前多次遷都，歷史上就有過多個「亳」地。西周時後來把眉縣、鳌屋一帶稱為豳地也不是沒有可能的。

倒是有一個現象值得考古工作者注意，近年來，明確標明「王作」的銅器，出在扶風、鳌屋一帶，比如 1994 年底扶風縣法門鎮莊白村出土的王盂，僅殘存的圈足就有 17 公斤，大有王者氣度。上有銘文：「王作莽京中寢浸盂」【王盂《考古與文物》1998 年 1 期。】，鳌屋縣又出土銘為「王作姜氏尊簋」的銅器，保利藝術博物館近年也收集到一件王作姜氏簋與鳌屋縣所出完全一樣，應是同一墓中之物。另一件收集的「王作鼎彝。左守」鼎【王鼎《保利藏金續》99 頁。】估計也可能出在附近。豳王鬲一對則在眉縣發現。西周王陵區始終沒有找到，是否這些王器的出土地點，會給我們一些新的啟示呢？

這篇銘文裏出現的客體名有八個：「天」指至高無上的神；「禹」指我國夏代第一位王者；「民」指貴族；「父母」指生育貴族的人；「我王」指其時在位的

王者，即懿王；「臣」指貴族相對於王的身分；「考神」指居於天廷的父王神靈，即穆王；「豳公」指作器者。我想，讀懂這篇銘文的關鍵，一是弄清各客體的含意，二是弄清各句話的主語。豳公的名字說明他此時還不是王者，那麼他的客觀身分就應該是貴族「民」中的一員，但從整篇銘文看，他並沒有把自己歸入貴族的隊伍中去，他說應以大禹配饗於天，告誡時王要重民敬德，號召一切貴族要尊崇四德。銘文的口氣，既教訓一般貴族，也教訓在位的時王（我王），完全是一個自命不凡的第三者的樣子，與其語氣最近的恐怕應該是五祀鈇鐘、鈇簋中屬王胡的口氣。對這種情況最合理的解釋，應該是一個即將登極的王者，或說是一位要篡位的王叔，在作行將施政的政治宣言。有了這樣的認識，金文中出現的豳公、豳王等稱呼及本銘的語氣風格之與眾不同，也就變得可以理解了。如果上述分析可信，那麼豳公盨的時代就是明確的，應為懿王時的銅器（孝王將要即位之時），而豳公鬲、豳王盃就應該是孝王銅器了。

當然，銘文本身並不能說明豳公、豳王就一定是孝王，我這裏說的也只有這種可能，所論證的充其量也只能算是一種推測而已。希望同仁諸位，不吝指正。

◎陳英傑 [註150]：

△，我們同意釋為豳，詳下文。

《說文》克部：「克，肩也。」朱駿聲《說文通訓定聲》云「以肩任物曰克」。在銘文中「克」是肩任之義。《呂刑》「惟克天德」，清人江聲《尚書集注音疏》：「克，肩任也。」茲，此也。「悔」故訓有禍、惡、凶義。

《大雅·烝民》曰「天生烝民，有物有則。民之秉彝，好是懿德。天監有周，昭假于下」，可與此銘對讀。

此篇銘文構思精巧，用語精煉，層次環環相扣。開篇說上天命令大禹平定下土和四方，使世界重歸於秩序。緊接著說天降民並監司民之德行，始在下土立配，樹立人王，並降藩屏人王之臣。下面一轉，云天以德為貴，所以民好明德，因為民好明德，方得天下和順。下面一層是對民的告誡，要民不斷用一切美好的東西修煉德，要勤勉，要恭敬，宜於祭祀，孝於父母，友於兄弟，憂恤

〔註150〕陳英傑著：《西周金文作器用途銘辭研究（下）·豳公盨考釋》（北京：線裝書局，2008年10月），頁589～594。

貧病，明察是非，不要有悖德之凶心。再下一層是講德的具體內容和好處，可以使婚媾協和，可以使天賜予壽考，使先祖安以福祿，永遠安寧、休吉。最後，以△公的話收束全篇，告誡民唯有任用此德（「用乎邵好，益□懿德，康亡不楙，孝友恤明，巠齊好祀，無凶心」都是包含在「德」裏面的）方能無有悔吝、災咎。在四千年前的那場洪水災難中，天派遣禹治理洪水，大地方可居住，因此金文中往往把人王統治的土地稱爲「禹跡」、「禹之堵」。大地治理好之後，天又降民，降民之後是立配設人王，銘文「生我王，作臣」也無非是說周天子是配天命而統治天所「降民」，是爲周天子的統治權力尋找神性的權威。

　　「△公」迄今有四種意見：

　　1. 遂公（李學勤、王大有、周鳳五、江林昌），高華平釋爲「燧公」；

　　2. 豳公（裘錫圭、馮時、饒宗頤、張永山、李凱）；

　　3. 祭公（鄭剛）；

　　4. 闕如（朱鳳瀚、李零、艾蘭）。

　　「遂公」、「豳公」兩說均有相當多學者信從，二說不相上下。「祭公」是鄭剛提出的新說。不過，李學勤曾把「𢆉公」（《金文編》737 頁）釋爲「祭公」【李學勤《郭店簡祭公之顧命》，《文物》1998 年 7 期。吳振武（《假設之上的假設——金文「𢆉公」的文字學解釋》，《吉林大學古籍研究所建所二十周年紀念文集》）、李天虹（《釋曾侯乙墓竹簡中的「𢆉」》，《古文字研究》第 26 輯）等也認同「祭公」之釋。】，似更有說服力。

　　下面梳理跟「𦈻」形體有關的字形，以期尋找釋讀的線索：

　　1. 以「𦈻」（𦈻鼎 2244 西早，作器者名）爲代表。召卣（6004 西早）從「甘」【古文字中下部從口者往往又在口中加點飾作「甘」，如者、魯等（參《金文編》245～248 頁）。】作𦈻，而同人所作器物召尊（5416）則省甘作𦈻，文例爲「不𦈻伯懋父」。番生簋蓋（4326 西晚）云「專求不𦈻德」。召卣和番生簋蓋文例相同，均爲美詞，當爲一字無疑。此可證𦈻從口（或甘）與否無別。𦈻簋（4195 西中）用於人名「叔𦈻父」，不從口，但嘴形朝右開。季姒罍（9827 西中）從口作，上部不清，一般均隸爲從𦈻從口，位於「季姒」和「作」之間，似作人名。父辛爵（8622 西早）從甘作，族名。

　　戎生編鐘有云「懿□不𦈻召匹晉侯」，銘文另有一字所從偏旁與此寫法稍異，但爲同字無疑，作「𦈻征繇湯」。前者，李學勤、裘錫圭均隸爲「𦈻」，讀

爲「僭」，釋「不信」。番生簋蓋解釋與此同。後者，裘隸爲「譖」，讀爲「潛」，李讀爲「參」【參李學勤《戎生編鐘論釋》、裘錫圭《戎生編鐘銘文考釋》，均載《保利藏金》。李文又刊《文物》1999 年 9 期。】

上博簡（二）《容成氏》38 簡有「朁」作█，與金文一脈相承【《上海博物館藏戰國楚竹書（二）》第 130 頁。】，簡文中用爲人名。

不過，《說文》之「兂」當另有來源【《集韻·侵韻》：「兂，或作簪。」《正字通·儿部》：「兂，古文簪。」】，「兓」（潛、僭、譖等均從之）可能依之因聲而改造。「兓」當和█、█音同或音近。

2. 以「█」（子兓爵，《金文編》669 頁）爲代表，作族氏文字。見於子兓鼎（1319，█）、子兓父乙卣（5057，█）【二器寫法當爲同一類型，只是字形正反不同。】、子兓卣（4850，█）、兓戈（10680，█），以上諸器均爲殷商時代，子兓父丁簋（3322 西早）銘文不清（口向左，族屬仍爲殷人）。以上諸器除兓戈單字外，其他均與「子」連用，或有所祀之父的日名（父丁、父乙）。█父寶簋（3231 西早）之「█」，與此似爲一字。

散盤（10176）有云「我█付散氏田器」，第二字均隸爲「既」，從下文「我既付散氏溼（隰）田」看，它應該是「既」的誤字，與我們討論的問題無關。

3. 以「█」（仲█卣 5236 西早【5851 尊同銘，曰：「仲█作寶尊彝。」】）爲代表。此字可作地名和族名。█伯鼎（2109 西早）作「█伯作齋鼎█」（末字是族符，或與其他族符組成複合族名）。亞𤔲作祖丁簋（3940 殷）「王賜雀█玉十玨、璋」。█簋（3626 西早）出土於北京房山琉璃河 251 號墓，銘曰「█作文祖寶尊彝」；█史鼎（2166）出土於琉璃河 54 號墓，云「█史作考尊鼎」，3626 和 2166 二器當爲同字異體。█尊（5882 西早）和█卣（5284）同銘，作人名。亞憲鄉宁鼎（2362 殷）作█，此器爲孤竹國器，銘文似是多個族名組成。《通鑒》2312 收錄一件西周中期鼎，2007 年 2 月 27 日見於西安文德拍賣行，器主名作█。█族可能由█族分化而出。琉璃河墓地器物有些是殷遺民的，2166 和 3626 當如此。

4. 以「█」（衛盉）、「█」（善鼎）爲代表。裘衛盉（9456 西中）和五祀衛鼎（2832）中用爲族氏名，頊燮盨（4411 西晚）用爲人名。善鼎（2820 西中）云「監█師戍」，趞簋（4266 西中）云「命汝作█師𣸩司馬」，靜簋（4273 西中）云「會█、芳師邦君，射于大池」（芳作地名，見於師旅鼎 2809）。

新見獄簋（《通鑒》5197）有「■夆」，吳鎮烽、裘錫圭都讀爲「芬芳」【吳鎮烽《獄器銘文考釋》，《考古與文物》2006年6期；吳振武《試釋西周獄簋銘文中的「馨」字》，《文物》2006年11期。】。

5. 以「■」（■王盉9411 西中）爲代表。參見第四條所引。

6. 以「■」爲代表。已見第三條所引。

7. 以「■」爲代表，僅見師膆父鼎（2558 西中）「師膆父作■姬寶鼎」。古文字中從宀與否無別。

8. 以「■」爲代表。見第一條所引戎生編鐘。

上述八種字形，■和■同用，口向朝左朝右無別。■和■同用。「■師」和「■師」一地。■族和■族有關係，且多爲子族，從殷商地理及勢力範圍來考慮，此族可能跟後世潛地和潛氏有關。《春秋·隱公二年》：「春，公會戎於潛。」杜預注：「潛，魯也。」江永《春秋地理考實》：「戎，今山東兗州府曹縣，故戎城是也⋯⋯潛，蓋近戎之地，當在今兗州府西南境。」《通志·氏族略五》：「潛氏，望出臨川。」當跟氏族遷徙有關。但此族跟西周加火旁字所代表的族氏當無關係。如此，則以上諸字中，跟我們的問題眞正有關的是 4、5、7，其他例子可爲此問題提供形、音的釋讀線索。

另外，與之有關的字形是單體的「■」（亦作偏旁，此形取自毛公旅鼎「肆」字），見於洹子姜孟壺之女名（9729～9730，9730 從阜），作■商簋（3543 西早）之人名用字■可能也是這個字（試比較110、112 井人女鐘「肆」字■、■之左旁）。金文中相當於後世「肆」的那個字從這個偏旁，其典型形體爲：■（毛公鼎），或作■（克鼎，《金文編》200頁），金文中除作人名外均可「肆」解之【此形又見於毛公旅鼎（2724）、𦅫𩦂進方鼎（2725～2726）、禹鼎（2833）、大克鼎（2836）、中甗（949）、肆簋（4192～4193，肆或釋爲豨，非是）、縣妃簋（4269）、㝬簋（4317）、師詢簋（4342）、何尊（6014）、井人女鐘（110）、虎簋蓋（《集錄》491）、逨盤（《彙編》757）等。】。《金文編》812 頁■（女名）亦從此。■簋（4159）「宗彝一肆」之「肆」作■。這種形容樂器成列的「肆」，或作鉢（洹子孟姜壺），或作「書」（邵鐘225～237），或從「兔」，讀爲「佾」，如卯簋蓋（4327■）、繁卣（5430■）、多友鼎（■）、師■簋（4311）等。其音均爲質部字。

　　《說文》「絫」（古文作絫）下引《虞書》曰「絫類于上帝」，段玉裁注云：
「許所據蓋壁中古文也，伏生尚書及孔安國以今文讀定之古文尚書皆作肆。太
史公《史記》作遂，然則漢人釋肆爲遂，即《爾雅》之『肆，故也』。壁中文作
絫，乃肆之假借字也。」我們覺得更爲可能的是金文中的「肆」字右旁「聿」
被左旁類化，而與「絫」同形，這種例子很多，如郭店簡《性自命出》21 號簡
「拜」字作絫。另如「顚」字寫作從兩個眞，「頁」旁被類化爲「眞」【參〔日〕
釋空海《篆隸萬象名義》1 頁「天」下註文。】

　　「遂」字金文中均以「述」爲之，西周中期器逋盂（10321，出於陝西長安
縣）有「命逋事于述土」，這裡的「述（遂）土」可能跟遂國有關係。

　　《說文》雖有「豩」，但音義俱闕，只云「二豕也，豳從此」。許愼已不
明白此字的來歷。而「絫」字的解釋又由於後世字形的類化和訛混，而與金文
中的用爲「肆」的「絫」字牽混。文字演變中，火與山形近易混，甲骨文既
已如此，再者，據洪適《隸釋》卷八《金鄉長侯成碑》「其先出自豳岐」之「豳」
作「豳」的寫法【或稱爲《建寧二年侯成碑》，見《隸釋·隸續》92 頁下。】，
加之通過以上層層剝剔，我們主張把△釋爲「豳」。豳和燹可能都由△字演化
而來，因用爲地名而從山。豳又作邠，而「繽紛」又作「豳豳」。從音理上講，
「儐」等是侵部字，「豳」是文部字，可以通轉【侵、文二部之關係，參沈培
《上博簡〈緇衣〉篇「卺」字解》，《華學》第 6 輯；裘錫圭《釋郭店〈緇衣〉
「出言有丨，黎民所訐」──兼釋「丨」爲「針」之初文》，《古墓新知──紀
念郭店楚簡出土十周年論文專輯》，2003 年 11 月。】。第 4 類字形也許可隸爲
「燔」，《玉篇》：「燔，火滅也。」從「攴」可能跟這個意義有關。

　　綜上所述，我們認爲△字從㸚從火，字可隸爲「燔」，盨銘中讀爲「豳」，
後世豳和燹可能都由△字演化而來。不過，這種字形演變的鏈條終嫌不夠充
分。

　　△當是近於周王畿的一個諸侯國，其國君可以稱王，△公可能是△國在周
王朝任職者。金文中，周王直接稱「王」，而侯國國君稱王要加國名，如「矢王」
（矢王方鼎蓋 2149 西早）等。

　　與△直接有關的銅器資料相當少，尚無法作出可靠詳實的結論。至於有學
者說「△王」爲姬姓，主要是依據女性稱謂【女性稱謂相當複雜，參曹定云《周
代金文女子稱謂類型研究》（《考古》1999 年 6 期）、汪中文《兩周金文所見周

代女子名號條例》(《古文字研究》第 23 輯)等文。】,尚需確鑿的證據加以證明。用女性稱謂來判斷國族的姓,在實際操作中存在許多困難,由於材料的限制,作器者和作器對象之間的關係經常難以考索,因此,𤲲王盉和師朕父鼎中的女名稱名方式也就一時難以確定,依此作出的結論也就只能是一種假設。

本名開首就從大禹敷土言起,我們覺得可以從三個方面來找原因。在那場洪水傳說中,天命禹敷布大地,商周兩族得所棲止,因而對禹倍加讚頌,而且殷人、周人及齊、秦等族一律自認為居住在禹敷布的土地上【參劉起釪《古史續辨》75 頁。關於大禹的史料,顧頡剛作過很好的整理,可參看《顧頡剛古史論文集》(第一、二冊),劉起釪《古史續辨》及祝世德《大禹志》(汶川縣政府叢書之三,汶川縣檔案局翻印,1983 年 3 月)亦可參考。】。再者,由《詩經・大雅・生民》、《魯頌・閟宮》可知周人傳說中的祖先后稷是姜姓民族的女子姜源踏上了上帝的足蹟而孕生的,他繼承禹的統緒,產生出一個周民族來。「姜」即「羌」,《史記・六國表》曰「禹興於西羌」,裴駰集解引皇甫謐說:「孟子稱『禹生石紐,西夷人』。傳曰『禹生西羌是也』。」也就是說,禹也出於姜姓民族,由此可以看出稷、姜姓民族和禹三者之間的關係。第三,《論語・憲問》:「禹、稷躬稼而有天下。」《墨子・尚賢中》:「伯夷降典,哲民維刑,禹平水土,主名山川,稷隆播種,農殖嘉穀,三后成功,維假于民。」《淮南子・氾論》:「禹勞力天下而死為社,后稷作稼穡而死為稷。」《史記・封禪書》:「自禹興而修社祀,后稷稼穡故有稷祠。」社神即土神,禹、稷之間的關係因「社稷」而更加密切【參《顧頡剛古史論文集》第二冊《鯀禹的傳說》(參周寶宏《近出西周金文集釋》226~232 頁所引)。】,禹平水土,稷播百穀,這是民生最基本的條件。盨銘一開始就由禹言起,一方面可能是出於對創世的追溯,且為周之配天尋找神性依據,另一方面跟上述三個原因當有深層關聯。

李零指出△公盨不屬於祭祀、媵嫁、冊賞、戰功、訴訟五類銘文中的任何一類,他說「銘文沒有時間,沒有地點,沒有人物(只有類似讚語的「△公曰」三字,可以推知說話人),沒有事件,純粹是講道德教訓。它就比較類似後世的古書」【李零《三種不同含義的「書」》,《中國典籍與文化》2003 年第 1 期。】我們認為它就是《尚書》中的「誥」體,我們可拿《無逸》(周公對成王的告誡之辭)與之對照,《無逸》每段都有「周公曰」,末段云:「周公曰:嗣王其監於

茲。」如果刪掉每段的「周公曰」，只保留最後一段的，那麼其形式就跟此盨一樣。又如《梓材》（周公告誡康叔之辭）末段云：「皇天既付中國民越闕疆土于先王，肆王維德用，和懌先後迷民，用懌先王受命。已！若茲監，惟曰欲至于萬年。惟子子孫孫永保民。」亦可參照。明確說話者可能出於後世傳抄過程中的增益。例之《尚書》，通篇銘文當均由△公所說，也應該有具體的訓誥對象。盨銘可稱之爲《豳誥》，告誡對象是「民」。豳公應是有較高權位的朝廷大臣，但是否王室貴族，不能確定。

西周是宗法社會，周天子爲天下的大宗，個人都隸屬於某一宗族，不具備獨立的人格，代表一個宗族政治地位和經濟地位的是族長。盨銘中「民」是與「王」、「臣」相對的一種身分，指的是族群，應理解爲指各族族人。金文中其他不多的幾例「民」的用例也應這樣理解。體會盨銘的口氣，豳公的告誡對象當是針對「萬民」的（即各族族人），其地位可能非同一般，限於材料，尚不敢妄加推測。

盨銘格式與內容跟一般西周銅器銘文迥異，其他銘文一般都可以分析作器者、作器對象、作器原因和作器用途等要素，也就是說銘文和銅器是二位一體的，而此盨銘顯然相當獨立，只不過是把銅器當作一種書寫載體。如果我們以前認爲金文鑄在銅器上有一定的特殊性，把銅器作爲書寫載體，總感覺有點兒不那麼完全妥貼，總期望著或預設著當時主要書寫材料應該是簡牘的話，那麼，現在由於此盨的發現，我們也許可以說我們祖先著書立說曾經以青銅器爲載體。

盨銘鑄造的目的，當如中山王方壺（9735）所云「明炎之于壺而時觀焉」，亦如史牆簋（4030～4031 西早）所說「其于朝夕鑒」。

對於這篇銘文的性質的認識，必須跳出對金文文例的傳統認識的囿域，不用按照傳統習慣非要給它定一個作器者。

本銘艱澀難讀，限於學識，我們不可能解決所有問題，所提出的一些意見也難免偏頗錯漏，誠盼博雅君子是正之。正如江林昌所言，「△公盨銘文具有很高的學術價值，對於我們認識夏商周歷史，研究先秦學術史、思想史、神話學、文獻學、文體學等，都具有重要的意義」，希望本書的考釋能對此盨的研究有所推動。

◎岳紅琴：〔註151〕

2002 年，保利藝術博物館展出了一件青銅器──爨公盨，受到國內外學者的廣泛關注。盨是用來盛黍稷的禮器，由簋轉變而來，西周中期偏晚時開始流行【朱鳳瀚：《古代中國青銅器》，82 頁，南開大學出版社，1995 年。】。爨公盨呈圓角長方形，蓋已流失，器口沿下飾有長鳥紋，腹飾瓦紋，小耳上有獸首，原來應有垂環，圈足中間有桃形缺口。這種形制，在盨的演變序列中是比較早的。李學勤先生認爲：「其長鳥紋屬于《殷周青銅器上鳥紋的斷代研究》所分的III5 式，特別類似于五年師㝨盨，師㝨盨正是西周中期後段。盨的字體也有西周中期的特徵。」【李學勤：〈論爨公盨及其重要意義〉，《中國歷史文物》2002 年第 6 期。】經過進一步研究，李學勤先生確定這件盨屬於西周中期後段，即周孝王、夷王前後【李學勤：〈爨公盨與大禹傳說〉，《中國社會科學院院報》，2003 年 1 月 23 日。】。李零先生也認爲，爨公盨的年代，「似定在西周中期偏晚比較合適」【李零：〈爨公盨發現的意義〉，《中國歷史文物》2002 年第 6 期。】。

更有價值的是，在爨公盨內底，有 10 行 98 個字的銘文，其中有「爨公曰」的字眼，爲推斷其器主提供了線索。「爨」字在金文中多次出現【容庚：《金文編》688 頁，中華書局，1985 年。】。《說文》引《虞書》「爨類于上帝」，《史記·五帝本紀》、《封禪書》和《漢書·王莽傳》等均引作「遂」【古國順：《史記述尙書研究》，104～105 頁，文史出版社，1985 年。】。「遂」爲國名，據文獻記載，西周中期有兩個遂國。其一是《通志·氏族略》和《路史·後紀十》等記載的遂國，屬姬姓。但據金文資料，其國君卻稱「王」。《三代吉金文存》14.9.2 盉銘曰：「遂王作姬娔盉。」張政烺先生認爲，此遂國當屬於邊裔夷狄類【張政烺：《矢王簋蓋跋──評王國維〈古諸侯稱王說〉》，《古文字研究》第十三輯，中華書局，1986 年。】。另一遂國在今山東寧陽西北，傳說是虞舜之後。《左傳》昭公三年載「箕伯、直柄、虞遂、伯戲」，杜預注曰：「四人皆舜後。」虞遂據稱是遂國的祖先。《左傳》昭公八年又曰：「自幕至於瞽瞍，無違命，舜重之以明德，寘德於遂，遂世守之，及胡公不淫，故周賜之姓，使祀虞帝。」杜預注曰：「遂，舜後，蓋殷之興，存舜之後而封遂。」《史

〔註151〕岳紅琴：〈爨公盨與《禹貢》成書時代〉，《中原文物》2009 年第 3 期，頁 64～65。

記·五帝本紀·正義》引譙周曰：「以虞封舜子，今宋州虞城縣。」傳說商均
（按即舜子）封爲虞公，其子虞思事少康爲相，號幕。下至遂公淮，事成湯
爲司徒，湯滅夏，封爲遂公，號虞遂。專家普遍認爲，此盨當屬西周中期後
段遂國國君之物。上述雖有傳說的成分，但不管怎麼說，遂國之君稱遂公，
與今天所見到的盨公盨的情形是基本吻合的。

　　除能判斷器主的銘文外，更爲珍貴的是，銘文開篇之言，即「天命禹敷土，
隨山浚川，迺差地設征……」【關於此銘文的考釋，學術界還有不同的看法，但
其意思大體相近。本文主要採用的是李學勤的觀點。】與《禹貢》開篇「禹敷
土，隨山刊木，奠高山大川」及《書序》開篇「禹敷土，隨山浚川，任土作貢」
有驚人的相似之處。

　　《書序》用「任土作貢」概括《禹貢》的主要內容，盨公盨銘文所用的是
「差地設征」。「征」，《左傳》僖公十五年注：「賦也。」「差地」是區別不同的
土地，「設征」是規定各地的貢賦，一如《國語·齊語》所說的「相地而衰征」。

　　盨銘中還有「降民」之說，這顯然與《禹貢》兗州條下所說的「降丘宅土」
涵義相同，說的都是民眾因洪水消退而得以從避水的丘陵上下來，重新開始居
住于平地之上。

　　盨公盨的公開於眾，特別是其銘文以禹平治水土爲整篇銘文的引子，清楚
地說明，至少在盨公盨的時代，《禹貢》已有一個基本的雛形，或者說有一個大
概的定稿，這就爲本文將《禹貢》的制作時代確定在西周中期偏晚階段提供了
一個重要的實物依據。李零先生也認爲：「……現在發現的盨公盨，年代屬於西
周中期，……而且語句與《禹貢》相似。這不僅對研究『大禹』傳說流行的年
代很重要，也對研究《尚書》中《禹貢》等篇的年代很重要，至少是把《禹貢》
式的傳說，從戰國向前推進了一大步。現在，我們必須承認，這類說法在西周
中期已經流行開來。」【李零：〈盨公盨發現的意義〉，《中國歷史文物》2002 年
第 6 期。】

◎佳瑜按：

　　關於銘文「**盨**」字，歸納各家學者之看法大致上可分爲二說，其一爲釋「遂」
說法，首先由李學勤先生提出，他認爲銘文「**盨**」在金文的幾種用法，皆可讀
爲「遂」，第一種是鄉遂的遂，並舉趞簋、善鼎等例中「遂師」指王所屬六遂所

出之師，因此李氏認爲盨銘也應讀爲「遂」，指國名，且說當時可能有兩個遂國，一是姬姓，盨的遂公，屬於另一個遂，就是見於《春秋》經傳的遂國。而楊善群、岳紅琴等先生從李說。又，周鳳五先生亦認爲銘文從火，燊聲，劉心源釋「燹」，楊樹達從之，是也，其認爲二者「燹」（心紐文部）、「遂」（邪紐物部）二字聲母同類，韻部對轉可通，字當讀爲遂。

其次則釋「𫝱」讀「豳」說，裘錫圭先生指出此字一般釋爲「燹」或「豳」，也有認爲「豳」即「燹」之訛形者，𫝱公似應爲𫝱地的一位封君，「公」上的「𫝱」不能視爲一般人民的氏。然，朱鳳瀚先生之看法近似裘說，其說「𫝱公爲受封於此地的封建貴族。」而李零先生則認爲學者多從「燹」、「豳」這兩種看法，但缺乏足夠證據，仍按字形隸定，暫不討論，此銘「𫝱公」，疑是王室大臣，不能確知何人。又，馮時先生認爲「𫝱」字從火，燊聲。學者或釋「燹」，乃「豳」之異構，可從。「燹」、「豳」俱從「燊」聲，同音可通。饒宗頤先生則認爲柯昌濟、馬敍倫、丁山、陳直諸家均釋豳，可從。金文從山從火，可以互用。故知𫝱公之爲豳公。《史記·周本紀》：「公劉卒，子慶節立國於豳」。《詩·生民》：「豳居允荒」至西周中期，其胤尚存，亦得稱爲豳公。

而據張永山先生的分析從燊的字金文中有多種形態，燊下從火是其中之一，有從火之後再增攴符，有的從火之後再在其上加宀形，有的將火換作口或日，或再加上攴符，有的省火從攴，諸種形態都形態都以燊爲主體，學者從文字結構上再次申說𫝱即燹，並把燹視爲古豳字，原因是甲骨文和金文火與山難區分，燹與豳形近，且引侯成碑豳字爲證。金文中無從山的豳字，但豳又是周王朝建立前後的重要地域，文獻中不乏記載，金文中理應有表示這一地域的專名。𫝱（燹）和豳又都從豩聲（古音十三部），故可推知𫝱當爲豳的早期字形。那麼對於𫝱和豳都從豩聲這條線索探討，劉雨認爲燊與豩音近，字形相似，𫝱與豳所從之「火」與「山」在早期文字中也每混用無別，到晚期文字中弄混了的可能性更大。陳英傑先生則是主張豳和燹可能都由「![字]」字演化而來，因用爲地名而從山。豳又作邠，而「繽紛」又作「![字][字]」。盨銘中讀爲「豳」。「![字]」當是近於周王畿的一個諸侯國，其國君可以稱王。金文中，周王直接稱「王」，而諸侯國國君稱王要加國名。

綜合以上二說，學者皆作了詳細論述且皆引典籍依據，然茲就所知金文中

本有「遂」字，皆已「述」字爲之，如（盂鼎）、（遹盂）、（史述鼎）等字形，與盨銘相對來看，本銘之字構形如何與金文所見的「遂」字作一聯繫，似乎仍待考，故釋爲「遂」恐有疑慮的，按照陳英傑先生的分析，銘文此字從就從火，字可隸爲「燋」，盨銘讀爲「豳」，筆者認爲此說應可從，至於「豳地」之在何處，據研究指出「豳應在渭水流域附近。」〔註152〕又，銘文末句云「民唯克用茲德無誨（悔）」其意是否應同《詩‧大雅‧抑》：「聽用我謀，庶無大悔。天方艱難，曰喪厥國。取譬不遠，昊天不忒。回遹其德，俾民大棘。」〔註153〕詩文是說倘若聽取適當的建議，應就不會招來災禍，導致滅國之因素在於德行的不正，使得上天欲降災難打算滅其國，其實隱含濃厚的誠慎謹惕之義，故盨銘之義應與之近似。

　　綜觀全文皆以「德」字貫串，以「豳公曰」總結，突顯周人重視「惟德是輔」、「天命不可違」之概念，於此也反映出在上位者的治國策略，藉由「天命」首言其正統性，再者欲維持其正統不衰，防止上天災禍降臨，故積極推行德治思想，推行德治思想又能爲國家社會帶來一些正面的能量，根據分析指出「德政與德教的核心是人治，這裡的『人』是函容上下兩個階層，上層主要是君王及各級官吏，下層則是廣大民眾，所謂以德治國，主要是以德治官，以德治君。就百官而言，必須克盡職守，爲民辦事；就君主而言，則以德修身，以身作則更爲重要，否則將會受到『天命』的譴責及民眾的拋棄。」〔註154〕據此判斷銘文中的豳公應屬於上層階級之人，此人藉由其銘文言論之提出以達到敬慎警惕之意，再次強調唯有能夠克盡其德則能避免上天降之災禍。

〔註152〕王小剛：〈「豳」之地望考〉，《九江學院學報》，2009 年第 5 期，頁 72。

〔註153〕清‧阮元：《十三經注疏‧詩經》（台北：藝文印書館，1985 年），頁 641。

〔註154〕王定璋：〈「明德慎罰」──《尚書》的「以德治國」思想探析〉，《中華文化論壇》2003 年 4 月，頁 69。